青梅煮酒

三国被误解最多的枭雄

玄驹——著

浙江工商大学出版社
ZHEJIANG GONGSHANG UNIVERSITY PRESS

图书在版编目(CIP)数据

青梅煮酒：三国被误解最多的枭雄 / 玄驹著.
—杭州：浙江工商大学出版社，2018.5

ISBN 978-7-5178-2395-7

Ⅰ. ①青… Ⅱ. ①玄… Ⅲ. ①《三国演义》- 人物形象 - 小说研究 Ⅳ. ①I207.413

中国版本图书馆 CIP 数据核字(2017)第 255485 号

青梅煮酒——三国被误解最多的枭雄

玄驹　著

责任编辑　杨　戈
封面设计　陈广领
责任印制　包建辉
出版发行　浙江工商大学出版社
（杭州市教工路 198 号　邮政编码 310012）
（E-mail：zjgsupress@163.com）
（网址：http://www.zjgsupress.com）
电话：0571-88904980，88831806（传真）
排　　版　杭州朝曦图文设计有限公司
印　　刷　杭州五象印务有限公司
开　　本　710mm×1000mm　1/16
印　　张　20.5
字　　数　346 千
版 印 次　2018 年 5 月第 1 版　2018 年 5 月第 1 次印刷
书　　号　ISBN 978-7-5178-2395-7
定　　价　66.00 元

浙江工商大学出版社营销部邮购电话　0571-88904970

目
录

何为枭雄

没错，你没有看错，就是前戏而不是前言。

许多人写东西都喜欢弄一个前言，我懒得弄。没有前言介绍，直接开始。

不过，不管怎么说，终归还要有一个进入高潮的铺垫的，那就叫前戏好了。

前戏往往考验人的性子，诸位不妨耐住性子花几分钟时间看完这不算精彩的前戏。实在性急的，也可以直接跳过本文进入下一章，相信本书会带着你一步步体会阅读的快感的。

下面正文开始：

说刘备是枭雄，可能很多人都不信。别急，那是你根本不了解历史上真实的刘备。

其实任何人都没刘备更有资格配“枭雄”这个称呼，因为在历史上“枭雄”二字最早就是评价刘备的。

很多人误以为“枭雄”是说曹操的，但是大家误会了，历史上对曹操公认的评价是“治世之能臣，乱世之奸雄”。曹操是“奸雄”，而不是“枭雄”。

我们先来说说“枭雄”两个字是什么意思。

《辞海》对“枭”的解释是：骁勇；豪雄。

《辞海》对“枭雄”的释义是：凶猛强悍。枭雄一词有两个出处。一是在《三国志·吴书·周瑜传》里，周瑜上疏对孙权说：**“刘备以枭雄之姿，而有关羽、张飞熊虎之**

将，必非久屈为人用者。”二是在《三国志·吴书·鲁肃传》里，鲁肃对孙权说的“**刘备天下枭雄……**”

周瑜和鲁肃都说刘备是枭雄，那刘备是不是枭雄呢？

刘备是枭雄！

刘备是枭雄！

刘备是枭雄！

好了，不是我神经也不是排版印刷错了，重要的事情说三遍。

大家知道，在《三国演义》里，刘备是一个窝囊废，除了哭就是打败仗逃跑。

可是呢，历史上的刘备不仅不窝囊，反而还很厉害，“火烧连营”的那个陆逊也说过“**刘备天下知名，曹操所惮**”。陆逊说连曹操都很忌惮刘备，这是真的吗？

答案同样是：真的。

在曹操的对手里，吕布够牛吧，一仗打败被曹操捉住给杀了；颜良和文丑也都不简单吧，同样是一仗打败就丢了性命；关羽也很厉害吧，还不是被曹操俘虏了；陶谦割据徐州，够牛吧，被曹操连打带吓活活病死了；袁绍、袁术两兄弟都是割据一方的大军阀，不算是泛泛之辈吧，可是他们两兄弟的下场都一样，被曹操打得一败涂地，最后都是急火攻心呕血身亡。

但是刘备呢，曹操不止一次想抓住他杀掉，却始终抓不住他。而且，刘备的生命力极其顽强，就像荒原上的野草一样“野火烧不尽，春风吹又生”。虽然屡打败仗，却又每次都能东山再起，每次走投无路的时候还都能找到别人收留他。

《三国演义》成功地塑造了一个软弱无能的刘备，不过在历史上，三国同时代的人对刘备的评价却极高，这也是历史上罕见的经常打败仗却被对手敬重的例子。下面是他们对刘备的评论：

曹操曾对刘备说过，“**今天下英雄，唯使君与操耳。本初之徒，不足数也**”。意思就是说：“现在天下的英雄只有你草鞋庄庄主刘备和我老曹两个人了，袁绍他们那群家伙，不够资格来凑数啊！”

这段记载出自《三国志·先主传》，即小说里“青梅煮酒论英雄”章节的历史依据。

此外，“曹老板”还说过，“**夫刘备，人杰也，今不击，必为后患**”。意思就是“刘备这个人是个人中豪杰，现在不去打他，将来一定成为后患”。（语出《三国志·武帝纪》，200 年官渡之战前）

还有就是，曹操从华容道撤退后说“**刘备，吾俦也**”，意思是“刘备是和我一流的人啊”。从中可以看出“曹老板”心里是把刘备当作跟自己一个等级的。（语出《山阳公载记》，赤壁之战曹操失败后）

当然，不只是曹操本人对刘备有很高的评价，他的智囊团里的谋士们也很重视刘备。

下面为了加快速度，就不一一翻译了。

“**观刘备有雄才而甚得众心，终不为人下，不如早图之。**”这是程昱说的，劝曹操早日杀掉刘备以除后患。（语出《三国志·武帝纪》，196 年刘备投奔曹操时）

“**刘备有英名，关羽、张飞皆万人敌也。**”这是程昱在赤壁之战前分析战局时说的。（语出《三国志·程昱传》，赤壁之战前）

“**备有英雄志，今不早图，后必为患。**”说这话的人不知姓名，但也是能够和曹操面谈的人。（语出《魏书》，196 年刘备投奔曹操时）

“**备有雄才而甚得众心，张飞、关羽者，皆万人之敌也，为之死用**。”这是郭嘉语录。（语出《傅子》，刘备投奔曹操时）

“**备勇而志大，关羽、张飞为之羽翼。**”——董昭（语出《三国志·董昭传》，199 年刘备叛离曹操时）

“**刘备，人杰也……诸葛亮明于治而为相，关羽、张飞勇冠三军而为将。**”——刘晔（语出《三国志·刘晔传》，215 年曹操击破汉中张鲁后）

“**刘备有雄才，诸葛亮善治国。**”——贾诩（语出《三国志·贾诩传》，文帝曹丕和贾诩的问答）

“**刘备天下知名，曹操所惮。**”——陆逊（语出《三国志·陆逊传》，222 年猇亭之战前）

“ **刘备天下枭雄，与操有隙。**”——鲁肃（语出《三国志·鲁肃传》，208 年刘表去世后，赤壁之战前）

“**刘备以枭雄之姿，而有关羽、张飞熊虎之将，必非久屈为人用者。**”——周瑜（语出《三国志·周瑜传》，赤壁之战后，刘备到京口会见孙权时，周瑜给孙权的上疏）

“**左将军有骁名。**”——黄权（语出《三国志·黄权传》，211 年刘备进入益州时，黄权进谏刘璋不要接纳刘备）

“**刘备宽仁有度，能得人死力；诸葛亮达治知变，正而有谋，而为之相；张飞、**

关羽勇而有义，皆万人之敌，而为之将。此三人者，皆人杰也。以备之略，三杰佐之，何为不济也。”——傅幹（语出《傅子》，刘备夺取益州时，东汉朝廷上的讨论）

看看，这些就是当时豪杰对刘备的评价。

当然，决定评价价值的不仅是数量，更重要的是评价者的分量。

你所有的亲戚朋友都说你是英雄，也不如一个名人或伟人说你是英雄。

其实，评价刘备是英雄、枭雄、人杰的，无一不是当时的风云人物。曹操我们就不说了，郭嘉、程昱、董昭、贾诩、刘晔他们都是曹操智囊团里的顶级谋士；孙权手下，周瑜、鲁肃、陆逊都是吴国的顶梁柱；黄权则是刘璋的主任秘书（主簿）。

或许有人还会提出疑问，这些历史记载可靠吗？会不会是刘备故意美化自己的呢？

可不可靠，我先不做评论，我想说的是，这些记载如果是来自蜀国的史志，当然参考价值要大打折扣。但是恰恰相反，三国之中魏国和吴国都有史官专门负责记录历史，唯独蜀国没有史官修史。

也就是说，刚才我们看到的都是来自敌国史书的记载，这也就是为什么评价刘备的都是敌方谋士，而不是关羽、张飞、诸葛亮他们。

那么，看到这么多三国时代的风云人物称刘备是枭雄、英雄，你还坚持自己原本的看法吗？难道你说的话比曹操、周瑜、鲁肃这些人更有说服力？

其实我们说再多都没有用，还是让事实来说话吧。

究竟刘备是不是枭雄，我们还是一起来看看刘备的成长之路吧！请看下一章，《不信命的刘备》。

下章提示

他是一个平民，是个普通得不能再普通的草根，可是他却梦想着当皇帝，并且居然凭借顽强的毅力实现了自己的梦想，他就是平民励志的楷模，本传的主人公——刘备。

第一章 不信命的刘备

翻开厚重的史卷，我们来查一查刘备的档案。

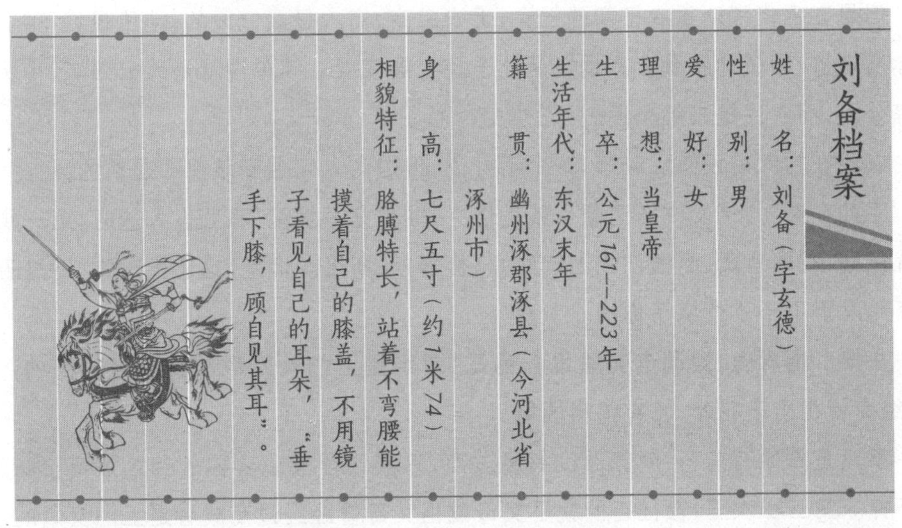

令人不可思议的是，在三国时期，还有一个人跟刘备一样，都是双手过膝，这个人就是司马懿的孙子晋武帝司马炎。司马炎就是把三国统一的那位，史书上记载他“**发委地，手过膝**”。看来刘备和司马懿的老婆说不清啊！

个人简介到此结束，下面说说我们的男主刘备同学那不堪回首的童年吧。

在史书《三国志》里，有一种说法：刘备是汉朝皇室的后代。这种说法很不可信，后文我们会仔细解读的，现在先跳过去。

刘备的出身其实连我们大多数人都不如。刘备的爷爷刘雄曾经当过东郡范县的县令，他的父亲刘弘也是个公务员，可惜没当上什么官，所以史书记载“**先主祖雄，父弘，世仕州郡**”（没有什么官职可介绍）。

就算刘备算不上是个官二代，好歹老爹也是公务员，童年生活应该也是很幸福的。

只可惜，刘备的父亲死得早，所以孤儿寡母的生活就很艰难了。《先主传》里介绍说："**先主少孤，与母贩履织席为业**"，可见，小刘备就是天天和母亲一起卖草鞋、苇席过日子的。

现代的小孩子们天天在玩手机、玩具和吃零食的时候，可能小刘备正被妈妈带在身边摆地摊。

诸位也不要用现代人摆地摊的情况去对比刘备的遭遇，我们摆地摊，自食其力，劳动最光荣，谁也不会看不起你。

但是在古代那个重农抑商的社会，士农工商，商人是最低贱的、地位最低下的，别说你摆地摊，即使你腰缠万贯也还是处于社会最底层。简单说就是人分四等，商人是四等公民，而农民是二等公民。

农民在古代有没有优越感，这个不好说，但是商人无端受歧视却是真的。

比如在秦朝，调发戍守边疆也就是俗话说的"充军发配"服劳役人选时，第一梯次里就包括：犯罪官员、倒插门的上门女婿（赘婿）和商人。但是，这还不算完，不是说你经商后发财不干了就饶了你的。

在第二梯次里，被调走充军发配的是：曾经是上门女婿的和曾经经过商的。可见，经商就相当于犯罪，算有前科的啊！

不只是算你有前科，就算你没有经过商，只要你爸爸或者你爷爷经过商，你照样跑不掉。第三梯次里，被征召的就是父母或祖父母曾经经过商或者是上门女婿的。

明白了吧，这才是真正的"经商毁三代"啊！

刘邦建立汉朝以后，对商人的限制丝毫不改，甚至还有过之而无不及。他老人家还专门出台法律规定：商人不准穿锦绣衣服，不准穿绸缎衣服，不准穿纱布或细纱布衣服，不准穿细麻布衣服，不准穿毛料衣服……就差直接规定"商人不准穿衣服"了！

因为那个时候还没有棉花，估计商人能穿的只有粗麻布衣服了。

此外，刘邦还规定：商人不能携带兵器。还有，商人也不允许坐车和骑马。

经商赶路，商人们只有牵着马车步行了。要是你以为荒郊野外的没人看见，偷偷地坐马车上，估计被人发现就一个下场——财产没收充军发配！

历史学家柏杨老师在评论这些事的时候说，好在还允许坐船，否则做生意的人只好游泳过江了。

回到刘备生活的东汉时代，作为“囚犯预备役”，商人在东汉的地位也没有任何好转，东汉政府也有法律规定：**贾人不得乘马车**。[1]

小刘备从小跟着母亲摆地摊谋生，受尽了数不清的白眼和歧视，他的童年就是这么悲催。可是这个生就了地摊命的小家伙却想了谁都不敢想的事——当皇帝。

刘备家房子的东南角篱笆墙边长了一棵大桑树，估计是当年用桑树树枝插的篱笆墙，后来桑树枝活了，长成了树。

这棵桑树有多大呢？书上记载说“**高五丈余**”，也就是十来米，相当于四五层楼那么高。要是其他树这么高一点也不稀奇，有的树还几十米高呢！不过这桑树却是出了名的不成材，长不高，小时候妈妈老是数落我“生就的桑扑棱窜不成树”，就是骂我不会成材。因为桑树的作用就是能拿它的叶子养蚕，真长得高了反倒不利于采摘桑叶了。

不成材的桑树都能成材，这下刘备家吸引了一些人的注意，有人就说这家要出贵人了。《汉晋春秋》上记载，说这话的是涿县一个叫李定的人。具体有没有李定这个人，李定有没有说过这样的话，我们不清楚，但是刘备自己却说过一些很吓人的话。

就在小伙伴们还在扮新郎新娘玩过家家的时候，刘备已经开始了他人生的第一次演讲“I have a dream.（我有一个梦想）……”

刘备的梦想是什么呢？当皇帝！

当时的情况是这样的，刘备手指桑树对小伙伴们说：“将来我一定要乘坐这样的羽葆盖车。”（**吾必当乘此羽葆盖车**，意思就是“我长大了一定要当皇帝”）

这话在当时可是很吓人的，估计刘备的小伙伴们都惊呆了。

咱们先来说说“羽葆盖车”是怎么回事。

刘备指着桑树说乘羽葆盖车，是因为那棵桑树很茂盛，枝叶散开就像一个伞盖。

在古代，不止乘坐的马车有标准限制，就连车上用的伞盖也是有规定的。不按规定乱来就是“逾制”，轻则罢官免职，重则抄家杀头。这个“羽葆盖”可不是普通的伞盖，它是用七色羽毛装饰的伞盖，只能天子使用，简称“皇家马车专用盖”。

小刘备连乘坐马车的权利都没有，居然敢放话说坐皇帝的专车。

---

① 贾：gǔ，贾人即商人。

这些话我们现在听来，可以说是胸怀大志，也可以说是小孩子随口胡扯。但在当时，那可是最重的罪，"阴谋造反"，诛三族。

当时还没有"诛九族"之说，最重的罪就是"诛三族"。

三族是指父族、母族、妻族，诛三族就是把父亲这一支和母亲那一支加上妻子家族的人全部杀光。

稍微大点的家族，杀个几百口很正常。估计集体上刑场比过年时候都聚得齐，"呦，三叔你也在啊？""是啊是啊！咋大侄子你们全家也来了？"

阴谋造反，不但株连本人的家族，就连一块在场的也不好说啊！毕竟他又不是大街上说的，天天一块玩的小伙伴，你说没参与就没参与啊？再说了，那时候也不讲什么保护未成年人，没有十四岁以下不负刑事责任的规定。

这就不只是坑爹了，还坑所有的亲戚、朋友、小伙伴！

所以不但刘备的小伙伴们惊呆了，连他的叔父也吓得不行。刘备的叔父刘子敬当时刚好路过，听到刘备的造反言论后估计也吓尿了，他赶快把刘备拉到一边说："你小子不要胡扯八道，会连累咱们家族遭灭门的（**汝勿妄语，灭吾门也**）。"

在刘备之前，还有一个人说过和刘备类似的话。

这个人在看到秦始皇威风凛凛的盛大出行仪仗后说"我可以取代他"，当时这个人的叔父也在他身边，连忙捂住他的嘴说："你小子别胡扯，会让咱家族灭门的。"

我想大家应该都猜出来了，说这话的就是项羽，旁边是他的叔父项梁。

历史何其相似，但是却又何其不公？

项羽是楚国名将项燕的后代，出生于世家大族，在楚国威望很高，可以说到哪吃饭都不用掏钱，打声招呼就有一群人跟着他干。但是刘备呢，平民一个，社会地位最低——摆地摊的，处处遭人白眼，还没有钱。

或许有的人会说："刘备还是皇室后裔呢！"

好吧，咱们仔细比较一下项羽和刘备的身份差别。

项羽家族世代为楚国大将，被封在项地。项羽的爷爷项燕就是楚国最后的名将，威望简直可与楚王比肩，项羽和爷爷只隔了一代，而且叔父项梁当时还活着，这是无法冒充的名将后代吧。

但是刘备呢？

就算刘备是史书上所谓的中山靖王刘胜的后裔，可是中山靖王是西汉初年汉景帝的儿子，距刘备生活的东汉末年相差近三四百年。

不但年代久远，而且古时候王室家族一般都是妻妾成群的，子孙多的都是几十人，甚至上百人，比如被刘备认作祖宗的这位刘胜刘大哥，史载他有120多个儿子，堪称“造人航母”。

大家想想，四百年后120个儿子会繁衍多少后代？

用简单1,2,4,8,16来算，假如每个儿子生两个，每个孙子又生两个的话，四百年在古代至少繁衍20代，那就是240个孙子，480个重孙子……到刘备这一代是125829120人。

1.2亿？太恐怖了。哪怕算上许多夭折的、绝后的，“造人航母”刘胜大哥的后代上万不算过分吧？

从西汉初年到东汉末年几百年，有确凿王室血统的后裔不下十万，刘备显眼吗？

还有一点，稍微和王室走得近点的，都会被封为王爵公爵侯爵什么的。子孙后裔能够领个爵位供奉衣食无忧。《后汉书》里有很多王公贵族传记，一一记载这些王室后裔被封的爵位，然而并没有刘备家族。

如果刘备家族能和皇室稍微有点关系，不说封王爵公爵了，也不说一级侯爵了，封个三级侯爵——亭侯，弄个几千人供奉总可以吧，还至于摆地摊卖草鞋糊口吗？因此刘备家至少是三代内都没有最低级别的爵位。

也就是说，刘备的皇室后裔身份很可疑，就算有也不尊贵。估计那时候两个姓刘的见面都是——“啊，你好，我是×××第×代玄孙，你呢？”“哦哦，我是×××第×代玄孙，幸会哈！”

没办法，那时候皇室后代太多了，年代久远跟皇室并非近亲的皇室已经照顾不过来了。

最关键的一点，当你沦落到摆地摊卖草鞋的时候，你祖上是谁你都不好意思说，你觉得一个摆地摊的说自己有个伟大的祖先是光宗耀祖啊，你这是给祖上蒙羞！

“地摊侠”，要坚强！

现在提问，你认为刘备和项羽有可比性吗？

很明显，两个人根本不在同一起跑线上。

失败的项羽被人们当成英雄，成功的刘备却被认为是窝囊废。老天多么不公平呀！

不过,刘备并没有因为出身低贱就自甘堕落,不信命的他决心自己改变命运。于是,一代传奇枭雄的人生之路就此展开。请看下一章,《一千八百年前的人际关系》。

下章提示

刘备比我们都聪明，我们还在傻乎乎地逃课、泡妞、打游戏的时候，刘备就已经开始努力为将来改变命运打基础了。他知道，靠自己一个人的努力怎么都不行，所以他……

第二章　一千八百年前的人际关系

刘备家里贫困，还从小就没了父亲。

从小没了父亲，这在古代叫"孤"。在当时的社会，有四种特殊情况，属于"低保户"，分别是"鳏、寡、孤、独"。鳏是指年老而无妻子的；寡是指年老而无丈夫的；孤就是幼年丧父的；独是说年老而无子女的。

当时的汉朝政府，对于这四种生活艰难的贫困家庭也有补助，就像现在对"五保户""困难户"例行的节日慰问一样，送点米啊面啊油啊什么的，平时是不管你的，除非你自信不吃不喝可以熬到下一个节日，否则就得自寻活路。

刘备就是孤儿，应该还是独生子女，史料记载里也没见他有兄弟姐妹什么的。

作为孤儿，刘备从小跟着母亲摆地摊，卖草鞋、苇席糊口，这些我们前面已经讲过了。

但是为什么说刘备是三国时代最牛的人呢？

首先就是因为他的起点最低，成功的难度系数最大。我们都知道，把一手好牌打赢不算有本事，能够把一手烂牌打赢的人那才是真的有本事。

老天发给刘备的牌有多烂呢？我们来做个对比。

曹操：曹操的爷爷曹腾是个太监，却是太监里最大的官——大长秋。这个官用我们今天的话来说就是"皇后宫总管"，年薪二千石，是个部长级的高官。他的父亲曹嵩是被爷爷收养的（原因不解释），曹嵩当过什么官呢？有大司农、大鸿胪，还有太尉。

大司农就是农林部长，不过那时候的农林部兼管财政，所以叫农林财政部长比较合适。大司农是九卿之一，也就是九个最有实权的常务部长里面的一个。

大鸿胪也是九卿之一，负责外交和藩国子属国的一切事务，可译作藩属事务部长，通俗说就是外交部部长。

太尉就牛了，它比九卿高一个级别，就是我们常说的全国武装部队总司令，三公之一。东汉王朝的三公由太尉、司徒和司空组成。司徒就是宰相，司空相当于最高监察长，这三位就是朝廷的三元老，放到今天说，是总理级高官。

袁绍、袁术：这两兄弟比曹操家世更牛，曹操不过是老爹后来当了个总理级高官，人家袁氏家族是四世三公（连续四代都有人当总理级高官）。而且，人家当总理级高官还不是一代只有一个人，袁氏家族还有个说法叫“四世五公”，就是连续四代出了五个总理级高官。

孙策、孙权：孙氏兄弟相比来说实力稍次一点，老爹孙坚就是个长沙太守。长沙太守可不是现在的长沙市市长，而是相当于长沙省省长，也是省部级。（当时的长沙是“郡”，行政级别差不多相当于现在的省，太守年薪跟部长一样，也是二千石，省部级待遇）

“拼爹”刘备肯定拼不过他们，况且他也早就无爹可拼了，那就靠自己慢慢混吧！

即便家庭再贫穷，每个母亲还都是希望自己的儿子有出息的。她们宁愿自己多受几倍的苦，也希望儿子将来过得比自己好，中国母亲就是这么伟大和无私！

刘备的娘也希望儿子能够有出息，所以刘备十五岁的时候，她就在这种艰苦的条件下送刘备去求学。

刘备的老师叫卢植，是当时的一个名士，卢植曾经担任过九江太守，还和刘备是老乡。但是老乡家里条件也不行啊，老乡家里也没有多余的口粮啊。

小刘备家里估计都是那种没有三天存粮的，刘备的娘再怎么俭省节约给刘备凑学费，也经常有上顿不接下顿的时候。这时候，有一个人给予了刘备很大的帮助。

这个人叫刘元起，是刘备的同学刘德然的父亲。

刘德然和刘备是同宗，刘元起就顺便把这个同宗后辈给照顾了，而且待遇相当之高，“**与德然等**”。按字面意思，“**与德然等**”就是刘德然有什么刘备也有一份。但是事实上可不是这样，因为接下来刘元起的一番话暴露了事情的真相。

平白无故，刘元起自然不会照顾小刘备，谁家的钱也不是大风刮来的。更何况，刘备还是出身最低贱的小商小贩，平常人都看不起且不愿和他家来往的。

正是因为这些，刘元起的老婆发牢骚说：“咱们各自都有自己的家，你哪能经常照顾刘备他们家啊！”刘元起回答说：“我们家族里的这个孩子不是常人，将来不简单啊！”

明白了没?

刘元起照顾刘备,不是因为小刘备乖巧懂事,也不是和刘备家感情深厚,而是因为他认定了刘备将来会成大器,到时候他的儿子刘德然可能就要跟着刘备混饭吃了。所以他提前打基础,照顾照顾刘备,加深一下两家的感情。

不得不说,刘元起绝对是个投资高手,不管投资的是金钱还是生意或者是感情,这货都长了一双吕不韦的眼睛。

不过,正因为刘元起资助刘备是有目的的,所以史书上说的"与德然等",我们就不能简单地理解为刘德然有什么刘备就有什么。事实上,刘备过得可能要比刘德然更滋润。因为刘元起资助刘备是怀有目的的,他在巴结小刘备啊! 所以,刘备要比刘德然在刘元起面前更吃香。

谁家的老爹,即使认为儿子将来会很有出息,也不至于巴结儿子。正因为刘备和刘元起没有血缘关系,所以刘元起只有靠金钱和刘备建立关系。他巴结刘备,就和我们托人办事一样,自然是尽力满足对方的需求。

那么看来,刘备其实比刘德然在刘元起面前吃香。刘德然有的,他刘备也有一份,刘德然没有的,弄不好刘备也有。

举个例子,如果刘德然说:"爹,过几天放假了我想去马尔代夫玩。"老爹可能就会教训他一顿:"小屁孩,你去村头大路边上弄一堆沙子铺张席子躺上面就行,只要心中有沙哪里都是马尔代夫!"

但是如果刘备在旁边说:"叔,不是德然想去,是我想去。"估计刘元起立马就转笑脸了,"哦? 你想去啊,过几天叔给你们俩准备一下,你们俩一起去吧。"

哈哈! 是吧,刘元起他不敢得罪小刘备啊! 因为他认定刘备将来是能成大事的,将来他们一家要靠刘备罩的。

这些略过不提,刘备在刘元起的资助下,不仅能够顺利地在名校就读,而且还养成了一副"富二代"的做派。

史书记载,刘备不喜欢读书,喜欢猎狗骏马、音乐和华丽衣服(**先主不甚乐读书,喜狗马、音乐、美衣服**)。这是摆地摊能消费得起的么? 都是高消费啊! 这就相当于现在开跑车,穿名牌……

不过,最让我既生气又服气的是,我和刘备一样——都不喜欢读书。可是我都是打游戏去了,刘备却是为将来干大事做准备。

刘备上的可谓是“名校”，能够拜师卢植门下的都不是一般人。

比如说公孙瓒，就是被辽西郡的侯太守相中了，侯太守把自己的女儿许配给了公孙瓒，为了让女婿镀金又把他送到卢植那里去求学。人家可是省长的女婿啊！

卢植是当时的名士，又做过九江太守，就相当于现在一个学识渊博、声名远扬的省委书记或省长去办学，而且亲自教学。在卢植的学校里，像公孙瓒这样的“官二代”“富二代”被送去镀金的肯定不在少数，估计也只有刘备一个人是“地摊二代”。

刘备很会混人际关系，史书上说他“**少语言，善下人，喜怒不形于色。好交结豪侠，年少争附之**”。看到了吧，我们上学的时候，除了逃课出去玩，或者打游戏，谁会想到为自己的将来编织一张人际关系网？

刘备出身最普通，但他从小就知道了人际关系的重要性，且不说那些比他小的都喜欢跟着他，那些年龄大的，他也很注意与他们交往，比如公孙瓒。

公孙瓒年龄比刘备大，刘备就“**以兄事之**”，把他当成亲哥哥一样对待。正因如此，后来刘备被黄巾军攻破县城走投无路时，就是老同学公孙瓒收留了他。

中国自古以来就是人情社会，无论做什么事，没有人脉资源，做起来都难。除非你就认定了自己努力学习，将来毕业了为别人打工。

所谓的人脉资源，这张人际关系网的第一张网就是同学网。

我们上学的时候，无论家长还是老师，教导我们的都是“你只管好好学习，别的啥心都不用操”，可是走入社会以后才发现，有时候人际关系反而发挥了很大作用。

其实道理也很简单，朋友多了路好走，熟人多了好办事！

很多东西，桌面上看到的和桌面下完全是两码事，就像一群人打麻将，从上面看都是衣冠楚楚，从下面看也许是根本没穿内裤。

好多事情，当面不能解决可以换一种方式，就看你的人脉和能力了。

有个笑话，说一个大学生平时跟同学A关系非常好，经常帮他打开水洗衣服什么的，毕业后，很多人还在到处投简历应聘工作的时候，这人已经在某公司（A老爸开的）得到了一份很好的工作。后来有人问他怎么做到的，他说开学那天看到A老爸开着什么（名）车来送A的。

还有，《西游记》大家都看过么？唐僧为什么总是死不了？你真以为是猴哥本事大吗？

大错特错！

唐僧之所以死不了，跟猴哥没关系，因为唐僧是如来的徒弟金蝉子，而且如来把唐僧托付给了观音菩萨。

大家看看《西游记》原著，观音菩萨不但选了猴哥他们几个保护唐僧，还暗中安排六丁六甲、五方揭谛、四值功曹、一十八位护教伽蓝暗中保护唐僧，这些都是观音菩萨的眼线啊，随时监控着所有动态。

为什么那么多菩萨、神仙，一听说唐僧有难就马不停蹄地立刻去救援？难道是猴哥面子大？开玩笑，不管猴哥去请救兵还是猪八戒去请救兵，效果是一样的。如来大天尊的弟子，而且是那么多弟子里唯一露名字的弟子，如果出事了喊你帮忙你敢见死不救，真不想在仙界混了么？

换句话说，没有猴哥，没有八戒，没有沙和尚，就算是几个天兵天将保护唐僧去取经，唐僧照样不会死。

没看到《西游记》里凡是猴哥打不过的妖怪都是有后台的吗？这些妖怪其实不过是故意放下来给“取经四人组”制造小麻烦的，目的就是让唐僧更有功绩。如果都是猴哥一棒子打死的小妖怪，还会有《西游记》么？唐僧取经还有功劳可言么？

如果你只看表面，那就永远不明白幕后的人际关系运作，想作为一个成功者，就必须明白人际关系在所有事情中起到的幕后作用。

能力不是自己有本事，而是你能够调动的力量有多大。一千八百年前刘备就明白的道理，不知道诸位今天可曾明白？朋友们，想了解刘备是怎么混出来的吗？想看看刘备是怎么白手起家的吗？请看下章，《最先造反的刘备》。

下章提示

刘备是那个时代第一个造反的人，但是这个黑锅最后却让曹操背了。没有实力，没有资源，刘备的心却比谁的都大，而且敢想敢干，只能说：这才是传奇枭雄敢走的路子。

第三章 最先造反的刘备

在我们所有人的印象里，刘备是个忠于汉朝皇室的人，一心辅佐朝廷。其实这些都是胡说，只是正史不争气，写出来让人看了跟嚼草根一样，嚼了半天吞下去还是吸收不到营养，结果被罗贯中一本《三国演义》颠覆了。

且不说刘备从小说过造反的话，也不说他四十多岁了寄居在荆州的时候还没有儿子，领养了一个取名叫刘封，后来有了亲生儿子取名叫刘禅。封、禅这俩字可是皇帝祭天祭地的专用字。

单说就汉朝最后腐败成那个样子，天下穷苦农民集体造反想要推翻朝廷。刘备他不是穷苦农民么？汉朝对他很好么？他和那个官逼民反的腐败朝廷有什么关系什么感情？

现在讨论这些也没有什么用，下面我们就讲讲为什么说是刘备最先造反。

三国群雄里，只有刘备地位最低贱，但是那些条件比他优越百倍千倍的人都不敢率先造反。这是因为什么？用一句“胸怀大志”显然无法解释。

我们仔细想想就会明白，袁绍、袁术为什么不率先起兵造反，他们为什么要等到汉朝朝廷已经摇摇欲坠了，才敢做当皇帝的美梦。其实道理很简单，光脚的不怕穿鞋的。

刘备他们孤儿寡母，家抄了估计也不够拉一马车。

曹操、袁术、袁绍他们呢？他们这些高干子弟不造反，照样不耽误每天山珍海味、花天酒地……造反成功了顶多更进一步，一旦失败，再想保住荣华富贵的生活那是万万不能了。

所以，不只是刘备敢想，还因为他造反的成本极低，需要付出的代价很小。

当然，凡事都有两面性，你的成本低，那难度也就随之加大了。曹操、袁绍他们既有资本又有资源，你没人没钱单靠一张嘴去说服别人和你一块去干这杀头的事，神经病才跟你去呢！

刘备一个地摊少年，到哪去拉人跟他起义呢？我们还得从头说起。

刘备生活的年代，正是东汉王朝最黑暗的时候，桓、灵二帝一个比一个昏庸，朝政一天比一天腐败。尤其是刘备十八岁的时候（178 年），汉灵帝刘宏在朝廷上公然卖官。

这货也不知道小时候脑袋被驴踢过还是咋的，反正他就敢干这拿高压线当跳绳的事。

据史书记载，刘宏本来是没有机会当皇帝的。他本来是河间王[①]刘开的子孙，父亲刘苌[②]是解渎亭侯。父亲死后他继承爵位，弄了个三级侯爵当当。也是他该走狗屎运，汉桓帝刘志死了以后没有儿子，当时任执法监察官（侍御史）的河间人刘儵[③]就向窦武推荐了老乡刘宏。

窦武是皇后窦妙的老爹，窦妙马上就晋级皇太后了，皇帝却不是自己的儿子，地位难保啊！所以老爹推荐刘宏以后，窦妙就决定听老爹的，让刘宏当皇帝。

这又是人际关系很重要的例证：当皇帝也推荐老乡！

刘宏一夜之间飞上枝头变凤凰，当了皇帝以后贪得不行，没几年他就想了个发财的招——卖官。

可能有人要问，当皇帝还缺钱吗？

回答：当皇帝不缺钱，也用不着钱！

但是刘宏贪啊！

要说刘宏干过的奇葩事可真不少，比如当了 21 年零 4 个月的皇帝，一共搞了 20 次大赦天下，7 次允许拿丝绸赎罪。

这样做并不能证明他是一个仁慈的皇帝，只能给天下带来没有法制保障的骚乱。比如会有一些人说："哎，又该大赦天下了，我先去杀两个仇人！"按照他大赦天下的频率，那是每年例行一次大赦天下的，也就是说只要你避开"秋后处斩"的规律，每年杀

---

① 河间，封国，首府乐成（今河北省献县）。

② 苌：cháng。

③ 儵：shū。

人都不用偿命。

此外，灵帝时候的汉朝后宫宫女必须穿开裆裤，而且里面不能穿内裤（亵衣），为的就是方便他随时看上哪个宫女了就直接拉来发泄。

最奇葩也是最骇人听闻的是，这货竟然在宫里养狗，命宫女跟狗交配。

还有，他25岁了还让人把后宫弄成市场的样子，让后宫宫女扮作小商小贩和顾客在里面买卖东西，他自己也扮作商人在里面卖东西。25岁了还玩“过家家”，我严重怀疑他是个智障儿童！

可能正是他喜欢当商人，所以卖官这种事他才干得乐此不疲。

据史书记载，刘宏当解渎亭侯的时候有点“穷”，所以当上皇帝以后，刘宏就经常讥笑前任刘志不会经营财产，掌握那么好的机会不捞钱，于是他就在御花园（西园）成立了一个“卖官专案组”，专门负责卖官事宜。

哎，不过人家卖官也真讲诚信，上至朝廷梁柱九卿三公下至基层官员县令县长，全部明码标价，公平交易童叟无欺。

虽然当时没有支付宝，可人家的支付方式也很灵活，你是现金交易一手交钱一手交官也行，你是按揭贷款先付一半也行。只是按揭买官的，到任以后需加倍偿还充当利息，反正和皇帝做生意谁也不敢赖账。

当然，仅仅这些，还远远不足以证明刘宏是史上最“贴心”店家。

为了彻底解决客户们的后顾之忧，刘宏还预先按照不同的县予以区别划分，比如县大县小人口多少，县贫县富资源多少，全部按照实际情况明码标价，不搞欺诈不刷好评成交量……决不至于让你花了冤枉钱收不回成本。

史上最公平的交易啊！

相信诸位已经明白，只要你胆儿够肥下得了狠心鱼肉百姓，花点钱买个官，到任之后使劲搜刮民脂民膏，要不了几年你就腰缠万贯成土豪了。

不过，这样的政府应该也属于癌症晚期，无药可救了。

正是如此，五年之后，天下的老百姓再也没有活路可走了，于是集体造反，反正造不造反都活不下去了，造反说不定还多活几年。东汉末年的这次大起义就是史上著名的“黄巾起义”。

黄巾起义由张角、张宝、张梁三兄弟带领。这个估计也是没办法的事儿，本身造反就是杀全家的罪，一个人参加，其他人也跑不了，干脆三兄弟一块干吧。

黄巾起义覆盖范围广达八个州:青、徐、幽、冀、荆、扬、兖、豫。东汉政府一共十二个州和一个京师直辖区(司隶——包括东西两都以及附近地区),本次一起起义的除八州之外,实际上还有司隶区没有计算在内。

稍后益州等地也有打着黄巾旗号发动起义的,暂不算在本次起义之内。

本次起义人数约为三十多万(史载"**众徒数十万**""**遂置三十六方……大方万余人,小方六七千**"),稍后起义军气势更大,有的仅一支队伍就达一百多万。如:192年曹操在兖州就击败、收降黄巾军一百三十余万。

《三国演义》里只写了黄巾起义,却没有写是什么原因导致的黄巾起义,还刻意把起义的贫苦农民妖魔化,说张角等人使用巫术什么的。

历史上,刘备也曾参加讨伐黄巾起义军的行动,或许正是如此,才导致他起兵造反的意图被史学家们忽略。

然而,刘备起兵并不是为了讨伐黄巾军,而是……

我们一起来看看《三国志·先主传》上的记载。

《三国志·先主传》第一段简要介绍了刘备的出身、籍贯,以及他父亲和爷爷的仕途情况。

第二段,前半部分是刘备小时候的一些情况,还有他在卢植门下求学的一些事情。后半部分除了讲刘备会结交人,很多人都喜欢跟着他,然后就是刘备起兵的事。

我们知道,刘备出身极其贫穷,比不上曹操、袁绍他们这些官二代。

在三国群雄里,除了曹操一个人算是刚开始弃职潜逃以后在别人帮助下"自费起兵"的,其他人像袁绍、袁术、韩馥、孙坚、刘岱、张邈、桥瑁、孔伷、袁遗、公孙瓒、陶谦、刘表、刘璋等都是在职官员起兵的。

这有多大差别呢?大家算一下:招募一支私人部队,按五千人算吧,小部队。

五千人,每人如果先发1000块钱聘用费(安家费),就是500万;每人每个月津贴或者说军饷按1000块钱算,又是500万;每人每月生活费按300块算,每月150万;当然,这些还是小头,大头是军事装备,军械每人按一年一万算,也是低配,就得5000万;其他的像什么战死了丧葬费、家属抚慰金我们且不计算在内。

现在回头算一下,除去招募当月的安家费500万,还有军械费每年5000万,你养一支五千人的部队,光生活费和军饷开支每月就得650万,一年下来7800万,加上安家费、军械费一共1.33亿。

各位现在明白组建一支私人部队的难度了吧？

卖命的差事，就算你一个月只开1000块钱的工资，五千人养一年也要一个多亿。你说你要是养个五千人的队伍，你养得起吗？

为什么刘备始终挨打逃跑，就是因为他是“自费起兵”，手底下根本没几个人。

像前面我们说的那些人，190年他们参加“关东军”反对董卓的时候“**众各数万**”啊！何况这数万只是拉出来吓唬董卓的，家里还有一群在家看守地盘儿的。

他们身为省部级官员，本身各省都有驻军，再加上省里又有财政，可以招募一些人，这种起兵条件岂是刘备一个平民百姓可以比的？

那么，平民百姓的刘备是怎么起兵的呢？

《三国志·先主传》第一段末尾讲了这个事，说：“**中山大商张世平、苏双等赀累千金，贩马周旋于涿郡，见而异之，乃多与之金财，先主由是得用合徒众。**”

这几句话的意思就是“刘备得到张世平、苏双的资金支持，起兵组建了一支属于自己的部队”。（诸位请注意，这时候黄巾军还没有起义！）

张世平、苏双是两个大商人，做的是大投资大收益的贩马生意，差不多相当于现在搞房地产的。这二位贩马多年，积累了无数财富。

其实，张世平、苏双二人能够积累这么多财富，要说还是受政府政策照顾的，并且还是得益于汉灵帝刘宏本人。

181年正月，刘宏新设立了一个骏马驯养园（騄骥厩），从全国调发名贵骏马，使全国马价暴涨至每匹200万钱。当时的粮食正常年景下是每斛30钱，亩产一斛半左右，一匹马约等于农民4万多亩地的收入。

不过张世平、苏双二人虽然发了财，却依然是社会最底层最低贱的身份。

这二人贩马来到涿郡见到刘备后，认为刘备非同寻常，就把自己辛苦多年积攒的财富都交给了刘备，供他组建自己的私人部队。至此，不得不再次对刘备的才能表示佩服：人家出身不好社会地位低，但是人家上名校不花钱；人家家里穷没有钱，但是人家想起兵有人赞助……

都说刘备没本事，你找个人拉来一亿几千万资金的赞助试试，更何况人家还是白白赞助不求回报的。造反这事可不是做生意，你资助别人造反，怎么也算个同谋啊！

更何况，刘备在起兵时还不到24岁。诸位，你们24岁时在干什么，有没有刘备这么大的人格魅力？

想不通吧?

现在谈刘备的人格魅力,证据还不够充分,以后你们会有更加想不通的地方。

我们知道,刘备已经在张世平、苏双二人的资助下起兵了,虽然可能只是一支小部队,但是好歹也算是个师长级的官了。他这支部队干啥去了?暂时还没有行动。

当时的东汉政府是允许有家兵的,不少高官和大地主都养了上千人的私人武装,所以刘备组建部队的动作并不扎眼。

不过很快,刘备的部队就遇上了发挥的机会,这就是黄巾起义。

按《三国志·先主传》的记载,到下一段才有黄巾起义。下一段开头:**灵帝末,黄巾起,州郡各举义兵,先主率其属从校尉邹靖讨黄巾贼有功,除安喜尉。**

诸位注意,灵帝末年黄巾起义的时候,刘备是领着自己早先已经组建的部队去跟着邹靖讨伐黄巾军的。

“**率其属**”就是上一段“**由是得用合徒众**”组建的私人部队。正因为黄巾起义前,他就已经有了自己的部队,所以起义爆发后刘备才不需要临时招募,直接就可以“**率其属**”前去讨叛。

史书记载把这两件事分开说,其实我们就应该明白二者是没有联系的。

但是因为组兵在第一段结尾,讨叛在第二段开头,所以不注意的人往往会把这两件事连在一起解读,这就打乱顺序成了黄巾军起义刘备组建部队讨叛了。

以前易中天老师讲三国的时候,我就很想把这事提出来,可惜由于特殊原因一直无法实现,今日也算了却一桩心愿,朋友们不妨对照《三国志》原文看看。

组兵和讨叛如果混在一起,大家想想这事得有多巧:刚好黄巾起义,而且必须是黄巾军刚起义,张世平、苏双二人就来到了涿郡,来到以后刚好碰到刘备想组兵……

再说了,如果确实是黄巾起义在先,陈寿写《三国志》的时候为什么要把它们分开呢?

“灵帝末,黄巾起,州郡各举义兵。中山大商张世平、苏双等赀累千金,贩马周旋于涿郡,见而异之,乃多与之金财,先主由是得用合徒众,率其属从校尉邹靖讨黄巾贼有功,除安喜尉。”这样连在一起写多好啊,一路顺下来,啥事都没有了。

起兵(**由是得用合徒众**)和讨叛(**先主率其属从校尉邹靖讨黄巾贼有功**),陈寿把它们分开写,这就是最根本的原因,因为这两件事之间没有直接关系。

所以嘛,刘备起兵,比黄巾军更早啊!

刘备小时候说过想当皇帝的话，长大后又给儿子取帝王祭天祭地专用字的名字“封”“禅”[①]，现在要说他起兵不是为了造反，而是为了打黄巾军，难道他能未卜先知吗？

但是，刘备既然已经起兵，为什么不亮明旗号呢？他又为什么摇身一变加入政府平叛军呢？请看下章，《自知之明的重要性》。

下章提示

刘备组建了自己的部队，却不亮明旗号造反，反而在农民起义时加入政府军平叛。他是怎么想的呢？他所组建的部队，在黄巾起义平叛时又发挥了多大的作用呢？

① 《史记·封禅书》就是专门记载帝王封禅事迹的，诸位不妨查阅“封禅”二字在古代所代表的含义。

第四章 自知之明的重要性

东汉末年的黄巾起义，覆盖了全国三分之二以上的地区，并且很快从原先的一共几十万人迅速发展成单独一支队伍就有上百万人，而且起义前前后后延续了数十年。可是，最后推翻汉朝的并不是这些起义农民。

这是怎么回事呢？

很简单，彼此实力差距太大。

首先，双方将领不在一个级别，朝廷派出的皇甫嵩、朱儁[①]、曹操，包括失利的卢植和董卓等人，大都是身经百战的沙场老将。（不要小看了董卓，董卓也是“**数讨羌、胡、前后百余战**”）

那么，这些沙场老将对阵平民百姓，就像围棋九段对阵业余选手一样，基本没悬念。

当然，这还是按照双方装备实力相当来说的。事实上，双方实力能相当吗？

你农民扛个锄头，人家拿的是刀枪剑戟；你掂个锅盖，人家举的是盾牌；你没有远程武器，人家有强弓劲弩，相当于现在的大炮导弹了；你没有战马、战车，人家都有……所以嘛，这仗怎么打！

从古至今起义部队往往第一行动就是攻占军械库，从“揭竿为旗斩木为兵”的陈胜吴广起义到近代武昌起义，没有武器你就无法武装部队，不能武装部队你就是任人宰割的羔羊。

陈胜、吴广那时候比较坑，因为秦朝管制兵器比较严，所以起义部队连武器都没有，只能砍些木棒当武器，攻占临近郡县以后才能夺取武器武装部队。

---

① 儁：jùn。

武昌起义则目的明确，就是直奔军械库，先拿下军械库武装了部队再说。

除了跟官兵武器装备方面的差别，还有一些其他因素同样决定成败。

比如，你农民没有经过正规军事训练，也没有什么军纪阵法。人家都是经过专业训练的，军纪阵法什么的都经过配合演练，为的就是更加有效地打仗。

再说一点，黄巾军是一支很奇怪的部队，他们都随军携带家眷和生活用具。什么老婆孩子啦、干爹亲娘啦、姑父岳母啦、小姨子大舅妈啦……还有家里的猪啊鸡啊牛啊狗啊、锅碗瓢勺啊、镰刀锄头斧头犁铧铁锹什么的，老百姓谁舍得扔啊？这些都得随军带着，要是找到合适的地方安顿下来，他们还得继续生活呢，还得养活一大家子人呢！

像曹操192年在兖州击败的青州黄巾军，作战部队仅有30多万人，家眷却有100多万人（**受降卒三十余万，男女百余万口**）。

诸位读历史需要注意，“降卒”才是战斗部队，“男女”是指家眷，当时不可能有女兵，所以后面的“男女百余万口”跟前面的“降卒三十余万”是分开的。

易老师品三国的时候说：“黄巾军有战士三十万，加上随军人员共一百万”，显然他把后面的百余万口家眷给打了七折。易老师真是砍价高手，买东西找他帮忙砍价就对了。

说回来，拖家带口，在战场上是个很大的忌讳，对方只要一攻击你的家人，你肯定就立马慌了，她们可都是些没有战斗力的老人孩子啊！所以与其说黄巾军是农民起义，不如说他们是一群逃难的。

黄巾军起义虽然声势浩大，最终仍不免被剿灭，但是这些又和刘备有什么关系呢？

有！因为刘备有一种天生的能力——判断局势。

诸位以后不妨慢慢看，刘备判断局势几乎十拿九稳，就像他擅长逃跑一样，什么时候该逃跑什么时候不该逃跑，他心里一清二楚。很多人就是没有掌握好这种时机，导致战败被杀的，而刘备虽然战败却能每次都安然无恙。

黄巾起义，那是被逼得没有活路了，没办法。

刘备呢，人家虽然也是社会底层的，但是人家混得好啊：上“名校”不花钱，想起兵有人资助。所以嘛，刘备就算不亮明造反的旗号，那也是地方上响当当的人物，手下有几千人，也没人敢欺负。

一方面是这个原因，另一方面也是刘备非常有自知之明，知道自己有几斤几两，他那几千人不可能是东汉政府军的对手。

很多人失败就是因为没有自知之明，不知道自己有几斤几两，你六十公斤级的，非要挑战人家八十公斤级的，人家不打你打谁啊？在地方上，刘备几千人马绝对称霸，但是对于整个东汉帝国来说，光是皇帝的保镖（禁卫军）就把你干沉了。

刘备知道天下还没有大乱，不能轻举妄动。但是他为什么要帮助政府讨伐起义军呢，起义军如果重创政府军，不是对他更有利吗？

我的个人分析是：刘备知道自己不行，也知道起义军不是政府军的对手，之所以参加政府军，是为了攫取更大的权力。现在的刘备还是一介平民，他那点兵力连一个郡的政府军都干不过。所以，他必须先当官，等有了更大的权力以后再动手，后面刘备的经历也充分证实了他对权力的渴望。

现在刘备虽然没有亮明旗号造反，但是这时候却已经招募到日后助他发展事业的几个核心成员，如：关羽、张飞、简雍等。

简雍和刘备是老乡，而且是从小一块玩的发小，所以这种关系我们就不过多解释了。

关羽是河东郡解县（今山西省运城市西南解州镇）人，本来，关羽是不可能认识刘备的，他俩一个是山西人一个是河北人，怎么会碰到一块了呢？

原来，关羽在老家犯事了，而且很有可能是杀人，于是"亡命"逃到了涿郡。刘备招兵买马的时候，关羽就报名参加了刘备的队伍。像他这种潜逃的，混进军营里最安全了，官兵一般也不会去那里搜查拿人。

不得不说，关羽是我国古代武将中少有人比的一位，生前威震四海，死后肉身成圣，被后人尊奉为"武圣人"。

同时，关羽现在还被很多商家推崇为保护神——财神，虽然只是"兼职"的财神，被人追捧的程度却丝毫不亚于受姜子牙正封的财神赵公明。比起给人们看家护院守大门的门神秦琼、尉迟敬德等，关羽可算是风光了不少，既享受了香火供奉又免去了风吹日晒雨淋之苦。

《三国演义》为关羽编造了很多战功，像什么"温酒斩华雄"啦，"诛文丑"啦，"千里走单骑，过五关斩六将"啦，等等，都是虚构的。因为《三国演义》的成功，以至于就连垂髫小儿都知道"桃园三结义"这样的典故和"关公面前耍大刀"之类的谚语，足见关羽声名到了家喻户晓、妇孺皆知的程度。

最让人觉得不可思议的就是，在《西游记》里，孙悟空他们来到五万四千里之外的车迟国元会县陈家庄的时候，陈家庄老汉陈清的家里居然也供奉着"关圣爷爷"，并且还因为向"关圣爷爷"许愿求得了一个儿子，所以给儿子取名叫作陈关保。这次关二爷把观音菩萨的"生意"也给抢了。

关羽的事我们且先略过,来说说张飞。

张飞也是刘备的老乡,而且还是从小就跟着刘备混的。看来,当初刘备"**好交结豪侠,年少争附之**",这些"**年少**"里很可能就有张飞。

刘备人也有了,钱也有了,正好黄巾军起义,机会也有了。那咋办,还不干啊? 于是他就领着自己的人马投奔校尉邹靖去了。

这时候的校尉还属于中级指挥官,随后三国时代将军封号多如牛毛,校尉就降为低级指挥官了。邹靖其人在历史上并没有什么名气,出场次数少得可怜,属于那种默默无闻打酱油跑龙套的,如果不是因为刘备跟他混过,不会有这么多人知道他。

《三国志》记载,刘备是立了战功以后被授了个小官当当的,这个官就是安喜尉(即安喜县公安局长)。

但是《典略》也记载了另一件事,说刘备的安喜尉不是讨黄巾军得来的,而是讨张纯得来的。

《典略》上说,(187 年 6 月)张纯反叛时,平原人刘子平在青州政府军路过平原时推荐刘备加入政府军,刘备加入后,和张纯的部队在野外发生遭遇战,当时刘备受了伤,于是就装死混了过去。等叛军撤走后,有认识他的人发现了他,就用车子把他拉走医治,刘备才得以免死。后来刘备立了军功,被任命为安喜尉。

虽然刘备是因为有战功被授官的,但是讨平黄巾起义基本上跟他没什么关系,历史记载上,讨平黄巾军主要是靠皇甫嵩、朱儁和曹操几人。至于刘备,历史记载里甚至连他跟黄巾军之间的作战经历都没有。

不管怎么说,立功受奖的刘备开始步入仕途了。刘备的仕途顺利吗? 请看下章,《人际关系的本质是什么》。

下章提示

都说朝里有人好做官,没有"内援"的刘备仕途一次次遭遇坎坷。混了多年还是个县令级别,最后又不幸遇上了黄巾军攻破他的县城,走投无路的刘备只好去投奔老同学公孙瓒了,人际关系的重要性再次显现。但是,公孙瓒是在利用刘备,刘备心里明白吗?

第五章　人际关系的本质是什么

在中国，你的人脉力量有多强，几乎就能决定你能成多大的事。当然，这也不是绝对的，个人能力同样很重要，大家都想帮你但是你扶不起来也不行。你自己有本事全凭自己的能力混，可能多吃点苦但是也能干成事。完美的组合就是你自己有能力，还有人脉。

“朝里有人好做官”这句话还真不是空话，刘备朝里没人，多少年了都没有混出来。曹操朝里有人，他就敢惹事。

曹操、刘备都一样，第一份官职都是“公安局长”，不同的是：曹操是首都洛阳的北区公安局长（洛阳北部尉），刘备只是一个小县里的公安局长（安喜尉）。

但是，其实曹操的公安局长更难当，你在首都，随便拉出来个官都比你级别高，怎么管？

曹操上任以后，确实是想把本区治安治理好，于是就在公安局的四门悬挂五色执法棒，同时严明法律。然而京城那些高官权贵和他们的亲戚们横行惯了，根本不把曹操放在眼里。

这不，某天夜里，皇帝跟前的红人小太监蹇硕的叔叔就违反宵禁法令夜行。这事恰巧让曹操撞见了。也是蹇硕叔叔命里该绝，估计要是换了别的人，拿都不敢拿他。但是曹操正要杀鸡给猴看呢，立马就把蹇硕的叔叔给拿下了。而且从重从快处理，谁说情都没用，直接乱棍打死了。

这事儿震动京城啊！史载“**京师敛迹，莫敢犯者**”，没有一个人敢再在曹操的辖区违法乱纪了。

不过这事儿可没完啊。蹇硕谁啊，皇帝面前的红人，多少省部级高官都不敢得罪他，否则乌纱帽可能就不保了。

这个时候还没有明确证据表明蹇硕多牛，但是几年以后有件事，充分显示了他牛到何种程度。

188年，灵帝刘宏抽调天下兵马组建皇家野战军（西园军），自称“无上将军”检阅部队。不过他老人家身为皇帝，哪有时间处理军情事务啊？于是他就派蹇硕出任西园军八校尉的头头——上军校尉，同时委任他为元帅，连最有军权的全国兵马大元帅（大将军）都归他管。

牛吧？军权第一人啊！

曹操乱棍打死蹇硕的叔叔以后，蹇硕岂会善罢甘休？当然不会，打狗还要看主人呢，何况打死了叔！

蹇硕就发动皇帝身边所有的人，说曹操的坏话，想整死曹操。可是呢，蹇硕再怎么想整死曹操，也没有把曹操怎么样，曹操还是啥事没有（**近习宠臣咸疾之，然不能伤**）。

蹇硕那么厉害，为什么连一个小小的县级公安局长曹操都动不了？

不是曹操牛，是人家家里也有人！

这事要换了是刘备，弄个铁脑袋也被砍下来了，可是人家曹操就没事。

曹操的爷爷曹腾活着时是太监大总管，而且提拔了不少人，其中甚至有宰相（司徒）。曹操的父亲曹嵩也是当朝高官，这时候虽然还不是全国武装部队总司令（太尉），可也是九卿之一啊！（具体是大司农还是大鸿胪不详，二者都是九卿之一）

三公九卿，这是朝廷的主要成员，相当于现在的中央常委会。

曹嵩怎么也不会看着自己的儿子掉脑袋吧？再加上他老爹提拔那么多人，亲友故交还是有一些的吧？所以，县级公安局长曹操虽然啥也不用管，但是人家就是啥事都没有。

我们可以想象，以曹嵩为主的“保操派”和以蹇硕为主的“灭操派”在朝堂上斗争得有多厉害。

最后的结果，给曹操来了个“明升暗降”调到顿丘（今河南省清丰县）当县令去了，为的是让他离开京城，避免受到蹇硕等人的迫害。

刘备呢，立功受奖以后，政府也给他分配了个小官当当。

但是没过多久，政府就又发布命令了：清理以前靠军功当官的，还是只清理长吏（低级官员）。

刘备这个公安局长也是被清理的人选。不过,刘备并不甘心仕途就此止步,于是他就想走走后门,看看能不能通融一下。

刘备事前已经打听清楚了,主管这事的郡政府视察官(督邮)就在县招待所(传舍)歇着呢,他就来到招待所求见督邮。可是督邮也知道刘备是干什么来了,便称病不见刘备。

刘备无奈,只好回去。

回去之后,刘备越想越恨,老子给你送钱你还不收呢,非得断我的官路啊！这回刘备是彻底绝望了,回到公安局就带人抄招待所去了。

到了招待所那儿,刘备也不再让人通报传达了,直接领人闯了进去,说:“我奉太守密令前来捉拿督邮”,然后就把还在床上歇着的督邮给捆起来了。

捆起来以后,刘备假装是往郡政府送人,就在快出县界的时候,刘备把自己的公安局长印绶解下来系在督邮脖子上,同时把他拴在树上,用鞭子抽打一百多下,打过之后还觉得不解气,想把他杀掉。

督邮这时候吓坏了,连忙向刘备求饶,估计还是那一套:“我上有八十老母,下有三岁小儿,求求你大人不记小人过,饶了我的狗命吧……”

可能是督邮的求饶起了作用,也可能是刘备心软本身就没打算杀他。反正刘备最后没有杀掉督邮,把他解开放走后自己也走了。

这事本来是刘备自己干的,《三国志·先主传》和《典略》都有记载,不过在《三国演义》里罗贯中把这件事写成是张飞干的,所以很多人都认为是张飞干的。

鞭打督邮以后,刘备弃官潜逃了!

随后没过多久,正好赶上全国兵马大元帅(大将军)何进派民兵司令(都尉)毌丘毅[①]去丹扬招兵,刘备就跟着一起去了。

何进招兵这事应该是在 189 年年底,因为这时候何进刚除掉太监蹇硕,正要对付张让等人,他不仅调董卓进京,还大肆从地方上调兵,丁原等人就是这时候被何进调进京的。同时,何进还派张杨、张辽、鲍信等人去募兵,毌丘毅去丹扬募兵应该也就是在这时候。

刘备跟着毌丘毅募兵,行至下邳(今江苏省睢宁县北古邳镇)的时候,遇见了起义

---

① 毌丘:guàn qiū,复姓。

农民，刘备“**力战有功**”，又被任命为下密县办公室主任(下密丞)。

易中天老师等很多人注释时喜欢把县丞注成副县长，但这样其实不贴切。

县丞干的确实是副县长的活，但是古代一把手制度更严重，根本不设级别相当的副职，比如县丞，待遇比县令县长相差太多。如果大县的县令年薪是千石，县丞才四百石；如果是四百石或三百石的县长，县丞才二百石，所以个人认为译作“县办公室主任”比较贴切。

不过，刘备这个县办公室主任也没有干多长时间，具体原因不明，应该还是被逼无奈离职的。

《三国演义》为刘备编了参加“关东军”讨伐董卓的事情，还有“三英战吕布”什么的，大家不要相信，那些都是小说里塑造人物的文学手法。

且不说真正打仗的时候，主将会不会让小兵当啦啦队而自己上去单挑，历史记载里也仅有《英雄记》的一句话，即“**备亦起军从讨董卓**”。

关键是《英雄记》实在太不靠谱了，它里面的很多记载就像小孩子撒谎一样，轻易就能看出漏洞。回头有时间我会把《三国大史记》整理出来，全面解读三国，以及各种史料的谬误。到时候会详细讲解讨伐董卓的事件因由和经过，请朋友们勿急。

正史里没有刘备讨伐董卓的记载，而从时间上推断，这时候刘备已经离职了。何况就算不离职，领兵打仗也不是他一个小县的文官负责的事，有公安局长(县尉)专管这事呢!

刘备离职下密丞的时候，应该正是“关东军”讨伐董卓的时候。很抱歉，“三英战吕布”只是虚构的，还有“温酒斩华雄”也是虚构的，华雄是孙坚杀掉的。

后来，刘备再次复出，出任高唐县公安局长(高唐尉)，然后又得到升迁成为高唐县令。

古代看似只有郡县两级划分，实际上当时的县却等于包含了现在的地级市和县级市。而且古代这种划分比较清楚明白，一说是县令或是县长就知道是多大的官。不像现在，你说是市长，还得查你所在的市是地级市还是县级市。

刘备混了多年，终于干上了个县令。

但是也该他点背，不久就有起义军进攻高唐，把他的县城打下来了。刘备无奈，只好去投奔老同学公孙瓒去了。

公孙瓒呢，这时候正好也缺人，因为他正和袁绍开战，需要加强己方力量，于是公孙瓒把刘备收编,让他出任地方团队指挥官(别部司马)。

投靠公孙瓒,这是史书上明确记载的刘备第一次寄人篱下,他知道公孙瓒任用自己固然出于老同学的面子,但其实更多的还是利用他。可是,当你不具备谈判的筹码的时候,你也只有听任对方安排了。

刘备不知道,他的寄人篱下之路才刚刚开始,以后还长着呢。

我们讲人际关系,说好听点是互相帮助,说白点就是互相利用。你自己有本事,别人也要利用你的本事,互相利用,合作双赢。

我们给人打工是人际交往,也是互相利用;我们彼此交朋友是互相帮助,也是互相利用;只不过,冷血的人只讲利用,而我们还会融入自己的感情。

被别人利用不要紧,最悲哀的是别人都不愿意利用你,那说明你在别人眼里连一点价值都没有。

寄人篱下的刘备急于自立,他是怎么做的呢?请看下章,《刘备的魄力谁能比》。

下章提示

刘备虽然自己刚解决温饱问题,但是这时候竟然有人向他求助,这就像我们辛辛苦苦刚还完房贷,突然有个不认识的人找我们借钱来了。借,还是不借?刘备的选择与我们绝大多数人都不一样,他选择了“借”。

第六章 刘备的魄力谁能比

刘备投靠公孙瓒以后，公孙瓒任命他当了个地方团队指挥官(别部司马)。这时候，除了刘备，其他三国群雄基本上都已经站稳脚跟了，我们先来简单介绍一下他们的情况。

先说一下，这时是公元192年，群雄混战已经开始。就在刘备几经沉浮始终徘徊在县令以下的职位时，天下事已经历经几次大变。

首先是189年4月，皇帝刘宏死了，小皇帝刘辩继位。紧接着，何进谋害了兵权最大的蹇硕，然后他这个大将军就是名副其实的兵权第一人了。

随后，何进调董卓进京对付张让等人，结果董卓还没来，何进就被张让等人弄死了，袁绍又干沉了张让等人，于是董卓捡了个便宜，控制了京城。

然后，董卓擅自废掉皇帝刘辩改立刘协，独揽朝政，导致群臣激变。

随之而来的就是几个月后，关东军一起讨伐董卓。董卓迁都长安后，关东军又自相残杀窝里斗起来——刘岱火并了桥瑁，袁绍从韩馥手里夺取冀州后又逼死了韩馥，公孙瓒和袁绍又为了冀州打了起来。

接着就是王允和吕布谋刺了董卓，这边袁绍、袁术兄弟反目成仇，搞起两个阵营打起来。

袁氏家族不知道是有基因遗传还是怎么的，就擅长窝里斗，除了现在的袁绍、袁术兄弟俩相斗，以后还有袁谭、袁尚兄弟俩相斗。

袁绍、袁术这兄弟俩都是老狐狸，斗得也特别有技术含量——袁绍占据冀州(今河北中部、南部)，袁术就联合幽州(今河北北部和辽宁及朝鲜半岛北部)的公孙瓒，在袁绍背后插把刀子；袁术占据南阳(今河南南阳市及湖北北部部分地区)，袁绍就联合荆州(今湖北和湖南)的刘表，也在袁术背后插把刀子。

此外，袁绍还联合了曹操，袁术还联合了陶谦。

刘备就是这时候投靠公孙瓒的，公孙瓒派他屯兵驻于高唐。在此，我们要解释一下：高唐本就是刘备当县令的那个县，刘备被起义军打跑后投靠公孙瓒，公孙瓒让他回驻高唐，可能是交给他一支部队让他又打回去重新攻占了县城。

我们都知道，袁术、公孙瓒、陶谦等人不是袁绍、曹操的对手，所以袁术的联盟被袁曹联军全面击败。

但是，《三国志·先主传》却记载刘备投靠公孙瓒后是“**数有战功，试守平原令**”。

平原和高唐虽然都是大县，但是高唐只是平原国一个普通的县，平原县却是首府所在地，相当于今天的省会城市，所以平原算是比高唐级别高。由此可见，可能是刘备在战斗中确实立有军功。

“试守”用今天的话来说就是代理，暂时代理省会城市市长。

刘备代理市长一段时间后，还没有转正呢，就直接提升为省长（平原相）了。

因为史书记载简略，我们也不知道到底发生了什么，刘备直接从代理省会市长就升为省长了。然而就在刘备刚当上省长以后，另一个省长向他求救来了，我想大家已经猜到了，求救的人是会让梨的那位——孔融。

孔融是北海国宰相（北海相，即北海省长），他因为被黄巾军围攻，城破在即，只好派太史慈求助于刘备。

这事就相当于我们刚还完房贷，就有一个不认识的人借钱来了？因为刘备也是刚站稳脚跟，他和孔融又不认识，孔融居然来借钱——不，借兵来了。

所以刘备听完太史慈一番话后，立即敛容（很严肃）地问：“**孔北海知世间有刘备邪**！”

孔融人家是“童星”，小时候就出名了，刘备说这话可能是当时孔融已经名满天下了，而他还一直在低级官位挣扎。当然，还有一个更重要的原因，刘备和孔融根本不认识。

找人借钱，你俩就算不是很熟，但是起码得认识吧？孔融可能确实急了，居然找不认识的刘备借兵来了。所以刘备那句话其实就是说：“孔融认识我吗？”

这事搁我们任何人身上，可能都要拒绝——人都不认识，居然来借钱，你说得再好听也不行啊！

不过，他刘备就借了，还一下子派了三千精兵。不得不说，刘备的魄力无人能比啊！

要知道，刘备也是寄人篱下，公孙瓒是为了利用他对付袁绍，能交给他几千兵啊？

刘备是怎么考虑的呢？

我推测，刘备是这样想的——我们常说“救急不救穷”，孔融当时要不是走投无路，会找不认识的刘备借兵吗？刘备也知道，孔融是真的坚持不下去了。既然如此，关键时刻帮人一把，人家会感激你一辈子。

而且当时刘备一直在底层挣扎，结识孔融这种高层比较有名望的人，对他来说，也算是个机会，就像马云、马化腾、李彦宏之类的人找我们借钱一样。

事实证明，刘备这一把帮对了，因为不久孔融就投桃报李回报了刘备。

按理说，刘备是一身侠义心肠的，太史慈请刘备出兵时说刘备“**以君有仁义之名，能救人之急**”。这话我们固然可以当作奉承话，但是接下来的一件事再次证明刘备确实是“**能救人之急**”的。这件事是什么呢？请看下章，《枭雄就是这么冷静》。

下章提示

付出总会有回报，刘备两次付出，两次都收获了丰厚的回报。要么是他运气很好，要么是他能够准确判断什么人能帮什么人不能帮。我认为，刘备运气一向不好，所以是第二种情况。在下章，你就会惊奇地发现，如果刘备不够资格称枭雄，那么天下将没有枭雄。

第七章 枭雄就是这么冷静

刘备当平原相时险些遇刺,《三国志·先主传》和《魏书》都记载了这件事,说平原县一个叫刘平的人向来看不起刘备,就派人刺杀刘备,但是刺客不忍刺杀他,反而把这事告诉了刘备,然后离去。

王沈所著的《魏书》(注意,敌国史料)在叙述这件事时更为详细,说刘平派人刺杀刘备,刘备不知道真相,但是对待刺客很尊敬,并且热情接待他,刺客很感动,就告诉刘备事情的真相后离开。

《魏书》又说,当时人民遭受饥荒贫困之灾,很多人成为山林土匪,靠结伙抢劫为生。刘备一边抵御这些到处流窜作案、抢劫财物的贫困农民,一边大力赈灾救济本地农民,即使只是普通人,刘备也能和他们“**同席而坐,同簋而食**”,丝毫不搞特殊待遇,所以人们纷纷归附他。

刘备跟着公孙瓒当了个平原相,但是不久公孙瓒就在和袁绍、曹操的对战中节节败退,刘备只好和田楷向东撤退,驻扎在齐国首府临淄(今山东省淄博市东临淄区)。

这边公孙瓒、刘备的日子不好过,那边与他们同一阵营的陶谦的日子更不好过。

陶谦加入的也是袁术、公孙瓒他们这边的阵营,不过他们这个阵营已经全面溃败了。公孙瓒被打败退守青州东部,袁术被曹操追击千里一直赶到淮南。不过,曹操追击袁术时,陶谦却想趁火打劫夺取曹操的兖州。曹操回军后,立即大肆攻击陶谦的徐州。

曹操攻击陶谦有三个原因:一是陶谦属于敌对阵营;二是陶谦杀了他的父亲;三是扩张地盘利益所需。

据史书记载,193 年曹操第一次攻击陶谦时,一口气拿下陶谦十多座县城。《三国志·武帝纪》记载:“**秋,太祖(曹操)征陶谦,下十余城,谦守城不敢出。**”《三国志·陶谦传》记载:“**太祖征谦,攻拔十余城,至彭城大战,谦兵败走,死者万数,**

泗水为之不流，谦退守郯，太祖以粮少引军还。”

这一仗，曹操在徐州打了半年多，从193年秋出兵徐州，直到194年春才从徐州回军。

我们可以想象，这半年多把陶谦吓成什么样子，曹操在徐州横行无忌大肆进攻，杀死陶谦的徐州部队数以万计，“**泗水为之不流**”，以致把陶谦吓得“**守城不敢出**”。

郯县(今山东省郯城县)是陶谦的徐州东海郡郡治和徐州州治所在地，陶谦就吓得藏在老窝里不敢露面。

不过，陶谦虽然不敢露面，却也知道搬救兵。搬谁啊，就是同一阵营的公孙瓒手下的田楷和刘备。

这时候，其实刘备也是自顾不暇，他手里只有一千多人马，与当初支援孔融就敢放出三千精兵相比，现在几乎成了要饭的。不过，接到陶谦的求援后，刘备还是毫不犹豫地再次出发了，太史慈说他“**能救人之急**”，看来确是实话。

刘备虽然兵少，但是相比当初却多了一员大将，他就是赵云。赵云本来是跟着公孙瓒的，不过在与刘备相识后就决定换个老板，可见刘备独特的人格魅力绝不简单。要知道，刘备当时和赵云一样，都是给公孙瓒“打工”的啊！

为了救援陶谦，刘备拉着自己仅有的一千多人马出发了，路上又拉拢了几千饥民。这些因饥饿而背井离乡逃难的老百姓，他们可能是刘备“抓壮丁”强迫加入的，也可能是正好能够有饭吃而不致饿死，怎么理解就看你自己心中所想了。

不过刘备坦荡对待陶谦，陶谦可不是能够同样坦荡对待刘备的。

《三国志·先主传》记载，刘备救援陶谦，“**既到，谦以丹杨兵四千益先主**”。诸位，如果不加留意，可能会觉得陶谦也挺仗义的，刘备来到以后立马给他增兵四千人。但是诸位，陶谦给刘备的是“丹杨兵”而不是“徐州兵”。

那么，他为什么给刘备丹杨兵呢？

因为陶谦的老家是丹杨的，那些人都是陶谦的老乡。

在古代，老乡关系可是相当铁：刘邦起兵，沛县老乡帮了大忙；项羽兵败，无颜见江东父老，因为他带出来的八千江东子弟死亡殆尽；曹操起兵，沛国谯县老乡夏侯家族和曹氏家族是铁粉；官渡之战，袁绍老家汝南的民众发动叛乱，背离曹操拥护支持袁绍……就连刘备起兵，涿县老乡张飞、简雍等人也是他的主要骨干力量。

陶谦交给刘备四千丹杨兵就是因为，这四千人死忠于陶谦而不会真正听刘备的，你要是帮助陶谦打曹操可以,你要是想自己拉走——对不起,你自己玩儿去吧!

虽然陶谦对刘备留了一手,不过刘备还是毫无怨言地接受了陶谦的安排。因为他知道,换了自己可能也会这样,人都有自私的一面,谁不为自己考虑啊。

田楷、刘备到达徐州,正好赶上曹操粮尽撤兵。于是,陶谦就安排刘备驻扎在小沛(今江苏省沛县),并装模作样地上表朝廷推荐刘备出任豫州州长(豫州刺史)。

这个小沛大家要注意,它在历史上尤其是三国历史上多次出现,每次都有重要的意义。

不得不说,陶谦并不像《三国演义》中说的那样,是老实忠厚的长者,历史上真实的陶谦其实老奸巨猾、城府很深。

为什么这么说呢? 大家看下地图就知道了。

首先,小沛并不属于徐州,而是属于豫州,它是豫州沛国的一个小县城。陶谦交给刘备的并不是自己的徐州地盘,说白了,能不能守得住还是看刘备自己。

其次,小沛地处豫州的东北角,往北往西都是曹操的兖州地盘,可以说是徐州西北的门户。曹操要想攻打徐州,无论从西往东打还是从北往南打,都要越过小沛。

陶谦的目的就是这么简单,把刘备推到前线,让他夹在曹操和陶谦中间充当炮灰。不管将来曹操怎么出兵,势必先拿下刘备,不然就很有可能被拦截断掉后路,遭前后夹击。

这样一来,曹操直接面对的是刘备,他要想拿下刘备就必须耗费大量精力,而陶谦还可以躲在刘备身后支援他,让他尽可能拖垮曹操。

陶谦的如意算盘确实不错,可惜他也低估曹操了。

曹操194年春回军,当年夏就又组织部队对徐州再次展开攻击。因为刘备扼守徐州西北大门,所以曹操选择避开刘备从兖州最东部向东、向南打。

曹操选择避开刘备,并不是打不过刘备,而是战略上不想和刘备僵持消耗自己的实力。所以他选择绕开刘备直接攻击陶谦的徐州本部。

这一次,曹操绕开刘备直接攻打徐州本土,迅速地攻下徐州北部琅琊郡和东海郡的五座县城。陶谦的徐州州政府所在地就在东海郡治郯县(今山东省郯城县),曹操就在陶谦的老窝附近打下五座县城,挑衅躲在郯县的陶谦。

然而,陶谦还是不敢出来跟曹操正面交锋。

曹操可能觉得不过瘾,回军的时候还故意选择从陶谦老窝郯县经过,够挑衅吧!

曹操从郯县路过，陶谦终于忍不住，想伏击曹操一把了。他就派人喊来刘备，让他和自己的部将草包——哦，不是，是曹豹！一起埋伏在郯县东伏击曹操。（曹豹可不是草包，诸位留意，后面他还会有精彩表现）

但是，曹操的攻击力太强悍了。

曹豹、刘备伏击曹操不成，又被打得大败，曹操还大摇大摆地又在郯县西北攻下了紧邻郯县的襄贲（今山东省苍山县南长城镇）。这下可把陶谦吓坏了，准备放弃徐州不要了，回老家丹杨避难去。

《三国志·陶谦传》记载，这时候“**谦恐，欲走归丹杨**”，看来确实是吓尿了。

可是就在这时候，曹操却从徐州撤兵了。

曹操撤兵回军兖州不是因为不敢在徐州逗留，而是因为陈宫等人在曹操出兵徐州时，暗中勾结吕布乘虚袭取了兖州，曹操的兖州这时候只剩下三座县城还在为他坚守。

估计曹操也不知道当时陶谦已经吓尿了，不然怎么也得先拿下徐州啊！

话再说回来，刘备在曹操第一次攻打徐州的时候去救援陶谦，然后陶谦不是推荐了刘备担任豫州州长吗？（“**谦表先主为豫州刺史**”）

这个所谓的“表”，其实不是真的向朝廷推荐，经过朝廷同意以后任命的，而是做做样子写份奏折，被推荐人拿着奏折就可以上任了。当然，推荐人要有一定的实力和地位，三国时代，每个大军阀都可以随意“表”一个人到某地任官的。

刘备虽然被陶谦表为豫州刺史，但是这时候豫州其实是有刺史的。

豫州刺史名叫郭贡，驻扎在豫州真正的州治谯县。郭贡很有实力，陈宫、吕布互相勾结偷袭兖州的时候，郭贡也曾率领数万大军到兖州巡游，打算借机瓜分一块肥肉，不过后来被荀彧机智化解了。

郭贡那么有实力，所以只占有豫州一座县城的刘备既不是正规的豫州刺史，也没有实力同郭贡争夺豫州。

刘备一生几乎没交到什么好运，可是这回例外了。

曹操回到兖州以后，和吕布打得难分难解。这一仗一共打了一年多，曹操才算从吕布手里重新夺回兖州。恰巧就在曹操无暇他顾的这一年多里，刘备遇上了一个天赐良机。

原来，曹操回军兖州以后不久，徐州的全权州长陶谦就病死了。当然，也有可能是被曹操吓死的，看看前面陶谦吓尿准备放弃州长不做回老家避难，被惊吓过度发病而死也不是没有可能。

陶谦临死前，遗命交代让刘备接手徐州。据《三国志·先主传》记载，陶谦病重时交代州政府行政官(别驾)麋竺说："**非刘备不能安此州也。**"接着，陶谦就一命呜乎了。

陶谦挂了以后，麋竺等人率领州政府主要领导班子来接刘备上任。

朋友们，刘备一直强大不起来就是因为没地盘啊。比如说现在，虽然陶谦"表"他当了个豫州刺史，但是其实行使的还是县长的权力。别的不说，郭贡没有去打他就算菩萨心肠了。

刘备不过一个被陶谦吹捧的豫州刺史，郭贡才是朝廷正封的豫州刺史。刘备不过占了豫州一座县城，人家郭贡可是占了豫州另外98座县城。

既然郭贡实力强还是朝廷正封的豫州刺史，那他为什么允许刘备一个冒牌豫州刺史留在小沛呢？其实道理也很简单，郭贡得给陶谦几分面子啊！不打刘备，那是因为陶谦在那站着呢。

现在陶谦死了，刘备的保护伞没了。但是天赐良机，陶谦让刘备接手徐州。哎呀，这可是刘备梦寐以求的啊！

估计换成张飞、关羽或是我们，肯定就说："哎呀，太好了，走吧大哥，咱兄弟们出头的机会来了！"

这事咱们不在现场，张飞、关羽怎么说的咱们也不清楚。但是刘备的表现却是让我佩服至极。

麋竺他们徐州政府主要领导班子来请刘备，史书记载刘备是"**先主未敢当**"。也就是说，刘备推辞了。

刘备推辞以后，下邳(今江苏省睢宁县北古邳镇，注意这个地名)人陈登对刘备说："如今汉室衰落全国混战，建功立业就在今天。本州物产富庶人口百万，想请你屈尊光临本州主持工作，怎么样？"

刘备回答说："袁术近在寿春，此人出身于四世五公之家，名满天下，你们可以把徐州交给他啊。"

陈登说："袁术骄傲放纵，不是能够治理乱世的君主。我们想为你整合步兵、骑兵十万人，上可以匡扶朝廷拯救万民，建立春秋五霸那样的功劳，下可以割据一方保守疆土，立功留名史册。如果你不答应我们，我们也不敢听你的(指把徐州交给袁术)。"

朋友们，玄机就在这里啊！

刘备不想接手徐州吗？想，他做梦都想。

那他为什么还推辞，仅仅是说几句客气话吗？不是，如果你以为这仅仅是几句客气话，那就大错特错了。

诸位，刘备一直在投石问路，试探陈登他们。

首先，刘备不确定陶谦是否已死，所以他先推辞（**先主未敢当**）。假如陶谦没死，或是将要死，想把刘备骗到徐州杀掉，你刘备一听说要把徐州交给你，就立刻兴冲冲地上任去了，那不是自投罗网找死么？

三国时代，豪强林立，每个人死后一般都把家业交给了自己的儿子。比如，刘表把荆州交给小儿子刘琮；刘焉把益州交给儿子刘璋；袁绍把地盘分给三个儿子和一个外甥；孙策死时儿子还小，只好交给弟弟孙权；公孙度死后把辽东交给了儿子公孙康；张济死后可能没有儿子，把南阳交给了族子张绣；还有，马腾入京，人马由儿子马超带领；官渡之战时，长沙太守张羡背叛刘表，后来张羡病死，长沙官员又立张羡的儿子张怿为长沙太守……诸多事例都证明，在那个乱世时代，父亲传位给儿子已被公认，成为常理。

陶谦不是没有儿子，他有两个儿子，一个叫陶商，一个叫陶应。既然如此，陶谦为什么要例外，不传位给自己的儿子呢？

答案也很简单，他被曹操打怕了。

陶谦和曹操既有利益纠纷又有杀父之仇，所以曹操才疯狂攻击徐州。就像他194年回军兖州之前，在徐州州治郯县东击败曹豹和刘备的伏兵后，又攻下紧邻郯县的襄贲。但是曹操并不是要占领襄贲才进攻襄贲的，事实上他攻下襄贲之后并没有占领，而是大肆屠戮一番之后就回去了。

曹操为什么这么做？他其实是在向陶谦炫耀武力——有胆子你就出来，我就是要攻击你州政府旁边的县城，怎么样？

陶谦不敢出来救援，虽然那个县城就和他的州政府所在地紧挨着。而且他都吓得准备放弃徐州州长不当回老家避难了，可见吓得不轻。

正是如此，他在交代麋竺要立刘备为徐州州长时强调“**非刘备不能安此州也**”。

另外，据史书记载，陶商、陶应都是终身不当官（**谦二子：商、应，皆不仕**）。这极有可能就是陶谦提前交代两个儿子，如果你们出山为官，曹操就会攻打你们抓住你们并杀掉，但如果你们都是一介平民，或许还能避掉灾祸。

陶谦可不是傻子啊，从他既要刘备帮忙同时又想方设法限制刘备就可以看出。

但是，刘备并不知道陶谦是想让他能够守住徐州，保住他两个儿子的性命。万一陶谦是为了想替儿子扫平近在身边的威胁，把刘备诈到徐州杀掉呢？

所以，刘备先是推辞，试探陶谦是否真心实意想让自己接手徐州。那么，他对陈登说的不如让给袁术那些话，又是什么意思呢？

很简单，还是试探。得知陶谦确实已死之后，刘备还是不敢贸然去徐州上任。

因为，刘备不是徐州本土官员，只不过是一个协防徐州的小军队首领，没有强大的兵力作后盾。

作为一个非徐州直系官员，手下仅有一城，人马不足一万，并且徐州五郡国62座县城还没有一个是刘备的嫡系，他们岂会甘心拥护刘备当他们的领导？如果徐州五郡国有一个太守表示反对，立马就能出兵赶走刘备，人家再怎么说也有数万部队啊。

刘备担心的正是这些，所以他要先投石问路试探一下陈登、麋竺他们州政府的官员，看他们是否支持自己。

陈登家族是徐州的名门望族，陈登本人在徐州也很有威信，而且陈登当时正担任着徐州的农耕区驻军司令（典农校尉），说话可谓是相当有分量。

但是，陈登表态对刘备很支持很拥护还没有让刘备彻底放心，接下来的一个人表态才让刘备真正吃了定心丸，这个人就是刘备曾经帮助过的“让梨君”孔融。

孔融是青州北海国的宰相（北海相，与太守平级，相当于今天的省长），这次邀请刘备出任徐州州长，不知道他怎么也参加了。

当刘备说为什么不把徐州交给袁术后，陈登先回答说袁术“**非治乱之主**”，孔融接着说：“袁术岂是能够为国家考虑的人？再说了，他们老袁家的四世五公早就是坟堆里的一把白骨头了，何必还在乎他们的名望。现在的形势是，老百姓都在盼望贤明的人来领导他们，上天赐予的东西如果不要，将来可是后悔莫及。”

陈登、麋竺是徐州州政府官员，这算内应。孔融是青州北海国宰相，因为刘备曾经仗义相助也对他表示大力支持，这是刘备的外援。

既有内部支持又有外援，刘备这才放心大胆前往徐州上任。

刘备的超级冷静，我觉得可能要比我们一般人高出百倍，当天上掉下个大馅饼的时候，有几个人能够做到和刘备一样冷静呢？

我们往往只知道机会不可错失，却忘了预先衡量一下自己是否有实力接住这个大馅饼，所以天上掉馅饼的时候很多人都会被馅饼砸伤或砸死了。

特别要提出的是，易中天老师在“品三国”的时候，居然只简单地认为，刘备不敢接手徐州是怕地主大户的阻挠。

我认为这种说法非常简单可笑，自古民不和官斗，你地主大户再牛，能经得起官兵围剿吗？刘备岂是那么头脑简单的人？

前面我们已经说了，要注意陈登是下邳人。刘备上任后的第一件事就是——把州政府从郯县迁往下邳。

郯县是陶谦的徐州州政府所在地，也是徐州东海郡的郡政府所在地。刘备对这里实在没有安全感，所以他上任后首先就把州政府迁往陈登的老家，徐州下邳国的首府下邳县。

这就是为什么曹操和陶谦交战是围绕郯县进行的，而后来吕布夺取刘备的徐州却是在下邳进行的原因。可惜，吕布虽然从刘备手里夺了徐州，但是几年后曹操抓住他并把他杀掉的地点也是下邳。

不知道吕布若知晓自己日后死在下邳，还会夺刘备的徐州吗？

接受陶谦遗命去徐州上任看似平淡无奇，实际上刘备在背后所做的分析和考量，可能是我们所有人都做不到的。他不但要排除陶谦未死把自己诈到徐州杀掉的可能性，还要排除徐州官员不支持自己一个外来人的可能性，并且因为徐州州府在郯县，刘备对这里没有安全感，上任第一件事就是把州府搬到支持自己的陈登老家。

现在，你是否开始佩服刘备的心思缜密和超级冷静了？刘备“喜怒不形于色”真不是盖的啊！

两次仗义出手，一次救援孔融，一次救援陶谦，刘备两次付出都获得了丰厚的回报，更重要的可能还是其中蕴藏着刘备自己的敏锐判断。

对一个不知道感恩、狼心狗肺的人付出，可能你不但得不到回报还会像东郭先生那样被“中山狼”威胁。

那么接下来，刘备的枭雄之路会走得顺畅吗？请看下章，《徐州争夺战》。

下章提示

刘备得到徐州，这是他从起兵以来实力最为强大的时候，可是，眼红的袁术却来和刘备争夺徐州，刘备该如何保住自己刚刚得手的地盘呢？

第八章 徐州争夺战

刘备这边接手徐州，那边曹操经过一年多的拉锯战，终于把吕布从兖州赶跑了。吕布被曹操打跑后，跑哪儿去了？前往徐州投奔刘备去了，一辈子到处找人投奔的刘备这次居然也有人投奔他了。

吕布和刘备并不熟，他见了刘备后也是先拉关系。"我和你都是国家边郡的人啊（**我与卿同边地人也**）。"既然认不了老乡，认个同是国家边地的，也近乎。

看来，从古至今拉关系套近乎的套路都差不多。

不过，由于吕布是个反复小人，加上他见了刘备以后"**语言无常**"，所以刘备虽然接纳了他，但是内心却很不高兴。我们早在介绍刘备时就知道，刘备是"**喜怒不形于色**"的，因此吕布也没看出来刘备讨厌他。

徐州是块宝地，不止曹操挂念着徐州，离徐州近的袁术也在想办法吞掉徐州这块肥肉。

刘备接手徐州不久，袁术就发兵进攻徐州了。为了打退袁术的进攻，刘备亲自率领部队和袁术交战。

这时候，刘备把镇守州政府下邳的任务交给了他最信任的人——老乡张飞。和张飞一起镇守下邳的还有一个陶谦的原部下曹豹，就是当初那个在郯县东和刘备一起阻击曹操的人。

刘备一生识人甚至比诸葛亮还要厉害，他能放心地把镇守徐州的任务交给张飞和曹豹，说明他和曹豹的关系也不一般，至少他对曹豹的信任要远高于徐州其他将领。可是刘备怎么也没想到，张飞竟然会把这事搞砸，以至于刘备无家可归。

据史书记载，刘备和袁术的交战，原先是不相上下"**更有胜负**"的。

然而，负责镇守下邳的张飞却在这前线紧急的时候给刘备惹麻烦了。可能是因为与刘备是老乡，加上从一开始就跟着刘备起兵的原因，张飞自认为跟刘备的关系很铁，而曹豹不过是一个外人。因此，他竟然想在刘备不在下邳主持工作的时候杀掉曹豹。

唉，张飞莽撞啊！你也不想想你算哪根葱、哪盘菜啊，你有什么权力杀掉州政府一员大将啊？

关键是你想杀就杀吧，做得干净利落点，趁曹豹不注意把他抓住杀掉也行，大不了刘备回来以后负荆请罪。可他张飞连这点头脑都没有，居然派兵攻打曹豹。

这下好了，曹豹和刘备感情再深厚也得保命啊。所以曹豹就一边坚守，一边派人和吕布联系，请吕布出兵攻取下邳。

外敌未平，后院又起火，刘备就是有天大的本事也摆不平啊！

吕布率军水路陆路一起进兵，来到下邳城西40里的时候，刘备部下的警卫指挥官（中郎将）许耽连夜派人通知吕布，说张飞和曹豹正打得不可开交，城里的部队互不信任已经大乱。

许耽是陶谦的老乡，丹杨人，很可能也是陶谦的老部下，是当初交给刘备的那一拨人。他对吕布说，自己手下有一千丹杨兵正驻扎在城西的白门附近，只要吕布来打下邳，驻守下邳西门的丹杨兵就开门放吕布进城（**将军兵向城西门，丹杨军便开门内将军矣**）。

接到消息后，吕布立即指挥部队连夜进兵，凌晨已达下邳城下，许耽和他率领的丹杨兵果然守信用，立马开门放吕布军进城（**天明，丹杨兵悉开门内布兵**）。

记不记得当初说过，陶谦交给刘备丹杨兵就是因为这些人死忠于陶谦，刘备是带不走的，现在真的应验了，出卖刘备献出城门的就是丹杨兵。

丹杨兵献出城门以后，吕布就坐在白门楼上（吕布被曹操抓住的地点），指挥手下步兵、骑兵一起出动，在城内放火，大破张飞的部队，把刘备和手下将士的家眷全部俘获，也把所有军事物资都抢占了。

张飞溃败逃跑以后，才把消息告诉刘备。

刘备得知下邳失守，全军将士、家眷及军事物资尽被吕布收入囊中，也顾不上再和袁术交战，赶紧回军解救下邳。可是当他回到下邳的时候，部队已经人心涣散纷纷逃跑投降了。这也怪不得士兵们，老婆孩子、爹娘都在人家手中，咋去打人家啊？

刘备无奈，只得收拾散乱士卒南下广陵，想和袁术再战。然而这时候，将士们已经无心恋战了，所以刘备又败于袁术之手。

因为张飞惹的祸，此时的刘备真的已经穷途末路了。下邳回不去了，和袁术打吧，士兵们无心再战，加上军粮也消耗殆尽，将士们抵挡不住饥饿，已经自相残杀吃人肉维持生命……或许，这是刘备有生以来第一次觉得很无力，第一次无计可施的时候。

所幸此时，当初听从陶谦遗命去小沛接刘备上任的麋竺帮了大忙。

麋竺是徐州东海郡朐县人，家族世代经商，是当时的亿万富翁，光是佣人、奴仆就有上万人，资产达万亿。

刘备在广陵败于袁术之手后，人困马乏兵穷粮尽，这时候麋竺雪中送炭地伸出了无私援助之手。他不但把自己的妹妹（糜夫人）献给刘备做妻室，还送给刘备两千人充实部队，并把家产拿出来供刘备作为军资。

估计这一次刘备是真哭了，这事我听着都感动，刘备作为当事人会不感动？

靠着麋竺的大力支持，刘备这才渡过了最困难的时期。但是因为全军将士的家眷都在吕布手里，刘备只得同吕布求和，派人向吕布投降。

吕布这时候其实也不想和刘备再战，因为毕竟袁术还在虎视眈眈地盯着徐州呢！二虎相争必有一伤，刘备和袁术相斗，这才给了吕布乘虚袭取徐州的机会。吕布哪会再和刘备相斗，给袁术创造机会呢？所以吕布就让刘备回来，和他一起对抗袁术。

刘备重回下邳时已经不再是这里的主人了，虽然吕布仍旧按照州长（刺史）的待遇派出车马仪仗接待刘备，并且送还家眷给刘备和将士们。但是他也明白，吕布收留他不过是和公孙瓒、陶谦一样，是为了利用他抵挡对手。

有一点我非常不解，《三国志·先主传》上说刘备投靠吕布以后，派遣关羽镇守下邳。难道，吕布把下邳又交还给刘备了吗？那他自己住哪？下邳可是徐州的州政府所在地啊，吕布不可能把它交还给刘备。

是否史书误载，而今已难考证。不过，吕布派刘备镇守小沛倒是符合情理（**布遣备屯小沛**）。

就像当初陶谦收留刘备是为了对抗曹操一样，吕布收留刘备也是为了对抗曹操。曹操的厉害他也不是没见过，让刘备到前线充当炮灰这种事陶谦能干出来，吕布也能干得出来。

刘备无奈啊，手里失去了谈判的筹码，那就只有跟着人家打工了。

那么,刘备就甘心一辈子给人打工,为别人创造利益吗?不会,刘备永远不会。究竟何去何从,刘备能在这前途渺茫的时候找到人生的方向吗?请看下章,《宿敌之间的相聚》。

下章提示

吕布安排刘备帮他对抗曹操，袁术却想继续找刘备的麻烦，吕布只得出头，用“辕门射戟”化解了这场危机。辕门射戟，吕布不是仗义出手相助，而是为了自身利益着想。可是，刘备和吕布之间还是有了新的矛盾，这一次，被打跑的刘备为什么去投靠曹操呢?

第九章 宿敌之间的相聚

吕布袭取徐州，刘备无奈投奔吕布，这一次客主易位，吕布成了徐州的主人，刘备再次寄人篱下。

随后，吕布把刘备安排在小沛，让他夹在自己和曹操中间，目的和陶谦一样，是想让刘备帮自己抵挡曹操，充当第一线的炮灰。

刘备也没办法，只能先在小沛暂时落脚。

可是还没等刘备站稳脚跟，袁术已经穷追不舍地撵上来了，他派部将纪灵率领步、骑混合兵团三万人攻打刘备的小沛。刘备自己对抗不了袁术大军，只好求助于吕布。

这时候，吕布手下一帮缺心眼的将领都劝说吕布："将军你早就想杀掉刘备了，现在正是机会，可以借袁术之手把他杀掉。"所幸，吕布也看出袁术的真实用意。袁术真的是想消灭刘备吗？不是！

袁术的真正目的其实还是徐州。

袁术和刘备之间并没有什么深仇大恨，而且曾经还是同一个阵营的，当初他和刘备交战无非是想从刘备手里夺取徐州。《三国志·孙策传》里记载袁术想打徐州，找陆康借米之事，可见袁术一直在觊觎徐州。

袁术不远千里从淮南攻打小沛，目的就是徐州。因为小沛一旦被袁术拿下，袁术就能够对吕布的徐州形成半包围之势，从南、西、西北三面压迫吕布。如果是那样，吕布北面还要受曹操之敌，而东面就只有大海了。

所以当吕布手下一群"菜包"对他说，可以借袁术之手杀掉刘备时，吕布马上否定，说："不行，袁术如果击败刘备，就可以北连泰山诸将把我包围，刘备不得不救啊。"

接下来的事情大家都很清楚了，吕布亲自带领一千步兵、二百骑兵奔赴刘备军营。

纪灵听说吕布已达刘备军营，只好停止进攻，他不是怕吕布那一千二百人马，而是不想与吕布结仇。

吕布的人马就驻扎在小沛西南城外一里，这是摆明了要支援刘备的。随后，吕布派自己的侍卫官(铃下)前去邀请纪灵赴宴。纪灵也正想邀请吕布呢，双方一拍即合。

席间，吕布对纪灵等人说:“刘备，他是我的兄弟啊。如今被你们围困，所以我来解救他了。我吕布生平不喜欢争斗，却很喜欢当和事佬调解争斗。”

不得不说，吕布这脸皮也是够厚的，才偷袭夺取了“兄弟”的立身之地，转眼就又称兄道弟起来了。

为了展示一下自己的箭术，吕布让人在辕门外一百五十步的地方竖立一支戟，说:“你们看着，要是一箭射中画戟的小支，你们就解围回去，别再争斗了。”

吕布虽然不要脸，可是箭法倒不含糊，果然一箭射中戟的小支。纪灵他们吓坏了，乖乖，这要是真打，还不射谁谁死啊！再搞下去弄不好吕布真要射他一箭，于是纪灵就乖乖地撤退了。

辕门射戟，吕布确实救了刘备，虽然他对刘备不是真心的。好吧，这事是人家两人的私事，咱不多做评论。

但是接下来不久，吕布和刘备两人就弄掰了。原因据说是刘备红杏出墙，哦不，原因据说是刘备在小沛招兵买马，很快又弄了一万多人，吕布看不得刘备迅速发展壮大，所以出兵攻打刘备。

这下可好，吕布留刘备本来是为了对付曹操的，结果他一打又把刘备打到曹操那边去了，一代奸雄和一代枭雄终于碰头了。

现在有很多曹操的粉丝和刘备的粉丝互呛，攻击对方阵营，往对方偶像身上泼脏水，其实我们真的误会了曹操和刘备之间的关系。他们之间因为政治立场不同，所以没办法成为至交好友，但是英雄之间其实还是互相欣赏的！

据《三国志·先主传》记载，建安元年(196年)曹操迎接献帝定都许县，这个时候按理说，“挟天子以令诸侯”的曹操应该发飙展示雄威了。但是曹操却做了一件让人意想不到的事——表彰刘备。

刘备接手徐州，那是陶谦的私人馈赠，是没有经过朝廷批准的，所以怎么说也有点名不正言不顺。曹操呢，就向朝廷表奏，封刘备为镇东将军，外加宜城亭侯。

镇东将军在那时候的地位还是很高的，差不多相当于现在的上将。宜城亭侯是三级侯爵，关羽斩颜良也才不过弄了个三级侯爵——汉寿亭侯。

汉寿是个地名，在今湖南省常德市鼎城区，古代封王封侯一般都在前面加上个地名，表示封在那里。就像刘备被封的宜城亭侯，宜城就是现在的湖北省襄阳宜城市。

以此类推，齐王就是齐国的国王，淮南王就是淮南国的国王，兰陵王就是兰陵国的国王。

曹操表彰加封刘备的时候，刘备正在前线和袁术交战，吕布也还没有袭取徐州，曹操和刘备之间半毛钱关系也没有，要有也是之前刘备两次帮别人打曹操。

但是，曹操居然主动向三国群雄里最不起眼的刘备抛出橄榄枝，这难道不说明两人虽未相见已有神交了吗?

也正如此，刘备被吕布打败后，才会毫不犹豫地投靠从未相见的曹操。

不过，曹操手下那一群超级谋士也不是吃干饭的。他们对刘备可没有曹操那样友善，他们只考虑一点——尽可能帮助主公(曹操)消灭一切对手，甚至包括刘备这样还没有成气候的潜在威胁。

刘备前往许县投奔曹操，曹操对他虽然惺惺相惜，但是敌视他的人实在是太多了，而且这些人都是心腹智囊，很有可能影响曹操的决断。

那么，前路危机重重的刘备是怎么安然无恙地在曹操手底下混的呢? 请看下章，《枭雄和奸雄亦师亦友的复杂关系》。

下章提示

刘备投奔曹操，曹操的智囊团一再劝说曹操把刘备杀掉，可是曹操没有杀掉刘备，反而给予刘备很多支持。 而刘备亦投桃报李大力帮助了曹操，这究竟是怎么回事?

第十章 枭雄和奸雄亦师亦友的复杂关系

历史评价中把曹操称为“奸雄”，把刘备称为“枭雄”，我们姑且以此作为对二人的称呼，来讲述本章史事。

刘备在小沛招兵买马迅速发展壮大，这让吕布很眼红：给你个小县城玩玩你还当真了，真准备发展壮大了重新杀回徐州啊！所以，这次吕布再也不能容忍刘备对自己造成的威胁了。解散联盟，打他去！

刘备在迅速发展壮大，吕布也不会傻到等刘备有实力和自己抗衡的时候才去打他，所以这回刘备又败了。

没办法，实力不在一个级别啊！

其实就在吕布和刘备闹矛盾反目成仇的时候，还发生了这么一件事。

当时有一个名士叫袁涣，曾经在刘备手下待过，后来避难淮南被袁术拉过去当了幕僚，然后又在交战中被吕布弄走了。吕布跟刘备闹矛盾，他就让袁涣写信骂刘备，袁涣不干。

吕布再三强迫，袁涣也不答应，吕布就怒了，让人把刀架到袁涣脖子上：“说吧，你是要头，还是写信骂刘备?”

按说，在死亡面前，可能大部分人都不淡定了，但是袁涣依然不干，他对吕布说：“我听说用德行可以使人蒙受耻辱，没听说辱骂可以让人蒙受耻辱。对方若是君子，不会在乎你的言论。对方若是小人，回信对骂，耻辱仍在你这边。况且我过去曾跟随刘将军，现在骂他，就像现在跟随你将来骂你一样，你说这样可以吗?”

吕布惭愧无言以对，最后只好放了袁涣。

这件事主角虽然是袁涣，看上去是袁涣大义凛然不忘旧主，但是我们从另一面想想，如果刘备不是那么仁义得人心，估计袁涣也不至于刀架脖子上都不肯骂他。

话说回来，做人要做好人，但是不能做老实巴交没本事的好人。上天不会平白无故给谁掉下来个有权有势的干爹的，做人还是要靠自己。

刘备这时候实力不强，所以被吕布击败了，那么下一步该往哪走。

投奔谁呢？曹操吧！

大家如果看了我写的《三国大史记》，一定会觉得有点不可思议。要知道，刘备投奔谁都可以，但就是不能投奔曹操啊！咱先说说刘备和曹操之间的渊源。

刘备从平民起兵，到他高唐县被起义军攻破，走投无路时投奔老同学公孙瓒。在此之前，刘备和任何一个三国群雄的人都没有过过节，但是在三国群雄里刘备的第一个对手就是曹操。

刘备投奔公孙瓒时，公孙瓒正在袁术的阵营里对付袁绍和曹操，刘备就被公孙瓒拉来和曹操对抗了。

接下来，刘备第二次寄人篱下投奔的是陶谦。陶谦也是袁术阵营里的，和曹操还有血海深仇。曹操猛攻陶谦的徐州，陶谦扛不住了，就向盟友田楷和刘备求援，刘备南下帮助陶谦，对手还是曹操。

换作旁人，可能早就骂开了：我跟谁打你帮谁，你为啥老跟我过不去啊？

但是曹操不这样，或许是曹操也理解刘备的苦衷，也或许是曹操同样想利用刘备，所以当刘备接手徐州并因为利益关系和袁术交战时，刚刚迎接献帝定都许县的曹操做了一件以德报怨的事——表彰刘备当镇东将军，封宜城亭侯。

惊讶不？

曹操和刘备之前一直是死对头，宿敌。可是曹操刚迎接献帝定都许县，本应该"挟天子以令诸侯"教训一番他的对手了，可是他先做的竟然是表彰老对手刘备。袁绍有这待遇吗？袁术有这待遇吗？吕布有这待遇吗？刘表有这待遇吗？

刘备的徐州是陶谦"禅让"的，毕竟没有经过朝廷的允许，怎么说都有点名不正言不顺。曹操表奏朝廷加封刘备，给予他一个很高的将军名号，又加封侯爵，这就等于朝廷已经承认了刘备的合法徐州州长地位。

那么，你袁术再来进攻，就是违反皇命擅自攻击朝廷命官。虽然那时候的朝廷对于群雄来说已经没有多大威慑力了，可是很多百姓还是很认可朝廷这块招牌的。

曹操表彰刘备就是告诉徐州百姓，刘备是朝廷给你们任命的官员，你们要听他的。

另外,曹操加封刘备的这个将军名号也有很深刻的意义。因为这个名号不是别人的,是曹操自己刚刚用过的。

196 年 6 月,曹操被朝廷授予镇东将军的名号。随后,曹操进京迎接献帝,8 月 27 日,曹操带领献帝一起迁都许县。同月,曹操被提升为全国兵马大元帅(大将军)。

这时候,镇东将军已经无主了。曹操思虑再三,居然将这个名号授予屡屡和他作对的刘备。

可能有人会说,曹操加封刘备不过是拉拢他对付袁术。

但是诸位,曹操完全可以加封刘备一个别的将军封号,那时候将军封号已经多如牛毛了,随便封刘备一个也是正常,曹操自己的很多部将都是随便封的杂号将军。而他把自己曾经用过的称号授予别人,代表着极端亲近和重视。

比如,曹操曾把自己用过的"奋武将军"(190 年参加关东军讨伐董卓时的称号),授予手下一流谋士程昱。程昱是谁啊?吕布袭取曹操的兖州时,多亏程昱和荀彧尽力周旋为曹操保住三座县城,曹操才不至于无家可归。

可以说,程昱是跟曹操共患难过的。

后来程昱因为性格刚戾得罪很多人,那些人都到曹操面前说程昱的坏话,但是曹操却更加厚待程昱,就是因为程昱忠心耿耿为他力保三城这件事。

另外,使用相同的称号有时候还意味着有一种继承关系。这个虽与刘备无关,但为了完整讲述使用同一称号的特殊性,不得不废话几句。

袁绍当初起兵参加关东军时,曾自封车骑将军,袁绍死后袁家兄弟窝里斗,长子袁谭也自称车骑将军,其中含义不言而喻,就是表示自己是袁绍的接班人。

因为镇东将军是曹操使用过的,很多时候这个称号已经被赋予了一种特殊色彩,比如赵俨打算从荆州回来的时候就对好友繁钦说:"**曹镇东应期命世,必能匡济华夏,吾知归矣。**"这里的"曹镇东"就指代曹操,因为他做过镇东将军。

所以就像曹操授予程昱"奋武将军"一样,他授予刘备"镇东将军"的称号,代表着对刘备非常重视和亲近。也正是如此,所以刘备走投无路时,居然投奔自己唯一与之作对而且是接连作对的对手曹操。不可思议吧?

刘备投奔曹操以后,曹操手下那些一流谋士基本上一边倒地劝说曹操杀掉刘备。他们的劝说语录如下:

程昱说:"**观刘备有雄才而甚得众心,终不为人下,不如早图之。**"

曹操说："**方今收英雄**(认为刘备是英雄)**时也，杀一人而失天下之心，不可。**"

"**备有英雄志，今不早图，后必为患。**"说这话的人不知姓名，但也是能够和曹操面谈的人。曹操征求郭嘉的意见，郭嘉的意见和曹操一样。(这是《魏书里的记载》)

不过，《傅子》的记载恰与《魏书》相反。

郭嘉说："**备有雄才而甚得众心，张飞、关羽者，皆万人之敌也，为之死用。嘉观之，备终不为人下，其谋未可测也，古人有言：'一日纵敌，数世之患。'宜早为之所。**"

曹操不听郭嘉的劝说，坚持不杀刘备。

此记载应该可信，因为《三国志·程昱传》后来记载曹操放刘备截击袁术时，郭嘉和程昱再次劝说曹操："你以前不杀刘备，我们确实没有你考虑全面……"可见当初郭嘉也是坚持杀刘备的。

想让曹操杀刘备的何止以上几人，怕是不少智囊都看出刘备将来可能成气候，不过是史书没有完全记载罢了。

但是刘备投奔曹操以后，曹操不但没有杀他，还"**厚遇之**"，表奏朝廷加封刘备为豫州全权州长(豫州牧)，资助他钱粮重回小沛招兵买马，并调拨一部分自己的人马交给刘备指挥。

陶谦利用刘备时，交给他的是自己的"丹杨兵"，而且最后坏刘备大事开下邳城门放吕布进城的也是丹杨兵。曹操也拨给刘备一些人马，可能也有点不放心刘备，这些人马应该也是曹操的嫡系。当然，以上仅属个人猜测。

刘备原先被陶谦推荐出任过豫州州长(刺史)，但是陶谦推荐那是私人任命，这次曹操又来了个朝廷任命，具有合法性的。再者，原先的刺史没有现在的州牧权重，因为刺史不兼兵权。

曹操对刘备，可谓是以德报怨，仁至义尽了。

按史书记载，刘备投奔曹操这事发生在196年年底。

在此之后，刘备驻守小沛，再无什么战事发生。《三国志·武帝纪》和《三国志·先主传》均没有记载什么战事，在曹操和刘备的传里都没有再写什么，应该是安安静静没啥事。

那么，刘备的下一仗是什么时候，和谁打的呢？《英雄记》记载是建安三年(198年)春。

且不说刘备这一仗是和谁打的，怎么打的。先来看看曹操这一年多里在干什么。

曹操196年底收留刘备以后，任命他当豫州全权州长，还让他回小沛招兵买马，目的其实也是对付吕布，这个谁都知道。

但是曹操自己呢，197 年春，正月，亲自率兵到达宛县(今河南省南阳市)，张绣迫于压力投降，随后又背叛曹操，曹操猝不及防，长子曹昂战死，侄子曹安民战死，大将典韦战死，曹操本人中箭……惨败的一仗啊！

曹操撤退，张绣还不依不饶地率军追击，被曹操击破。

随后张绣与荆州的刘表会合结盟，曹操退回许县。

同年 9 月，袁术入侵陈县(今河南省周口市淮阳县)，曹操亲自征讨袁术，斩杀袁术大将桥蕤等人。之后，袁术撤到淮南，曹操回军许都。

曹操从南阳撤退之后，南阳不少县城又叛变重回张绣手下，曹操派曹洪出击不利，张绣和刘表却开始反攻骚扰曹洪。曹操不得已，当年 11 月再次南征张绣、刘表，生擒刘表部将邓济，攻下湖阳、舞阴。

198 年春，正月，曹操回军许都。3 月，曹操再次南征，围张绣于穰县(今河南省南阳邓州市)。

我们看，从 196 年刘备投奔曹操以后，他驻守在曹操地盘的东部边疆到 198 年春都没有任何战事发生，这说明了什么?

很简单，刘备一直在尽心尽力为曹操做好所有的防御工作啊！所以曹操才能放心地在南阳，在陈县，又回南阳，和张绣，和袁术纠缠作战。

假如刘备防御的东部边疆战事频发，曹操有那么多精力四处奔走作战么?

所以，我个人分析，曹操与刘备之间不像小说里写的那样，彼此根本不信任。曹操以德报怨，并在刘备走投无路时收留他，给予他大力支持，刘备也不是没有良心的人，尽心尽力防御吕布为曹操的东部边疆带来了一年多的平安。

虽然他们因为政治立场不同，最终不免兵戎相见，但是英雄惜英雄，曹操和刘备之间何尝不是惺惺相惜呢！

曹操认定天下英雄只有他和刘备二人，刘备难道不会为找到知音而高兴?

曹操比刘备大几岁，发展的速度也比刘备快。或许刘备真的在此期间把曹操当作老师，学习他的长处；当作知己朋友，回报他对自己的帮助。虽然有一天两个人还会分道扬镳，但是在一起的时候彼此互相学习对方身上的优点，亦师亦友，同时还各有自己的心思。

话说回来，刘备选择投奔曹操，这并不是一步险棋。

首先，我们要为曹操的胸襟广阔点赞，因为只有胸襟广阔者才能成大事。

其次，刘备选择投奔曹操是清楚他的为人和胸襟，知道他一定不会加害自己。如同曹操自己说的那样，现在正是用人之际，要是把刘备杀了，谁还来投奔我？

当时的形势，东边一个吕布就够曹操头疼的了，南边还有个怎么也打不下的张绣，更不用说袁绍、袁术、刘表这些大军阀都还在。

曹操不杀刘备，曹操向天下人表的态是：你们看看，连刘备这样一直跟我作对的人来投奔我，我都能厚恩相待，你们任何人来投奔我，我还能跟你们计较过去吗？

这是曹操的立威方式，也正是如此，才会有后来官渡之战时杀了他儿子的张绣都敢投奔他。

那么要是换作别人呢？比如说袁绍、袁术或者吕布这种，要是刘备一直跟他们作对，某一天刘备走投无路了要去投奔他们。他们肯定是这样想的——派遣伏兵趁机抓住杀掉他，抓你好久了都抓不到，没想到这回你倒是自己送上门了。

他们的立威方式跟曹操刚好相反，他们是这样向天下人表态的：凡是跟我作对的，没有一个有好下场，你们看看，刘备就是你们的榜样，跟我作对只有死路一条。

所以说，胸襟决定了一个人的成败。

曹操是海纳百川，不管你们以前对我怎么样，只要你们支持我归顺我，我随时收留。袁绍、袁术、吕布这些军阀就是，顺我者昌，逆我者亡，胆敢不听我的，跟我作对，必定死路一条。

一刚一柔，一恩一威，曹操采用的是恩，别的军阀采用的是威。恩如海纳百川涓涓细流终究成其大，威如泰山坚石不受外土必定日渐消磨。

柔能长久，刚易折断。我们做人也要这样，不要总是想着消灭对手，有时还要学会把对手变成朋友。

曹操和刘备曾经是死对头，但是他们也曾经是朋友。

既然刘备为了报答曹操的知遇之恩，尽心尽力为他做好东部防御抵抗吕布，那么后来刘备参与“衣带诏”之事又该如何解释，请看下章，《天方夜谭的“衣带诏”》。

下章提示

本来刘备和曹操的关系应该是相当融洽的，但是史书上偏偏记载了“衣带诏”之事，似乎，刘备和曹操之间根本没有任何情义。那么，“衣带诏”的真相又是什么呢？

第十一章 天方夜谭的"衣带诏"

本来,这一章应该稍后再讲的,但是既然讲到了曹操和刘备之间的关系,就不得不提前讲。

"衣带诏"的事,白纸黑字出自陈寿的《三国志·先主传》,按理说,陈氏《三国志》是公认的记载三国历史最权威的史料,出错的概率极小。不过,陈氏《三国志》也不是没有出错过。

比如:裴松之考证的《三国志·凉茂传》记载公孙度对凉茂等人说:"听说曹操远征,邺城没有多少兵力防守,我准备出兵偷袭邺城,怎么样?"但是,《三国志》也记载了公孙度是死于204年(建安九年);同样,曹操拿下邺城也是204年8月,自此之后,曹操远征就只有207年北征三郡乌丸,此时公孙度早已死去多时。

还有,《三国志·武帝纪》在记载曹操征讨袁氏兄弟的时候多次与《三国志·袁绍传》记载不一。

比如《武帝纪》记载202年曹操征讨袁谭、袁尚时写的是:"(202年)**秋九月,公征之,连战。谭、尚数败退,固守。八年**(203年)**春三月,攻其郭,乃出战,击,大破之,谭、尚夜遁。**"

但是《袁绍传》的记载却是:"**自九月至二月,大战城下,谭、尚败退,入城守。太祖将围之,乃夜遁。**"

一个是袁氏兄弟三月逃遁,一个是袁氏兄弟二月逃遁,明显自相矛盾,时间相差一个月。

随后,《武帝纪》记载曹操打袁尚时"**尚夜遁,保祁山,追击之。其将马延、张**

颛[①]**等临陈降，众大溃，尚走中山**”。但是《袁绍传》的记载却是“**尚还走滥口，进复围之急，其将马延等临陈降，众大溃，尚奔中山**”。再次前后矛盾，一个是“**保祁山**”，一个是“**走滥口**”。

当然，说这些主要是告诉大家，尽信史不如无史。任何历史记载都有可能出错，“衣带诏”一事也有可能是杜撰的。

在讲刘备有没有参与“衣带诏”的事件之前，咱们先来扒一扒“衣带诏”策划者董承的来历，以及他和曹操之间有什么恩怨。

董承这个人，有史学家评论他是“牛辅余孽”。为什么这么说呢？因为他是牛辅的部下。

牛辅又是哪位呢？牛辅是董卓的女婿。所以，董承的第一个身份是西凉派系的军阀。

西凉派系军阀很多，董承并没有实力称雄，所以他只能算一个小军阀。

董卓死后，西凉派系军阀四分五裂，其中几支主要的军阀力量都不小，有反攻王允、吕布，重新掌握朝政的李傕、郭汜、樊稠等人，还有出走独占南阳的张济。

李傕、郭汜、樊稠等人挥军打下长安以后，诛杀王允全族，重新掌握朝政。这时候，董卓的女婿牛辅已经被部将所杀，部下逃散。

随后不久，李傕怀疑樊稠跟韩遂勾结出卖自己，于是火并了樊稠。朝政大权落在李傕和郭汜二人手里。

然而，郭汜有个爱吃醋的老婆，因为李傕数次宴请郭汜并留宿，郭汜的老婆就担心男人在外面花天酒地找小三啥的，于是某日在李傕宴请郭汜之后挑拨说，李傕可能毒害他。郭汜吓坏了，喝了点粪水催吐“解毒”。

随后，比较奇葩的事情出现了，两个大军阀，一个劫持皇帝当人质，一个劫持朝廷百官当人质，互相攻打起来。

你说，两大军阀干仗，关皇帝和朝廷百官什么事呢？就像两人打架，各自抓个路人当人质一样，“你别过来啊，过来我砍死他！”“你也别过来啊，过来我砍死他！”

好在后来这种搞笑的事情在另一个西凉军阀张济调解下有了转机，李傕、郭汜同意讲和，并释放皇帝和朝廷百官，允许他们恢复人身自由返回故都洛阳。

---

① 颛：yǐ。

但是两人释放皇帝和朝廷百官以后，随即又后悔了，觉得应该再把他们抓来当护身符。

这时候，曾为西凉军阀的董承果断选择护驾，保护献帝出逃。

当然，董承这么做绝不是良心发现准备洗心革面重新做人了，而是因为他还有另一个身份。

董承的女儿嫁给了献帝刘协，是小皇帝的董贵人。所以，董承还算是国丈。

当李傕、郭汜的追兵越来越近，董承跟皇帝身边的大臣眼看就要再次落入两大西凉军阀手里的时候，李傕手下的叛将杨奉想到一个救急之策，就是临时召最近的农民起义军“白波军”前来护驾。

白波军几个统帅韩暹[①]、胡才、李乐也不含糊，本来是反朝廷的，这会儿皇帝有难了，护驾要紧。

搞笑不？本来李傕、郭汜都是朝廷的大将军，现在要追杀皇帝了，白波起义军本来是反朝廷的，现在反过来跟官兵厮杀护驾去了。

一帮“土匪”，明显打不过官兵。韩暹、胡才、李乐虽然有心救驾，无奈身为“土匪”，装备不够精良，战斗力不强啊，厮杀一阵还是败了，朝廷百官又被官兵追着捉小鸡一样追杀一通。

好在，皇帝总算没有丢，韩暹、李乐、胡才这几个“土匪”头头也荣升护驾正规军将领。

但是，韩暹、胡才、李乐他们一来，朝廷就不再是董承一个人说了算的了，加上原先叛变李傕一同护驾的杨奉，还有后来加入的韩暹、胡才、李乐，至少五个人共同把持朝政。

为了独揽大权，董承暗中派人召曹操带兵进京，这时候刚好曹操和他手下的谋士都打算进京迎接献帝，实现“挟天子以令诸侯”的计划。

真是正瞌睡给个枕头！

接下来的事大家都知道了，曹操带兵入京以后，就没杨奉、韩暹、胡才、李乐他们什么事了。不但他们没事了，连董承也没什么事了。

原本曹操没去，董承还能跟那几个人共同把持朝政，曹操一去，他们谁都没有说

---

① 暹：xiǎn。

话权利了。对于搞政治斗争的人来说，什么都可以忍受，就是不能忍受自己被边缘化，没有说话的权利。

可以想象，董承内心对曹操是万分仇恨的，董承的心声应该是：曹操，我要扒你的皮吃你的肉，拿着你的骨头敲鼓！

不可否认的是，如果曹操没有进京，杨奉、董承、韩暹他们还会因为权力窝里斗。谁赢了，谁就是下一个董卓，继续大权独揽把持朝政。

自古以来，权力就是男人最疯狂的追求，因为有了权力就有了一切。

关于董承的身份，除了我们前面说的两点，一来他是西凉派系里面的一个小军阀，二来他是献帝董贵人的父亲，还有一点无法得到证实。

《献帝起居注》记载，皇家礼宾官执行长（谒者仆射①）皇甫郦曾说董卓“**内有王公以为内主，外有董旻②、承、璜以为鲠毒**”。这里，董旻是董卓的弟弟，董璜是董卓的侄子，那么夹在董卓弟弟和侄子中间的董承是什么鬼？

历史上，没有资料表明董卓还有个叫董承的亲人，但是也没有资料表明此董承和彼董承是同一个人。莫不是董承认了董卓做干爹？因为无法考证，所以我们姑且把这一点当作悬案，暂时搁置一边。

关于“衣带诏”的故事记载在《三国志·先主传》里面。因为是公认的最权威的三国史书记载，所以基本上没有人怀疑这件事的真实性。

《三国志·先主传》记载：“**先主未出时，献帝舅车骑将军董承辞受帝衣带中密诏，当诛曹公。先主未发。是时曹公从容谓先主曰：‘今天下英雄，唯使君与操耳。本初之徒，不足数也。’先主方食，失匕箸。遂与承及长水校尉种辑、将军吴子兰、王子服等同谋。会见使，未发。事觉，承等皆伏诛。**”

按这段话理解，董承接受衣带诏之后，刘备最初是没有参与的（**先主未发**）。

当时正好赶上曹操“煮酒论英雄”，说只有刘备和他是英雄，刘备吓一跳，筷子都掉了。于是被识破的刘备又找董承他们参与密谋，不过又正好赶上刘备被派出去了（**会见使**），没有一起行动。

而刘备被派遣出去以后，留在京城里的董承他们阴谋败露，都被曹操诛杀了。

---

① 谒者仆射：yè zhě pú yè

② 旻：mín

其实我们稍微想一下，刘备跟董承是不认识的，而且他是京城里无依无靠没有任何权力的人，董承他们密谋诛杀曹操，怎么会找刘备呢？刘备能帮上他们什么忙吗？经历过多次政治斗争的老狐狸董承会如此弱智吗？

很简单，密谋夺权这种事，当事人只会找身处关键位置的人一起密谋，就像王允谋刺董卓时，直接找吕布、李肃把董卓的卫士给换了。

董承作为一个久经官场政治斗争考验的人，会去找一个立场未明的刘备商量这种事吗？何况既然商量了，还能允许刘备不加入，而到后来他想加入了再让他加入？

可以确定的是，但凡有点脑子的人，在密谋这种事的时候，都是找交情很好的人，不会去找自己不认识的人。并且，为了保密，也是为了保全自己和全家族的性命，一旦被找的人不同意参与政变，必定将其杀人灭口的，不可能说你知道我们的计划却不参与还能活着出去。

《三国志》也记载了刘备是“**喜怒不形于色**”城府很深的人，难道曹操一句话就把他吓得掉了筷子？这是“**喜怒不形于色**”的人吗？所以这段记载本身就自相矛盾，经不起推敲。

况且以曹操的智谋，如果真的要试探刘备的话，刘备被吓掉了筷子，曹操居然不起疑心？

诸位要知道，刘备此时早就经历了很多次战场厮杀、逃亡漂泊，以及妻女被俘、士兵相残、杀死战友吃肉活命(196 年被吕布偷袭徐州后最困难的时候)。

难道，曹操真会相信刘备就是一个怕打雷的胆小鬼？

而且，诸多史料记载都证明了，曹操早在刘备没有前来投奔自己的时候就认定了刘备是个英雄，不可能这时候再去试探他。

那么，几年后玩“煮酒论英雄”这种低级把戏来考验刘备就显得很可笑了。

几年前，刘备刚来投奔自己的时候，曹操就认为他是英雄，但是为了向天下人表明自己的胸怀，同时也利用刘备对付吕布，曹操选择了接纳并扶持刘备，资助他粮草，给他增兵，让他重新夺回小沛驻扎。

之后刘备确实尽心尽力帮曹操防御东部边疆，使东方一年多之内没有战事发生，曹操放心大胆地南下攻打张绣、刘表，东南驱逐袁术的入侵。

后来，刘备挑衅吕布，派人劫了吕布购买战马的资金，导致吕布勃然大怒攻打刘备。曹操派夏侯惇救援不利，只好亲自出马跟刘备合兵攻杀了吕布。

吕布被杀掉之后，刘备失去了驻防小沛镇守东部的意义，曹操果然马上就把刘备带回京城了。可以预见，刘备在曹操手下，曹操就算不监视他，也会留意他天天和什么人交往，注意刘备的动向。

那么，刘备被曹操带回京城的日子基本上就是被软禁的，不可能一次又一次和董承他们密谋。

再者说了，刘备在京城无依无靠、势孤力单，就算跟董承合谋成功除掉曹操，重新掌握政权的也是他董承，不会是刘备，刘备何必冒那么大的风险去为他人作嫁衣?

那么，史书记载的"衣带诏"难道是子虚乌有的吗?

我推测，"衣带诏"之事确实有，但是跟刘备无关，是董承他们一伙人密谋想要推翻曹操夺回政权，于是诈称拿到了献帝血书的"衣带诏"拉拢人心。

既然是"诈称"，那还得说说为什么是诈称。

首先，东汉王朝到这时已经名存实亡了。一个献帝，就像人们手中的玩偶，谁想玩谁玩，有点权势就能玩。董卓拿着玩，董卓死了，部将李傕、郭汜接着玩，李傕、郭汜玩腻了，董承、韩暹、杨奉他们接着玩，然后又被曹操接手拿着继续玩。

董承如果利用"衣带诏"成功推翻曹操，会把政权交给献帝本人吗? 想太多!

谁不想过过皇帝瘾，名义上不是皇帝实际上却行使皇帝权力，把皇帝拿在手中任由摆布，这多爽!

被曹操拿着当玩偶也好，被董承拿着当玩偶也好，献帝明白，谁上台了都不会把政权还给自己。那么献帝何必去冒着得罪曹操的风险去帮董承，让他成功?

还有，"衣带诏"如果只是一纸血书，献帝自己写和董承自己写都一样。

如果要加盖印玺，那也根本不可能，因为皇帝的印玺根本不是自己掌管的。皇帝的印玺，一直都是由印玺管理官(尚符玺郎中)保存的。

《汉书》中就有记载，西汉年间霍光受命托孤执掌朝政，皇宫大殿里面闹怪事，一夜之间群臣都知道了，十分害怕。霍光就召见看守玉玺的小官，想收回玉玺以防万一，但是尚符玺郎中不肯把玉玺给他。霍光想抢过来，尚符玺郎中手握剑柄说:"我的头可以拿去，但是玉玺不可以。"霍光认为他做得很对，第二天给他加官二级，当时所有人都赞赏霍光。[①]

而且，玉玺不但由尚符玺郎中保管，这尚符玺郎中还不是只有一个人，他们有四人，都归符节令领导，主管他们的就是取代宰相掌握真正实权的尚书令。

曹操一点不傻，这个替他行使丞相权力处理百官事务的人就是他最信任的人——荀彧。

大家应该还记得，194 年陈宫勾结吕布偷袭夺取曹操兖州的时候，兖州 80 座城还剩 3 座城，就是荀彧和程昱忠心耿耿为曹操坚守 3 座县城，才使得曹操不至于无家可归。

而且，荀彧还沉着冷静地化解了豫州刺史郭贡几万人马进攻曹操老窝鄄城的危机。当时曹操和将士的家眷都在鄄城，鄄城一破必定人心大乱，就像刘备失去下邳和家眷一样不可收拾。

经过考验，共过患难，智勇双全的荀彧深得曹操信任，所以曹操才在迎天子定都许县以后，把尚书令这个最重要的职位留给荀彧，他自己经常在外领兵作战，荀彧就负责替他守家处理百官政事。

“衣带诏”如果只是一纸血书，董承大可以自己伪造，如果想要加盖印玺成为合法的诏书，估计献帝也帮不上他。动用印玺盖的，尚书府的人什么都不看也是不可能的？

还有一点可以推断出来，“衣带诏”是董承自己伪造。那就是，曹家的后人从来没有追究这件事。

假如说，献帝本人确实参与了“衣带诏”，那么就算曹操不追究，曹丕呢？

曹操去世之后，曹丕直接把献帝赶下台来自己当了皇帝，对于同父同母的亲生兄弟，曹丕都做得出“同根相煎”的事，差点把曹植杀了。如果献帝当初确实参与了“衣带诏”，曹丕会放过他？

献帝退位以后被曹丕封为山阳公，并且享受特殊待遇，“**位在诸侯王之上，奏事不称臣，受诏不拜，以天子车服郊祀天地**”。虽然不是皇帝，依然享受皇帝的待遇。

---

① 《汉书·霍光金日磾传》：**初辅幼主，政自己出，天下想闻其风采。殿中尝有怪，一夜群臣相惊，光召尚符玺郎，郎不肯授光。光欲夺之，郎按剑曰：“臣头可得，玺不可得也！”光甚谊之。明日，诏增此郎秩二等，众庶莫不多光。**

直到曹丕去世，儿子曹叡当皇帝，献帝才安然寿终正寝。

如果献帝真的如小说里写的那样，是“衣带诏”的幕后策划者，想重新夺回政权，曹家三代岂会让他善终？但凡对政权稍微有点威胁，亲兄弟都不放过的曹丕会大发善心，还给他那么高的待遇？

我们总结一下，“衣带诏”事件就算能成功，刘备参与了也不可能分一杯羹，董承会成为下一个曹操而大权独揽，献帝参与了也不可能分一杯羹，董承从来没有把政权交还给献帝的打算。

无利可图的事情，刘备和献帝为什么要冒风险参加？

所以，“衣带诏”之事可能存在，但那也是董承诈称“衣带诏”，为的是从曹操手里夺回政权。跟献帝无关，也跟刘备无关。可能是有些传言的版本里加入了刘备，而陈寿刚好想为“先主”脸上贴金，就录入《三国志》里面了，所以才会误传千年。

一个陈寿《三国志》的“衣带诏”记载，加上《三国演义》的精彩演绎，“衣带诏”之事已经深入人心。就像三国里的貂蝉一样，史无其人但是民间传说里有，于是大家都认为三国时代有这么一个美女，并且成了“四大美女”之一。

毕竟，对于老百姓来说，谁有时间看正史查资料去分析历史真相啊！听听民间故事、民间传说，吹吹牛胡侃几句，消磨消磨时间就够了。

也正如此，再在这件有点天方夜谭不着边际的事上浪费时间就显得大家都很二了，说的人二，听的人也二。所以，赶快进入下一章吧，看看吕布是怎么死的——第十二章，《吕布之死》。

下章提示

刘备为曹操在东部边境保了一年多的平安，使曹操能够安心对付张绣、刘表、袁术他们。但是，刘备毕竟不是曹操的嫡系，他也不会甘心一直跟着曹操干，所以他还是忍不住自己创业的冲动，想发展发展自己的势力。这一发展，就给曹操添麻烦了……

第十二章　吕布之死

吕布确实骁勇，还有良将高顺死忠于他。另外，张辽也是实力派选手，作为后来曹魏的五虎将之首，张辽的能力和智谋应该是不亚于关羽的。所以我们说，吕、高、张的实力和刘、关、张对比应该就是不相上下。

但是，还拥有陈宫这样足智多谋智囊的吕布却很快就消失在三国时代英雄谱上了。

刘备作为夹在曹操和吕布中间的缓冲带，为曹操保了一年多的边疆平安。不过，作为一个从小就有很大梦想又一直坚持追求梦想的人，刘备岂会甘心为曹操打一辈子工，到头来顶多弄个高官当当，封个侯爵，不过如此而已。

要是能够成为一个开朝皇帝，那就达到人生巅峰了，想娶谁就娶谁。

回想起来，我们很多人小时候也有伟大的梦想，但是能够坚持一直追求梦想的人实在不多。

比如说我，小时候（可能就是小刘备那个年纪）什么也不懂，我就说要上"中国第一的名牌大学"，结果后来却连大学都没上。不是我不想上，而是有许多客观因素干扰的时候，我没有刘备那么坚定，没有他那么努力。

可能小时候，刘备也不理解当皇帝意味着什么，就是觉得很威风，但是当他长大以后，面对那么腐败黑暗的朝廷，他就立誓自己当皇帝，当一个明君、仁君。

后来的长坂坡之战，刘备很大程度就是因为这种考虑而败于曹操之手的。不过这是后来之事，曹操也不是什么邪恶之人，只是彼此政治立场不同罢了。

刘备为了自己能够早日壮大，尽快摆脱受制于曹操的窘境，不得不做了一件很冒险的事。

刘备做了什么冒险的事呢？

我们知道，刘备夹在吕布和曹操中间，这俩人一个比一个不好惹，都有很强的攻击力，刘备想扩张自己的势力几乎不可能。但是，刘备又不能坐以待毙，吕布和曹操谁壮大了将来都要吃掉他。

刘备选择了险中求胜，依靠曹操对抗吕布。

198 年春(建安三年)，吕布派人去河内郡①买马，河内太守张杨当初也是丁原的手下，说不定还和吕布认识，算是老同事老战友了。

河内郡在河南省的西北角，吕布从徐州下邳去河内买马，小沛是必经之路。

可能吕布也没把刘备放在眼里，毕竟自己占一个州而刘备只占一个县，实力悬殊。再说了，刘备都一年多没敢有什么行动了，自己不去招惹他，他就应该感恩戴德了。

但是让吕布万万没有想到的是，自己派出去买马的人一出门就让刘备给劫了。

那时候，兵荒马乱的年代，战马贵啊，比人命都值钱。买马肯定得花不少钱，一下子就全部进入刘备囊中了。

《英雄记》记载："**布使人赍金欲诣河内买马，为备兵所钞。**"这个"为备兵所钞"看似不关刘备的事，但是没有他的允许，谁敢私自动吕布的人啊。

这下吕布急了，小子，你就这点实力还敢挑战我，看我方天画戟无双乱舞！

吕布恼了之后，一下派出高顺、张辽两员主力战将攻打刘备的小沛。估计是刘备顶不住了，派人向曹操求救了，曹操就派夏侯惇前去支援刘备。从这件事上也可以看出，曹操和刘备之间的关系还是比较近的。

当时曹操攻打张绣、刘表刚回许都，南阳的事还没有完全解决，他自己是没办法亲赴小沛前线的。

夏侯惇当时应该还是济阴太守，济阴郡郡治设在定陶(今山东省定陶县)，离刘备的小沛比较近。

曹操派夏侯惇救援刘备应该是基于两个方面的原因：第一个原因是夏侯惇的战斗力还不错，194 年兖州之乱时夏侯惇曾经和吕布交过手。当时夏侯惇急着救曹操在鄄城的家属，无心恋战。而吕布则是急着占地盘，去打夏侯惇走后防卫空虚的濮阳，所以史书记载是："**适与布会，交战。布退还，遂入濮阳，袭得惇军辎重。**"

第二个原因应该就是夏侯惇离刘备很近，就近支援很方便。

---

① 河内郡治当时设立在野王，今河南省沁阳市。

但是，吕布的战斗力还是很强悍的啊！不只是他，就连高顺和张辽也不简单。

曹操派夏侯惇去支援刘备，但还是被高顺击败了(个人认为三国游戏里的战力评比，高顺应在夏侯惇之上)。

这时候刘备虽然逃走了，他的妻子和女儿却再次被吕布俘虏[①]。

曹操无奈，只好先放弃南阳的张绣不管了，亲自率军去攻打吕布。

刘备的小沛是9月被高顺攻破的，曹操也是当月从许都出发的。10月，曹操在梁国(今河南省商丘市一带)境内和刘备相遇。随后，刘备跟着曹操大军一起返回攻打吕布。

下邳是吕布的老窝，也是他最后一个据点。曹操率军先攻下了下邳西的彭城，随后继续向东进军下邳，将下邳包围，并写信劝降吕布。

吕布想要向曹操投降，但是智囊陈宫因为194年出卖曹操导致兖州之乱，害怕曹操怪罪，竭力劝说吕布不要投降，于是吕布就错过了唯一的生存机会。

为了解围下邳，吕布一边派人向盟友袁术求救，一边亲自带领一千多骑兵冲击曹操的部队。可是，这回吕布不但失败了，还搭进去了一员大将——成廉。

成廉这个人大家可能印象不深，但是在历史记载里他的战斗力应该也是不弱的。《三国志·吕布传》记载吕布当初帮助袁绍攻打张燕时说：“**燕精兵万余，骑数千。(吕)布有良马曰赤兔。常与其亲近成廉、魏越等陷锋突陈，遂破燕军。**”

赤兔马就是传说中最牛的那匹宝马，《曹瞒传》记载当时的人有一种说法是“**人中有吕布，马中有赤兔**”，可见吕布和赤兔马加在一起就是人马双绝。

至于成廉，能够成为吕布心腹和他一起冲杀击败张燕军，攻击力应该也不低。

《三国志》在记载这一战的时候也说，曹操“**进至下邳，布自将骑逆击。大破之，获其骁将成廉**”。能够被当时人认为是“骁将”，那么成廉的战斗力绝对弱不了。

下面来说一下“获”的意思。

“获”在历史记载上有两种意思：一是生获，就是生擒活捉了；二是死获，就是杀死之后得到尸体首级。比如199年袁绍攻杀公孙瓒于易京就是死获，《后汉书》记载“**袁绍攻公孙瓒于易京，获之**”。

估计成廉是被“死获”了，否则这么牛的“骁将”不应该就此退出历史舞台啊！

---

① 《三国志·先主传》：**布遣高顺攻之，曹公遣夏侯惇往，不能救，为顺所败，复虏先主妻子送布。《英雄记》：九月，遂破沛城，备单身走，获其妻息。**

吕布失败后，退回下邳城里坚守不出，曹操大军虽然围城却也无可奈何。

这一仗，曹操围城三个月都取得不了进展，以至于最后曹操都想放弃回去了。关键时刻，多亏曹操的军师荀攸和谋士郭嘉，他们二人劝说曹操继续围城，并献出水攻之计，用泗水、沂水淹下邳。

又过了一个多月，吕布的手下们终于坚持不住了，绑了陈宫率众出城投降。吕布在白门楼上看外面被包围得像铁桶一样，无路可走只好投降。

但是很多时候古代实行的都是"围而后降者杀"，也就是说"缴枪不杀"并不是无条件的，不是说你随时都能用投降来换取活命机会的。

吕布这是实在抵抗不了才投降的，因此就被捆起来交给曹操处理了。为了活命，吕布对曹操说："你所忧虑的不过是我吕布而已，如今我已经降服，天下还有什么值得忧虑的呢？以后你就率领步兵，让我率领骑兵，那样天下就没有什么不能平定的。"

吕布真够幼稚的！

据史书记载，曹操听了吕布的话以后还真犹豫了。但是刘备对他说："你难道忘了吕布是怎么对待丁原和董卓的吗？"

曹操点点头。

吕布气得指着刘备说："你才是最不能相信的人。"（**布因指备曰："是儿最叵信者"**）

曹操听从了刘备的建议，把吕布绞死，并把陈宫、高顺一并处死之后，将三人的首级送往许都高挂城头示众，三国著名的猛将吕布就这样结束了他的人生。

攻打下邳期间有件事不得不提，那就是曹操和关羽抢女人的事。吕布的小老婆貂蝉史书上无记载，只有民间传说里才有，所以我们略过不讲。但是，曹操、关羽两人因为一个绝色美女而起纠纷，这是许多史书都有记载的。那么，曹操、关羽为了这个美女怎么争风吃醋的呢？请看下章，《曹操和关羽争风吃醋》。

下章提示

包围下邳，关羽对曹操提出一个请求，破城之后把一个美女许配给他。曹操当时也不在意，随口就答应了关二爷。但是在围城期间，关羽可能怕曹操忘了，几次三番对曹操提起这事，于是曹操心里也掀起了波澜。破城之后他就……

第十三章 曹操和关羽争风吃醋

说到三国里的美女，可能大家脑海中首先浮现的就是貂蝉、大乔和小乔。那么，引起曹操、关羽争风吃醋的这个美女又是谁呢？

首先咱得说说，历史上的关羽和曹操也都是有血有肉的凡人，喜欢美女也正常。不是有那句话吗？“英雄难过美人关”。

198年，曹操和刘备一起攻打吕布的时候，把吕布包围在下邳。围城以后，关羽向曹操提出了一个请求：下邳城攻破以后，把一个叫杜氏的女人许配给他。

在历史记载里，因为古代重男轻女的原因，史书上很少写女性。即使由于特殊原因必须写，也很少写名字，往往只有姓氏或夫家姓氏。所以历史记载中称她为“杜氏”，咱们就比葫芦画瓢喊她杜氏好了。

关羽向曹操请求剿灭吕布以后杜氏归他，曹操当时也没在意，随口就答应了关羽。

下邳是吕布最后一个窝，特别难打，曹操的士兵包围下邳三个月都没能拿下下邳。正是在此期间，关羽可能是心里着急上火，或是怕曹操忘了此事，几次三番地提醒曹操这事。

要说这事也怨关二爷，曹操既然答应你了，等城破之后你对曹操说：“哎，那个杜氏我接走娶回家了！”这不就行了。

谁知道关二爷也是个情种，非要屡屡向曹操提这事，于是本来不在意的曹操心里也起了波澜。

到底是个什么样的美女啊，能够让关二爷如此上心？所以，曹操心里也不淡定了。下邳城攻破之后，曹操没有让人直接把杜氏送给关羽，而是先送到自己那里过过目，看一下究竟是什么样的女人，让关羽这样的人物魂牵梦绕。

这一看不打紧，曹操也被这个女人的美貌给惊呆了——当然，可能还有他的小伙伴们，如果他们也在场的话。

于是曹操就临时更改主意，决定自己笑纳这个美女，不再送给关羽了。关羽为此窝了一肚子火，心里很郁闷(**羽心不自安**)。

那么，这个美女究竟是谁呢？她又是什么身份呢？是不是传说中的貂蝉呢？

综合各种史料，这个美女名叫杜氏，跟貂蝉没有半毛钱关系。这个杜氏是吕布手下一个叫秦宜禄的人的妻子。看来，关二爷也好人妻啊！

杜氏不但已经是人妻了，她和秦宜禄还生了一个儿子，叫秦朗。

吕布和袁术恢复外交以后，派了秦宜禄到袁术那里当驻外大使。那时候，兵荒马乱的，各诸侯之间翻脸比翻书都快，所以搞外交跟送死差不多。我们也可以认为是人质互换，你扣我一个人，我关你一个人，所以这个外交大使其实就是被送去当人质的。

当然，为了避免外交大使叛变，家属也是不允许携带的。这就等于，诸侯先扣留外交大使的家人作人质，双方再互相扣留对方外交大使作人质。

秦宜禄出使到袁术那里，媳妇杜氏和儿子秦朗就被留在了下邳。

外交官虽是个送死的活儿，但是也有例外的，比如秦宜禄就是。秦宜禄出使到袁术那里以后，不知道咋回事，这货居然受到了袁术的格外赏识。袁术不但扣下秦宜禄不放，还给他娶了一个汉朝皇室的女子为妻。于是秦宜禄就留在袁术那里当“驸马”了，这个杜氏就成了秦宜禄的“前妻”，连个离婚证都没有拿到手，就成“二手”了。

三国里，民间传说貂蝉是一个绝色美人。《三国志》里也有不少美女，比如大乔、小乔姐妹花，比如甄氏，比如冯方的女儿……但是说得再多，她们也没有像杜氏这样，引起曹操、关羽两大三国豪雄的争风吃醋。

沉鱼落雁，闭月羞花，倾国倾城，国色天香，风华绝代……估计这些词放在杜氏身上一点都不夸张，人家可是一个带孩子的少妇啊！

曹操和关羽争风吃醋到此就为止了，关羽完败，曹操完胜，杜氏归曹操。但是我们讲历史不能有头没尾，下面的事虽然还没到时间，我们也得在这一章讲完。

曹操打败吕布拿下徐州以后，刘备的利用价值也就小了，用不着他再对抗吕布，曹操也就不再让刘备驻扎小沛了，于是他就把刘备带回了许都。这一带回，刘备可能基本上就没有什么自由了，跟被软禁差不多。

所谓的不靠谱的“衣带诏”事件，就是在此期间发生的。

刘备在曹操手下一窝就是大半年，这大半年难受啊。原来驻扎小沛的时候不管怎么说也是一把手，还迅速发展了一万多人马。现在呢，不仅事业停步，连人身自由都没了。

功夫不负有心人，一心想展翅高飞翱翔九天的刘备终于再次等来了机会——袁术在淮南待不下去了，连他的部将都不接纳他，只好向哥哥袁绍认错并求接纳。

消息传到许都，说袁术想要经过徐州北上投奔袁绍，而且他的大侄儿袁谭已经从青州派人去接袁术了。曹操岂会允许二袁再次联合扩大声势威胁到自己，所以就准备派人到徐州专门拦截袁术，不让他北上与袁绍会合。

史书上有一种说法是曹操主动派刘备去拦截袁术的。

《三国志·魏书·武帝纪》记载的是“**袁术自败于陈，稍困，袁谭自青州遣迎之。术欲从下邳北过，公遣刘备、朱灵要之**”。

《三国志·蜀书·先主传》记载的是“**袁术欲经徐州北就袁绍，曹公遣先主督朱灵、路招要击术**”。

两传记载吻合一致，都说是曹操派刘备去拦截袁术的，但是这种说法比较不可信。

虽然说曹操对刘备很器重，“**表先主为左将军，礼之愈重，出则同舆，坐则同席**”，但是这些都是曹操用以拉拢刘备的手段，想让他长久为自己效力。

刘备的梦想是当皇帝，所以虽然曹操授予他的荣华富贵对于一般人来说，就是“走上人生巅峰迎娶白富美”的地步了，但是离刘备的梦想还是相差太远了。

在许都干不掉曹操，而且就算干掉了曹操，也轮不到刘备接权，所以刘备不想在许都一直待着。要想成大事还得出去，像孙策、袁绍他们那样单干。

因此，曹操派刘备去拦截袁术，很可能就是刘备自己提出来的，曹操不过是批准了而已。况且，后来的事也证明了刘备早有预谋。

《三国志·董昭传》里也有董昭劝说不能放走刘备，曹操回答说：“我已经答应他了”（**吾已许之矣**）。因此，这事应该是刘备自己提出来的，为的就是早日脱离曹操的控制。

曹操本想利用刘备对付完袁术以后还把他拉回来，所以派了朱灵和路招两员大将跟刘备一起去徐州。不料，就在刘备一行人还没有到达徐州的时候，袁术就在路上病死了。朱灵、路招这俩傻家伙经刘备几句忽悠，居然扔下刘备自己带兵回去了，真是笨得可以了。

这可给了刘备机会了，鳌鱼脱却金钩去，摇头摆尾不再来。

好嘛，终于有机会再次大展拳脚了。

刘备一行人来到沛国铚县(今安徽淮北市濉溪县西南临涣镇)，碰见了一个老熟人——也不能说是老熟人，总之是认识的人。谁啊？秦宜禄。

原来，吕布死了以后，袁术也屡次被曹操击败无路可走，秦宜禄不知道怎么从袁术那里出来了，也归降了曹操。

这就尴尬了。

你媳妇现在是我媳妇，你又投降给我了，咋安排你啊？就算能叫你在京城当高官也不能安排啊，天天照面打招呼都不好意思。咋弄？去外地干个县长吧，远点的，没事少回来，你媳妇就放心吧，我照顾得很好！

于是秦宜禄就被曹操弄到距离许都 760 千米之外的铚县当了个县太爷，有首歌唱的应该很符合当时情景——"我送你离开，千里之外"。

铚县基本上在许都(今河南省许昌市东)正东的方位，如今从许昌往东走永登高速就经过临涣镇北。

刘备去徐州经过铚县的时候带着张飞，史书上没有明确写是否有关羽，可能有而未写，也可能此前已经兵分两路了。张飞见了秦宜禄就说："人家把你老婆都抢走了，你还跟着人家干个小县长，有你这么不知羞耻的吗？跟着我们一起走吧？"

男人最受不了的就是戴绿帽，秦宜禄听了之后真的一气之下跟着刘备、张飞走了。但是走没几里路秦宜禄就后悔了，估计是想："这年头兵荒马乱的，我跟着你们混前途难测生死未卜，哪有我回去当县太爷自在？况且杜氏也是我不要以后被曹操捡去的。"

张飞岂能允许他回去泄露消息，于是就把秦宜禄杀掉了。

这些史料正好验证了前面刘备急于脱离曹操控制的推测，而且也说明刘备早有预谋，一旦脱离曹操的控制就自立门户。

从地图上按照地理位置推算，从许县出发往东，基本上这也是直达徐州最近的路线。铚县在许县到下邳的直线偏南一点，古人没有 GPS，能够走出这么条直线就不错了。

因此，这些史料的记载应该属实。

话又说回来，曹操收纳杜氏以后，把秦朗也认作了干儿子，还经常在宴席上说："天下有像我这样爱干儿子的吗？"(**世有人爱假子如孤者乎**)

曹丕继位以后，对秦朗也很是照顾。

到了魏明帝曹叡继位，秦朗更受宠，还经常伴驾出入。

曹叡和秦朗身世有点类似，曹叡他娘甄氏原本是袁熙的老婆，曹操打下邺城以后，曹丕进入袁府见到甄氏之后也是惊为天人，而后就学老爹，英雄爱美笑纳了甄氏。看来"捡二手、好人妻"也是老曹家的优良传统，这绝对是当时的"隔壁老王"。

可能正是由于这个原因，所以曹叡才更加照顾秦朗。不过归根结底，秦朗历经曹家三代而尊崇加身，杜氏是很主要的原因。

相对应的是，《三国志·武文世王公传》里曹操真有一个杜夫人，她还为曹操生了两个儿子，一个叫曹林，一个叫曹衮。看来，她就是秦宜禄的"前妻"杜氏。

其实，很多人在关注这件事的时候，只注意两个男主角而忘了女主角，杜氏才是我们真正需要关注的。

在那个全国混战弱肉强食的时代，谁会注意那些女人的命运？话说，杜氏喜欢谁？历史有记载吗？没有！

旧社会重男轻女，杜氏之所以留名是因为她被曹操和关羽争夺，但是从来没有人注意她的内心感受。

不管她是喜欢曹操还是喜欢关羽，或者两人都不喜欢，她的命运不在自己手里，谁赢了，她就归谁。她和其他一些美女就像玩物一样被人争来夺去，完全没有自己说话决定的机会。

对于这样一个传奇美女，史书依然吝啬不肯多赐一字让我们知道她的全名，使得我们只能称她"杜氏"或"杜夫人"，那时社会之不平等可见一斑。

我们之所以讲这些，一方面是因为中国历史几千年，能够出场的女人太少了，另一方面也是为了调剂一下大家的口味，毕竟光讲男人太单调了。

那么，刘备的重新奋斗之路又是如何呢？请看下章，《刘备所具的超级人格魅力》。

下章提示

刘备几乎是时刻抓住一切能够扩大自己势力的机会疯狂扩张：吕布把他安排在小沛对抗曹操，他迅速扩张到一万多人，引起吕布嫉恨攻打他；走归曹操以后，为曹操保了一年多平安，他还是想扩张自己的势力，甚至铤而走险打劫吕布；脱离曹操的控制重回徐州后，他马上又迅速拉拢了几万人马……对于这样一个一旦脱离控制马上对自己形成威胁的人，曹操岂会容他？ 更多精彩，就在下章。

另注：本章参考史料如下：

《蜀记》记载：**曹公与刘备围吕布于下邳，关羽启公，布使秦宜禄行求救，乞娶其妻，公许之。 临破，又屡启于公。 公疑其有异色，先遣迎看，因自留之，羽心不自安。**

裴松之说此与《魏氏春秋》所说无异也。

《献帝传》记载：**朗父名宜禄，为吕布使诣袁术，术妻以汉宗室女。 其前妻杜氏留下邳。 布之被围，关羽屡请于太祖，求以杜氏为妻，太祖疑其有色，及城陷，太祖见之，乃自纳之。 宜禄归降，以为铚长。 及刘备走小沛，张飞随之，过谓宜禄曰：“人取汝妻，而为之长，乃蚩蚩若是邪！随我去乎？”宜禄从之数里，悔欲还，飞杀之。 朗随母氏畜于公宫，太祖甚爱之，每坐席，谓宾客曰：“世有人爱假子如孤者乎？”**

《魏略》记载：**朗游遨诸侯间，历武、文之世而无尤也。 及明帝即位，授以内官，为骁骑将军、给事中，每车驾出入，朗常随从。**

《魏略》记载：**太祖为司空时，纳晏母并收养晏，其时秦宜禄儿阿苏亦随母在公家，并见宠如公子。 苏即朗也。**

《三国志·武文世王公传》记载：**杜夫人生沛穆王林、中山恭王衮。**

此外，《华阳国志》的记载与以上史料略有出入，说刘备跟曹操一起把吕布包围于濮阳，秦宜禄受吕布派遣到张杨那里求救，关羽向曹操求娶杜氏，曹操因为关羽重复提起这个要求而怀疑杜氏貌美绝人，然后自己把杜氏给娶了。史料参考如下：

《华阳国志·卷六·刘先主志》记载：**初，羽随先主从公围吕布于濮阳，时秦宜禄为布求救于张杨。 羽启公：“妻无子，下城，乞纳宜禄妻。”公许之。 及至城门，复白。 公疑其有色，自纳之。 后先主与公猎，羽欲于猎中杀公。 先主为天下惜，不听。 故羽常怀惧。**

第十四章 刘备所具的超级人格魅力

刘备忽悠走朱灵以后，立刻开始实施自己夺取徐州的计划，他太想要一块属于自己的地盘了，而徐州是他最熟悉的地方。

这个时候，曹操和袁绍之间基本上已经决裂了，就差最后的宣战了。刘备应该能够判断出当时的局势，所以他要趁曹操面对袁绍巨大压力无暇他顾的时候，发展一下自己的力量。

好吧，那就夺取徐州吧。

抛开《三国演义》，史书上有许多一出场就被干沉的“名将”，比如：华雄、颜良、文丑。车胄也是其中之一，虽然他比前几位战斗力可能要差一些。

刘备抵达下邳，立即抓住机会杀掉了徐州州长（刺史）车胄。可惜，史书记载不会像小说那样绘声绘色地刻画细节，所以刘备杀车胄只有一句话，“**先主乃杀徐州刺史车胄**”。

这也是在电视剧里只能活一集的主儿！

杀掉车胄以后，刘备把徐州州政府下邳交给关羽来守，自己则仍回老根据地小沛。在此需要再次解释的是，小沛并不属于徐州，而是属于豫州。

豫州是曹操的地盘，刘备可能除了小沛之外，不会再占据豫州第二个县城。

作为徐州的门户，小沛地理位置的重要性无可比拟，刘备的计划似乎是自己亲自把守这个前线第一高地。当然，我早就说过，想琢磨透一代枭雄的心思不容易。如果刘备确实是这样想的，那就说明后面的历史记载有错。

刘备杀死车胄重新占领徐州，但是实际上占领州政府并不代表占领整个州，那些各郡国一把手和地方上的豪强势力未必买刘备的账。一个是到处漂泊无依无靠的刘备，一个是拥有重兵挟天子以令诸侯、名正言顺的中央政权曹操。

我想，各位心里都清楚吧，把赌注押在刘备身上几乎是必输无疑的。

可是，不可思议的是，当刘备到达徐州以后，东海郡的昌霸[1]马上率领民众造反，背叛曹操响应刘备。

昌霸和刘备之间没有任何交情，明明跟着曹操混更有前途，他却选择投靠势单力薄的刘备，从史料上也找不出任何疑点证明他精神有问题，那就说明他愿意跟着前途渺茫的刘备混，完全是被刘备独特的人格魅力所吸引。

不但昌霸起义了，周边的郡县也有许多民众造反，投奔刘备，所以刘备很快聚集了多达数万人的大部队。

稍微稳定以后，刘备就派孙乾出使冀州，与袁绍联合。这说明刘备已经判断出当时的局势，曹操和袁绍之间必有一场恶战。

可是，刘备能够看出来的，曹操会看不出来吗？曹操也早就看出来了。

不过曹操的抉择显然有点不正常，面对袁绍大军即将压境的巨大压力，曹操还是决定先收拾刘备。

由此可见，在曹操心里，刘备的分量一点也不亚于袁绍，所以他才宁可减弱对抗袁绍的力量也要分兵先消灭刘备。因为他知道，对于刘备这样的枭雄来说，你给他一点机会、一点时间就是给自己制造难度、增加危险。

养虎遗患，消灭老虎就要在它还小的时候。等它长大了指不定谁消灭谁呢！

曹操派去攻击刘备的将领是刘岱和王忠。

我们要注意的是，《三国演义》把曹操这次派遣出击刘备的刘岱和190年参加关东军讨伐董卓的那个刘岱混为一谈，其实这个刘岱和那个刘岱并不是同一个人，那个参加关东军的兖州刺史刘岱早在192年就被黄巾起义军攻杀了。

刘岱和王忠带兵攻打刘备，却被刘备打败了，而且刘备还对刘岱他们放话："像你们这样的将领，再来一百个也奈何不了我。就算是曹操亲自来，胜负还不一定呢！"

咳咳！刘备，这装得有点过分了啊。

有句话叫"说曹操曹操就到"，刘备刚说完曹操来了也不害怕，曹操就真的亲自来了，莫非典故出自这里？

刘岱、王忠他们回去的时候，曹操已经和袁绍刀兵相见剑拔弩张在前线对峙了。

---

① 《三国志·先主传》记载此人名昌霸，《三国志·武帝纪》记载此人名昌豨，估计是有误载。

这时候，谋刺曹操的董承他们阴谋败露，全部被曹操诛杀。安定完内部以后，曹操没有把注意力放在袁绍身上，而是放在了刘备身上，他想先解决刘备。

不过，曹操手下的将领们却集体表示反对，他们说："能够和你争夺天下的是袁绍，如今袁绍大军压境，我们却要扔下他不管，东征刘备，假如袁绍趁机袭取我们的后方，又该怎么办？"

曹操回答说："刘备是人杰啊，如果现在放了他不管，将来一定变成祸患。袁绍虽然理想很高，但是他不能把握机会，一定不会有所行动。"接着，曹操真就扔下袁绍不管，直击刘备去了。

王沈的《魏书》记载说，曹操派手下其他将领先守住官渡，而后自己亲率精兵进攻刘备。刘备本以为曹操不可能丢下袁绍来打自己，但是手下的侦察兵（候骑）突然来报告说，曹操率大军来了。刘备大吃一惊，然而还不是十分确信，就亲自率领几十名骑兵出门侦查，当他看到曹操的帅旗以后，吓得顾不上再回小沛，丢下自己的部将和士卒就逃跑了。

按照这份记载，刘备是弃城而逃了的。[①]

如果这份记载属实的话，刘备抛弃的就不只是一座城了，还有全体将士和他的妻小，另外还有驻守下邳的关羽和将士。

一个战场上抛弃士兵单独逃命的将军，无论如何是不会赢得人心的，那些为他卖命的士卒也将从此与他诀别。可以说，依照《魏书》的记载，刘备必将众叛亲离。

就算《魏书》的记载不实，《三国志·武帝纪》也记载了曹操本次出击的经过。"**遂东击备，破之，生禽其将夏侯博。备走奔绍，获其妻子。备将关羽屯下邳，复进攻之，羽降。**"

这样看，曹操东击刘备，活捉刘备的部将夏侯博，刘备逃走投奔袁绍，家眷在小沛被曹军俘虏。

此时，关羽身在徐州州政府下邳，并不是像小说里那样为了保护两位嫂子而约法三章无奈投降。事实上是曹操在小沛已经俘虏刘备的妻小——"**备奔走绍，获其妻子**"。而后，曹操继续攻打下邳，俘虏关羽——"**备将关羽屯下邳，复进攻之，羽降**"。

---

① 《魏书》原文的记载：**是时，公方有急于官渡，乃分留诸将屯官渡，自勒精兵征备。备初谓公与大敌连，不得东，而候骑卒至，言曹公自来。备大惊，然犹未信。自将数十骑出望公军，见麾旌，便弃众而走。**

又一个美丽的童话泡沫破灭!

就算刘备像《魏书》记载那样,一看见曹操的旗号就翻身上马落荒而逃,丢下所有人不管。但是驻守小沛的刘备至少应该派人去下邳通知关羽一声,告知他已去投靠袁绍,回头可以去袁绍那里汇合。

然而,从历史记载上看不出这些,并且关羽还傻乎乎地替曹操杀了颜良,可见他确实不知道刘备在袁绍处。

下面疑问就来了:如果按照史书记载,就算刘备是被打败后逃跑的,至少他也算抛弃了小沛的家眷、下邳的关羽,以及全体守城将士。这样自私的人,应该是没有几个人愿意跟他的。

可是,刘备偏偏与众不同,他逃到平原见到袁谭以后,袁谭通知老爹袁绍,说刘备已来。袁绍立马派人前去平原迎接刘备,并亲自出邺城两百里去接刘备,搞得跟重要的外宾来访一样。

仅仅这样,说明不了什么,重点还在后面,刘备到达袁绍那里以后,过了一个多月,那些被他"抛弃"的士卒,打听到刘备的落脚地点以后,竟然又追了过来,死活就要跟着刘备干——"**驻月余日,所失亡士卒稍稍来集**"。

你说邪门不邪门?

这种情况,我实在想不通。

但不是说想不通解释不了咱们就要丢在一边不管,发生在刘备身上的很多事都难以理解。

比如说,他小时候上学,刘元起资助他,我小时候也说过要考"中国第一的名牌大学",咋没人资助我?

再比如说,刘备不到24岁,居然有亿万富翁把自己辛辛苦苦积攒的钱交给他去组建部队?

还有,196年刘备的徐州被吕布偷袭占领以后,在广陵郡刘备真的走投无路了。这时候麋竺突然冒出来献爱心了。他不但把自己的妹妹送给正处于人生最低谷的刘备,还无私地资助他人马钱粮,供刘备渡过难关东山再起。

一次两次好理解,为啥每次刘备遇到难关的时候都能遇到贵人?是刘备运气好,福星高照?

也不像啊,他一辈子几乎倒霉透顶,每占一个地盘,窝还没暖热呢就被别人抢跑了——做高唐县令遇起义军,当平原相碰上公孙瓒失势,得徐州被吕布袭取……

那么,唯一可以解释的就是刘备本人具有一种特殊的人格魅力。这种超级人格魅力可以迷倒他身边的很多人,使那些人能够走火入魔一样发狂,愿意为他付出一切。

当然,用推测出来的超级人格魅力来解释刘备的诡异经历似乎有点不靠谱。但是接下来,事实证明,刘备不愧是一代枭雄。因为除了他,这样的经历在三国里可能不会有第二个人有。

究竟是什么事使刘备证明了自己的能力呢,请看下章,《刘备的穿越术》。

下章提示

刘备投奔袁绍，再次寄人篱下，袁绍派他到豫州的汝南联系当地的起义民众，在曹操的后方搞破坏，刘备不辜负袁绍期望，一度骚扰到曹操的大本营许县附近，但这并不是刘备能力的体现，因为他还有更出彩的表现……

第十五章　刘备的穿越术

200 年，注定是刘备大放异彩的一年，虽然这一年发生了历史上很有名的“官渡之战”，但是这一年也是刘备超级能力体现的一年，甚至毫不夸张地说，锋芒足以盖过指挥部队以少胜多的曹操。

就在这一年正月，曹操从与袁绍对峙的官渡前线离开，亲自带兵攻打驻扎小沛的刘备。

刘备狼狈逃窜，前往平原会合袁谭，随后前往邺城投奔袁绍。刘备虽然得以逃脱，但是他在小沛的家眷和将士却被曹操一窝端了。随后，曹操又继续攻打小沛东南约 110 千米的下邳，把关羽活捉了回去。

在此我们要插入一点，曹操捉拿关羽，很可能是关羽无奈献城投降的。

《三国志·武帝纪》记载的是曹操攻打下邳——“**羽降**”，《三国志·先主传》和《三国志·关羽传》写的均是擒关羽而回。那么，怎么判断关羽是不是献城投降的呢?

用《关羽传》和《张飞传》做对比，我们可以发现，关二爷在斩颜良之前，似乎并没有被曹操看重。

作为最早追随刘备的两个“老人儿”，刘备当平原相的时候，关羽、张飞都被刘备任命为地方团队指挥官(别部司马)。198 年曹操和刘备一起把吕布攻杀在下邳，回到许都以后，曹操表彰张飞，使其升迁为警卫指挥官(中郎将)。

但是，这次表功却没有关羽什么事(不知道是否与杜夫人之事相关，或是另有原因，总之，关羽没有受到提拔)。

关羽首次受到曹操提拔，是在曹操赶走刘备攻破下邳俘虏关羽以后。《三国志·关羽传》记载:“**曹公禽关羽以归，拜为偏将军**”，这句话其实是很难理解的。

曹操攻打下邳捉了关羽回去，关羽有什么功劳，曹操要拜他为偏将军?

我们知道，曹操不是个随心所欲赏罚不分的人，徐晃、张辽他们投降曹操以后也都是被封为低级军官，以后立功受奖才逐级提拔。

徐晃投降曹操的时候，受封裨将军，多次立功以后才提拔为偏将军；张辽投降曹操后，受封中郎将，还在裨将军之下，以后“**数有战功**”才“**迁裨将军**”。

关羽呢，原先战胜吕布、封赏的时候没他什么事，但是这回曹操拿下关羽镇守的下邳后，他反倒被封赏了，而且是直接越三级提拔。

相信，如果关羽不是被“潜规则”了，曹操没必要也没理由破例封赏关羽。

赏罚不分不能服众，曹操不会不知道这个道理，所以关羽被赏得蹊跷，原因直接指向《武帝纪》记载的“**羽降**”——幕后交易，献城投降。

先不管关羽是因为什么投降的，我们的男主刘备已经等不及了，赶紧回来继续说他。

刘备逃到袁谭那里，看似平淡无奇，其实暗藏玄机。怎么说呢，刘备这次逃跑经过的路线大部分是曹操的统治区——兖州。举个例子：我是河南的，你从河北来打我，我往南跑，跑到湖北湖南跑到广东广西都不算有本事，但是我穿过你的河北跑到辽宁跑到内蒙古那就是有本事。

刘备就是这样，小沛往北是曹操的老根据地兖州，过了兖州再往北才是袁谭所在的青州，当时袁谭就驻扎在青州平原国的首府平原县。

从小沛（今江苏沛县）到平原（今山东平原县），距离超过270千米，亲自带兵出征一心想捉住刘备的曹操，这次居然就让刘备在自己眼皮子底下逃跑了，而且所经过的路线还都在自己的地盘内。

不是曹操太无能，吕布、关羽这些人都逃不掉，但是刘备硬是从曹操手里逃脱了。可见，刘备是有几分本事的。

如果说，刘备这次能够从曹操手里逃脱有一定的运气成分的话，那接下来的事同样让人瞠目结舌。

刘备到达邺城投奔袁绍以后，袁绍很快领着刘备来到黎阳前线，对手就是重回官渡（今河南中牟县东北官渡镇）的曹操。

黎阳（今河南省浚县）是东汉时期的全国军事基地，也是当时的军事重镇，古黄河就流经黎阳与白马（今河南省滑县东）之间。

200年2月，袁绍派郭图、淳于琼和颜良统帅大军进攻古黄河南岸的白马。与此同时，袁绍自己率领主力部队驻扎于古黄河北岸的黎阳，作为他们的后援，随时准备渡河南下推进。

白马是由曹操手下的东郡太守刘延亲自镇守的，因为战事吃紧，太守已经被派驻到了这个小县城。作为紧扼古黄河渡口的战略要地，白马的战略意义非同小可。一旦白马失守，袁绍大军就可顺利渡河，长驱南下。所以，面对颜良大军的进攻，刘延的防守压力是无比巨大的。

4月，曹操担心白马失守，亲自率人解救白马。

接下来的事我们都知道了，曹操派张辽和关羽一同出兵，担任部队先锋，与颜良决战。关羽远远望见颜良的主帅麾盖，就拍马长驱直入，杀开一条血路，直达颜良帐下，将颜良斩杀之后还不忘把他的脑袋割下，提着就回来了，所到之处无人能挡。

这就是历史上有记载的关羽成名之战，颇有点类似于现在的斩首行动。

颜良死后，士卒们四散溃逃，白马之围遂告解破。曹操就抓紧时间把白马的民众沿黄河南岸西迁。这边袁绍当然不乐意了，如果城池攻下，却没有老百姓，那么攻下一座空城又有什么意义呢？所以袁绍就急忙渡河追击曹操的部队。

这一战颇有点类似后来曹操追击刘备的"长坂坡之战"，不过是宾主易位了而已，这次是袁绍追曹操，曹操带领老百姓迁移。

话说回来，袁绍派刘备和文丑一起，再次对曹操军展开攻击。可惜的是，这次袁绍又折了一员大将，就是文丑。

文丑是袁绍手下的骑兵将领，他和刘备一共率领五六千骑兵，浩浩荡荡杀赴前线。不料，曹操仅以不到六百骑兵就把文丑给解决了。刘备跑得快，再次从曹操手中逃脱。

颜良、文丑这两个三国名将均是刚出来露个脸就被击沉了。唉，电视剧里只能活一集啊！

不过虽然袁绍开战就折了两员大将，但是他的综合实力还是要比曹操雄厚得多。曹操打了两次胜仗以后，仍旧不足以和袁绍对抗，只能继续后撤，袁绍则继续逼近。

曹操驻扎官渡，袁绍则进军阳武(今河南原阳县东南)，然后双方展开了精彩的攻防战。

为了给曹操制造更大的压力，袁绍把军营安排得离曹操军营很近，背靠小土丘安营扎寨，东西绵延数十里。曹操无奈，只好同样拉长战线与袁绍对抗。可是这样战线一拉长，曹操的兵力就不够用了，所以双方交战的时候曹操军只能处于很被动的防守地位。

袁绍既然占据主动地位，就把营寨安得更靠前一些，跟曹操在官渡对峙。曹操处于不利局势，只好坚守营寨，不与袁绍军交战。但是袁绍却等不及，他想早日击破曹操好一统天下，所以袁绍就命令军士堆砌土山，并在土山上建立高楼然后在高楼上用箭往曹操军营里射。

这真是个好办法，站得高射得远。

密密麻麻的箭雨射向曹操军营，这时候曹军真的吓坏了。

说是这样说，还得想想办法应对才是上策啊，完全暴露在袁绍军射程之内的曹操军只好一个个用盾牌蒙头才敢行动。

话说，就这样一直防守也不是办法啊，最好的防守就是进攻嘛！曹操于是制造一种“发石车”，用来投掷石块攻击袁绍的高楼。你还别说，发石车一出，抛掷的巨大石块立即击碎了袁绍的高楼。

袁绍军见识了这种比弓箭射程更远攻击力更大的“高科技”以后，也是很吃惊，他们居然为曹操的发石车起了一个更为响亮的名字，叫“霹雳车”。大概，他们觉得发石车这个名字太老土了！

袁绍一计不成又生一计，干脆挖地道直接到达曹操大营攻击他。

这一招可不是袁绍新学的，前一年袁绍攻打公孙瓒时就用过这一招，而且收到了奇效。当时公孙瓒也是修建高楼，然后躲在里面不出。袁绍就让士兵们挖地道直达高楼之下放火烧楼，并以此击破公孙瓒。

现在曹操既然高挂免战牌坚守不出，袁绍就想故技重施也用这一招击破曹操。

可惜，袁绍还是袁绍，曹操却不是公孙瓒。

曹操也有办法对付袁绍的地道战，他让士兵们在营寨前挖掘一道壕沟用以对付袁绍的地道战术。史书上记载此事略微简单，原文是“**绍为地道，欲袭太祖营。太祖辄于内为长堑以拒之**”。

朋友们，袁绍挖地道可不是曹操挖一道壕沟就能够阻止得了的。史书记载少了一道重要程序——往壕沟里注水。

古代地道战攻防，挖壕沟才是一半程序，挖完之后还得注水。这样，你不是挖地道吗？挖着挖着一锹挖透挖到壕沟里，“哗”的一声给你来个水灌老鼠窝。

袁绍的杀手锏在曹操面前失效了，他也无计可施了。

但是，形势却依然对袁绍有利，为什么？汝南的民众起义了。

汝南是袁绍的老家，所以在官渡之战中很多汝南的民众都背叛曹操支持袁绍，毕竟是老乡啊！

别忽略人际关系，每个干大事的都有一帮老乡亲信。比如项羽的八千江东子弟兵，刘邦的沛县父老，曹操的谯县根基，刘备的涿县老乡（张飞、简雍等）。

官渡之战正在进行，前方战火如荼，在曹操后方袁绍的老家却有一群老乡“闹革命”支持袁绍了——什么叫后院失火，这就叫后院失火。

在汝南的起义军中，最著名的首领名叫刘辟。关于刘辟，我们还得插入几句，不知道是不是史书记载错误，刘辟这个人身份也有疑。

根据《三国志·武帝纪》的记载，196 年曹操讨伐汝南、颍川两地黄巾军的时候，黄巾军的几大首领分别叫作刘辟、何仪、黄邵、何曼。

196 年 2 月，曹操率军攻杀刘辟与黄邵，何仪和他的部下一起投降。（**汝南、颍川黄巾何仪、刘辟、黄邵、何曼等，众各数万，初应袁术，又附孙坚。二月，太祖进军讨破之，斩辟、邵等，仪及其众皆降。**）

也就是说，刘辟早在 196 年 2 月就挂了，到 200 年，去世三周年也早就过了。

可是 200 年官渡之战时，突然又冒出来个刘辟，还是汝南的，而且又是黄巾军的首领。这也太巧合了吧！

《三国志·武帝纪》说“**汝南降贼刘辟等叛应绍，略许下**”。诸位，刘辟在这里是个“**降贼**”，至于什么时候投降的，史书没说。《三国志·先主传》记载的是“**曹公与袁绍相拒于官渡，汝南黄巾刘辟等叛曹公应绍**”。

两份记载一合计，黄巾军刘辟的身份出来了，同时还是位降将。

那么，是刘辟“借尸还魂”了——史书记载错误，196 年本就没有被杀死？还是恰好有另外一个相似度如此之高的刘辟？

我想，这个问题恐怕已经很难考证了！

不过，既然难以考证，我们也就不要浪费太多的时间。汝南黄巾军起义支持袁绍以后，袁绍交给了刘备一个特殊任务——去汝南会合刘辟，一起在曹操后方搞破坏。

因为地处中原，所以当时汝南是全国数得着的大郡，人口多产粮多，能够提供的兵源和军粮也多。

还有,袁绍是在曹操地盘的北面和他对峙,曹操的主力部队都部署在前线,而汝南是曹操地盘的最南面,紧邻刘表的荆州。

另外,汝南距曹操建都的许县非常近,许县所在的颍川郡和汝南郡交界,汝南郡的边界距许县最近处还不到20千米。

如果汝南大乱,就会迅速危及许都,到时候曹操内忧外患,如何不败?即使汝南的动乱不够严重,但是同样可以使曹操腹背受敌顾此失彼。

正因为汝南对于整个战局的重要性,所以袁绍也很重视,他就派刘备前去汝南会合刘辟,在曹操后方搞破坏。大家不要以为袁绍很重视刘备,委任他去负责这么重要的工作,其实这是个送死的活。

要知道,曹操大军正在官渡前线和袁绍大军对峙。而要想前往汝南,首先就得越过曹操大军的封锁线,然后还得穿过曹操整个豫州的腹地。

官渡在河南省北部,那汝南却是在河南省东南部。上次刘备穿过了一个山东,这次还得再穿过一个河南,两次中间都是曹操的地盘。要说没难度或是难度不够大,打死我都不信。

上次刘备从小沛跑到平原投奔袁绍的时候,穿越了至少270千米。这次从官渡到汝南郡的郡治平舆(今河南省平舆县西北射桥镇),至少也有180千米,还要越过曹操的封锁线,穿过整个豫州,到达豫州的南部,这真的不容易啊!

可是,接受袁绍任务的刘备硬是完成了这次穿越,顺利到达汝南与刘辟会合。

在汝南,刘备再次感到蛟龙入海的畅快,毕竟不管跟着谁,都没有自己当老板舒畅啊!汝南虽是曹操的地盘,但是刘备也想把它变成自己的。包括全国,他都想把它变成自己的,所以刘备在汝南有点招摇,有点张狂。

张狂到哪一步呢?

《三国志·先主传》记载:"**曹公与袁绍相拒于官渡,汝南黄巾刘辟等叛曹公应绍。绍遣先主将兵与辟等略许下。关羽亡归先主。曹公遣曹仁将兵击先主,先主还绍军。**"

要注意这段话,它交代了两个关键问题:第一,袁绍派刘备到汝南与刘辟会合后,这对搭档曾经骚扰到首都许县附近(**略许下**);第二,关羽在此期间逃归刘备(**关羽亡归先主**)。

因为关羽是这时候逃归刘备的,所以后面刘备重回袁绍手下(**先主还绍军**)的时候，肯定是带着关羽一起回去的，自然也就没有“千里走单骑”的故事。

刘备张狂，老婆、孩子都在人家手里呢，他居然还敢肆无忌惮地打人家老窝的主意。当然了，也许刘备想的是“如果能拿下许县，不但我自己的老婆能抢回来，曹操的老婆我也能抢过来”。

咳咳，这话是开玩笑的，别当真。

不过意思还真是这样，要是刘备能够拿下许县控制首都，那就不但是解救自己家眷的问题了，他还能够扰乱曹操的军心，甚至来个刘备版的“挟天子以令诸侯”。

刘备敢这么想，也敢这么干，所以他一度从汝南侵略到首都许县附近(**略许下**)。

暂停一下，说点别的。

《三国演义》里“千里走单骑，过五关斩六将”的故事又是怎么回事呢?

我很负责任也很抱歉地对大家说，“千里走单骑，过五关斩六将”和“虎牢关三英战吕布”“温酒斩华雄”“诛文丑”什么的都是出自罗贯中的虚构。

本来，非史书记载我是不讲的，但是“千里走单骑”不讲恐怕大家不愿意。毕竟这也和正史相关——关羽是怎么回归刘备属下的。

在讲正史之前，咱们先温习一下《三国演义》里是怎么写的。

以前没事的时候，我曾写过一篇《〈三国演义〉里的硬伤》，关羽之事只是其中之一。《三国演义》写关羽千里走单骑，因为纯属虚构，所以错误连连。

比如：袁绍当时驻扎在阳武(今河南原阳县)，和曹操在官渡对峙。《三国演义》把关羽去汝南与刘备相会改写为关羽不知道刘备在他前往袁绍军营途中已去了汝南。因此从许县前往阳武，到袁绍大营找刘备。

可是，阳武在许县正北，罗贯中写关羽从许县出发却是“望洛阳进发”。许县(今河南许昌市东)在河南省的正中心地带，而洛阳却在河南西北部。

因此，罗贯中写关羽的回归之路就成了“找不着北”：先向西北走100多千米，到达洛阳后斩杀了“洛阳太守韩福”(此属虚构，此时无洛阳郡)。

到了洛阳完成罗贯中“交给”的第一个斩将任务以后，关羽就再折回来东行到达汜水关(今河南荥阳市西北汜水镇)，斩杀把关守将卞喜(虚构)。

杀了杜撰的卞喜以后，关二爷继续向东前行来到荥阳，又斩杀“荥阳太守王植”(虚构，无荥阳郡)，又一个任务完成。

小任务做得差不多了，总算可以去找袁绍了。关二爷再从荥阳向东北“行至滑州界首”遇到刘延。需要说明的是隋朝才设滑州，东汉时名字还叫白马，此系罗贯中地名错误(古今混用)。

刘延因为关羽斩颜良帮自己解了白马之围，所以没好意思拦他，关羽又斩了守将秦琪(虚构)。

与此同时，一个更不可思议的怪事发生了。

《三国演义》在前一回已明明白白写了袁绍“**退军阳武**”，而关羽在这一回是从荥阳“**行至滑州界首**”再遇刘延的。荥阳—阳武—滑州，这是一条几乎是直线的路线，阳武在中间，但是关羽却在经过阳武时硬是对袁绍的三十万大军(小说中骑兵步兵各十五万，共三十万；史书上步兵十万骑兵一万，共十一万)视而不见，又固执地继续向东北前行了近80千米。

果真如此的话，更不可思议的还有：袁绍驻军阳武与曹操在官渡(今河南中牟县东北官渡镇，有古战场遗址)对峙，背后的白马居然还驻有曹操大军！看来，袁绍是自愿跳到曹操包围圈里的。

那么，为什么会这样呢？

不错！都是虚构惹的祸啊！

在历史上，关羽斩颜良解除了白马之围后，曹操就放弃白马把城中的居民迁出(当时白马被围两个多月，城中已无粮草储备)。这时，袁绍派文丑和刘备率军追击，曹操设计用辎重吸引追军，趁他们抢着捡拾战利品时出击，大破追军击斩文丑。

随后，曹操收缩防线南撤到官渡，而袁绍则向南跟进驻扎阳武。

但是，《三国演义》并未写曹操撤退到阳武南面的官渡，只写关羽“斩颜良诛文丑”后袁绍就“退军阳武”了。那么，这时袁绍的“撤退”就不是撤退，而是前进，并且是一下跳入了曹操的白马，古黄河第一防线和官渡第二防线之间。在没有飞机空降的情况下，这是一件很神奇的事，而且也充分说明了袁绍不怕被“夹心”做成“三明治”！

此后，《三国演义》又写袁绍从阳武南下兴兵“望官渡进发”。因为没有把刘延从白马古黄河渡口撤回，所以袁绍背后始终有一支大军，而关羽也正是在古黄河渡口斩杀了守将秦琪的。

此时袁绍的三十万大军又神奇地“飘”回了第一防线古黄河对岸之外，千里走单骑逆天地完成了！

《三国演义》为了能让关羽把实际只有225千米(直线距离176千米)的路程演绎

成千里，硬是让关羽绕了个大圈达到目的。

当然，小说怎么虚构都不为过，毕竟失去这些文学手法，小说就没了血肉。

前面已经说了，《三国志·先主传》记载："**绍遣先主将兵与辟等略许下。关羽亡归先主。曹公遣曹仁将兵击先主，先主还绍军。**"

这段记载说的是，袁绍派刘备到汝南与刘辟等人会合，侵略许县附近之地，这时候关羽逃回（亡归）刘备那里。随后曹操派曹仁攻打刘备，刘备只好重新回到袁绍那里。汝南距许县最近处还不到 20 千米，用不了一天就能到达。

刘备和刘辟骚扰到许县附近，这时候关羽得到消息，就毅然决然地离开曹操重归刘备属下。

许县对于曹操来说太重要了，前方打仗后院怎能起火，196 年刘备失徐州就是因为吕布偷袭下邳抓了刘备和将士们的家眷，导致全军军心崩溃不能再战。前车之鉴历历在目，曹操可不会再犯同样的错误。

虽然前线战事紧急，曹操依然抽调精锐部队前往汝南攻击刘备，而且他所派遣的还是他最信得过的将领，其中有他的两个堂弟，"曹家班"的曹仁、曹洪，还有大将徐晃。

刘备这次把曹操搞得估计头疼病都犯了，史书上说："**自许以南，吏民不安，太祖以为忧。**"

前面说"**绍遣先主将兵与辟等略许下**"，古代北上南下，"许下"就是许县南面，这里说"**自许以南，吏民不安**"，可见刘备、刘辟这对"二流（二刘）组合"战斗力一点也不二流啊！

曹操派亲信曹家班去汝南驱逐刘备，曹家几兄弟的战斗力自不必说，徐晃也是曹魏五虎之一，他们一起率领精锐骑兵冲击刘备，结果自不必说——刘备又败了，即使刘备是带着关二爷的。

其实曹操派曹仁带领精骑冲击刘备，除了在平原地带骑兵战斗力强过步兵外，还有一个重要的原因就是骑兵行军速度快。

官渡战事如火如荼，曹操可耽误不起，只有派出数量和战斗力都远在刘备兵力之上的大批精锐骑兵，快刀斩乱麻，尽快解决刘备，然后迅速回防官渡前线，才能双方兼顾。否则刘备这边要是陷入僵持，袁绍再大举进攻，两线作战的曹操非败不可。

这次击败刘备，曹操虽然没有亲征，那也是志在必得。

刘备被曹仁击败以后，带着关二爷再次回到了袁绍身边。邪了，又是一次穿越曹操根据地180千米以上的行程，刘备居然又没有被拦截住！

不过刘备回到袁绍身边以后才发现，战局已有转变的前兆。袁绍虽然以占据绝对优势的兵力大举进攻，却无法取胜。相反，曹操派出曹仁、徐晃、史涣等人偷袭袁绍的运粮车却能手到擒来。

或许是袁绍的骄纵自大，让刘备预感他最终不免失败，所以刘备就暗中计划脱离袁绍，避免和他一起同归于尽（**先主还绍军，阴欲离绍**）。

离开要找一个好的借口，因此刘备就建议袁绍，不如再下汝南与老盟友刘表联合，一起对付曹操。袁绍想想也对，就派刘备再次下汝南，会合当地的起义军头领龚都。

不过，这次袁绍也学狡猾了，不再把自己的部队拨给刘备了，让他只带着自己的部队走。

上次袁绍派刘备到汝南与刘辟联合，那是交给刘备一些兵卒了的（**备新将绍兵**）。但是这一次他却不给了，让刘备“**将本兵**”去汝南和龚都会合。

不给就不给吧，反正刘备的目的只是离开袁绍。于是，刘备又一次穿过曹操的层层封锁来到汝南。

我们做个简单的加减法运算，这一年刘备一共四次穿越曹操的根据地。

第一次，200年正月，刘备被曹操击败后从小沛逃到平原，中间穿过曹操的老根据地兖州，行程至少270千米。

随后，刘备跟着袁绍抵达前线，并接受袁绍的指派到汝南会合刘辟，中间要穿过曹操的豫州根据地和官渡防线，按照官渡到平舆最近的距离计算，至少180千米。

再后来，刘备侵扰到曹操的老窝许县附近，搞得人心惶惶，曹操派出精锐骑兵击败刘备，刘备从汝南重回袁绍身边，又是至少180千米。

最后一次，刘备计划离开袁绍，劝说他与刘表联合，袁绍同意并派刘备去完成这项任务，刘备再次来到汝南，又是180千米。

前前后后相加，三次180千米加一次270千米，刘备一共行军至少810千米，而且绝大多数时候都是行进在曹操的根据地内。

问题是，刘备在曹操的地盘内玩这四次大穿越根本没遇到任何阻拦截击。如果真有人曾经拦截到刘备的话，就算蜀汉方面没有记载，魏国方面也应该有记载啊！可是双方史料均无交战记录,说明刘备这几次穿越根本没有遇到任何阻拦。

难道刘备是用的"空间传输"瞬间位移吗?我和我的小伙伴们都惊呆了!

如果不是白纸黑字出自史书的记载,我真有点怀疑这是某个脑残编剧恶搞出来的玩笑,曹操的驻防部队及地方政府军是干什么吃的,难不成他们都是泥捏的玩偶,摆在那里不会动,刘备只要小心绕过就好?

我有理由相信,这种能力袁绍手下其他任何人都不具备。甚至放眼整个三国,刘备的逃跑能力都是无人能比的。

刘备是擅长逃跑,但是逃跑就不是能力吗?

在曹操的对手里,没跑掉被抓住杀掉的有吕布;没跑掉被捉住的有关羽;没跑掉被斩杀的有文丑,以后还有袁谭等人……

曹操不止一次想捉住刘备,但是却一次也没成功。再看看这一年刘备的表现,恐怕没有人再去嘲笑刘备只会跑了吧?毕竟留得青山在,不愁没柴烧,不会跑就得死啊!

刘备离开袁绍不久,袁绍果然在官渡之战中失败了。据《献帝起居注》记载,曹操军在本次战役中斩袁绍军七万余人,而《汉纪》则说"**杀绍卒凡八万人**"。要不是刘备预判袁绍会失败而提前离开,恐怕这七八万人里就会多他一颗脑袋。

闲话不叙,接着讲。

刘备来到汝南与龚都会合后,很快又弄了几千人,曹操估计快恨死刘备了,就派蔡阳(一作蔡扬)去攻打刘备。不过,蔡阳的实力可能不行,反倒兵败被刘备所杀。

没办法,曹操不得不再次亲自出征了。

但是刘备也够滑头的,一听说曹操亲征就立马撒丫子跑人了,曹操又一次亲征刘备还是以失败而告终。那么,刘备究竟何去何从,又是如何继续他的流亡逃难之路呢?请看下章,《被误读的火烧博望坡》。

下章提示

刘备被曹操打跑后来到荆州投奔刘表,刘表原先对刘备挺客气,可是随着刘备的威望越来越大,愿意归附他的人越来越多,刘表就开始"吃醋"了。随后不久,一场火烧夏侯惇的故事被《三国演义》描写得绘声绘色,但是火烧夏侯惇背后却有一个极大的阴谋,这些你知道吗?

第十六章 被误读的火烧博望坡

201 年，曹操亲自率领部队到汝南攻击刘备，却又一次被刘备逃脱了。

刘备这时候已经不能再往北跑了，袁绍已经在官渡之战中溃败了，实力大打折扣，况且他也早对袁绍说过要南连刘表的。所以曹操一打，刘备只好跑到荆州刘表那里了。

刘表一听说刘备来投奔，也是高兴得屁颠屁颠的，亲自到城外迎接，待刘备以上宾之礼。那阵势，不用想也知道，估计比接待老丈人都浩大。

为什么刘表要对刘备这么好呢？刘备不过一个逃荒落难的，到刘表家里吃他的住他的，刘表是观音菩萨在世吗？大发善心吗？

不是！刘表这个老狐狸才没有那么好心呢！

刘表对刘备“**以上宾礼待之**”，那也是有他自己的小算盘的。

我们知道，刘备替曹操在边疆东部保了一年多平安的时候。曹操能够安心地南下攻打张绣，张绣与刘表联合以后，曹操又打他们俩。与此同时，曹操还东南出击驱逐入侵陈郡的袁术。但是，这一切已经是过去式了。

袁术被曹操击破后，投奔手下将士被拒，想北上与袁绍会合时呕血身亡。

张绣呢，居然在曹操和袁绍将要进行官渡决战的时候，站队加入老冤家曹操的阵营，而曹操竟然也宽宏大量地接纳了这个杀子仇人。之前两人还打得不可开交，转眼就成了同一阵营，战场上形势真是瞬息万变。

200 年的官渡之战，曹操大获全胜，把袁绍打得差点岔气，据说袁绍战败后逃回古黄河北岸的部下蒋义渠大营后，手拉着蒋义渠的手说：“我把脑袋托付给你了。”蒋义渠大为感动，连忙让出虎帐请袁绍上座发号施令。

官渡之战胜利后，曹操亲自下汝南驱逐刘备，刘备就来投奔刘表了。

张绣投降曹操时献出南阳，此时刘表的辖区就和曹操的地盘直接接壤了。本来还有个张绣夹在中间替刘表挡一挡的，结果现在成了刘表自己单独面对战胜袁绍后实力更加强大的曹操。所以，刘表急需有人帮他分担这份压力，刘备的到来恰好给予刘表一份支持。

因此，刘表就为刘备增加部队，派他驻兵新野。

看到这里，大家是不是觉得很熟悉?

不错!

刘备投奔公孙瓒的时候，公孙瓒交给他人马助他重新夺回高唐县，派他驻扎高唐，对抗曹操。

刘备投奔陶谦的时候，陶谦交给他自己的老乡“丹杨兵”，让刘备帮助自己打曹操，而后又派刘备驻扎小沛，协防徐州对抗曹操。

刘备失去徐州后投奔夺了自己徐州的吕布时，吕布送还刘备的家眷，仍旧派刘备驻扎小沛，协防徐州对抗曹操。

后来刘备发展迅速引起吕布嫉恨，吕布攻打刘备，刘备投奔曹操。曹操也是送给刘备军粮让他征兵，并且调拨一部分兵力交给刘备，但还是让刘备驻扎小沛，目的是防备吕布。

这一次，刘备投奔刘表，刘表也是给刘备增加兵力，派他驻扎新野。哈哈哈，目的我就不用说了——协防荆州对抗曹操。

有意思吧，这么简单的幕后真相，很多大师级人物品评三国的时候都漏掉了。

南阳郡本来属于荆州，可惜被张绣献给曹操了，所以荆州的刘表实际控制的地盘就少了一个最大的郡。

东汉时代，南阳郡是全国最大的郡，盛时人口达243万，比凉州、并州、幽州、交州等一些偏远州的人口都多，甚至就连东汉两都所在的直辖州(司隶区)人口都比不上一个南阳郡(司隶区人口219万，还是包括长安和洛阳两座都城人口在内)，这也是为什么袁术只占了一个南阳郡，就敢叫板占据冀州的袁绍的根本原因。

袁术占了一个南阳就能成为三国群雄之一，张绣占着南阳也能够和曹操抗衡，可见南阳在当时的重要性。现在张绣把南阳献给了曹操，刘表心疼死了。

不过，张绣也没有完全占领南阳，最南边的几个县，如新野(今河南新野县)就仍控制在刘表手中。所以，刘表才把新野交给刘备，让他替自己扛这来自曹操的压力。

新野往北就是曹操的地盘，刘备不论于公于私都得招兵买马充实自己的实力，否则怎么对抗曹操呢！而且刘表不也是在刘备刚来的时候就给他增加兵力了吗？

刘备投奔刘表几乎和投奔吕布时如出一辙。在新野，刘备因为一贯礼贤下士会结交人（详见前面刘平派人刺杀刘备时，刺客不忍刺杀他且告知他实情后离开），所以中原战乱时避难荆州的不少有才之人都开始归附刘备。

接下来的剧情就像复制一样，刘表也像当初吕布嫉妒刘备势力发展壮大一样，暗中嫉妒刘备的迅速发展。

不过，刘表这个老狐狸比吕布高明多了，他不会像吕布一样莽撞地去打刘备，再把刘备赶到曹操阵营里。他只是暗中监控着刘备的动向，防止刘备侵吞自己的荆州。（原文见《三国志・先主传》“**荆州豪杰归先主者日益多，表疑其心，阴御之。**”）

既要用刘备，又要防御刘备，刘表操心多啊，这才是能够鼎立群雄之间的大军阀。

刘备并没有侵吞荆州的意思，或许是他实力还不足以和刘表叫板，所以刘备一直安分守己地为刘表做着抵挡曹操的防御工作。

201 年，曹操打跑刘备，刘备投奔刘表。

202 年，袁绍也发病呕血而死了。袁绍、袁术这对兄弟先后都被曹操整到呕血身亡，可见曹操真不是吃素的。

就在这同一年，曹操亲率大军北上在黎阳与袁谭、袁尚两兄弟交战。可能曹操也是想利用袁绍新死冀州，人心不稳，趁机收回冀州。不过，袁谭、袁尚也是很早就跟着老爹历经战火洗礼的人，战斗力还是有一些的。

虽然在官渡之战中袁绍大败，但是他所拥有的实力还是很强。他死后幼子袁尚接班，曹操想趁机收回冀州，袁尚就委任郭援出任河东太守，派他和自己的表哥高幹一起进攻曹操的河东郡（郡治安邑，今山西夏县）。

如此一来，曹操再次处于不利地位。

为什么呢？

曹操本人率领大军在黎阳（今河南浚县）和袁谭、袁尚相持，郭援、高幹又从山西南下夺取曹操手里的河东郡，两线作战的曹操疲于应付啊。

河东在当时十分重要，因为河东郡有全国最大的盐池，而食盐是人们一日三餐离不了的东西。

官渡之战前，曹操还听从手下人建议，专门设立监盐官，负责河东的食盐外运专卖工作，并派京畿总卫戍司令（司隶区州长，司隶校尉）钟繇从长安撤回，驻扎弘农郡（郡治弘农，今河南灵宝市东北），专门为盐业护驾。（此事由卫觊向荀彧提出，荀彧向曹操申请，曹操通过，详见《三国志·卫觊传》）

弘农与河东仅有一河之隔，从弘农渡过黄河北上就是河东郡。因此，郭援、高幹率军袭击河东时，分身乏术的曹操，只能命驻于弘农的钟繇就近支援，同时邀请占据关中的马腾，帮助出兵讨伐郭援、高幹二人。

这时候，曹操在北线东西两面受敌，具有雄才伟略的刘备迅速嗅出了这千载难逢的良机，他要再次偷袭许县。

只可惜，刘备的计划还是被曹操破解了。

刘备率军从新野出发，直奔帝国首都许县，然而当他轻装猛进到达南阳郡叶县（今河南叶县），距首都许县仅有咫尺之遥时，曹操已经命夏侯惇来拦截了。

按《三国志·夏侯惇传》的记载推测，当时夏侯惇是河南尹（即原首都洛阳的市长），驻扎于洛阳（今河南洛阳市东白马寺东，有汉魏故城遗址）。

刘备从新野出发，一路向东北行进，越过了南阳郡的郡治宛县（今河南南阳市），这里已经是曹操的地盘了。接着，刘备又深入到了叶县。

就在这时候，夏侯惇却从洛阳向东南而下，到达叶县截住了刘备。孤军深入，如果遭遇对方阻击再不及时撤退，很有可能就会全军覆没。所以，计划失败无心恋战的刘备急于脱身，就烧毁自己的营寨之后撤退。诸位注意，火烧即在此，刘备既未烧夏侯惇也未烧自己，烧的是营寨。

刘备想逃跑，好不容易拦住刘备的夏侯惇怎么舍得放弃，要是抓住曹操几次都抓不住的刘备，那可是大功一件啊！

再说了，刘备现在在敌方阵地，拖得越久对他越不利，所以夏侯惇就要追击刘备。但是这时候李典出来对夏侯惇说："敌人无缘无故撤退，可能会有埋伏。向南的道路狭窄难行，而且草木深重，不能追啊。"

夏侯惇怎么甘心放弃活捉刘备的这个大好机会？所以他就不顾李典劝阻，命令李典留守大营，自己和于禁率军追击。追到南阳郡博望县（今河南方城县博望镇）的时候，夏侯惇果然中了刘备的埋伏，作战失败。（详见《三国志·李典传》"**惇不听，与于禁追之，典留守。惇等果入贼伏里，战不利。**"）

这里，大家应该已经看出来了，夏侯惇只是中了埋伏，并没有被火烧。

留守大营的李典听说夏侯惇果然中了刘备的埋伏，就从大营率军前去支援，刘备看到对方救兵赶来，也不敢再恋战，匆忙撤回新野。

想活捉刘备的夏侯惇，这一回差点被刘备活捉。

可能朋友们会问，你哪来的证据啊，净在这儿胡扯！

别急，下面就是举证时刻。

前面我们已经说过了，200 年官渡之战时张绣向曹操献出南阳郡，这时候除了南阳郡最南边的几个县，包括郡治宛县往北的大部分南阳地盘都成了曹操的。刘表派刘备驻扎新野，就是紧邻曹操地盘的前线。

新野到底在哪里呢？答：新野在南阳西南 55 千米的地方。

那么，博望呢？博望（今方城县）在南阳东北 55 千米的地方。

那么，叶县在哪儿呢？叶县在南阳东北 110 千米的地方。

再往前直线行走是哪儿？当时的首都许县（今河南许昌市东）。

我们再来看看史书的记载：

《三国志·李典传》记载："**刘表使刘备北侵，至叶，太祖遣典从夏侯惇拒之。备一旦烧屯去，惇率诸军追击之，典曰：'贼无故退，疑必有伏。南道狭窄，草木深，不可追也。'惇不听，与于禁追之，典留守。惇等果入贼伏里，战不利，典往救，备望见救至，乃散退。**"

《三国志·先主传》记载："**使拒夏侯惇、于禁等于博望。久之，先主设伏兵，一旦自烧屯伪遁，惇等追之，为伏兵所破。**"

下面我们一起来分析一下。

《李典传》是说刘表派刘备北上入侵，到达叶县。曹操派夏侯惇抵挡刘备，刘备忽然烧掉营寨撤走（**备一旦烧屯去**）。

对比一下，《先主传》说得好听点——"先主"预先埋设伏兵，然后烧掉营寨假装撤退（**先主设伏兵，一旦自烧屯伪遁**）。两传记载只是所用修辞略有不同，叙述的事件相同。

此后，《李典传》说李典劝夏侯惇不要追，夏侯惇不听，和于禁一起追击刘备，遭遇埋伏，后经李典解救脱围。

《先主传》记载了这一仗是在博望打的——**使拒夏侯惇、于禁等于博望**。不得不说，陈寿真会为"先主"圆谎，博望明明是人家的地盘，你跑到人家家里"拒"人家，要是没有地理知识还真被你忽悠住了。

另外，再说一点，大家有没有留意一下两传对刘备的称呼有什么不同?

是的，大有不同!

《先主传》称呼刘备为"**先主**"，这是陈寿自己亲笔撰写蜀书的时候对刘备的统一称呼。

但是《李典传》里呢? 先是直呼其名"**刘备**"——**刘表使刘备北侵**；后以刘备名字"**备**"为代称——**备一旦烧屯去**；此后更显不解恨，又用"**贼**"字替代刘备的名字——**贼无故退，疑必有伏。惇等果入贼伏里，战不利。**

这是什么原因?

很简单，《三国志》并不是陈寿一个人写的。

《三国志・蜀书》是陈寿根据散乱史料整理后写出来的，《三国志・魏书》和《三国志・吴书》则是陈寿分别根据魏国官方记载《魏书》和吴国官方记载《吴书》整理出来的。合三部史书于一体，成了《三国志》。

因为陈寿是蜀汉人，对自己的"祖国"很有感情，所以在《蜀书》的记载里，陈寿用"先主"(刘备)"后主"(刘禅)表示尊敬，不忘本。

不过魏国官方的记载《魏书》可不会这么客气，要么直接称"刘备"，要么称"贼"，《李典传》里的记载是陈寿先生在整理史料的时候没注意改一下称谓照抄了过来的。

蜀汉没有史书，陈寿收集史料时难度很大，所以很多战事记载都很简略。

魏国和吴国都有专人修史，因此记载相对详尽一些。所以，《先主传》里只两句话就结束了此战，《李典传》却记载得很详细。综合双方史料记载，我们轻易就可以推测出此战的真相。

话说回来，刘备并不是第一次打许县的主意，在两年前官渡之战时，刘备奉袁绍之命深入汝南时就曾骚扰到许县附近，意图夺取许都给曹操来个釜底抽薪。

这次曹操北面两线开战，刘备想再次抓住机会偷袭许都，可惜却被曹操派夏侯惇拦截住了，否则历史很可能就要改写了。

也许刘备正是当初吃了吕布偷袭下邳抓住自己和全军将士家眷的亏，所以现在才一再想偷袭许都抓住曹操和他手下将士们的家眷，那样也许他就能迅速掌控局势完成一步登天的飞跃。

偷袭许都失败以后的刘备退回新野，这时候他的内心应该是无比郁闷的，事业得不到进展，马上50岁了也没个儿子，怎一个“烦”字了得。

那么，幸运女神真的就不肯垂青于刘备一次吗？不，常言道，“三十年河东，三十年河西”，天天下雨的地方也有晴天的时候，这不刘备就迎来了命运的转机。刘备迎来的是什么样的转机呢？请看下章，《蛟龙困于井中》。

下章提示

对于一个从小就想当皇帝的人来说，40多岁还寄人篱下，没有自己的地盘，就像一个渴望成为首富的人40多岁了还在给人打工一样。梦想，是那么遥远，是那么渺茫！而且在重男轻女的旧社会，没有儿子就意味着成为“绝户头”，自己血脉宗族的香火将会得不到延续。偏偏这两件事都被刘备赶上了，或许刘备已经无数次哭晕在厕所了。

第十七章 蛟龙困于井中

刘备偷袭许县失败，无奈再次回到新野，继续当他的“保镖”，替刘表保荆州平安。

要说也真邪门，刘备一生打的败仗不计其数，但是他替别人工作的时候却总是发挥神勇。

比如196年刘备投奔曹操后，替曹操保了一年多的平安，吕布连去骚扰一下都没有，曹操因此能够放心大胆地打张绣、刘表、袁术。

这次刘备投奔刘表，不仅曹操停止了南下，刘备还再次打过曹操许县的主意。虽然因为遭到拦截失败回来了，可是曹操居然没有想打荆州报仇。

可能有的人会说了，什么曹操没想打荆州报仇啊，《三国志・武帝纪》里记载曹操第二年就计划打荆州了，“**八月，公征刘表，军西平**”。

《三国志・武帝纪》上确实有这样的记载，但是《三国志・郭嘉传》里也交代了这件事的起因、经过和结果。

202年，曹操三面受敌：他自己本人率领部队在黎阳和袁谭、袁尚相持；郭援、高幹率军入侵河东郡，曹操派钟繇率领支援的关中军阀一起抗击郭援、高幹；刘备又从新野直奔许都，曹操只得派“救火队员”夏侯惇速去拦截。

但是，三面受敌的曹操愣是打赢了这三场战役：他本人击溃袁氏兄弟后抵达冀州州治邺城，免费替袁尚收割了小麦后带着粮食回去了；钟繇领着马超斩杀了郭援打退了高幹；夏侯惇阻截刘备，虽然险被刘备活捉，不过好歹保住了许县。

第二年，曹操手下的诸将们都劝曹操一鼓作气拿下袁氏兄弟。

这时候郭嘉提出反对意见，郭嘉说：“袁绍对袁谭、袁尚他们弟兄俩都很喜爱，不知道立谁为继承人才好，郭图、逢纪这些谋士一定挑拨他们争夺继承人之位。如果我们进攻太急，他们就会团结对外。相反，如果我们不理他们，他们就该自相残杀窝里斗了。不如装作向南进攻刘表，等待他们相斗，然后趁机猛攻他们，这样就能一举击溃扫平他们。”

曹操听了郭嘉的分析以后就假装南征刘表，调发部队南下驻扎在西平（今河南西平县西吕店乡）。

从当时的首都许县到西平其实才几十千米，曹操到达西平以后就不再前进了。随后袁谭、袁尚果然内斗，袁谭被弟弟袁尚击败后向曹操求援，曹操趁势回军北上进攻袁尚。

所以，结合《郭嘉传》看看我们就会明白，所谓的打荆州其实是曹操在演戏给袁氏兄弟看，并不是真的要打荆州报仇。

此后几年，曹操一直在忙着对付袁氏兄弟。打下袁尚的冀州后，又攻打南皮的袁谭，把袁谭攻杀；讨伐高幹收回并州；北上远征三郡乌丸，斩杀乌丸少数民族首领蹋顿，把袁熙、袁尚逼到辽东。

接着，曹操料定公孙康不会容留袁氏兄弟，回军邺城。公孙康果然果断地斩了袁氏兄弟，把他们的人头送给曹操“表忠心”。

可以说，自 202 年刘备偷袭许都失败后直到 208 年正月，曹操都没有南下攻打荆州。这其中固然有曹操忙着讨伐袁氏兄弟平定北方的原因，刘备镇守新野守护荆州也同样功不可没。曹操知道刘备是个难缠的对手，所以也不想在北方还没有平定的时候就贸然南下。

刘备自 201 年投奔刘表后镇守新野的七年间，曹操竟然没有一次南下荆州，这和他替曹操守小沛的时候，曹操频繁南下攻打张绣、刘表形成了巨大的反差。

刘备呢，他可是始终惦记着曹操那一亩三分地呢！

207 年曹操远征三郡乌丸的时候，刘备再次劝说刘表攻打许县，这是他第三次打许县的主意。可是，就像郭嘉预料的一样，刘表不肯接受刘备的建议，刘备第三次想要夺取许县的计划破灭了。

特别要说的是，郭嘉的分析里有几句话很重要，“**表，坐谈客耳，自知才不足以御备，重任之则恐不能制，轻任之则备不为用**”。

这几句话就是说：“刘表啊，是个只会坐在那里高谈阔论的人，没有什么才能，他知道自己的能力不足以控制刘备，想重用刘备又怕将来控制不了刘备，不重用刘备则他自己又形成不了什么威胁。”

郭嘉的分析很到位，刘表其实一直就是既想用刘备，又怕刘备失去控制。可能是有刘备帮他守荆州北境，他一连过了五六年安生日子，也没什么太大的野心了，觉得这样挺好的。

据《汉晋春秋》记载，刘备劝说刘表袭取许县，刘表没有接受，当曹操从柳城班师回来后，刘表才后悔地对刘备说："当初没有听你的话，所以错失了这个大好机会。"

刘备这时候没有奚落嘲讽刘表撒怨气，反倒安慰刘表说："现在天下四分五裂，每天都有战争，机会还多着呢，怎么会到尽头？要是能够把握住后面的机会，那这一次没有把握住机会也不算遗憾。"

在此，请允许插入一段柏杨老师的话："刘备的话，含有至理，不应为失去一个机会懊丧，而应把懊丧化作力量，等待第二个机会再来时，立刻抓住。问题是，人的生命有限，幸运之神往往敲门一次，只要稍稍犹豫，她便转往别家，永不再返。"这段话精辟而道理深刻。

刘备在荆州待了这么多年，是他寄人篱下时间最久的一次。

《三国演义》里写刘备在荆州的时候，蒯越、蔡瑁计划谋害刘备，刘备骑的战马越溪而逃。这事来源于裴松之在《三国志》里注引的《世语》。

《世语》里说刘备驻扎樊城，刘表对其礼貌有加，但是又因为刘备为人"**弘毅宽厚，知人待士**"，很多英雄豪杰都来归附，所以嫉恨刘备而不信任他。有次刘表宴请刘备，蒯越、蔡瑁打算上演一出"鸿门宴"来刺杀刘备。刘备发觉后赶忙假装去解手，使出"尿遁术"逃掉了。

没想到酒桌上"尿遁"这一招也是有历史的啊！

但是刘备逃跑在过襄阳城西的檀溪水时，坐骑的卢掉进小溪里出不来了。刘备大急，说："的卢啊，今天有灾啊，你能不能加把劲啊！"的卢于是一跃三丈跳出檀溪，随后追兵赶过来无法过河，就对刘备说："哎呀，你走那么急干吗？"

这事听起来跟神话故事一样，但是罗贯中硬是把它写进了《三国演义》，因此，"刘皇叔跃马过檀溪"的故事就此流传。

很多历史记载往往真真假假，或是半真半假。就像这篇记载，写得看似很真，其实却很假。刘表当时需要刘备帮他防御荆州，根本不可能和刘备撕破脸皮。

没办法，虽然是前人的记载，但是前人也不是哪个人都跟陈寿那样既严谨又有才的，所以对于这样小儿科的神话故事，我想也不必过多解释了，一个字——假。

不过，刘备在荆州，刘表很忌惮他也是真的。除了陈寿记载的"**表疑其心，阴御之**"以外，我们也可以从刘表的角度考虑一下。

刘表能怎么办，他也很无奈啊，既要用刘备这样的枭雄替他抵挡曹操，又要防止刘备像吕布夺徐州那样夺自己的荆州。所以，别以为自己当老板就很轻松，当老板有时候比员工还难，天天要操很多心的。

刘备也像混职场的，既要展示自己的本事，又不能抢了领导的光彩，否则领导天天给你下绊子穿小鞋。

不管是刘表还是刘备，他们都很清楚，共同利益才是最重要的。刘表不会杀了刘备，因为他要用刘备替自己卖命，刘备也不会轻易招惹刘表，因为一旦贸然行动，如果不成功就不会再有人敢收留他了。刘表和刘备，双方就像一对同床异梦的小夫妻，各自打着各自的小算盘。

刘备太着急了，这时候他已经四十多岁了，既没有自己的事业也没有自己的儿子。

刘备有至少两个女儿，名字均不详，古代史书一般不记载女人的名字，我们后面会讲到他的两个女儿。

可能这时候，刘备的两个女儿都不小了，但是他始终没有儿子。刘备也很无奈，只好收养了一个儿子，可能他已经做好这辈子不会有儿子的准备了。

刘备收养的这个儿子是罗侯寇氏的儿子，这个所谓的"罗侯"是县级侯爵，是侯爵里级别最高的(一级侯爵)。由于史书失载的原因，我们只知道他姓寇。

寇氏的级别可比刘备和关羽都高啊，刘备才是三级侯爵宜城亭侯，关羽也才是三级侯爵汉寿亭侯。

刘备收养的这个儿子原本姓寇，就是那个一级侯爵寇氏的儿子。

要说刘备确实牛，他一个三级侯爵，人家一级侯爵居然肯把亲生儿子过继给他。要知道，古时过继儿子可不是跟现在认个干爹一样，亲爹亲娘还是你的。那时候过继就意味着跟原来的家庭断亲了，说通俗点就是，爹只能有一个，不能谁都坑！

古代经常有皇帝没有儿子过继一个宗族后代当儿子的，过继去的人当了皇帝以后，想回老家祭拜一下亲爹亲娘的坟墓都不行，大臣们一定拼死阻拦。当皇帝了都不能拜祭自己的亲爹亲娘，更别说其他人了。

寇氏地位比刘备高，可是寇氏还就把自己的儿子活生生过继给没有儿子的刘备了。

想一想,刘备身上不可思议的事真多。

当年家贫,刘元起资助他上名校师从卢植;二十出头,富豪张世平、苏双捐钱助他起兵组建部队;196年吕布夺取徐州,俘虏刘备的老婆、孩子,富豪糜竺捐家产给他,还把妹妹献给他;200年曹操亲征刘备,刘备丢下包括关羽在内的将士和家眷,弃城逃跑,他到袁绍那里后,士兵们打听到他的消息居然又追了过去,死活要跟着他干;这一次,寇氏又把亲生儿子送给了没有儿子的刘备……

刘备收养这个儿子,取名叫刘封。

或许老天看刘备如此顽强,被他的精神所感动,竟然就在刘备收养刘封不久后,给了他一个亲生儿子(刘禅)。这时候,刘备已经47岁了,老来得子,不知道刘备是否高兴得喜极而泣了。

要说老天赏给刘备一个亲生儿子是一个巨大的惊喜,那么这一年刘备就是好事成双、双喜临门。为什么这么说?因为老天又赏给他一个事业上的得力助手——诸葛亮。

同样不得不说的是,曹操这一年比较点背,因为他最欣赏的谋士郭嘉死了。

刘备得到一个儿子又得到一个谋士,曹操却死了一个谋士,看来“三十年河东,三十年河西”这句话真不是胡扯,谁都有转运的时候,只要你自己不放弃奋斗。

然而,刘备虽然“三顾茅庐”得到了诸葛亮,可是历史记载的《隆中对》却漏洞百出。

现在的语文教科书上都有这篇著名的“佳作”,公然质疑,应该会遭到不少人拍砖。不过本着实事求是的态度,我还是要讲一讲《隆中对》的可疑之处。那么,我们就一起看看下章,《诸葛亮出山》。

下章提示

“三顾茅庐”有刘备三请和诸葛亮自荐两说,我们且取可信度高一些的“三顾”之说,但是诸葛亮对刘备说的那番话,就纯属江湖术士卖狗皮膏药的信口开河了。历史上的真实情况要是史书记载的那样,恐怕诸葛亮和刘备两个人的智商都要打五折了。

第十八章 诸葛亮出山(上)

建安十二年(207 年),曹操北征三郡乌丸,消灭了袁氏家族最后两个对手袁熙、袁尚。但是如果要用这场胜利来换一个人的生命,曹操一定愿意,这个人就是郭嘉。

郭嘉去世,曹操失一左膀。诸葛亮出山,刘备得一右臂。此消彼长,对于刘备来说,似乎幸运女神已经降临。

郭嘉和诸葛亮有太多的相似之处,比如,他们都是 27 岁出山,但是郭嘉仅 38 岁就英年早逝了,而诸葛亮则活了 54 岁。再比如,他们两人都是自己主公选定的托孤对象,可惜郭嘉英年早逝,曹操的心愿没有实现。最后,他们都是主公信任的顶级谋士,不同的是郭嘉胆识过人,诸葛亮谨慎持重。

诸葛亮,字孔明,徐州琅琊国阳都县(今山东沂南县南)人。

三国有一大特色可能诸位没有留意,那就是"孤儿党"。

陈寿的《三国志》里,有传记可考的约 440 多人,其中"孤儿党"就有 70 多个。比较著名的"孤儿党"有很多,像诸葛亮、刘备、孙权、小皇帝刘辩、献帝刘协、姜维、黄盖、鲁肃、陆逊等,都是从小就失去父亲的孤儿党。

诸葛亮的父亲诸葛珪很早就去世了,所以小孔明一直跟着叔父诸葛玄,诸葛玄去扬州担任豫章太守的时候,还把诸葛亮和他的弟弟诸葛均带在身边。

《三国志·诸葛亮传》说诸葛玄因为朝廷派朱皓出任豫章太守,就带着诸葛亮兄弟投奔老朋友刘表来了。

不过《献帝春秋》记载的则是朱皓借兵攻击诸葛玄,随后不久,诸葛玄于 197 年正月被反叛民众杀死。

两书记载不同,彼此真伪难辨。但是相对来说《三国志》的记载更可信一些。我们姑且以《三国志》为准,略过这些。

诸葛亮跟着叔父诸葛玄来到荆州不久,诸葛玄就去世了。

《三国志·诸葛亮传》记载:“**玄卒,亮躬耕陇亩**”,诸葛亮本人在《出师表》里也自称“**臣本布衣,躬耕于南阳**”。

“躬耕陇亩”是什么意思呢?就是亲自下地种田!当时他就是靠种田养活他跟弟弟诸葛均。

三国乱世前期,人口死亡率高达80%,平均十个人里只能有一男一女存活下来,我们从三国有大量“孤儿党”就可以看出,当时青壮年男劳力非正常死亡率有多高。

因为战乱,大量男劳力死亡,再加上灾荒频频,粮食动不动就涨价万倍,自己不开点荒地种种,收点粮食,像诸葛亮兄弟这样无依无靠的估计只能饿死。

《汉书·食货志》记载,正常年景下,一家五口人耕种100亩地,除去赋税、食用等,剩下的粮食换成钱还不够为一家人置办衣服,需要再有10亩地的纯收入换成钱才刚好够用。

诸葛亮能够把弟弟拉扯大已经很不容易了,所以《三国演义》说的诸葛亮还养着书童、仆人,过着富二代式的奢侈生活极不可能。

自古小说里,主人公天天大吃大喝甩手就是银子,永远有花不完的钱,作者却从来不写这些银子哪来,这是一种理想化的生活方式,罗贯中写《三国演义》免不了受此影响,所以,原本无依无靠的诸葛亮才能在小说里衣食无忧到处旅游。

唉,可怜刘备那些打仗卖命有时候还吃不上饭的弟兄们啊!

可能正是因为诸葛玄死后,诸葛亮只好自己种田养活自己和弟弟,“**身长八尺**”又高又帅的诸葛亮才最终只能娶个“丑女”黄姑娘。

不要以为只有现代的丈母娘势利,古代也一样。

比如三国时期吴国后来的全国武装部队最高指挥官(大司马)吕范,这位年轻时好歹也是个县政府的公务员,并且还是历史记载“**有容观姿貌**”的美男子,但是在向“**家富女美**”的刘氏老丈人家提亲时,就遭到丈母娘的拒绝,最后还是老丈人刘老爷子坚决力挺吕范说:“**观吕子衡宁当久贫者邪?**”吕范这才最终抱得美人归。

由此可见,势利也是一项悠久传统。如果不是有个有眼光的老丈人,估计刘邦、张耳、陈余、吕范他们真的没办法在落魄时还能娶到美娇妻。

诸位,你还在为自己的不努力找借口吗?实话告诉你,没钱还真没女人看得上你,特别是丈母娘。

诸葛亮呢，虽然贫穷，但是很喜欢读书，他的几个朋友也都是才子，他的老丈人黄承彦是沔南名士，估计是对诸葛亮的才华很欣赏，然后就做主把女儿许配给诸葛亮了。

按照《襄阳记》的记载，这事是黄承彦主动找到诸葛亮说的。黄承彦说自己有一个女儿，虽然长得丑，但是才华跟诸葛亮很配。诸葛亮答应后，黄承彦就把女儿用车送到孔明家里把女儿嫁给他了。

黄承彦是沔南名士，黄家的姻亲蔡氏家族又是荆州名门望族，蔡瑁等人还是荆州官员。黄姑娘应该算是富家小姐了，当然黄姑娘具体是美女还是丑女，这个很难考证，咱们就不讨论了。

诸葛亮成功娶到富家小姐，就要走上人生巅峰了。但是在诸葛亮没出山之前，还有一些事需要交代。

诸葛亮在家，除了耕地，看书，结交几个好基友（徐庶、石韬、孟建、崔州平等名士），他还有一个爱好，就是闲来无事的时候喜欢"**抱膝长啸**"。

易中天老师在《品三国》的时候解释称："啸，大约是一种气功导引之术。"这其实是不对的。

《魏略》记载诸葛亮"**每晨夜从容，常抱膝长啸**"，我们从字面意思上来理解，经常在早上和晚上"抱膝长啸"，仿佛是练歌的人吊嗓子一样。但是，如果解释为"吊嗓子"，其实也不对。那么，"长啸"究竟应该如何解释呢？

我们来联系一些相关资料。

据《魏氏春秋》记载，竹林七贤之一的阮籍年轻时曾经游玩苏门山，并在山上遇到一位隐士，阮籍跟着他，并与他谈论上古时候的修身养性之术和三皇五帝驾驭天下的道理。（果然是曾经耻笑刘邦、项羽、韩信"**时无英才，使竖子成名乎**"的大侠，一出手就是这么"高大上"的言论。）

苏门山的隐士因为人们都不知道他的名字，所以史载称之为"苏门生"。苏门生听了这些高大上的言论以后没有任何反应，于是阮籍又换一招，对着苏门生"长啸"，声音高亢清亮。

阮籍长啸，苏门生居然马上有了反应，面露笑容。接着阮籍停下来以后，苏门生对他回之以长啸，声音同样高亢，就像鸾凤鸣叫一般清亮悦耳。

从这段记载中我们不难看出，"长啸"和吊嗓子或许有点类似，但和气功导引绝对无关。

此外，在《晋阳秋》的记载里，同为竹林七贤之一的嵇康拜见另一位隐士孙登的时候，孙登也是“**对之长啸，逾时不言**”，只长啸不说话。后来嵇康告辞说：“**先生竟无言乎**?”孙登这才回答道：“**惜哉**！”

阮籍和嵇康都是三国时代的人，看来“长啸”在当时还挺流行。

还有，《后汉书・向栩传》里也记载了长啸，说向栩是“**不好语言而喜长啸** ”。

这个向栩也是三国时代的人，他的传记是被记载在《独行列传》里的，就是属于那种行为怪异经常被精神病研究所请去做客的人。

《后汉书》记载此君的特点是“**少为书生，性卓诡不伦**”，经常读《老子》“**恒读《老子》，状如学道**”，平时的打扮是“**似狂生，好被发，著绛绡头**”。有客人来访，经常趴着不看人家。收一群弟子，起的名字全是孔子弟子的名字，像颜渊、子贡、季路、冉有之类的。平时他们要么骑驴进入市场向人乞讨，要么把人全部约在家里饮酒作乐。

总之，凡是不正常的事他们都干！

向栩还有一个习惯就是坐在板床上，甚至坐到把床板都磨出印记。这段记载非常关键，因为它告诉了我们和“长啸”相关的东西。

古代没有凳子，所谓的坐，就是跪在一个蒲团或者床板上，双膝跪地屁股坐在自己的小腿上。向栩就是因为这样常年“坐”的，所以在床板上膝盖和脚踝位置都磨出了凹坑的。(**常于灶北坐板床上，如是积久，板乃有膝踝足指之处。 不好语言而喜长啸**)

既然这样坐，那么抱膝长啸就是跪坐在自己的双腿上，双手按在膝盖处，然后仰头长啸。

苏门生、阮籍、孙登，包括现在的诸葛亮，他们都是隐士。向栩虽然略微有些精神问题，但是总体行为更像隐士的作风。这么多隐士或与隐士相关的人都喜欢“长啸”，看来长啸在隐士圈里确实很流行。

综合这些史料，抱膝长啸应是一种不能明言的感情宣泄方式，类似于月夜狼嚎或林间猿啼，是一种愤世嫉俗的压抑得到释放的嘶喊。长啸多见于隐者，可能也就源于此。

诸葛亮出山前的情况已经介绍完毕，他是怎么出山的呢?

第十九章 诸葛亮出山(下)

刘备是201年开始寄居荆州的，这时候诸葛亮已经在荆州居住四年了，也算是刘表的老房客了。刘备大诸葛亮整整20岁，这一年刘备41(古代按虚岁)，而诸葛亮才21。

六年后，27岁的诸葛亮终于迎来了他和刘备的第一次相遇。说实话，我对这一段历史怀疑的地方太多。同时，因为怀疑太多，所以在这部主写刘备的书里不便分解，我只简单地提出我的疑问，大家互相讨论一下即可。

第一，史书记载诸葛亮被颂为“卧龙”、庞统为“凤雏”、司马徽为“水镜”。这三位就像梁山上的好汉，都是有名号的，可不是普通的小喽啰。汉末中原战乱，大量杰出的中原人才南下荆州避难，比如诸葛亮那几个最要好的朋友崔州平、石韬、徐庶、孟建、司马徽等都是北方人士，甚至包括诸葛亮本人也是北方人士。

大量北方杰出人才的南下，给刘表提供了一个充实力量的绝佳机会，而有“**爱人乐士**”之称的老狐狸刘表也知道抓住机会为自己招揽人才。

不怎么出名的和洽与亲旧南下荆州后，刘表“**以上客待之**”；同样不是很牛的裴潜“**避乱荆州，刘表待以宾礼**”；三国里名望一般的杜袭“**避乱荆州，刘表待以宾礼**”……

刘表不是闲得慌找人喝茶聊天来了，他对这些人那么尊重出手阔绰，目的只有一个——请他们出山为自己效力。

可能是很多人都看出来刘表不能成大事，或者是觉得刘表虚伪，他们其实是不愿意出山辅佐刘表的。

你别说，刘表还真有手段，软硬兼施，好言好语地请你，你不来就来硬的。

比如：南阳人韩暨在袁术占领南阳后，为逃避袁术的聘请，南下到山都山隐居。

这里是刘表的地盘,刘表也想聘请韩暨出山辅佐自己,韩暨再次南逃来到武陵郡孱陵县,不知道刘表使用了什么手段,韩暨内心害怕,不得不出山担任刘表治下的宜城县长。(史书记载说“**而表深恨之。暨惧**”)

还有刘表的部属韩嵩,也是因为黄巾起义后“**嵩避难南方,刘表逼以为别驾**”的。

注意听,问题来了:像这些没有名号的,刘表都能像对待贵宾一样对待他们,请他们出山,甚至不惜使用武力威胁,逼他们答应。那么,刘表为什么从来没有邀请过诸葛亮来辅佐自己呢?

诸葛亮的叔父诸葛玄和刘表是老朋友,诸葛亮又居住在离刘表的老窝襄阳只有10千米的地方,故人之侄且相距很近,史书记载为什么没有刘表邀请诸葛亮的事迹呢?

第二,刘备寄居荆州后,荆州豪杰纷纷归附于他,对于同样求才若渴的刘备来说,不可能放过拥有如此威名的“卧龙”先生啊?那么,为什么刘备直到六年后才和诸葛亮相聚呢?

第三,“凤雏”庞统曾经被刘表的南郡郡政府聘用为人事官,大名鼎鼎的凤雏先生为什么没有被授予重任呢?还有,“凤雏”都被邀请出山了,“卧龙”为什么没有被邀请呢?

简单来说,我的分析是当时诸葛亮还很年轻,加上很低调,根本还没有那么响亮的名头。所以刘备在荆州的前几年间可能没有听说过诸葛亮的相关消息,不知道这个日后能够帮他大忙的得力助手。不只是刘备,就连刘表都不知道自己身边居然“卧了一条龙”。

正是这样,也刚好符合《三国志·诸葛亮传》里说诸葛亮经常自比管仲、乐毅但是没有别人相信他的记载。(**每自比于管仲、乐毅,时人莫之许也**)

好了,推论到此为止,赶快进入正题。

207年,驻扎新野的刘备从徐庶那里听说有诸葛亮这么一个被埋没的人才,然后对徐庶说:“你和他一块过来吧。”

《襄阳记》记载刘备曾经拜访水镜先生司马徽,司马徽对他说:“那些凡俗书生酸儒怎么懂得天下形势变幻的大局,能够读懂这些的都是人间少有的俊杰,而‘伏龙’和‘凤雏’就是这种俊杰。”

刘备问他们都是谁,司马徽说是诸葛亮和庞统。

这里的记载明显和《诸葛亮传》的记载冲突，如果刘备提前知道诸葛亮名头很盛，就不可能轻描淡写地对徐庶说“你和他一块过来吧”。

按照《诸葛亮传》的记载，刘备说过这句话后，徐庶说此人只能你去见他，不能让他来见你，将军你应该前去看看。刘备听后，于是亲自去拜见诸葛亮。去了三次，才见到诸葛亮，随后双方的谈话就成为流传后世的《隆中对》。

《隆中对》作为入选中学课本教材的佳作，其文学欣赏性自不必说，但是按照史料分析来说，漏洞颇多。

首先一点，《隆中对》是刘备支开其他人后和诸葛亮的单独对话(**屏人曰**)。那么这种保密性很高的谈话在那个没有窃听器的年代就不会被泄露出来，所以“**屏人曰**”之后的《隆中对》还被传出来就显得很不可思议。

其次，刘备见了诸葛亮后支开下人对他说:“**汉室倾颓，奸臣窃命，主上蒙尘。孤不度德量力，欲信大义于天下，而智术浅短，遂用猖獗，至于今日。然志犹未已，君谓计将安出？**”

这段话的意思就是说，现在朝廷摇摇欲坠奸臣专权，我自不量力想向天下展示大义，然而智谋短浅接连遭到挫折，以至于沦落到今天这种地步。但是我的意志并未消沉，你说该怎么办才好?

诸葛亮的回答就是《隆中对》的核心，全文如下(不喜欢看文言文的可以直接跳过本段)。**“自董卓以来，豪杰并起，跨州连郡者不可胜数。曹操比于袁绍，则名微而众寡，然操遂能克绍，以弱为强者，非惟天时，抑亦人谋也。今操已拥百万之众，挟天子而令诸侯，此诚不可与争锋。孙权据有江东，已历三世，国险而民附，贤能为之用，此可以为援而不可图也。荆州北据汉、沔，利尽南海，东连吴会，西通巴、蜀，此用武之国，而其主不能守，此殆天所以资将军，将军岂有意乎？益州险塞，沃野千里，天府之土，高祖因之以成帝业。刘璋暗弱，张鲁在北，民殷国富而不知存恤，智能之士思得明君。将军既帝室之胄，信义著于四海，总揽英雄，思贤如渴，若跨有荆、益，保其岩阻，西和诸戎，南抚夷越，外结好孙权，内修政理；天下有变，则命一上将将荆州之军以向宛、洛，将军身率益州之众出于秦川，百姓孰敢不箪食壶浆以迎将军者乎？诚如是，则霸业可成，汉室可兴矣。”**

诸位，这确实是一段好文，而且分析得很有道理，甚至是指导刘备建立霸王之业的核心思想。

不过,诸位想过没有,这番话是在哪里谈的?

不错,在荆州!

谈话的开头,诸葛亮说:"自从董卓之乱以来,天下豪杰四起,占据一个州或几个郡的多不可数。曹操相对于袁绍,名声不如袁绍响亮,兵力没有袁绍强大,但是曹操能够转弱为强战胜袁绍的原因,不只是占据天时,也还有人的谋划。现在曹操已经拥有上百万人的部队,挟持皇帝号令天下,这种强劲势头没人能够抵挡。孙权占据江东已经历经三代,地势险要人民归附,贤能人士被重用为他效力,我们只能把他们当成朋友结盟而不能当成敌人。"

接下来,大家请注意,精彩开始。

"荆州北方有汉水、沔水作为屏障①,向南直达南海边界,东连孙权占据的江东,西通巴蜀益州,这是兵家必争的用武之地啊,而且它的主人没有能力守住它,这是老天赏赐给将军的礼物啊,你愿意接手它吗?"

我们想想,刘备不过一个寄居荆州的过客,而且刘表还一直在提防他会不会威胁到自己的荆州。诸葛亮就在这里公然谈论怎么夺取荆州,这是一个智谋卓绝的政治家应该说的话吗?

举个例子,这就像暂住别人家的两个人悄悄商量:"哎,这家的女主人不错,他们家还很有钱,你想不想把这些占为己有?"

朋友们,这是什么节奏,这是作死的节奏啊!

就刘备现在的情况,处处小心,刘表还对他不放心,要是再敢打荆州的主意,一旦谈话内容泄露,刘表不立马把刘备、诸葛亮他们剁成肉泥包饺子?

况且诸葛亮一生谨慎,他跟刘备在隆中的会面只是第一次见面,可以说是两个陌生人的第一次谈话。假如第一次跟刘备见面,诸葛亮就敢这样直白地谈论窃取荆州的问题,是不是有点"二百五"了?"逢人只说三分话,不可全抛一片心",诸葛亮不会这么莽撞憨傻吧?

作为三国时代最出色的政治家之一,如果发表这篇以炫文采为目的的演讲,诸葛亮不是在侮辱刘表的智商吗?

还有,在那个兵荒马乱的年代,难不成刘备和诸葛亮谈话,身边还坐着一个文书

① 汉水上游古称沔水,其实是一条河,即今天的汉江。

记录员，专门记录两人的谈话吗?

我想大家应该都明白了，刘备和诸葛亮谈话时，身边不会有专人做会议记录，那么这份号称保密却公开了的东西就是后作之文。

我们不否认诸葛亮的政治能力，也不否认他能够分析制定这样全面透彻的大局战略。但是更多的可能性却指向这是后来刘备“**与亮情好日密**”，诸葛亮深受刘备器重以后，才为刘备出谋划策做出的指导思想——图谋荆州，与孙权联盟，西取巴蜀，稳固地盘以后北伐。

至少，《隆中对》不可能是两个人第一次见面时的谈话。

没有几个人会傻到第一次跟陌生人见面，就毫无防备地把自己的所有一切和盘托出，诸葛亮择主严苛，他肯定也是对刘备有过考验之后，才可能对刘备推心置腹。

如果刘备对他不够器重，诸葛亮势必离开刘备另寻明主，而这篇《隆中对》的内容，则是诸葛亮心许刘备决定一生追随他的时候，才会献给他的指导思想。

所以，这份所谓出山献策的《隆中对》在我看来其实是假的，真正的隆中对话，只有诸葛亮和刘备两人清楚。

不管怎么说，《隆中对》真也好假也好，至少刘备得到了他一生中最重要的合作伙伴是真的。那么，诸葛亮出山之后的第一计献给了谁，又是怎么献的呢？请看下章，《诸葛献计坑刘琦》。

下章提示

诸葛亮出山以后，第一计献给的并不是刘备，而是刘琦。史书明明记载他献计给刘琦，可是，看似这么高明的计策也太坑爹了。

第二十章　诸葛献计坑刘琦

诸葛亮生平的第一计并不是献给了刘备，而是献给了荆州的大公子刘琦。

刘琦是刘表的长子，他还有一个弟弟叫刘琮。

大约在建安八年或九年（即203或204年），刘表的原配妻子陈氏去世，随后刘表又续娶了蔡氏。这个蔡氏，就是刘表幕僚蔡瑁的妹妹。每一部虐心的电视剧里都会有一个美貌又腹黑的女主，好了，我们的女主蔡氏也出场了。

老汉娶个小媳妇，一般都是要星星不摘月亮，捧着疼着不敢说句高声话的，刘表也一样。

原本荆州的继承权应该是大公子刘琦的，可是，自从少公子刘琮娶了蔡氏的娘家侄女以后，原本倒向刘琦的天平逐渐向刘琮倾斜了。

在古代长子承嗣的宗法制度下，如果不出意外，刘表去世之后荆州铁定是刘琦的。但是，蔡氏和蔡瑁岂会甘心荆州由刘琦接管？那样的话，他们在荆州的地位就岌岌可危了，他们决心改变这一结果，开始实施夺嫡计划。

小媳妇蔡氏在刘表耳边猛吹枕旁风，蔡瑁再组织一批部属幕僚在刘表面前大赞少公子英明神武，刘表受到影响，逐渐喜欢小儿子刘琮多一些，对大儿子刘琦越来越冷淡了。

刘琦不是傻子，老爹对自己和对弟弟的态度有什么不一样，他又怎么能够感受不出来呢？所以，当他一天一天受到冷落的时候，他就开始向身边的人求助，不知怎么就找到了寄居荆州的诸葛亮。

史书说刘琦很器重诸葛亮，看来俩人私交还是不错的。

然而刘琦虽然器重诸葛亮，诸葛亮却一再回避这个问题，不帮刘琦出谋划策，这使刘琦焦急无比。终于有一天，刘琦想了一个计策，把诸葛亮骗到后花园里，请他在高楼上宴饮，席间派人把梯子撤去。（这就是后人所谓的“上屋抽梯”之计）

梯子撤掉之后，刘琦向诸葛亮摊牌说："现在上不着天下不着地，话从你嘴里说出来，到我耳朵里就没有了，我该怎么办你说说吧。"

估计诸葛亮这时候也后悔了，没办法，诸葛亮只好对刘琦说："你听说过'申生在内而亡，重耳在外而安'的故事没有?"

刘琦恍然大悟，于是暗中计划怎么离开襄阳到外地去。

朋友们，诸葛亮的计策"坑爹"啊!

我们先来说说诸葛亮对刘琦所说的"申生在内而亡，重耳在外而安"是什么意思。

这是发生在春秋时期晋国的历史故事，晋献公姬诡诸即位后，强占了父亲的小妾齐姜，生了太子申生。后来他又娶了戎狄姬姓姐妹，姐姐大戎狐姬生了一个儿子叫重耳，妹妹小戎子生了一个儿子叫夷吾。

插入几句题外话，在古代同时娶两姐妹是很正常的事，因为一般姐姐出嫁的时候妹妹都是作为"陪嫁"送过去的。

古代是一夫一妻多妾制，妹妹跟着姐姐一起嫁过去，以后姐姐年老色衰失宠的时候还有年轻漂亮的妹妹扛着，这样就能保证姐妹俩都不会受委屈，也能最大化保证不会因为别的女人争宠失势。

姬诡诸娶了戎狄姐妹各生一个儿子后，有一次晋国攻打骊戎国的时候，骊戎国抵挡不住了，国君就把自己的两个女儿献给姬诡诸求和。

你别说，还是美女面子大，部队打不赢，两个美女就摆平了。姬诡诸收到漂亮的骊姬姐妹后就高兴地撤兵而回了，怎么说也不能新婚蜜月还没过就打老丈人不是?

过了几年，骊姬姐妹也双双生下儿子，姐姐生的叫奚齐，妹妹生的叫卓子。

就像蔡氏为自己的侄女婿争夺继承权一样，新近受宠的骊姬姐妹也想为自己的儿子争到继承权。所以，骊姬姐妹就唆使姬诡诸把另外几个儿子派到外地驻守：太子申生被外派到宗庙所在地曲沃，重耳和夷吾分别被派驻到蒲城和屈城。

为了进一步搞垮太子，骊姬姐妹又在申生祭祀死去的母亲之后向晋献公姬诡诸奉上的祭肉里下毒，姬诡诸勃然大怒，以为太子申生真的急于登基想要谋害自己，就准备杀掉"逆子"。

申生听说以后吓得逃到了新城，姬诡诸派人杀了太子师傅杜原款，仍要继续追究申生的责任。

这时候，申生身边的人对他说："你应该到父亲那里去申辩，这件事情的真相不难调查清楚。"

温厚孝顺的申生却说:"我父亲年龄大了,如果没有骊姬姐妹,他会饭也吃不下觉也睡不着的。"

他身边的人又建议说:"那你还是赶快逃走投奔其他国家吧。"

申生说:"我身负'弑君'的恶名,谁会接纳我呢。"随后申生就在新城自杀了。

申生已死,骊姬姐妹却对另外两个可能对她们儿子继承权产生影响的重耳和夷吾也不放过,继续在姬诡诸面前陷害他们。"太子下毒这件事,公子重耳和夷吾也都知道,他们两个也是同谋。"

重耳和夷吾可比申生滑头多了,二人听说这件事后立马逃到了国外,后来又先后回国都当了国君。特别要说的就是姬重耳,这位就是史上有名的"春秋五霸"之一晋文公。

现在我们再回来说说荆州大公子刘琦的事。

刘琦听了诸葛亮的提示后,也"茅塞顿开",暗中计划离开襄阳,恰好不久(208 年春)三国第一水军统领荆州大将黄祖被孙权大军攻杀,刘琦于是向父亲请求替代黄祖镇守江夏。刘表同意,刘琦于是离开襄阳出任江夏太守。

可能有的人看到这里就会有疑问了,诸葛亮不是帮了刘琦吗? 向刘琦献计避开蔡氏的陷害保住了性命,哪来的"坑爹"之计呢?

别急,我们再来理一理诸葛亮和刘琦的关系。诸葛亮和刘琦有什么关系呢? 答曰,没有关系!

别说我瞎扯,诸葛亮虽然和大公子刘琦没有关系,却和少公子刘琮有着不一般的关系。

我们知道,刘琮娶的是蔡氏的侄女。那么诸葛亮娶的是谁呢? 大家都知道,是黄承彦的女儿黄姑娘(民间传说名叫黄月英)。这个黄姑娘啊,她其实是蔡氏的外甥女,她的母亲蔡氏和刘表的小老婆蔡氏是亲姐妹。

关系捋过来没有? 诸葛亮的老婆黄姑娘应该喊刘表一声姨夫,蔡氏是她亲姨呢!而黄姑娘跟刘琮的老婆小蔡则是表姐妹关系,小蔡是她舅舅家的女儿。

按老婆那边的关系,诸葛亮得喊蔡瑁舅舅,喊刘表姨夫,喊蔡氏姨娘。

可能就是因为有这层亲戚关系,所以刘琦虽然一再向诸葛亮求救,诸葛亮却始终推脱,直到最后刘琦使出"上屋抽梯"之计,诸葛亮才没办法不得不用"申生在内而亡,重耳在外而安"的事例向刘琦献计。

虽然时光已过 1800 多年,现在我们基本上不可能考证出诸葛亮是否是真心实意想帮助刘琦。但是从他向刘琦献的这个蹩脚计策，我们却可以看出，这个计策真“坑爹”。

大家想想，以诸葛亮的智慧，难道想不出来比这个更好的计策吗？

啊，人家刘琦请教你怎么和后母蔡氏他们斗争，夺取荆州继承权。你这个号称“智圣”的诸葛亮却说：“离开襄阳吧，这样你还能保住一条命。”

离开襄阳什么意思？离开襄阳就意味着主动放弃继承权啊！

你这是帮刘琦吗？分明是帮刘琮啊！古今多少事例都证明了，老爹去世之后，谁在老爹身边为他发丧送终，谁就是合法的继承人。或者，老爹去世后谁能第一时间控制“京城”，阻止其他继承权争夺者入内，谁就是下一个继承人。

比如说：春秋五霸第一位的齐桓公姜小白，齐襄公姜诸儿去世后齐国接连发生变故，国君之位不明，这时候姜诸儿两个逃难在外的弟弟姜小白和姜纠立刻争先回国，姜纠的师傅管仲还为了阻截姜小白，差点用箭把他射死。但是，姜小白被射中带钩后假装死亡骗过了管仲，随后快马加鞭赶回国登基，用齐国强大的部队打跑了晚他一步的姜纠，历史上有名的齐桓公就是这样登基的。

再比如说：袁绍当初也是不喜欢大儿子袁谭，就把袁谭过继给自己早死的哥哥，使袁谭名义上失去了继承权。同时，为了稳住小儿子袁尚的继承权，袁绍还把大儿子袁谭外放到青州当州长，把二儿子袁熙外放到幽州当州长，唯留小儿子袁尚待在自己身边。袁绍去世后，袁谭果然急着从青州赶回来继位，可惜小弟袁尚已经为老爹发丧继位，只安排他在庶子的“垩室”为老爹斋戒守孝，导致袁谭始终想夺回继承权，袁氏家族内斗不断。

诸葛亮为刘琦献的计是让刘琦外出避难，实际上在这场“夺嫡之争”中，刘琮已经不战而胜了。所以，与其说是诸葛亮为刘琦献计，不如说他是劝刘琦自动投降，为将来刘琮的顺利继位扫清了障碍。

诸葛亮既已归属刘备，同时又向求助自己的刘琦“出谋划策”对付自己的表妹夫（表姐夫）刘琮。那么，诸葛亮这么做的用意是什么呢？

个人猜测，诸葛亮寄居荆州多年，没有为姨夫刘表效力，也没有投靠荆州两位公子任何一人门下，那就是他认定荆州刘表父子不足以成大事，不值得辅佐。

自古以来就是这样啊，好的老板挑员工，好的员工挑老板。诸葛亮是个好的员工，他要找一个能让自己大放光芒的老板，而刘备就是被他选中的老板。

刘备虽然事业屡次受挫，但是三顾茅庐跟诸葛亮一见如故，使得诸葛亮欣然“以身相许”托付终身。

而后，诸葛亮就开始为刘备谋划取得一席立身之地。正如前面《隆中对》里诸葛亮说的那样：“**荆州北据汉、沔，利尽南海，东连吴会，西通巴、蜀，此用武之国，而其主不能守，此殆天所以资将军，将军岂有意乎？**”

那么，刘备一个借住荆州的外来客，凭什么有机会得到荆州呢？这就需要荆州内乱。

人都有贪欲，争家产的时候，亲兄弟也会反目成仇。

作为长子，刘琦本来是应该得到整个荆州的。现在诸葛亮给他出谋划策让他出去避避风头，刘琦是可以避开迫害高枕无忧了。但是日后刘表去世，留在襄阳家里的刘琮肯定毫无意外继承荆州家产，而那时候，已经性命无忧的刘琦还会只满足于自己的一座小小江夏郡并且听命于弟弟吗？

不用说，刘琦也不会满足，因为荆州本来应该是他的。

人的贪欲是无止境的。当你三餐不饱的时候，你想的是能够天天吃饱饭；当你三餐无忧的时候，你会想要是顿顿都有肉多好。当你顿顿都有肉的时候，你会想要是再来一辆车开着多好。当你所处的环境不同时，你对外界的要求也会跟着改变。

眼前的刘琦可能会急着避开迫害，但是日后不受迫害的时候，必然会想拿回本该属于自己的东西。那时候荆州内乱，两兄弟自相残杀，刘备才有希望浑水摸鱼渔翁得利。

荆州不乱，刘备怎么有机会得到荆州？更不用说取益州北伐中原了。

诸葛亮作为一代杰出政治家，假若这一点都看不到，何谈运筹帷幄分析天下大势？他如果没有用行动为刘备争取荆州，那前面的那篇《隆中对》里的中心思想也就是信口空谈了。

话说回来，我们在诸葛亮身上浪费的时间也不少了，赶紧回到主角刘备身上，刘备早就等不及了。作为堂堂的“大汉皇叔”，刘备的这个身份实在是让人觉得有些蹊跷，下一节，我们就一起探秘刘备的身份之谜——第二十一章，《刘皇叔的身世之谜》。

下章提示

刘备的身份历史上众说纷纭，包括司马光在内的不少人都觉得刘备身份可疑，但是却没有证据证明刘备出身系伪造，那么刘备的皇室后裔身份是怎么来的呢？

第二十一章 刘皇叔的身世之谜

前面我们开头就讲了，刘备是中山靖王之后的这个说法不是很可信，留待以后再讲。没想到，这一留就是二十章，好在今天终于该讲刘备的身世了。

刘备是涿郡涿县（今河北涿州市）人，《三国志·先主传》说他是中山靖王刘胜之后。原记载为："**汉景帝子中山靖王胜之后也。胜子贞，元狩六年封涿县陆城亭侯。坐酎金失侯，因家焉。**"

不过，这个说法有人不服。

同是三国时期的魏国人鱼豢所著的《典略》就提出了截然不同的说法，《典略》称："**备本临邑侯枝属也。**"

两部或多部史书"打架"这种事，在三国时期颇为常见。有时候，甚至同一部史书也有自己"打架"的时候，这其中还包括最权威的三国史书《三国志》。史书"打架"，需要我们读史者来当一当法官，审理一下究竟谁在理。这可是个让人头疼的问题啊！

首先，我们先来听听控方《三国志》有什么要说的，"控方，请你陈述你的控述理由"。

（控方代理人陈寿站起来说）《三国志》是一部严谨真实的历史记录档案，它全面记载了三国时期全国各地出现的著名人物，以及在这些著名人物身上发生的各种史事，还有全国各地在三国时期的各种变动与战争发展的走向……

（法官愤怒，抓着法槌砸了过去）让你陈述理由呢，你唐僧附体了？

（书记员）法官大人，他都说了大约一百个字了，还没有扯到正题呢！

（陈寿把手从头上拿下来，有点颤抖地说）我，我，我方《三国志》明确记载，先主刘备系中山靖王刘胜之后，这是确凿无疑的铁证，对方《典略》所记载刘备是"临邑侯"之后，可是究竟谁是临邑侯都没有交代，显然系伪造之词。我，我的发言完毕。

(法官)控方还有什么要补充的没有?

(陈寿)我……

(法官)好了,你不用说了。下面听听辩方《典略》有什么要说的。

(辩方代理人鱼豢战战兢兢地站起来,双腿直打战)……

(法官)法庭之上不许公然跳舞!

(鱼豢,双腿紧夹中,酝酿情绪半天,刚张开嘴)……

(法官)既然辩方放弃发言,下面由我讲几句,不多,就几句。中山靖王刘胜与他妻子窦绾[①]的坟墓已于20世纪60年代(1968年)在河北满城县西南二千米的陵山上被发掘……

满城汉墓,除了出土举世闻名的金缕玉衣之外,对本案的审理实在没有什么帮助,我们就不多说了,下面说说史料记载。

综合《史记》《汉书》《三国志》等史料记载,刘胜的儿子刘贞在元狩六年(117年)被封为涿县陆城亭侯,后来因为"酎金"的事失去爵位,而后就在涿县安家落户。[②]

(鱼豢)我抗议,《三国志》记载目前仍属于存疑史料,不应列为证据。

(法官)你抗议没用,你全家抗议都没用!

这个所谓"酎金",是皇帝向祖庙呈献祭酒祭祀祖先的时候,诸侯们所缴纳用于置办祭礼的黄金。元鼎五年(112年),汉武帝刘彻借口酎金品质不纯、数量不足、色泽灰暗等原因,大举裁撤诸侯。史书记载,本次裁撤一共撤销106位侯爵,刘贞失爵就在此年。也就是说,刘贞只当了五年侯爵。

刘备出生于161年,距刘贞失爵已经过去273年了。在这种情况下,仅凭一句话便说是刘贞的后代,同时又不能提供可信的族谱证据,别说后人方舟子要打假,连我都有这种冲动。

因为刘备的族谱就连当时生活在蜀国的陈寿也无法提供,所以陈寿在写《三国志》为刘备作传的时候,只好直接跳过这中间漫长的断代,直接从刘备的爷爷和父亲写开。

同样类似的记载,《后汉书》在写刘秀有皇家血统的时候,一代一代祖先叫什么、

---

① 窦绾:dòu wǎn。
② 酎:zhòu。

官居何位都写得一清二楚。显然,《三国志》的记载可信度因此要大大下降。

下面咱们再来说说《典略》。

临邑侯的名字《典略》上并无记载,所以查找此人更为艰难。

东汉之初有一个临邑侯名叫刘让,是真定王刘杨的弟弟。26 年,这兄弟俩因为谋反被刘秀一起诛杀。稍后,刘秀又让他们二人的儿子恢复继承了爵位。37 年,刘杨的儿子刘得又被从真定王降为真定侯,此后的历史记载上就没有这兄弟俩后代的什么事了。

不过在此之后,还有一个临邑侯。这个人叫刘复,是刘秀大哥刘伯升的孙子。刘复是在 54 年被封为临邑侯的,可以推测,此前刘让的后代已经被取消临邑侯爵位了。

下一个临邑侯再次出现的时候是 120 年,名叫刘騊駼①,是刘复的儿子,应该是袭承老爹爵位的。

此后,直到刘备出生,史书上再无临邑侯出现。

刘备出生于 161 年,也就是说临邑侯刘騊駼出现在历史记载上 41 年后,刘备就出生了。那么,这就不难推测刘备和临邑侯有没有关系了。

按照 20 年一代推算,40 年前刚好是刘备爷爷刘雄出生的时候(刘弘大致出生在 140 年左右,刘雄大致出生在 120 年左右)。如此说来,刘雄应该是临邑侯刘騊駼的儿子,那么史书上就不会没有刘雄是否承袭了刘騊駼临邑侯的记载。同样,史书上也不会没有刘备族谱的记载,至少直到刘复刚好是时间吻合没有断代的。因此基本可以断定,刘备跟临邑侯之间是没有血缘关系的。

还有,临邑国在今山东省东阿县铜城镇,和刘备的家乡涿县(今河北省涿州市)相去甚远。

东汉历史上最后一个临邑侯出现仅仅比刘备出生早了 40 年,假如刘备确实是临邑侯的后代,那么这 40 年发生在他爹和他爷爷身上的事,比如为何从山东省东阿县迁居到了河北省涿州市,这应该也不难考证。

综上所述,基本上可以确定刘备是跟临邑侯没有血缘关系的,也就是说,首先排除了《典略》的记载,《典略》关于刘备身世的记载是错误的。

那么,我们再来说说《三国志》的记载,刘备与中山靖王是不是有什么关系。

---

① 騊駼:táo tú。

其实在史书的记载里，早年的刘备是没有皇室血统的。刘备因为出身贫寒，从小靠和母亲一起卖草鞋、苇席度日，这样的出身这样的经历是经常被人看不起的。刘备当平原相的时候，郡民刘平“**耻为之下**”，居然恼到派刺客刺杀刘备。

我们不知道刘备在平原国当官的时候，刘平为什么耻为之下，但是可以想象，刘备如果确实有皇室身份的话，刘平应该不会耻为之下的，就算耻为之下也不至于要杀掉他。

那么刘平耻为之下的原因就很可能是刘备小时候摆摊卖鞋的经历，因为当时的社会确实对商人很歧视。

接下来，徐州州长陶谦去世，徐州官员迎接刘备接手徐州，刘备推托说：“**袁公路近在寿春，此君四世五公，海内所归，君可以州与之。**”

袁公路是指袁术，这货字公路，估计现代人是不会叫这名的。

我们知道，刘备这话是试探徐州官员是否真的有诚意。但是，这时候的刘备应该还是没有皇室血统的。否则他也不会说上面那些话了。

可见，刘备若是有皇室血统，他也不会自卑到不敢和袁术比身世了。

同样，陈登他们这些徐州官员回答刘备的也不是“将军你别谦虚了，你是大汉皇家的后代，血统高贵，袁术哪能同你比啊”。他们的回答只是袁术骄傲放纵，不是一个好领导。

之后刘备在徐州上任，陈登等人在向盟主袁绍汇报情况时，也只是说“**奉故平原相刘备府君以为宗主**”。看到没，陈登他们说奉过去的平原国宰相刘备当徐州的主人。平原相是刘备之前做过的最高官职，何况还是过去的(故平原相)。

东汉105个郡国，和刘备一个级别的官员一抓一大把，就这样不值一提的辉煌过去都被提出来了，要是刘备果真有皇室背景，会故意瞒着不提吗?

袁绍在回复陈登他们时说“**刘玄德弘雅有信义**”，同样没有提及刘备是否跟皇室沾亲。

袁术倒是实在，他听说刘备接手徐州后，在后来写给吕布的信里破口大骂说：“我长这么大，还没有听说天下有叫刘备的呢。”

抛开刘备是否有皇室血脉身份不说，汉末群雄有皇室血统的还真有那么几个，比如说刘虞(东海恭王刘强之后)，比如说刘焉(鲁恭王刘余之后)，比如说刘表(鲁恭王刘余之后)。

然而，刘备前往荆州投奔刘表以后并没有跟刘表叙亲，说自己同为汉宗室之后。

那么，刘备的皇室血统是什么时候被提出来的呢？

答案是，在“三顾茅庐”时的《隆中对》里。207 年，刘备和诸葛亮单独会晤谈话，刘备的出身才第一次被提出来，但是《隆中对》只是说刘备是汉宗室之后，还没有确定究竟出自哪一脉。

207 年刘备已经 47 岁了，作为一个年近半百的“老人”，刘备的皇室血统才第一次被人提及。这不使人觉得蹊跷吗？

就是从这一次之后，刘备的皇室身份才开始频繁被提及，直到最后敲定是中山靖王之后。具体如下：

207 年，《隆中对》诸葛亮说刘备“**既帝室之胄**”。

208 年，赤壁之战时诸葛亮游说孙权时，说“**况刘豫州王室之胄** ”。

211 年，张松劝刘璋邀请刘备时，说“**刘豫州，使君之宗室而曹公之深仇也** ”。(另一说是“**刘豫州，使君之肺腑，可与交通。**”)

219 年，刘备部下“群臣”推他为汉中王时说，“**臣等以备肺腑枝叶，宗子藩翰**……”

221 年，刘备称帝，终于明确是中山靖王的后代，“**伏惟大王出自孝景皇帝中山靖王之胄**……”

我们看，从 207 年刘备遇到诸葛亮后，诸葛亮在《隆中对》里首次提出刘备有皇室血统，直到 221 年刘备称帝之前，在此期间虽然也屡次提到刘备有皇室血统，可是从来没有表明出自何处，直到 221 年要登基当皇帝了才声明“出自中山靖王刘胜之后”。

现在做个推测，假设刘备的皇室身份是著名政治家诸葛亮帮他策划实施的一次政治宣传，巧用“借鸡生蛋”这一招借来皇室身份，把刘备打造成一个落魄贵族皇家后代。不知道这样的推测会有多少人相信？

策划一次这样的炒作，完全不需要任何成本，但是却可以在已经专权控制中央朝政的曹操政府之外成为另一个焦点，吸引那些依然没有归属或是不愿进入曹操政府效力的人前来投奔。

“长坂坡”之战，无数荆州子民愿意举家搬迁跟随不是荆州主人的刘备，或许唯一可以解释的原因就是这个。

其实，冒认名人祖先这事，古往今来干过的人不计其数。历史上，因为政治原因找祖先的同样多如牛毛。

比如：南朝宋开国皇帝刘裕就宣称自己是西汉楚元王刘交（刘邦弟弟）的后代。

再比如：五代十国里南唐的开国皇帝徐知诰干起这事来更是有勇气，居然连名带姓都换了，改叫李昪[①]，宣称自己是唐朝吴王李恪的后代。

甚至就连朱元璋这种已经当上皇帝不再需要政治宣传的人，还曾想给自己找个名人祖先呢，更何况其他人了。

世界著名作家塞万提斯在名著《堂吉诃德》里，借着堂吉诃德之口告诉他的伙伴桑科说：只要你能混出一点名堂，就自会有人发现你有皇家血统。

这句话还真是经典至理，因为它在中国史学家身上得到了完美印证。

司马迁写《史记》，一个普普通通的刑徒黥布（英布）因为混出来了，于是司马迁就在《史记·黥布列传》后面的"太史公曰"里感慨：难道黥布是皋陶的后人？

项羽本是楚国名将项燕的后代，假如祖上有名人，项氏家族自然不会放过。但是项氏家族自己都没给自己找祖先，司马迁同样在《史记·项羽本纪》后面的"太史公曰"里推测——据说舜是重瞳子，听说项羽也是重瞳，难道项羽是舜的后代？

不服不行，中国人就是善良，绝对不会帮人找个丢人的祖先（如秦桧这种被人唾骂的），要找就找光彩的祖先。

司马迁自愿主动帮人找祖先，这还不是Boss级的史学家。Boss级帮人找祖先的史学家是《汉书》的作者班固。

刘邦一介平民取天下，而且刘邦还公然自称："**吾以布衣持三尺剑取天下，此非天命乎**？"离刘邦生活时代最近的司马迁都不敢推翻这句话为刘邦找祖先，但是两百多年后，东汉人班固却大展其能东拉西扯，费尽九牛二虎之力，最后终于论证出刘邦是尧的后代。

什么叫牛，班固这样的才叫牛！刘邦是尧的后代，我还女娲后人呢。

当然，如果仅仅是这二人喜欢帮人找祖先，那就说明中国历史还是有救的。可是，再往下看，《三国志》的作者陈寿也继承了这个爱好。在最权威的三国史料《三国志》里，曹操是曹参的后代，孙权是孙武的后代，夏侯惇是夏侯婴的后代，刘备就不说了，毕竟最大的可能性是诸葛亮帮他策划的一场政治运作。

---

① 昪：biàn。

唉，不忍直视，无力吐槽！就这样吧，千百年来传承的风气不是一个人就能改变的。

刘备的身份之谜，裴松之感慨过，司马光质疑过，本人才疏学浅，自然不能同这些史学大家相提并论，何况时光已过将近两千年，根本难以找到证据推翻史书记载，所以权当无聊发发牢骚吧。

下面还有更精彩的呢——第二十二章，《长坂坡前斗虎豹》。

下章提示

刘备刚刚得到诸葛亮，对手曹操已经平定北方准备挥师南下了，这对老朋友老对手之间谁也不会对谁留情面。当曹操大军压境刘琮望风而降的时候，差点被出卖的刘备赶忙南下，曹操却紧追不舍，一心想消灭刘备。可是，这次刘备还是逃掉了。

第二十二章 长坂坡前斗虎豹

刘备和曹操之间的关系真是相当复杂，我们耽误几分钟从头再理一下。

刘备自从起兵以后，第一次和三国群雄里的人对战是帮公孙瓒对抗曹操；第二次，刘备是帮陶谦守徐州，对手还是曹操；196 年，曹操迎献帝刘协定都许县以后，竟然以德报怨表彰加封刘备；同年，刘备和袁术对战，吕布趁机偷袭夺取徐州。之后刘备无奈投归吕布，被吕布安排在小沛对抗曹操，不过曹操没有再攻击吕布，所以曹操和刘备之间没有对战。但是辕门射戟之后不久，吕布嫉妒刘备发展迅速又出兵攻打刘备，刘备只好投奔老对手曹操。

曹操宽怀地接纳了刘备以后，让刘备仍旧回军驻扎小沛，目的是防备吕布。

刘备可能是出于报恩的想法，在小沛尽心尽力做好防务工作，为曹操的东部边疆保了一年多平安。这一年多里，曹操可以放心地南下攻打张绣、刘表、袁术。

198 年消灭吕布后，失去防备吕布作用的刘备被曹操带回许县。可是，不甘心的刘备还是借机“背叛”曹操重新夺回小沛和徐州。

200 年正月，曹操顾不上回家过年亲自出兵攻打刘备，刘备逃跑投奔袁绍，袁绍也把刘备拉来对抗曹操，曹操一战击杀文丑，刘备却又一次从曹操眼皮子底下溜了。

随后，刘备被袁绍派往汝南搞破坏，刘备开始第一次打许县的主意，并且一度骚扰到许县南边不远的地方，造成许县人心惶惶。曹操只好分出精锐骑兵，由堂弟曹仁、曹洪等带领攻打刘备，把他赶跑。

刘备回归袁绍部下后，预料到袁绍可能会失败，就对袁绍说再下汝南南连刘表，而后再次南下汝南搞破坏。曹操官渡之战赢了袁绍后于 201 年再次亲自出击，攻打刘备，这一次刘备又从曹操眼皮子底下逃掉了。

随后刘备投奔刘表，被刘表安插在新野防御曹操。

202年,刘备想趁曹操北面两线受敌之机偷袭许县,这是他第二次打许县的主意。不过当他进军到叶县的时候被赶来救援的夏侯惇拦截了,刘备重回新野。

207年,曹操远征乌丸,刘备再一次向刘表献计,计划第三次偷袭许县。无奈刘表不接受,刘备的计划流产了。

三国时代,最敢想敢干的人就是刘备,刘备与曹操之间的关系更是敌友互相转换,不过这次他们是以对手身份出现的。

207年,曹操千里出兵奇袭柳城平定三郡乌丸后,当年年底重回邺城,并且回到邺城时已是208年正月。随后,曹操立即开凿玄武池用来训练水军。

朋友们,北方已经基本全部扫平,曹操训练水军用来干什么,我想不用解释了吧!

这边曹操训练水军,那边孙权也没闲着。

208年春,孙权再次西征,终于攻杀了他的杀父仇人——三国水军第一将黄祖。就是此时,荆州大公子刘琦被诸葛亮"坑"了一次,向父亲刘表申请担任江夏太守,替代为州殉职的大将黄祖。

208年6月,东汉王朝改"三公"称呼,宰相的名称由原来的"司徒"改为"丞相",曹操此时出任丞相(另注:司马懿就是此时被迫出山担任曹操丞相府教育秘书的)。

经常有一些文学作品不注重史实,动不动就称曹操为丞相,完全一派胡言,事实上曹操直到此时才担任丞相。而且东汉王朝本来是没有丞相这个称呼的,就像王允,身居丞相之位,官名就是东汉王朝的传统称呼"司徒"。

208年7月,曹操出兵南下打荆州。

不知是巧合还是怎么的,曹操出兵刚一个月,还没到荆州地界,刘表就去世了。曹操打徐州吓死了陶谦,打荆州又吓死了刘表?说来冀州袁绍虽然不是直接被曹操吓死的,但也是被曹操打败气死的,还是发病呕血而死(袁术表示自己那条命也是被曹操逼死的)。

作为曹操一直以来的对手,刘备心理素质真好,居然没被吓死也没被气死!

《英雄记》和《魏书》都记载说,刘表去世前请刘备担任荆州州长。没办法,三国时代的这种记载就是这么多!刘表为了传位给小儿子刘琮,生生把大公子刘琦逼走,难道会突然神经错乱把荆州交给刘备一个外人?

刘表病重时,大公子刘琦从江夏回来想探望老爹,蔡瑁、张允等人担心他们二人相见可能会导致刘表念及父子之情改变主意,就把刘琦挡在门外说:"你父亲派你镇守荆州东部的屏障江夏，责任十分重大，你这样丢下部属擅离职守，你父亲知道了一定更加生气而致病情加重，这不是身为人子应该做的。”

刘琦无奈，在门外哭泣跪拜之后离去。可以想象，当时刘表病重的时候襄阳已经被蔡瑁、张允所控制。

诸位现在回想一下，知道当初诸葛亮为刘琦献的“妙计”有多么坑爹了吧？离开荆州，意味着刘琦彻底与继承人之位无缘了。假如互换一下，是蔡瑁、张允在黄祖被杀后去镇守江夏，那么刘琦在老爹去世后能顺利为老爹发丧继位吗？

很明显，刘琦出去容易，想再回来就难了。

刘琦离去不久，刘表就去世了，蔡瑁、张允等人拥戴刘琮继位，统领荆州。

曹操为了打荆州，先是提前训练水军，而后又设计征召马腾进京当人质，以确保关中不乱。马腾这时候驻扎在关中，扶风的郡治槐里县(今陕西兴平市)。

作为近在身边的威胁，曹操不可能不考虑马腾是否会有变故，就贸然南下打荆州的，所以曹操就派张既前去游说马腾，让他到京担任皇城保安司令(卫尉)。

张既聪明地利用马腾一生作为地方军阀没有担任过京官的虚荣心理，下令沿途郡县全部用热烈盛大的欢迎仪式欢迎马腾，于是马腾和家人全部前往京城，只留长子马超统帅部队留在关中。同时，曹操又奏请加封马超为偏将军，算是把马氏家族全部安抚了。

马腾入京出任高官，其实就是充当人质，马超如果敢反抗中央，全家人就会性命不保。

北方已定，西方得到安抚，在保证后方不会出现大骚乱以后，曹操亲率大军全线南下直扑荆州。

刘琮这时候刚刚得到荆州统治权，屁股还没暖热，部下们就一起起哄劝说他向曹操投降了。荆州主要谋士蒯越、韩嵩、傅巽[①]，这时候都说应该向曹操投降。

刘琮有点不甘心，说：“我和你们一起占据荆州，守护先父传下来的基业，观望天下形势的变化，这样不好吗？”

傅巽说：“我们作为臣属，抵抗朝廷大军，这是叛逆；用现在刚到手还没完全稳固的政权去对抗中央，实力对比又不如对方；想依靠刘备抵挡曹操，刘备也不是曹操的

① 巽：xùn。

对手。这三项对比都处于下风,怎么和中央对抗啊！将军你自认为比刘备如何?”

刘琮说:“我比不上刘备。”

傅巽于是说:“如果刘备无法抵挡曹操,那么我们虽有荆州也无法镇守;如果刘备能够抵挡曹操,那么刘备一定不甘屈居你之下,希望你不要再犹豫了。”

刘琮听后觉得也有道理,于是就决定向曹操投降献出荆州了。

其实刘表去世前没有把荆州交给刘备,但是他却做了另外一个决定——向刘备托孤。然而,作为守护荆州多年的外援,刘表的托孤重臣,刘备却被排除在讨论荆州归属的决定性会议之外了。说白了,刘备到底不是“常委会”的人啊!

这时候,刘备已经不再驻守荆州北部边境重地新野了,而是驻扎在紧邻荆州州政府襄阳的樊城(今湖北襄阳市樊城区)。

史书没有记载刘备这次调防是什么时候什么原因,我个人推测可能是刘表临死前托孤时给刘备时调防的。

刘备作为一个荆州外系,刘表多年来一直依靠他防守荆州对抗曹操,忽然从边境新野调回来驻守在“京师”附近,如果不是已经向他托孤,刘表会这么做吗?

况且,假如不是刘表把刘备调回的,刘琮更不可能调回刘备,他在开“常委会”讨论荆州归属的时候居然瞒着刘备,可见刘备只是受刘表之托,而刘琮却不信任刘备。

襄阳、樊城近在咫尺,刘琮不但不通知刘备来开会,就连会议讨论的结果也不通知刘备,直接派人向曹操投降去了。

幸亏刘备有敏锐的嗅觉,发现情况异常。

作为一个有着20多年戎马生涯的老兵,刘备在这一点上的确超出了诸葛亮和其他人,或许对他来说战场就是他相伴一生的主要活动场所,丰富的作战经验告诉他:你如果不能提前察觉风吹草动,等待你的就将是马刀到达你脖颈时的那一丝凉风。这也是为什么诸葛亮和其他人没有发现情况异常,刘备却能够发现情况异常的原因。

刘备感觉不对劲,马上派人到刘琮那里询问。

刘琮这才派人去通知刘备,他派的这个人史书上虽然没有多少事迹,却也不是泛泛之辈,是和“水镜先生”司马徽齐名的一个荆州名士,他的名字很有意思,叫宋忠(宋忠谐音“送终”)。

宋忠到樊城对刘备说,刘琮已经决定投降了,并且派人把符节向曹操送上表示诚意。

这时候，曹操大军已达宛城(今河南南阳市)，距襄阳距离仅有一百二十千米。刘备听到这个消息如遭晴空霹雳，他忍不住对宋忠咆哮道："你们这些人做事竟然这样，不早点告诉我，如今大祸临头才对我说，不是太过分了吗？"

可能刘备觉得自己身为托孤重臣，却被蒙蔽险遭出卖，所以特别愤怒，但他脾气真好，居然没骂刘琮忘恩负义。

接着，刘备又对宋忠说："现在就是砍下你的人头，也不足以消除我的愤怒，我男子汉大丈夫也耻于临走再杀你们这种人，留下把柄被人议论。"

随后，刘备放走宋忠，立刻召集部队召开紧急军事会议，讨论下一步应该怎么办。

有人劝说刘备，不如把刘琮和荆州官兵全部劫持，一起南下到江陵(今湖北荆州)。

刘备回答说："刘表临死前向我托孤，这种背信弃义壮大自己的事我做不出，不然将来死后有何脸面去见刘表啊！"

进攻刘琮劫持荆州官员的计划虽然被刘备否决，但是南下江陵这个计划却被刘备采纳了，那人提出的建议刘备算是采纳一半。于是刘备立马率领部队开拔，南下直奔江陵。

据《三国志·先主传》记载，刘备部队从樊城渡过汉水路经襄阳的时候，诸葛亮向刘备提建议说不如进攻刘琮，那样就可占有荆州。

这份记载和上面《汉魏春秋》里那个无名氏向刘备提出劫持荆州官员的建议类似，不同的是诸葛亮提出的是占有荆州。如果这份记载属实的话，那诸葛亮的水平就真心让人看不起了。

这时候的荆州人心惶惶，且不说刘备能不能迅速攻下襄阳，就算他攻下了襄阳，内部不能很快使人心安定，外面又有曹操大军压境而来，襄阳一座孤城守得住吗？要知道，就算刘备马上打下襄阳，荆州的其他郡县究竟选择投靠刘备还是投靠曹操，也是未知数啊！

而且，如果刘备打襄阳，万一襄阳官兵坚守不降，只需多坚持几天，曹操大军一到就会把刘备"包饺子"。

就算刘备打不下襄阳再去逃跑，那也耽误很多时间了。对于擅长判断形势尤其是擅长逃跑的刘备来说，他非常清楚，错过了逃跑的时机等待自己的就只有死亡。

所以，刘备路过襄阳的时候，果断地放弃这块看似很诱人的肥肉，只是向刘琮打了个招呼之后就继续南下了。据说他这一打招呼不要紧，把刘琮吓得站都站不住。当然，刘琮站住站不住刘备也没心情知道了，曹操都撵到屁股后了，还不跑?

在刘表墓前简单祭拜一下之后，刘备就带人继续前进了。

不得不说，刘备确实会拉拢人，还没到长坂坡摔孩子呢，单是祭拜“老房东”刘表这一举动就能让人无比佩服。逃命的关键时候，居然还不忘向曾经的寄主告别，换是其他人，可能就会说:“哎，现在保命要紧，等以后回来再好好祭拜你吧!”

不管真心还是假意，刘备做的真让人没话说。

就在刘备离开襄阳的时候，发生了一件不可思议的事——荆州很多老百姓和一些荆州官员居然选择了背井离乡，和刘备一起南下。

可能大家一直都认为刘备会拉拢人心，大家才要跟着他南下，因此不管是史学界还是民间，大量荆州民众跟随刘备南下的解释都是刘备仁义宽厚，所以才有那么多老百姓追随他。

但是我怀疑这件事另有原因，荆州不是刘备的地盘，他不过是寄居在那里的一个过客而已。如果说仅仅因为刘备很会拉拢人，大家就跟着他南下，那么刘备曾经寄居的地方多了:跟过公孙瓒，跟过陶谦，跟过吕布，跟过曹操，跟过袁绍，这次是跟刘表……在此之前为什么没有很多人举家搬迁跟随他?

更何况，194 年陶谦去世后，刘备还占据过徐州一段时间。作为徐州州长，刘备肯定要尽力安抚本地百姓，但是吕布袭取徐州把刘备安排在豫州的小沛，那时候并没有很多民众追随刘备。

刘备起兵 20 多年，只有这次老百姓跟着他走，给人的第一直觉就是《隆中对》之后放出来的政治宣传起到了作用，老百姓搬迁追随他是因为他是“汉室之后”。

话不多说，继续刘备的逃亡之路。

在襄阳祭拜过刘表之后，刘备安排部队兵分两路南下:关羽率领水军乘几百艘船顺着汉水南下，到达长江后再逆流而上前往江陵;刘备本人则和诸葛亮、赵云、张飞等人一起与步兵同行，双方约定在江陵会合。

关羽的水军已经出发，这边刘备的步兵可受罪了。

大量老百姓跟着一起搬迁，这就导致刘备的部队无法开展急行军加速前进，一路上还不断有人听说后加入搬迁队伍，从襄阳到当阳(今湖北当阳市东北)距离约 125 千米，刘备走到当阳时搬迁队伍已经发展到了十多万人。

注意，这里说的是队伍，不是部队。

因为搬迁队伍大多数是老百姓，扶老携幼的，挑担子抱小孩的，赶着牛羊拉着牲口的……这是一支部队吗？分明是一家大型搬家公司。

这么一群人要想象部队一样轻装前进，显然是不可能的，所以他们一天的行进速度只有十多里路。也就是说这些人从襄阳到当阳，一共走了20多天。

这时候就有人对刘备说："我们应该迅速进军到江陵，把江陵攻下占据一个落脚地，现在我们虽然人数很多，但是只有少量武装部队，如果曹操大军追来，我们怎么抵挡他们？"这话当时真是最有见识的，可惜竟然不是出自诸葛亮之口。

但是，刘备却拒绝了最正确的建议，这或许是他一生中为数不多不理智的一次。

刘备说："要想干成大事必定以人为本，现在他们追随我，我怎么能够抛弃他们？"其实这句话无意中透露了刘备的野心，他想当皇帝，所以他不能抛弃追随他的老百姓。

迅速进军攻占江陵，这是当前最正确的选择，可是刘备却拒绝了这个建议，他选择了带着老百姓一起逃亡。

南郡的襄阳县是荆州州政府所在地，但是南郡的郡政府却不在襄阳，而是在江陵。攻下江陵，就能打开军械库、粮草库，在很短的时间内把大量追随他的青壮年劳力武装成部队。

古往今来，起义军往往第一选择就是攻取军械库、粮草库，没有军械和粮草，你人再多有什么用，还不都是待宰的羔羊？

刘备没有接受正确的建议，曹操却不会失去理智，他也知道刘备一旦占据江陵打开武器库把武器分发下去，把追随他的老百姓武装起来，刘备的实力就会暴增。

所以，曹操也做了一个决定：放弃粮草和攻击力更强悍的重装甲部队，让他们在后面常规进军，自己亲自率领精锐骑兵轻装前进迅速赶到襄阳（**曹公以江陵有军实，恐先主据之，乃释辎重，轻军到襄阳**）。

但是，曹操赶到襄阳的时候，听说刘备已经南下赶往江陵，这下曹操更急了。

怪不得人们常说"英雄所见略同"，曹操最担心的也是刘备夺取江陵。所以曹操这时候又做了一个决定：先不管已经投降的襄阳，留下一部分人镇守襄阳，自己亲自率领最精锐的骑兵作战部队急行军，用了一天一夜的时间赶路，于第二天赶到当阳追上刘备。

原文见于《三国志·先主传》"**闻先主已过，曹公将精骑五千急追之，一日一夜行三百余里，及于当阳之长坂。**"

这段话是接着上面曹操轻装前进到襄阳的，说曹操到襄阳以后听说刘备已经南下准备夺取江陵，就亲自率领精锐骑兵急行军，一天一夜赶路300多里到达当阳县的长坂。

很多朋友没有注意，这句话后面的深厚背景。我来一一解释。

曹操"将"的这五千精骑可不是一般的精锐骑兵，他们有一个很拉风的名字，叫作"虎豹骑"。《三国演义》里罗贯中疏忽这样一支史上著名的骑兵实在不该，可能是因为虎豹骑资料较少的缘故。

虎豹骑是中国军事史上最著名的特种部队之一，这支骑兵全部是由曹操挑选天下精壮骁勇的健儿组成的。

虎豹骑分为两支，一支是由曹仁的弟弟曹纯率领的作战部队（曹真也曾率领过）；另一支是由曹休率领的虎豹骑亲军，担任曹操的护卫（也就是我们常说的警卫团）。

如果不是这支特种部队十分重要，相信曹操也不会只交给他"曹家班"的率领。

那么这支部队都有什么战绩呢？

不多，在此之前只有两件。

第一件事是，205年正月，曹操在南皮（今河北省南皮县）围攻袁谭的时候，袁谭突围逃跑，虎豹骑的骑兵成员发现袁谭的踪迹就追了上去。

袁谭在前面披头散发仓皇逃命，虎豹骑士兵认为这是条大鱼，从后面紧追不舍，这时候袁谭忽然马失前蹄，一下从马上摔了下来，他连忙回头说："喂！放过我，我可以让你富贵。"但是话音未落，虎豹骑骑兵追上大刀一挥，袁谭的人头已经落地。

说实话，我对《后汉书》的记载真看不上眼，但是这段记载却是《后汉书》里面最精彩的，那些字仿佛活了一样。原文见《袁谭传》：**谭被发驱驰，追者意非恒人，趋奔之。谭坠马，顾曰："咄，儿过我，我能富贵汝。"言未绝口，头已断地。**

"**言未绝口，头已断地**"八个字传神地描述出了虎豹骑成员的骁勇迅捷。

当然，这件事还要结合《三国志·曹纯传》一起看，因为《后汉书·袁谭传》没有写这件事是曹纯手下虎豹骑干的。

《三国志·曹纯传》里面写曹纯"**督虎豹骑从围南皮……纯麾下骑斩谭首**"，两者结合我们不但知道虎豹骑成员斩杀了袁谭，还能知道当时追斩袁谭的精彩场景。

虎豹骑的另外一件战功发生在207年，曹操出兵平定三郡乌丸的时候。

中国自古以来，从黄帝时代到近代的明清，北方始终至少有一个强大的少数民族“外敌”。比如：猃狁[①]（匈奴前身，周时的称谓。商朝称“鬼方”，夏朝称“淳维”，黄帝时代称“山戎”或“荤粥”[②]）、匈奴、鲜卑，突厥、回纥、契丹、女真、蒙古、满（建州女真后代）……

历史上，中原王朝一直受北方少数民族的侵扰，秦始皇虽然派蒙恬暂时赶走了他们，但是最后不还是没办法，只能靠修长城来防御他们吗？

连大秦帝国都只能修长城采取守势，何况其他王朝了。

两千多年来，除了极个别中原王朝特别强大的时候，还能跟他们较量，将其驱逐的远一些，大多数时候中原王朝都是被北方少数民族侵扰的，有时候就连长城都挡不住他们南下的铁蹄，甚至还有几个中原王朝被他们灭了。比如：北宋灭于女真所建的“金”、南宋灭于蒙古族所建的“元”、明朝灭于满族所建的“清”。

南北对抗的大事件如下：汉高祖刘邦被匈奴包围于白登，卫青霍去病出征匈奴，“飞将军”李广抵御匈奴，杨家将战辽（契丹所建），岳飞抗金，吴三桂引清兵入关……

北方少数民族之所以屡次南侵，不只是因为他们骁勇剽悍，还因为他们的军队是骑兵，机动灵活。

中原王朝本来是没有骑兵的，除了步兵、水兵就是重装甲部队——战车兵。自从战国时代赵武灵王推行学习少数民族“胡服骑射”之后，中原才开始有第一支骑兵部队。在此之前中原没有骑兵，只有用战马拉着的战车部队。

虽然中原后来开设骑兵这一兵种，但战斗力和少数民族的骑兵根本没法比，这是因为士兵本身没有生活在北方苦寒地带的少数民族能吃苦，也没有他们壮实，再加上战马又不如游牧民族的战马优良，所以直接等于差了一个档次。

那些剽悍骁勇的少数民族在东汉末年已经成为祸患，几乎年年入侵，乌丸也是这些北方少数民族的一支。

曹操征讨三郡乌丸的时候，因为搞的是奇袭，所以乌丸少数民族事先并没有得到情报。恰是这样，曹操自己也大意了。

207 年 8 月，曹操在白狼山前线视察时，突然遭遇了刚得到情报组织大军迎战的

---

① 猃狁：xiǎn yǔn。

② 荤粥：xūn yú。

袁氏兄弟和乌丸数万联军。当时曹操身边只带了少量警卫，所以他的手下们都吓坏了。不过，随行的张辽却意气风发，力劝曹操放手一战。

这时候，逃估计是难以逃掉了，毕竟曹操不是刘备。

张辽力主抗战，曹操登高一望，发现乌丸联军军营不整，行动涣散，并没有集中精力要来厮杀。于是他把自己的令旗交给张辽，让他统领部队猛冲下去，对乌丸大军发起冲击。

我们知道，曹操身边有一支"警卫团"就是虎豹骑，他们肯定是时刻跟在曹操身边保护他安全的。

张辽率领这些骁勇的虎狼之师从山上骑马冲下来，你再牛的部队也挡不住啊，人家都不用打，光战马冲锋就能把你踩死踩残喽，就像从山上跑下来一群马，你敢在前面拦着吗？所以虎豹骑一冲锋，乌丸联军的阵型立马被冲散了，这些虎狼之师砍瓜切菜一样逮住乌丸联军猛杀。

一仗下来，乌丸首领蹋顿和一些不知名的乌丸首领都被虎豹骑砍死了，乌丸少数民族和汉人投降的人数加在一起有 20 多万。

《三国志·曹纯传》特别注明了蹋顿是被曹纯手下的虎豹骑所斩杀的，这一仗也是中原部队为数不多战胜北方少数民族的胜仗之一。

大家现在明白了吧，虎豹骑虽然只有两件战功，可是这两件战功那都是很牛的啊！

追击刘备，曹操动用了虎豹骑，目的只有一个——杀了他。

现在我们话再说回来，前面已经说过了，"**闻先主已过，曹公将精骑五千急追之，一日一夜行三百余里，及于当阳之长坂。**"这句话有很深厚的背景。第一是曹操率领的是名动天下的虎豹骑，那第二是什么呢？

第二很简单，就是被无数人误读的"**一日一夜行三百余里**"。最先误读这句话的就是《三国演义》的作者罗贯中。

《三国志》里已经说得很清楚了——听说刘备已过襄阳南下，曹操率领精骑五千急行军追赶他，一天一夜赶路 300 多里，到达当阳县的长坂。

意思够简单够直白吧，曹操急行军赶路不是从许县赶过来的，是从襄阳开始的。用了多长时间呢？24 小时，一天整。

襄阳到当阳，直线距离约 125 千米，也即直线距离 250 里。曹操又不是坐飞机过去的，稍微绕绕路也有 300 里了。一天一夜行军 300 多里，正好是从襄阳到当阳的路

程。(另,《三国志·张飞传》也有同样的记载,就不赘述了)

所以,曹操的急行军赶路只有一天,这一天是昼夜兼程赶路的。刘备从襄阳到当阳走了 20 多天的路程,曹操一天就追上他了。而且曹操的精锐虎豹骑不但一天就追上了刘备,当阳长坂坡的战绩我们也不用说了吧,四个字——曹操完胜!

那么,很简单的一件事为什么会有那么多名家教授误解呢?原因也很简单,就是源于《三国志》的记载。

陈寿写《三国志》,前面已经很清楚地交代了,曹操一天一夜急行军 300 余里追上刘备,并且把刘备打得落花流水。然而在后面,陈寿写《三国志·诸葛亮传》的时候,却增加了一个子虚乌有的"舌战群儒"的故事。

在《诸葛亮传》里,诸葛亮大言不惭地跟孙权说:"**曹操之众,远来疲弊,闻追豫州,轻骑一日一夜行三百余里,此所谓'强弩之末,势不能穿鲁缟'者也。故兵法忌之,曰'必蹶上将军'。**"

这番话很容易被人误解,以为曹操"远来疲敝",为了追刘备连续很多天赶路,导致士兵疲乏没有战斗力,成为"强弩之末"。

势不能穿鲁缟的强弩之末——虎豹骑都把你刘备打得满地找牙了,要不是强弩之末你咋办?估计曹操要是听到别人这么说他的虎豹骑,已经哭晕在厕所。

《三国志》里记载的这篇"舌战群儒"有很多破绽,分明就是瞎编的,可是陈寿居然把他当作史实收录进了《诸葛亮传》里,因此导致后世很多人误解,其中就包括比陈寿名头更为响亮的文学家罗贯中。

罗贯中写的《三国演义》是一部文学名著,大家请注意,不是史学名著!

罗贯中同样不明真相,再加上他以精湛的文学手法添油加醋描述渲染,舌战群儒的经典故事就广为流传开来。

再后来,就更不用说了,当世的大家名家多是以挣钱为己任,以扬名为目的,潜心治学的真不多了。

咱们接着说,曹操抵达襄阳,听说刘备已经路过襄阳,南下前往江陵的时候,心急如焚的他顾不上休息,立刻亲自率领虎豹骑精兵用一天一夜的时间赶路 300 多里,于次日在当阳长坂坡追上刘备。

追上刘备之后,这五千人马上就对刘备的十多万人展开猛攻。

不得不说,虎豹骑名不虚传,连续赶路一天一夜未经休息还有那么强的战斗力。

五千人冲入十万人的队伍中，就像猛虎入羊群，制造了一场惊心动魄的血腥杀戮。

此战，刘备败得那叫一个惨啊——老婆和两个女儿落入曹操手中，粮草辎重落入曹操手中，十多万人也落入曹操手中，还有一件不得不提的事——徐庶的老娘也落入曹操手中……

前面说过，刘备有两个女儿。历史记载中，在这里才写到刘备两个女儿的动向——被曹纯手下的虎豹骑俘获。然而史书并没有继续交代刘备两个女儿的下落，估计是被赏赐给将士当家眷了吧，古代战争中被俘获的女人一般都是赏赐给有功将士。

长坂坡之战，刘备虽然惨败，不过还是要说一声刘备牛。曹操下这么大决心想要消灭刘备，刘备竟然能够在虎豹骑的追杀下逃跑了。

有些人看不起三国里的人物，说三国里没有英雄。三国不是没有英雄，而是英雄太多、人才太多，所以才导致三国分裂那么多年都没能统一。

讲到这里，本章也该结束了，刘备能够从曹操的绝命追杀中逃脱，有两个人功不可没，他们一个叫张飞，一个叫赵云。下一章，我们就专门讲讲张飞和赵云的故事——第二十三章，《长坂坡双雄争锋》。

下章提示

长坂坡前，虎豹骑追杀，刘备只带了几十个人逃脱，坑爹的是刘备逃走前居然只给张飞留下 20 名骑兵断后。面对如狼似虎的虎豹骑骁锐，张飞又该怎么办呢？赵云又是怎么立下他的第一桩战功的呢？

第二十三章 长坂坡双雄争锋

为了消灭刘备，曹操也是拼了。从襄阳开始突击行军一天一夜赶路300多里，才在当阳县长坂坡追上他。朋友们，曹操动用的可不是机械化步兵师啊，要是骑着越野摩托也还好，可你这骑的是马啊！没办法一直连续赶路的。

虎豹骑昼夜兼程赶路，到地方稍事休息以后还能继续勇敢作战，确实很牛。

闲话不说，回到刘备身上。

虎豹骑发动猛攻，诸葛亮他们这些文臣谋士算是一点办法也没有了，这时候能够依靠的还是武将。关羽带着人是从水路过的，这个曾经单枪匹马闯阵斩颜良的猛将这时候一点忙也帮不了。现在，刘备手下还剩两个人能打，一个是张飞，一个是赵云。

这几年很多人都喜欢把赵云称作是刘备的保镖，有些人还黑赵云没有独当一面的大将能力。

其实这些人考虑得有些简单了，换作你是刘备，会用一个没有能力的人当保镖吗？仔细研究一下战争史，不论古代还是现代，看看哪个警卫团团长不是师旅长的材料？哪个警卫营营长不是团长的材料？这些人平时显不出来，但是关键时候可是一点都不含糊啊！

随便一个警卫营，拉出来跟一个正规团干，绝对能阻击拦住这个团，保证首长安全撤离。领导身边的警卫，那都是一个能打十个的，都是从部队里选拔出来的精英。

也不想想，谁当首长会让警卫营用无能的人？这些人可都是关键时刻要替领导挡枪的啊！

关键时刻要是掉链子，你当领导的就是有九条命也完了！所以不管谁当领导，警卫团警卫营用的人肯定是从部队里选拔出来的精英，而且绝对是自己最信得过的人。

赵云是什么时候跟刘备的，这个在历史上还有疑问，反正《云别传》的记载和陈志

《赵云传》的不一样。不过这些都不是要紧事，可以略过不提，关键是赵云的成名战。

虎豹骑是曹操最精锐的部队，也是曹操的警卫团部队。

不过，刘备也有警卫团，赵云就是这个警卫团的团长。巧合的是，刘备的警卫团也是骑兵。《三国志·赵云传》记载赵云追随刘备以后“**为先主主骑**”，按字面意思理解是“为刘备掌管骑兵”。

赵云前期基本上都是担任刘备的警卫团团长角色，这一点我们可以从赵云的升迁之路看出来。大家称他是刘备的保镖，这一点还真没有错。

好戏开始了，曹操的警卫团追杀刘备，刘备的警卫团保护刘备，一场恶战！

实际上我们也可以把长坂坡之战称为是两支警卫团之间的战争，那些喜欢以保镖称呼贬低赵云的，首先你们要明白曹操出动的也是自己的“保镖”虎豹骑，而且是战功赫赫不输于作战部队的保镖。

虎豹骑攻击过来的时候，按照赵云的工作职责，就是高喊一声“让领导先走！”，随后从容返身镇定地屹立在那里，一脸淡定地看着对方大军高喊着冲杀过来，缓缓举起手中的大刀，在敌人冲到只有几步远的时候才一个虎扑上去，“唰”一下对方人头落地，然后一个回旋以背对敌军的姿势将宝刀插入另一名敌将的肚子里……

注意，这个时候一定要保持不动的姿势十秒以上，注意摆一个很酷的 pose，方便摄像拍特写！那个，灯光师把灯光打过来。剧务，注意用风扇吹一下男主的衣服，让衣服有飘逸的感觉……

嗯，电视剧电影里就是这么弄的。

可能细心的朋友会说了：“青虹剑呢？青虹剑哪里去了，怎么用的是刀呢？”

很抱歉，朋友们！《三国演义》里有青虹剑，三国游戏里有青虹剑，历史上没有青虹剑[①]。而且，据考古学家研究，汉刀取代剑就是在东汉末年。

剑是一种刺削的兵器，拿剑砍人的那都是笨蛋。作为这样一种兵器，你要是装备骑兵部队，想想，胳膊伸直了，剑尖还没有露出马头呢，刺谁啊？

大家可以看看近代的战争电影，骑兵用的装备都是狭长的马刀。给骑兵配剑，那是坑爹啊，只有不负责任的古装烂片才敢拍骑兵用剑的。另外，古代的剑更多的是作

---

① 青虹剑：大家口头上喜欢称为青虹剑，实际上应当是青釭（gāng）剑，游戏里这是一种提升武力属性的道具。

为佩剑，起到一种装饰作用，就跟现在戴手表一样，实际意义已经不大了。

赵云虽然没有削铁如泥的青虹剑，照样不惧曹操的虎豹骑，刘备都已经丢下老婆孩子落荒而逃了，赵云这个警卫团长依然尽职尽责地保护刘备的家人。

虽然曹纯的虎豹骑掳走了刘备的两个女儿，但是赵云却尽最大努力保住了刘备最重要的两个亲人——第一个是刘备的亲生儿子刘禅(就是阿斗，历史上他小名也真叫阿斗)；另一个就是刘备的老婆、阿斗的亲娘，甘夫人。

阿斗不用说，跟小说里一样，这时候还是个不会跑的小娃，赵云把他抱在怀里保护着才救了他一命。

甘夫人是刘备当豫州州长驻扎在小沛的时候娶的，这个美女是小沛人，也就是今天的江苏沛县人。

不过，甘夫人不是刘备的原配，刘备娶她的时候是把她当小妾娶的。刘备的原配不知名，除了原配以外，以后续娶的其他正室也很多，都不知名。

史书记载，刘备几次失去正室(应该是死了)，甘夫人就作为小妾代理大老婆的工作，替刘备管理小老婆们。

上一年在荆州，甘夫人替刘备生了一个儿子。这时候刘备已经47岁了，如假包换的老来得子啊！诸位可以替刘备想想，在那个重男轻女的时代，生了闺女的媳妇见人都不好意思打招呼，刘备的老婆一直只生闺女不生儿，他得多急啊，多娶几个老婆也是想要儿子嘛。

甘夫人的肚子争气，在刘备都已经绝望并收养了刘封以后，替他生了个儿子，刘备能不把她宠到天上？

可是长坂坡形势太危急了，刘备只能和诸葛亮他们先撤了，留下赵云去保护家眷后撤。赵云是不是七进七出寻找甘夫人母子不知道，这事历史记载里没有，但是赵云真的是保护着甘夫人母子一起逃出来了。

《三国志·蜀书·二主妃子传》记载："**值曹公军至，追及先主于当阳长阪，于时困逼，弃后及后主，赖赵云保护，得免于难。**"

《三国志·赵云传》记载："**先主为曹公所追于当阳长阪，弃妻子南走，云身抱弱子，即后主也，保护甘夫人，即后主母也，皆得免难。**"

两传都记载了甘夫人没有死，被赵云保护着逃生了。

不得不说，赵云这个警卫团团长干得真合格，在那种混乱的情况下都能保护一个妇女和一个孩子同时逃生，不愧为领导的警卫团团长。

《云别传》还记载了刘备202年偷袭许县失败在博望伏击夏侯惇的时候，赵云俘虏了一个名叫夏侯兰的敌将，夏侯兰跟夏侯家族没有任何关系，是赵云的老乡，常山真定人。说到常山真定人，那么问题来了。常山真定是哪里？河北省正定县。

再问，赵云有没有喊过“我乃常山赵子龙也？”

赵云喊没有喊过这话，历史记载上真不会有，所以只能从小说里找了。估计是没喊，那都是分秒必争的紧急时刻，比消防队员从大火里抢救煤气罐都紧急。有你停下来喊这句话的工夫，说不定一支流箭飞过来就玩完了。

要是你不停下来吧，边逃跑边喊“我乃常山赵子龙也”，那场面也太搞笑了！所以历史上是应该没有这句话的。

张飞是刘备老乡，这个早就说过了，而且张飞还坏过刘备的大事。196年在下邳就是因为他想擅自做主杀曹豹，才激起曹豹叛变勾结吕布袭取刘备的徐州的，一下子搞得刘备无家可归了。

但是长坂桥头，曹操率领虎豹骑一天一夜追上刘备展开猛攻，刘备的部队被击溃，张飞带领20名骑兵断后，确保刘备他们能够安全撤离，这也算将功补过两相抵消了。

原文如下：“**表卒，曹公入荆州，先主奔江南。曹公追之，一日一夜，及于当阳之长阪。先主闻曹公卒至，弃妻子走，使飞将二十骑拒后。**”

曹操有五千精锐虎豹骑，刘备只交给张飞20名骑兵就让他断后去了。这活要干不好，可真的就“断后”了！

不是刘备故意坑张飞，刘备也很无奈啊！没看他也是只带了几十名骑兵保护着诸葛亮等人一起逃跑的吗？

张飞确实有胆，而且还不是像小说里写得那么憨，他就带着这20名不知道是不是已经吓尿的骑兵，把长坂桥一拆，然后把守住主要渡口，怒目高喊：“我是张益德，你们可以来跟我决一死战！”

历史记载里张飞虽然没有吓死人，也没有把河水喊得倒流，但是对方真的没人敢接近。说到这里，问题又来了。

第一个问题：张飞的兵器确实是矛。是不是丈八蛇矛不清楚，但是张飞“**据水断桥，瞋目横矛**”说明他用的确实是矛，同时也告诉我们骑兵的主要作战武器还是矛这种适合冲杀的武器。

第二个问题：张飞只有二十人，曹操出动的可是精锐虎豹骑，就算虎豹骑再不济，也不至于在这么明显的优势面前不敢和张飞作战啊？

他们连包括刘备、张飞、赵云在内的所有大军都敢打，而且已经把刘备的大军打得溃散，该杀的杀该抓的抓该抢的女人抢回家。等到只剩下张飞这二十个人的时候，他们不敢打了？这于情于理都说不过去啊，虎豹骑里指定没有怕死不敢打仗的！

所以啊，史书记载有时候也不可全信。

据我分析，要么是史书记载夸大（这种事在历史上是惯例，杀五十个敌人就敢报五百，真正熟读历史的都知道这种事）；要么就是当时张飞已经把桥拆了，同时把守渡口，曹操的部队确实没法过河。

可能这后一种的情况占的概率还大些，有八成可能。

为什么这么说呢？

我们回想一下，曹操为了追杀刘备一击致命，率领虎豹骑骑兵从襄阳昼夜兼程赶路300多里，追上刘备以后就展开猛攻。同志们，曹操率领的是骑兵啊，你见过骑兵赶路肩上扛条船的吗？反正我是没见过。

曹操急行军，估计稍微重一点的装备都不会带，口粮都不会超过三天的，所以突然碰到张飞把桥拆了把船烧了，那真是束手无策啊！

没办法，过不了河，谁能近前啊。史书上说没人敢接近张飞，要真是这样还真不是瞎掰！

张飞、赵云都在这一战大放光彩，刘备的另一个谋士徐庶可就郁闷死了，因为他的娘被虎豹骑给俘虏了。没办法，徐庶只好指着胸口对刘备说："本来想和你一起干大事呢，现在老娘被抓走，这里全乱了，就是跟着你也帮不上忙了，请允许我离开去找老娘。"

刘备也很无奈啊，只能目送早就哭晕在厕所的徐庶北上进入曹操阵营，二人从此分离天各一方。

长坂坡之战，曹操大获全胜，刘备落荒而逃，但是曹操追杀刘备的最终目的还是没有达到，要是在游戏里，这应该算是任务失败了。那么，踏上逃亡之路的刘备又该何去何从呢？请看下章，《孙权也要造反》。

下章提示

长坂坡溃败后，刘备斜趋汉津恰遇关羽的战船部队，得以渡过汉水，而后又碰巧遇到刘琦，双方一起前往江夏。 这时候，鲁肃也来了，想和刘备一起联合对抗曹操。 不过，鲁肃可不是无能之辈，他早就为孙权制定了霸业计划，鲁肃究竟为孙权制定了什么计划呢?

第二十四章 孙权也要造反

长坂坡刘备溃败，斜向东南逃亡，到达汉津以后正好碰上关羽的船队经过，刘备得以顺利渡过汉水。这时候，江夏太守刘琦赶过来支援刘备。

可能有的人习惯用贵人相助这个词来形容刘备的际遇，但是我想说一句："那些贵人都是傻么，为什么他们都要雪中送炭地帮刘备，而不去帮其他人？"

可以确信的是，那些生意上或者事业上的成功者，肯定智商都是正常的。

而且刘琦和刘备，在历史记载上两人是没有什么交情的，可是关键时刻刘琦居然愿意顶着曹操的巨大压力来帮助刘备，充分说明刘备身上有魔力。

刘备等人跟着刘琦一起来到夏口，此时孙权手下的鲁肃也和刘备接上了头，双方随即紧急磋商下一步应该怎么办。

但是《江表传》《三国志・鲁肃传》的记载是和《三国志・先主传》《三国志・诸葛亮传》不一样的。我们先按《鲁肃传》的记载讲，先声明一下，鲁肃的个人资料就不多讲了，提高效率。

作为孙权手下的首席谋士，鲁肃的地位是不可撼动的，当然，他的能力和智谋也足以胜任这一角色，历史上的鲁肃其实是和《三国演义》的描述截然不同的。

历史上的鲁肃能文能武，《吴书》记载他带领一群乡里人前往江东避难的时候，州里派人去捉拿他，鲁肃对抓捕他的人说："你们都是男子汉大丈夫，应当了解天下大势，如今到处兵荒马乱的，有功不赏不追也不处罚，诸位何必苦苦相逼呢？"随后鲁肃将一个盾牌立在地上，引弓搭箭射向盾牌，每一箭都把盾牌射穿了。

这不是弓箭，分明是狙击步枪啊！

鲁肃这一手一露，立马把那些人镇住了。盾牌都不能保护自己了，直接射穿个洞，你说你举个盾牌跟举个筛子有什么区别？

因此，这些追兵就不敢再追赶鲁肃，只好放他们离去了。

200 年，孙策去世，孙权继位。

这时候周瑜劝说鲁肃归顺孙权，必须要说的是，周瑜和鲁肃是一对好朋友。所以周瑜劝说鲁肃归顺孙权的这番话，还有鲁肃见孙权时的那段话，都很值得我们深思。

周瑜劝鲁肃归顺孙权时说："当年马援回答光武帝（刘秀）'现在这个世道，不但主公要选择下属，下属也要选择主公'。如今主公亲贤纳士招揽各种人才，而且我曾经听过一个先知预言，能够继承天运取代刘氏的，一定是在东南兴起的，根据形势推断，现在正是历数交替的时候，东南一定能够建立帝业实现天命，所以现在正是奇人异士追寻主公同创大业的时候……"

鲁肃接受周瑜的劝说，就跟着他一起去见孙权了。

孙权见到鲁肃之后相谈甚欢，酒宴散场以后众人都要退去了，鲁肃也跟着他们一起退出，但是孙权却把鲁肃留下了，然后带着他回到自己的住处，把两张床并在一起，就在床上对饮交谈。

诸位，这个待遇不是一般的高啊，亲兄弟都不一定能够享受这个待遇。

对饮之时双方展开密谈，孙权说："如今汉室朝廷倾危，天下大乱，我继承父兄遗留下来的基业，想建立齐桓公、晋文公那样的霸业，你既然愿意来帮我，请问有什么策略吗？"

鲁肃说："以前高帝（刘邦）想尊奉义帝（芈心），但是不能如愿，就是因为项羽从中作梗。现在的曹操就像当初的项羽，你怎么能够建立齐桓公、晋文公那样的霸业啊？我私下推断，汉室朝廷已经难以复兴，曹操也没有办法铲除。我替你设想了一下，出路只有一条，就是保住江东，坐观天下形势变化。因为现在北方战事繁多，中央政府无暇旁顾，我们可以借此机会消灭江夏太守黄祖，并进击刘表的荆州，夺取长江以南的地方，然后登基称帝建立基业，准备统一天下，这就是高帝（刘邦）的策略。"

鲁肃的这段话，就是被称为鲁肃版"隆中对"的出处，比诸葛亮出山对刘备说的那段话早了七年。

不过，据说孙权听过这段话以后并没有说："哎，你说得太好了，就按你说的办！"他的回答是："现在能够尽力控制一方，用来辅佐朝廷就行了，你说的还达不到。"

我想大家心里都很清楚，皇帝宝座人人想坐，刘备一个摆地摊的"穷二代"都想坐，他孙权岂会不想坐？

鲁肃归属孙权以后，孙策的托孤重臣张昭一度因为嫉妒鲁肃得势，多次在孙权面前诋毁他，但是孙权始终对鲁肃信任有加毫不怀疑，其中的原因不言而喻吧！

周瑜邀请鲁肃归顺孙权是200年，这时候曹操正在官渡和袁绍对峙，所以鲁肃才对孙权说，可以趁北方战事繁多，借机进攻江夏夺取荆州，控制江南以后割据称帝。

原文见于《三国志·鲁肃传》“**因其多务，剿除黄祖，进伐刘表，竟长江所极，据而有之，然后建号帝王以图天下，此高帝之业也。**”

周瑜劝说鲁肃时说听到先知预言，能够取代汉室刘姓皇族的一定会在东南兴起，这些话虽然是糊弄人的说辞，但是也暴露了周瑜的野心有多大。

原文见于《三国志·鲁肃传》“**吾闻先哲秘论，承运代刘氏者，必兴于东南，推步事势，当其历数。终构帝基，以协天符。**”

另外，在赤壁之战曹操失败撤退以后，孙权率领全部将士恭迎这位为他谋划帝业的功臣，然后孙权对鲁肃说：“子敬，我亲自持鞍下马迎接你，能够显示对你的尊崇不?”鲁肃则上前回答说：“不够！”

众将士听到这句回答后都惊呆了，这鲁肃也太不识抬举了吧。

等到庆功宴坐下来以后，鲁肃才手持马鞭举起来说：“愿主公威德照耀四海，震慑九州，建立帝业，那时候就算只派一辆可以乘坐的小马车来接我，也可以显出对我的尊崇。”

孙权听后，大为高兴，拍手叫好。

原文见于《三国志·鲁肃传》“**就坐，徐举鞭言曰：‘愿至尊威德加乎四海，总括九州，克成帝业，更以安车软轮征肃，始当显耳。’权抚掌欢笑。**”

一个个都说曹操是反贼，曹操还在为朝廷讨伐割据叛乱的军阀的时候，这些人就已经开始做皇帝梦了，结果到头来他们反而倒打一耙说，曹操是篡汉奸臣。玩政治的人说话可信吗?

要说想造反当皇帝，三国群雄里第一个有皇帝梦的还真是刘备。

刘备出生于161年，他说“我长大了要坐皇帝的专车”这句话的时候还是个学龄前儿童，从他175年15岁开始求学推算，他说这话至少是175年之前。

三国里有个存在感很低的英雄叫公孙度，这位应该是刘备之后第二个有皇帝梦的人。

公孙度占据辽东，一直以来因为处于边缘地带，所以在三国里的存在感很低，大部分人对他都不是很了解。

《三国志·公孙度传》明确记载，190 年公孙度看到关东军起兵讨伐董卓中原混战，认为自己的机会来了，就跟自己的亲信小吏柳毅、阳仪等人说："汉朝气数将近，我应当跟你们一起谋求建立独立王国(**汉祚将绝，当与诸卿图王耳**)。"

之后公孙度把辽东郡分出辽西郡和中辽郡，设立太守，自称辽东侯，平州全权州长(平州牧)。他还修建西汉开国皇帝刘邦和东汉开国皇帝刘秀的宗庙，以皇帝身份在襄平城(今辽宁省辽阳市)南设立祭坛，祭祀天地(古代只有皇帝才有资格祭祀天地)。

公孙度还举办了只有天子才能举办的"籍田"仪式，这个所谓的"籍田"仪式，就是古代皇帝为了鼓励农业发展而举行的象征性农耕仪式，由皇帝亲自扶着耒耜[①]或犁铧到农田里走一遭，然后王公诸侯依次按等级排队去农田里示范犁地。看来古代当官也需要"才艺表演"的。

除了举办"籍田"仪式，公孙度出行仪仗也按照皇帝的标准来，什么禁卫军、羽林军开路都弄了。

还有一点特别要说的是，公孙度还用了九旒[②]，诸位看电视剧，帝王头上戴的帽子前面下垂的那个跟门帘一样的东西，留意过没有，那个就是"旒"。

在古代，帝王的帽子叫作"冕"，喜欢足球的经常说某个球队"无冕之王"就是这个意思，意思是实力达到了，但是名义上差一点，差一座奖杯(王冠)来证明。

冕前面下垂的小帘子叫作"旒"，是用小珠子串成的，这些礼仪制度在周朝时候是最严格的，只有天子能用十二旒，王公诸侯是九旒，诸位看电影电视剧可以留意，春秋战国时代的国君都是九旒，也就是他们的帽子前面垂挂的只能是九条珠串。

不过到了后来汉朝以后，皇帝有时候也用九旒。这就尴尬了，你皇帝用了九旒，王公诸侯总不能还用吧，所以王公诸侯就只能降一级用七旒了。

就像秦始皇之前人人都可以称朕，朕只是个普通的自称，然而秦始皇统一天下后觉得"朕"这个自称不错嘛，然后皇帝自称朕了，其他人就再不能自称朕了，否则你就是阴谋造反了。

---

① 耒耜：lěi sì。耒耜是先秦时期的一种农耕工具，后来逐渐被犁铧取代，下地干农活真的是"累死"啊！

② 旒：liú

公孙度悄无声息地在辽东当起了“土皇帝”，包括到后来曹操派朝廷使者册封公孙度为武威将军、永宁乡侯的时候，公孙度还嚣张地说：“我在辽东当王，要你的永宁乡侯做什么！（**我王辽东，何永宁也**！）”

因此，汉朝授予的武威将军和永宁乡侯的印绶就直接被公孙度扔仓库了，还继续使用他的皇帝规格礼仪。

在刘备和公孙度之后，三国群雄里面第三个有皇帝梦的可能就是刘焉了。刘焉是188年以中央特派员身份到益州当全权州长（益州牧）的，之后不到数年时间，刘焉就开始着手按照皇帝的配置标准为自己打造车马用具，以实际行动表明自己有当皇帝这个爱好。

也是该刘焉倒霉，车马用具造好后没多久，194年他的两个儿子在京城长安被西凉军阀李傕、郭汜等人杀害，老天爷又给他放了一把火，把他的车马用具都烧了（天火，打雷闪电造成的失火）。

丧子之痛加上“天火”这种事（古代认为天火是老天爷发怒降下的惩罚和警告）让刘焉扛不住了，他背疮发作郁闷去世了。

刘焉之后想当皇帝的就是袁术、袁绍兄弟了。

195年，小皇帝刘协被西凉军阀李傕、郭汜撵猪打狗一样追得到处跑的时候，袁术对手下人说：“现在刘氏微弱天下大乱，我们家四代都有人做三公，我当皇帝可好啊？”

袁术这话把手下人惊呆了，没人敢说好还是不好。

他的主任秘书阎象象征性地提出了有气无力的反对，袁术听了很不高兴，最后还是称帝建立了“仲氏”帝国。因为当时东汉王朝的皇帝还存在，所以袁术建立的只能算国家不能算朝代。

袁术之后是袁绍，199年消灭公孙瓒之后的袁绍志得意满，也做起了皇帝梦。

不过袁绍比袁术狡猾一些，他还没有蠢到自己亲自问属下“我当皇帝可好啊？”袁绍是指使自己的主任秘书耿苞提出建议：“汉朝气数已尽，当由袁氏家族顺应天意做皇帝。”

结果让袁绍没想到的是，耿苞的提议遭到了其他人的激烈反对，还一致认为耿苞妖言惑众，应该斩首以儆效尤。袁绍没办法，只好杀了耿苞这个替罪羊来堵住大家的嘴。

袁绍之后有过皇帝梦的当是刘备的荆州“老东家”刘表。刘表自从做了荆州州长以后，境内逐渐平定，后来曹操忙着跟袁绍开战，刘表也过了几年舒坦日子。

199 年底，袁绍、曹操即将开战，刘表的总参谋官韩嵩，劝说刘表像张绣一样归顺曹操，把荆州献出来，刘表不同意。

之后因为刘表以皇帝的礼仪祭拜天地，韩嵩再行劝谏，触怒了刘表。韩嵩出使许县回来后称赞曹操时，刘表责怪他怀有二心，严刑拷打他的随从，想从中得到韩嵩叛变的证据。最后把韩嵩的随从打死了，也没能拿到韩嵩叛变的口供，加上小老婆蔡氏也劝说刘表，韩嵩忠正耿直必无二心，杀了他有失荆州人心，刘表这才作罢。

刘表之后，做了皇帝梦的就是江东之主孙权了。200 年孙策去世后，周瑜劝说好朋友鲁肃前来归顺孙权，直接就对鲁肃说，汉朝气数已尽，能够替代刘氏兴起的就在东南方向。

鲁肃跟孙权的“榻上对”，也提出了“**建号帝王以图天下**”。包括后来 208 年赤壁之战击败曹操后，鲁肃说等一统天下登基称帝后派个小车去接他就是很大的荣耀，孙权听后“**抚掌欢笑**”，也说明这话说到孙权心坎里了。

说来说去，盘点了一圈大家有没有发现，除了曹操之外，绝大部分三国的割据军阀都有过皇帝梦。

当然，也可能是曹操已经控制了东汉王朝的政权，虽没有名义上的皇帝称号，实际上却能够行使皇帝的权力，所以他不需要盘算怎么当皇帝。

不过有一点，史书上还真有曹操没有做皇帝念头的记载，包括后来孙权建议曹操称帝过一把皇帝瘾，曹操都说：“孙权这小子想让我坐火炉上啊！”

现在你有没有发现，如果依照有没有当皇帝的念头或行动来划分，曹操才是东汉王朝唯一的忠臣？包括最后曹操去世，都是以东汉王朝宰相的身份去世的。

然而曹操不仅被扣上“篡汉奸臣”“汉贼”帽子，而且还是最响亮的一个，曹操表示这个锅背不动啊！

当然，我们并不是要批判谁，也不是指责刘备、孙权、公孙度、袁术、袁绍他们这么大一帮人为什么要造反。从人性上来说，这些都是正常的，要是不想当皇帝，那才是有病呢。估计要是能穿越回古代，现代 90% 以上的男人都会想当皇帝。

况且，就东汉王朝最后腐败成那样，公然卖官坐视贪官污吏剥削压榨老百姓，年年大赦无视非法之徒草菅人命，这样的政权还不反难道等着耶稣来救你吗？

话说回来，根据史书记载，孙权还真是按照鲁肃为他制定的“隆中对”那样做的，可以说他也是在一步步实现自己的帝王梦。

200 年孙策去世，孙权继位，这时候他才 19 岁（虚岁，古代都是出生即算一岁，因为把十月怀胎的时间算进去了，当作一岁。按照现在的说法是十八岁，刚成年）。

因为孙权继位的时候才 19 岁，庐江太守李术欺负孙权年幼，举郡叛变，孙权不得不先安定内部，出兵讨伐李术。

202 年，孙权的母亲吴夫人去世。（《志林》和《资治通鉴》认为是 207 年，与《三国志》不同，这里是依照《三国志》的说法）

好了，从 203 年开始，孙权几乎每年一次拿黄祖练兵，为什么我说三国第一水军将领是黄祖就是因为这个。

黄祖是杀害孙策、孙权父亲的凶手，孙权攻打黄祖就跟曹操攻打陶谦一样，既有为父报仇之意，又有争夺利益的打算。孙策在世的时候，就已经对黄祖展开了疯狂的进攻，不过还没等打下黄祖，孙策就意外身亡了。

孙权接手江东以后，仍旧全力进攻黄祖。

203 年，孙权西征击破黄祖的水军，部将凌操差点生擒黄祖，不过却被黄祖手下精于箭法的甘宁射死了。（以后甘宁归顺孙权，凌操之子凌统始终记恨他，就是这个原因）

这一年，东吴的内部爆发山越少数民族叛乱，孙权只得放弃攻打黄祖回军平叛。

204 年，孙权再次西征黄祖。但是当他抵达豫章郡的椒丘（今江西新建县东北），还没有来得及北上进攻黄祖的时候，内部再次爆发叛乱。他最年长的弟弟，21 岁的丹杨太守孙翊被部属边洪所杀，随后丹杨军区司令妫览和郡政府主任秘书戴员又将孙权的族兄孙河杀害，举郡北降中央政府的扬州州长刘馥，孙权不得不再次回军平叛。（本年西征是综合各方资料推断得出）

205 年，史书上找不到本年有西征的资料，史书记载孙权内部平叛，应该是腾不出空来西征。

206 年，黄祖为了报复孙氏兄弟的连年征讨，派部将邓龙率领数千人入侵豫章郡柴桑县（今江西九江市）。不过，邓龙运气太不好，遇见了一个强有力的对手。孙权派周瑜西征追击邓龙，将邓龙活捉。

207 年，孙权照例西征黄祖，俘虏大批江夏人民而回。

208年,本年也是赤壁之战发生之年,孙权再次西征黄祖。讽刺的是,提出建议的是当年黄祖的手下甘宁。(其中细节我会在《三国大史记》里讲述,欢迎大家关注)

甘宁是一员难得的有勇有谋的良将,他归顺孙权后提出的建议竟然和鲁肃提出的一模一样,也是西进攻打黄祖,夺取江南,进一步图谋刘璋的益州建立霸业。

要是有人不理解甘宁,肯定说他是三国第一反骨,因为他先后在刘璋和黄祖的手下待过,都没有得到重用。为新主子谋划进攻两个旧主子,这不是最大的反骨贼吗?

我觉得不是,在三国乱世,每个有才能的人都想发挥自己的最大价值。刘璋和黄祖有眼无珠,放着这么好的良将不用,也就怪不得甘宁另觅出路了。就像我们如果在一家公司干得不如意,也会跳槽找新的工作一样。

有了甘宁这个深悉黄祖虚实的"内奸"当向导,攻打黄祖就容易多了。这一次,孙权终于把黄祖攻杀了,孙氏兄弟多年的心愿终于完成。

黄祖被攻杀之后,就是诸葛亮向刘琦献出那个坑爹的计策,刘表派长子刘琦镇守江夏的时候。独挡孙氏兄弟这么多年,黄祖也够不容易的,这回他终于可以好好歇歇了。

数月之后,曹操率领训练好的水军南下进攻荆州,刘表被"吓死"了。

刘表死亡的消息传到孙权那里以后,鲁肃马上对孙权进言。他说:"荆州和我们接壤,江山险要,土地肥沃,广阔万里,人民富足,如果能够夺取,将是建立帝业的资本"(**"若据而有之,此帝王之资也"**,又见造反言论了!)。

接着鲁肃又对孙权说:"现在刘表刚死,两个儿子内斗,争夺继承权,部队将领各有立场,支持谁的都有。刘备是天下枭雄,和曹操有矛盾,现在寄居在荆州,刘表对他的能力深怀戒备不敢重用。如果刘备与荆州的继承人同心协力,我们只有和他们结成盟友和平共存。要是刘备不与荆州的继承人合作,我们就有机会图谋荆州了。所以我请求前往荆州一趟,假借吊唁刘表的名义一探虚实,顺便安慰荆州的将领,同时说服刘备安抚荆州部队,团结一致对抗曹操。相信刘备一定很高兴接受这个建议,如果目的达成,天下大势就可以进入我们的掌控之中。要是不迅速前往,恐怕就要被曹操抢先了。"

孙权一向很倚重鲁肃,听完鲁肃这番建议后立马批准,派鲁肃出使荆州。

那么,鲁肃出使荆州究竟遇到了什么事,为什么史书记载会有两种矛盾的说法呢?请关注下章,《史上最大的谎言,舌战群儒》。

下章提示

鲁肃出使荆州，见到刘备，双方洽谈合作事宜。《三国志》白纸黑字记载了诸葛亮出使东吴“舌战群儒”的过程，但是这些记载却经不起一点推敲，很明显属于伪造的“谣史”。

第二十五章 史上最大的谎言，舌战群儒

首先在开讲之前，我要说的是本章内容因为历史记载混乱，自相矛盾，所以众多读者很难分辨，我只讲我的分析。

按照《江表传》和《三国志·鲁肃传》的记载，鲁肃劝说孙权同意自己出使荆州，经过孙权批准后立即动身前往，想赶在曹操之前控制荆州局势。鲁肃到达荆州江夏郡夏口，曹操已经打到了荆州，鲁肃才出江夏郡进入南郡境界，刘琮已经投降，刘备已经南下逃跑，然后鲁肃前往当阳长坂坡遇见了刘备。同刘备会谈，传达孙权的意思，并夸赞江东如何稳固，劝刘备和孙权一起联手对抗曹操，刘备听了很高兴，就决定和孙权“建交”，随后到夏口派诸葛亮出使孙权那里。

按理说，同时有两部以上史书记载同一件事，这就不算孤证，值得信赖。

问题是，《江表传》和《三国志·鲁肃传》的记载与《三国志·诸葛亮传》和《三国志·先主传》有冲突，双方还各有两名选手，这要打起来——其实还蛮精彩的。

之前我就说过，三国这段历史，两部史书“打架”是常有的事，甚至同一部史书自己跟自己“打架”都是正常的。这不，两种奇观都出现了，《江表传》跟《三国志》打架是两部史书，《三国志·鲁肃传》跟《三国志·先主传》《三国志·诸葛亮传》是同一部史书。

那么《三国志·先主传》和《三国志·诸葛亮传》是怎么记载的呢？

这两传记载的是，曹操南下攻打荆州，刘琮瞒着刘备把荆州献给曹操以后，刘备只得向南撤退想占据江陵，用军械库里的武器装备追随他的十多万人。可惜在当阳长坂坡被曹操追上，十多万人也被曹操俘虏。然后刘备斜渡汉津，刚好遇到关羽的船队，渡过汉水以后又碰上前来接应的江夏太守刘琦，之后刘备跟着刘琦一起去了江夏。

注意听，问题来了！

到了刘琦的江夏以后，诸葛亮对刘备说，现在事情紧急，请允许我出使江东向孙权求救。《三国志·诸葛亮传》还特别写出来，当时孙权驻军柴桑观望成败(**时权拥军在柴桑，观望成败**)。

然后刘备批准诸葛亮前往江东游说孙权，诸葛亮就“舌战群儒”，说服孙权发兵联合刘备抵抗曹操。

研究历史，最苦恼不只是文言文晦涩难懂，而是很多时候诸多历史记载自相矛盾，有些地方甚至不合逻辑，经不起推敲。

比如《江表传》和《三国志·鲁肃传》记载鲁肃去荆州探听虚实，要说曹操打来了他还不撤也还勉强说得过去，毕竟有任务在身。但是要说他能够估判出刘备的行动路线并在当阳截住刘备，这就有点吹牛了，毕竟肃哥当时又没有 GPS，怎么能那么确切地知道刘备的位置呢?

还有，当阳之战如何惨烈，刘备被迫放弃妻子和部队，率几十名亲卫逃亡，赵云竭力救回甘夫人母子二人，张飞率领仅存的 20 名骑兵断后，唯有鲁肃好像啥事都没有似的，闲逛一圈就回来了。

《三国志·先主传》记载刘备从当阳狼狈逃到汉津，恰遇关羽的舰船部队才得以渡过汉水。如果早在当阳就遇到了鲁肃，何必还用依靠关羽的船才能过河? 鲁肃既然能够过汉水去当阳找到刘备，那么他一定有船守着，方便回来时渡河。

刘备就带了几十个人，和鲁肃的出使团队应该也差不多，刘备也不至于恰好碰见关羽船队才得以渡河(**适与羽船会，得济沔**)。

下面，我们就把诸多不同史料汇集在一起，让它们现现原形。

孙权作为一代雄主，19 岁接手哥哥传下来的江东基业后，马上就能削平叛变的庐江太守李术，而后又稳住了想夺权的堂兄孙暠[①]，成功控制江东政权，避免江东内乱。之后的几年，孙权既要应对内部爆发的民众起义，又要攻击黄祖报仇，并且终于完成心愿，击斩黄祖。

这样的少年英才孙权，岂会懦弱无能到等诸葛亮一大篇江湖郎中理论说服之后才下定决心抵抗曹操?

---

① 暠：hào

《江表传》记载，曹操200年在官渡之战击败袁绍后威震天下，202年，曹操下书让孙权按照“任子”旧例送儿子或亲兄弟到京城许县出任官职。

东西两汉王朝有个旧例，凡是省部级高官（俸禄二千石以上，也就是太守、刺史和中央的部长级官员），任职满三年以后，就能推荐一母同胞的亲兄弟或自己的儿子到中央当官，这就是所谓的“任子”。

要是放在平时，这很明显是对高官们的恩典照顾，可是现在对于孙权来说，这是要逼他交出人质啊！“任子”还是“人质”，恐怕不用再解释大家都清楚。

这时候孙权才接手老哥的位置两年，按照实际年龄来说刚满20岁。

交不交“任子”，关乎着日后江东集团的走向，所以孙权也不敢妄自做主，他就召集群臣商讨对策。

不过，曾受托孤重任的张昭和重要谋士秦松却在这时候犹豫不决没有对策。孙权不想交出人质，怕将来受曹操控制。（注意，孙权自己这时候已经拿定主意了。）

于是，孙权就单独召请周瑜前来，在母亲吴夫人面前一起磋商。

周瑜我们都知道，武将一枚，同时很有智谋。关键是人家有英气有决断，不是随风倒的墙头草，而且他一贯的性格就是自负，自恃有才不向任何势力屈服。像这样的主战派，今天我们习惯叫作“鹰派”，跟张昭他们那群动不动就说和为贵的“鸽派”相对。

“鹰派”周瑜也是受托孤重任的人，他见到吴夫人之后果然力主反抗，不用孙权出面，周瑜自己一篇大论就把吴夫人说服了。

周瑜这篇大论篇幅过长，我们为了赶进度挑重要的说。

他以楚国为例对吴夫人说，当初楚国受封在荆山旁边，地域还不到一百里，且是荒毛之地，但是楚国历代君主，开明任用贤能，不断开疆拓土，最后终于成为独霸一方的大诸侯国。孙权现在继承父兄基业，拥有六郡人口，境内富饶，人民拥护，部队精良作战勇敢，有什么困难要向曹操送人质？一旦送人质以后就将受到牵制，投靠曹操顶多被封为一个侯爵，有十来个仆人、几辆马车、几匹马而已，怎能与南面称孤为王相提并论？

而后周瑜建议说，不如不送人质，慢慢观望天下形势变化。

吴夫人听了周瑜的建议后，对孙权说：“公瑾（周瑜的字）说得对，他和你哥哥同年出生，只比你哥哥小一个月，我把他当成自己的儿子来看待，你也要像对待哥哥一样对待他。”随后，老太太拍板：不送人质。

我们知道，早在两年前周瑜邀请鲁肃向孙权效力的时候就对鲁肃说，能够取代刘氏应运而生的就在东南。这是想建功立业创立一个新朝代的节奏，也是俗话说造反的节奏。

鲁肃见到孙权后，两人在床上边喝酒边聊天，鲁肃对孙权提出的战略计划也是打下荆州夺得江南以后登基称帝。

两年前孙权和他的心腹周瑜、鲁肃已经密谋称帝了，野心之大可见一斑。所以，孙权是不会给曹操送人质的！

再说回来，曹操要求送人质事件转眼过去了六年。208 年曹操夺取荆州之前，孙权、鲁肃又商讨怎么控制荆州局势，为将来立大业做准备，然后鲁肃出使荆州的时候刚好赶上曹操攻打荆州。

我们举个最简单的例子：假如你的邻居家失火了，你会怎么办？

恐怕很多人首先考虑的都是自己家会不会受牵连，“哎妈呀，我们两家挨着，要是这火蔓延到我家怎么办？”

荆州和孙权的江东就是邻居关系，城门失火，殃及池鱼的道理江东的智囊团不会不懂。

曹操训练水军大举进攻荆州，江东的智囊团不可能不考虑一下，如果曹操攻克荆州之后不收手，趁势进攻江东他们应该怎么办？邻居失火，我们都考虑会不会殃及自家，江东智囊团岂会不考虑荆州的战火会不会殃及江东？

那么，曹操打跑刘备后诸葛亮出使江东时，孙权和他的手下还没有拿定主意是战是降的设定就不会成立。

再者曹操率大军进攻荆州，刘琮不战而降，刘备仓皇逃跑，这样算来曹操不仅没有战争损耗，反倒因为兼并荆州部队后实力倍增。曹操打刘备的长坂坡之战只是动用了自己的 5000 虎豹骑，主力作战部队还都在后面呢！

如果不出意外，江东孙权的朝堂上听闻消息，早就已经是热锅上的蚂蚁一样团团乱转了，每个人都害怕曹操大军挟胜利之势一鼓作气进攻江东。毕竟曹操辛辛苦苦训练水军准备用来打荆州，结果还没出手呢，就白捡了个荆州。

下一步怎么办呢？既然来都来了，顺路打一下江东让士兵们练练手吧！

话说孙权那边，曹操大军临境，虽然主要目的是打荆州，捎带又打了打刘备。但是江东不可能不派出探子时刻探听消息，了解关注曹操大军的下一步动向。他们事前能够探听刘表已死，曹操要打荆州，就不会不注意曹操部队的下一步动向。

因而，江东君臣都在讨论一旦曹军攻来，自己到底应该是抵抗还是投降。这时候，出使荆州的鲁肃回来了。

鲁肃本来是想让荆州在刘备的协调统一下抗击曹操，为他们江东抵挡曹操的第一批冲击波，就算刘备他们不敌曹操失败了，至少也可以消耗一下曹操的有生力量。能够想到这些的，才能够在国家智囊团立足，才算一个合格的军事家。

但是让鲁肃意外的是，荆州新主刘琮一个"不抵抗"政策破坏了他的全盘计划，并且因为刘琮对刘备隐瞒了消息，导致刘备撤退不及，在当阳被曹操追上大打一顿。

曹操主力还没用上，就已经大获全胜了。

这时候，刘备斜渡汉水遇上了关羽的船队，之后又在汉水对岸遇到刘琦率部队来支援，他们一起前往刘琦的根据地江夏郡夏口。

初步估计，鲁肃是在夏口同刘备会面的，而不是战火纷飞的当阳长坂坡战场上。当然，这个问题因为确实没有确凿证据证实，只能留待以后史学家证实了。

鲁肃见了刘备以后，自然要劝刘备和他们一起作战。鲁肃一直考虑的是帮孙权建立帝业，虽然刘备就算兵力不多，但是多一个战友还是好的，何况刘备还可以拉动刘琦一起参战，三方结盟共抗曹操，对他们三方都有利。

十九世纪英国首相帕麦斯顿说过一句话，"A country does not have permanent friends, only permanent interests"。翻译过来就是"没有永远的朋友，只有永远的利益"，这句话后来成为英国外交的立国之本。

其实早在两千多年前，中国的政治家们就已经把这句话的精髓领悟得清清楚楚了。战国时代的合纵与连横就是典型事例，奔走各国的说客们就是那些出色的政治家。秦国的盟友不断变换("朝秦暮楚"这个成语的典故出处)，就代表着这句话已经被他们实践运用得滚瓜烂熟了。

曹操作为当时实力最强大的一方，刘备、刘琦、孙权如果不联合起来，曹操挨个吃掉他们几乎易如反掌。三个弱者联合起来对抗一个强者，每一方都能增加自己存活下来的概率。

《江表传》里记载鲁肃到达当阳后，在当阳与刘备展开对话，他问刘备准备前往哪里，刘备说想南下到苍梧郡(郡治广信，今广西梧州市)投奔苍梧太守吴巨。鲁肃就劝说刘备和孙权合力抵抗曹操。

可以毫不犹豫地说，这事看起来很扯，因为联合抗曹这种方案，刘备比孙权更急迫。

刘备南下本来是准备夺取江陵，取得军械库、粮草库后武装自己的大部队的。假如鲁肃确实在当阳和他会面了，会有两种情况：要是在曹操发动攻击之前，那是刘备撒谎；要是在曹操发动攻击之后，老婆孩子都顾不上了，仓皇逃命的刘备更不会有时间和鲁肃会谈。

三国时代那么多杂乱的记载不能留存下来，必然是前人们已经发现这些垃圾的记载不值一看。

诸位，你们明白要想参透三国需要耗死多少脑细胞了吧？何况这些只是一小部分，回头全解三国的《三国大史记》里会有更多不可思议的记载。

我们且再回来，假设鲁肃是在夏口（今湖北武汉市）和刘备刘琦会面商谈的，之后鲁肃回来对孙权复命，而刘备也派遣政治家诸葛亮作为外交官前往江东商谈联盟之事。

我不否认诸葛亮的政治才能，后面会讲到刘备得到诸葛亮后，在政治立场上怎么摇身一变取得主动权的。前面也说了，很有可能就是诸葛亮在“隆中对”里为刘备策划、包装了一个天衣无缝的皇室后裔身份，因此才有那么多荆州民众愿意举家搬迁跟着刘备撤退。

不过，现在出使江东，诸葛亮其实扮演的不过是战国时代一个说客的身份。（别小看说客，战国时代的所有说客都是一流的政治高手，都是出色的政治家。）

那么，诸葛亮出使江东之事稍停一下，我们先说说鲁肃回去后遇到了什么情况。

鲁肃回去后，江东朝堂上已经乱成了一锅粥。

孙权的智囊团虽然在探讨下一步该怎么办，可惜都比不了鲁肃的见识，而且他们居然人多数人都持和刘琮一样的“不抵抗”政策，即曹操打来就拱手送上江东六郡投降。

鲁肃回来得晚，他也明白自己没必要“舌战群儒”说服这一群反对派，所以鲁肃就不发一言保持沉默。（详见《三国志·鲁肃传》“**会权得曹公欲东之问，与诸将议，皆劝权迎之，而肃独不言。**”）

鲁肃不发一言，孙权岂会不知这个为自己规划帝业的“江东诸葛”其实有一肚子的话要说，只不过就像当初规划帝业一样，当着众人的面不好说罢了。

所以，孙权就假装起来上厕所去了。

鲁肃也很有默契，立马起身就追了出去。在屋檐下，鲁肃追上了孙权，这时候孙权已经急不可耐，立刻上前抓住鲁肃的手说："你想对我说什么？"（**权起更衣**[①]**，肃追于宇下，权知其意，执肃手曰："卿欲何言？"**）

鲁肃回答："刚才我听了大家的意见，他们是要误你一生啊，不能和他们一起讨论大事。现在像我鲁肃这样的可以投降迎接曹操，但是像将军你这样的却不能投降曹操。为什么这么说呢？我们迎接曹操投降，曹操会把我送回家乡品评才能，最次也不失当一个低级参谋，平常乘坐牛车带着随从，跟一些士大夫结交，慢慢高升，可能会坐到郡太守、州长那样的位置。但是你如果投降曹操，他该怎么安置你呢？希望你早点拿定主意，别听他们胡说。"

孙权听完后叹息着说："这些人太让我失望了，只有你见识广阔跟我一样，这是老天把你赏赐给我的啊！"

原文较长，不再转载，有兴趣的朋友可以对照《鲁肃传》看一看。

话说江东决策，为什么"鹰派"周瑜没有发言呢？

很简单，周瑜这个时候不在孙权的大本营吴郡吴县（今江苏苏州市）。

那这个关键的时候周瑜在哪呢？周瑜这时候正受命镇守鄱阳（今江西鄱阳县），这个地方离荆州不远，是孙权豫章郡比较靠近荆州江夏郡的一个县。可见，孙权也在时刻关注着荆州的变化。

鲁肃劝说孙权召回周瑜，一起共同商议。孙权知道周瑜一定和自己持相同意见，就按照鲁肃所说召回周瑜再做决议。

朋友们，我们从鲁肃的话里可以品味出一些比较有意思的东西。

首先，鲁肃对孙权说，大家都能投降，就是你不能投降，这句话一针见血地揭露了赤壁之战的真相——孙权要抗击曹操，跟曹操是什么身份无关，而是因为他没有投降的余地。

其次，鲁肃比周瑜狡猾一些，也少了一些英气。鲁肃明明反对投降，但是那么多人一起提建议赞成投降的时候，老谋深算城府极深的鲁肃，居然没有暴跳如雷，跳起

---

① 更衣：古代更衣不单纯指换衣服，更多是指代上厕所。

来大骂:"你们这群胆小鬼,自私自利的家伙,只考虑自己的利益,不管主公是什么样的处境!"

每当看到这里,我总是会忍不住感慨,鲁肃不愧是江东第一谋士,换了别人估计当场就跳脚骂起来了。

鲁肃很精明,他知道自己不过一个后来加入江东集团的外乡人,既和孙权无亲无故,也不是孙坚、孙策留下的老臣,虽然孙权很信任他,视他为心腹,但是在张昭、秦松一大群"老人儿"面前论资排辈,他这个"新人儿"说话是没多大分量的。所以他就装聋作哑不管不问,然后暗中请孙权调周瑜回来,让周瑜出面反击这些江东"老人儿"。

小伙伴们,政治斗争玩弄权术的真谛就在这里啊,你的对手不仅有敌人,还有和你持不同政见的同僚!

周瑜也是早年一块跟孙策打天下的老资格,论资排辈不输于任何一个江东老臣,周瑜也是孙策托孤的重臣,所谓"内事不决问张昭,外事不决问周瑜",说的就是这个。

现在"外事"来了,怎能没有他周瑜在场发表见解呢?

周瑜回来后,孙权再次商讨决议,以张昭为首的一群江东老资格(多是文臣)果然还是持投降意见。这时候周瑜出面反驳,分析战情力主抗击曹操。

和鲁肃一样,周瑜也没有跳脚骂这些人混蛋,是一群懦弱的胆小鬼。我估计诸位看官和我想的基本一致,都想骂那群人是混蛋,养兵千日用兵一时,事到临头这些人却不敢抵抗,还要出卖主公孙权保住自己的利益。

周瑜也想骂他们,但是周瑜忍住了,他知道在这关键的时候还得以大局为重,要保持团结,齐心协力才能击败强敌曹操。

周瑜的目标直指曹操,并不攻击讽刺任何一个同僚是胆小鬼。在"鹰派"周瑜力主抗战的意见下,孙权顺水推舟同意了周瑜的意见,抗战大计就此敲定。

可以说,这是一次多数服从少数的决议。

周瑜具体说了什么话,使主降的一群江东老臣能够闭上嘴不发一言呢?这些我们留待下回再说,先看看诸葛亮的"舌战群儒"为什么是假的。

按照《三国志·诸葛亮传》的记载,刘备到达夏口,诸葛亮说:"现在事态紧急,请允许我前往江东向孙权求救。"同时,《三国志·诸葛亮传》又说这时候孙权正率大军驻扎在柴桑(今江西九江市)观望形势。

这其实是有点说不过去的,假如孙权已经率领大军从大本营吴县(今江苏苏州市)

前往柴桑了，那就说明他已经下定决心抗战了，而不是率大军来观望形势那么简单了。

最关键的证据也恰恰是这里，孙权所率领的部队并不是赤壁之战的主力部队，赤壁之战的主力部队是周瑜和程普率领的江东军队，而孙权所率领的部队只是作为周瑜军的后援。既然后援都已经抵达柴桑了，那么先头部队必定已经抵达前线战场了。

所以，《三国志·诸葛亮传》里所说的和《三国志·周瑜传》《江表传》是矛盾且不合逻辑的。

我们继续往下看。

《三国志·诸葛亮传》记载诸葛亮到达柴桑面见孙权后，就对孙权说："现在天下大乱，将军你起兵占据江东，刘豫州也在汉水南岸收兵，和曹操一起争夺天下。现在曹操大军所到之处无不扫平对手，再加上击破荆州，威震天下。英雄豪杰没有用武之地，所以刘豫州只能南下逃到这里。将军你自己考虑，要是依靠江东的力量与曹操抗衡，不如早早和他断绝关系。要是觉得不能抵挡，何不早早放下刀兵举手投降！现在将军对外假装听从曹操的号令，内心却犹豫不决，事态紧急却没有决断，大祸就要临头了。"

孙权回答："如你所言，刘备为什么不投降？"（**权曰："苟如君言，刘豫州何不遂事之乎？"**）

诸葛亮说："田横，齐国的一位壮士，尚且能够坚守大义不肯向高祖（刘邦）投降免受屈辱，何况刘豫州是皇室的后裔呢？盖世的英才，众人仰慕就像水流奔向大海一样，就算大事不成也是天命，怎么能再为曹操之下受到屈辱呢？"（**亮曰："田横，齐之壮士耳，犹守义不辱，况刘豫州王室之胄，英才盖世，众士慕仰，若水之归海，若事之不济，此乃天也，安能复为之下乎！"**）

需要指出的是：刘备皇室后裔论再次被抛出，同样是诸葛亮提出，同样是在可信度极低的一篇文论里。

《三国志·诸葛亮传》记载孙权听了诸葛亮这番话后勃然大怒，说："我岂能坐拥江东六郡十万部队还拱手送上受制于人，我心意已决，不是只有刘备能够抵挡曹操！但是刘备刚刚落败，还能抗击曹操不？"（**权勃然曰："吾不能举全吴之地，十万之众，受制于人。吾计决矣！非刘豫州莫可以当曹操者，然豫州新败之后，安能抗此难乎？"**）

诸葛亮回答孙权："刘豫州虽然在长坂坡落败了，但是现在集结回来的失散士兵加上关羽率领的水军精锐还有一万多人，加上刘琦在江夏的兵力也不下万人。曹操的部队长途赶来已经很疲劳了，听说他为了追击刘豫州，轻骑兵一天一夜赶路300多里，这就是所谓的'强弩之末，势不能穿鲁缟'也。所以兵法上很忌讳这一点，说'必蹶上将军'[①]。北方的士兵向来不熟悉水战，加上荆州的民众是不得已归附曹操的，都是因为畏惧部队的威慑，并非真心归附。"

最关键的地方来了，诸葛亮说："现在将军如果能够派一员猛将率领数万精兵，和刘豫州一起齐心协力合作，一定能够击破曹操。曹操兵败之后必然撤退北还。如此一来，荆州和江东（吴）的势力就能够发展壮大，形成三足鼎立之势。成功与失败的机会，就在现在。"（**今将军诚能命猛将统兵数万，与豫州协规同力，破操军必矣。操军破，必北还，如此则荆、吴之势强，鼎足之形成矣。成败之机，在于今日。**）

按照《三国志·诸葛亮传》的记载，孙权听后很高兴，就派周瑜、程普、鲁肃等率领三万水军跟着诸葛亮去见刘备，一起抗击曹操。（**权大悦，即遣周瑜、程普、鲁肃等水军三万，随亮诣先主，并力拒曹公。**）

诸位，我们来一起分析分析这篇无脑的神论。

诸葛亮说刘备还有一万多人马，刘琦也有不下万人。这算是为了给孙权打气，同时也吹嘘一下自己还有实力。然后诸葛亮说曹操轻骑赶路300多里是"强弩之末"，很好击破。好，这一点也略过，算是诸葛亮是为了游说孙权故意贬低曹操。

之后那些什么曹操不得人心，荆州民众不是真心归附，我们也略过。反正诸葛亮既然要游说孙权，就得把曹操说得一钱不值。

那么，问题来了。最大的问题在于诸葛亮游说孙权的最后两句话，战后利益怎么分配？

按照诸葛亮"舌战群儒"的说法，击败曹操以后，曹操撤退北还，刘备占有荆州，和占据江东的孙权一起三分天下，与曹操抗衡。（**操军破，必北还，如此则荆、吴之势强，鼎足之形成矣。**）

孙权是傻吗？诸葛亮这样说，他还很高兴（**权大悦**）？

且不说国家邦交只有永远的利益，没有永远的朋友，就算孙权出兵抗击曹操是有

---

① 《孙子兵法》曰"五十里而争利，则蹶上将军，其法半至"，意思是部队急行军赶路，透支体力，到达目的地之后没有战斗力，就算很有军事才能的上将军指挥也会失败。诸位可以联想一下马拉松选手到达终点以后的情形，真是一推就倒。

自保的原因,那么战后也得有属于他的利益啊!

这可好,孙权出人出钱出兵出粮,浴血抗战,帮助刘备一起打退曹操,完事之后拉着士兵的尸体回去了,鸡毛都不落一根,所有的利益——荆州的广大土地和人民都是刘备的。

干活最多,干完还不拿报酬回家走人?不说是孙权了,这事搁谁身上谁干?

自古以来,实力才是谈判的资本,有实力说话就硬,没实力只能忍气吞声。刘备已经被打得人马离散寄居江夏刘琦那里了,要钱没钱,要人没人,要地盘没地盘,孙权和他合作,最后居然一毛钱不落?

没有实力和孙权谈判的刘备,面临的结果必然只有一个——战后利益怎么分配,孙权说了算。

正是如此,所以后来刘备的荆州才不是自己的,而是向孙权借的。假如像《诸葛亮传》所说,荆州那就是刘备应得的,怎么还用得着向孙权"借"荆州?

诸葛亮和孙权谈判,不可能占据话语主动权,一个逃难的人,有什么资格跟人谈条件!

《三国演义》,不仅把这段九成虚构可能性的记载编入小说,还把孙权和诸葛亮的谈话编成"舌战群儒"。这段谈话在《三国志》的记载里,对话的只有孙权和诸葛亮,但是小说里就变成了诸葛亮在江东朝堂上和一群江东重臣展开辩论。

想想也是搞笑,哪国的常委开会讨论攸关存亡的国家大事时会让一个外人在场啊,别说外人了,级别低一点的都进不去。

诸葛亮作为一个外交官去江东,孙权能够亲自接待就算很给面子了,如果不是特殊情况,国家元首是不会同对方外交官会晤的。正常情况的对外邦交,都是同一等级的官员会谈,比如你派来的是中级国务官(太中大夫),我方出面接待你的也是中级国务官。元首来访我方元首接待,外交部部长来访我方外交部部长接待。

还有,《三国演义》把两年后才有的铜雀台也给提前弄出来了。

《三国志·武帝纪》记载 210 年冬曹操才修建铜雀台,《三国演义》硬是让它 208 年赤壁之战前就提前登场了。当然,也许有人会说《三国演义》是小说,虚构的情节而已。既然这样,我也不喷罗贯中了,毕竟《三国演义》这样的小说我也写不出。

我个人分析,《三国志·诸葛亮传》里关于这段诸葛亮游说孙权促成双方结盟的记载,要么是陈寿听闻不实传言误记,要么就是他选取原本的史料有误,加上他对诸葛亮过于推崇，所以难免在书写诸葛亮的时候有一些夸大溢美的成分。

正因为如此，所以《三国志·诸葛亮传》的这段记载和《三国志》的其他记载明显冲突严重，且不符合逻辑。

此前我们已经说过，八年前，鲁肃刚刚投奔孙权的时候，就为他规划了取荆州夺西蜀依靠长江天险，立足江南建立帝王基业的策略。此后孙权几乎年年拿荆州防务大将黄祖练手，只要一有空就打荆州。

甘宁归顺孙权后，提出的建议也跟鲁肃一致，并且在熟悉荆州防务的甘宁带领下，孙权顺利攻杀了多年都没能攻杀的黄祖。

就在前不久，本年刘表死后，鲁肃还对孙权说，荆州富饶地势险要，“**若据而有之，此帝王之资也**”。孙权听了鲁肃的劝说就派他出使荆州。

孙权多年来做梦都想得到荆州，现在诸葛亮说：“来吧，打吧，打跑曹操后荆州就是我们的了，然后我们占有荆州跟你和曹操三分天下。”

孙权听了竟然会很高兴(**权大悦**)，然后就派兵帮刘备打跑曹操，让刘备占有荆州三分天下了？

所以说，有的时候正史记载也跟讲笑话一样，大家不要过度迷信正史记载就好。

总结一下，《三国志·诸葛亮传》里的这段“舌战孙权”的记载，诸多地方矛盾不合逻辑。

首先，孙权如果亲率大军从大本营吴郡吴县(今江苏苏州市)跑到柴桑(今江西九江市)，基本上已经离前线赤壁(今湖北省赤壁市长江沿岸赤壁镇)相去不远了，这就不可能只是观望。

带大部队到前线观望，真以为是十万人的观光团啊？十万人一天的耗费是多少，孙权自己心里不清楚吗？浩浩荡荡带着大部队开到前线观望，这根本不可能好吧！

另外，诸葛亮说的是击败曹操以后刘备拥荆州，孙权的地盘不变，三方鼎立，这孙权都能接受，那不是缺心眼吗？

因此，正史《三国志·诸葛亮传》里面这一段记载，地点跟剧情不合，内容跟剧情不合，逻辑跟常理不合，显而易见是一段“谣史”。

抛开《三国志·诸葛亮传》里的记载不说，周瑜在江东朝堂上又是怎么“舌战群儒”，说服众人坚定抗击曹操的决心的呢？曹操在赤壁之战里又总共投入多少兵力呢？这可是个千百年来的疑案，请看下章，《赤壁之战曹操投入了多少兵力》。

下章提示

诸葛亮舌战群儒属于子虚乌有，周瑜舌战群儒却有九成可信，历史似乎和我们开了一个玩笑。周瑜在孙权的朝堂上对着一干江东重臣意气风发分析战局，尽显风流倜傥潇洒自如的英姿，估计是个女孩子在场都要被他迷倒。不过周瑜分析的结果实际上也是有水分的，真正可靠的结果又在哪里呢？

第二十六章 赤壁之战曹操投入了多少兵力

赤壁之战曹操一共投入了多少兵力？这确实是一个千古之谜。

网上也有各种分析赤壁之战曹操兵力的文章，让你看得都想把他的数学老师揪出来打死！一连串数字，看得头都疼。关键是这些数字全是推测出来的，要不就是几年前的数字拿来加上估计出来的数值。

三年前你有一百万，三年后你就一定还有一百万吗？

废话不多说，进入我的分析。

长坂坡失利之后，刘备狼狈地逃往江夏，对于他来说，这又是一次重大挫折。严格地算，刘备又一次失去立足之地，只能寄人篱下了，这次投靠的是刘表的儿子刘琦。

幸运的是，曹操并没有对刘备继续展开追击，或许是刘备已经得到了刘琦的保护，而曹操也想休整一下部队，接受荆州各郡县的投降。

按照《三国志》的记载，诸葛亮其实没有舌战群儒，有类似舌战群儒经历的是周瑜。

鲁肃出使荆州回来后，东吴（江东）朝堂上已经炸开锅了。张昭、秦松他们一群老资格都劝说孙权投降，鲁肃一个资历不深的外乡人，不管论资排辈还是论和孙氏家族的关系，他说话都没有什么影响力。

既然自己镇不住场面，足智多谋的鲁肃就想到让另外一个人来镇场面，这个人就是曾经和孙策共同起家打天下的周瑜。

很多人往往受《三国演义》的影响，觉得鲁肃智谋不怎么样，处处落后于诸葛亮，事实上鲁肃的智谋未必在诸葛亮之下。

大家想一想，曹操手下有郭嘉、荀彧、荀攸、程昱、贾诩、刘晔等一大帮一流谋士，刘备手下也有诸葛亮、庞统、法正这样的一流谋士，假如孙权手下没有，那他还不早就被另外两家给虐没了。

鲁肃就是孙权手下的一流谋士,而周瑜是另一个。当然,大家的印象里周瑜还是个武将。

且说孙权召回周瑜,再次讨论是战是降的问题,其实会前他已经和鲁肃定下了抗战的决心(因为别人能降他不能降)。

这个时候,曹操已经放弃继续追击刘备并南下接收荆州各郡县了,他自己率领南下的部队加上荆州投降的部队,规模之大十分骇人。《三国志·周瑜传》里说曹操接收荆州水军后“**船步兵数十万**”。当然,这个数十万只是一个虚数,可能是十多万也可能是二十多万。

曹操呢,也想不战而屈人之兵,和平收复江东,所以他就给孙权写了一封信。这封信怎么说的呢?

《江表传》记载曹操的这封信是“**近者奉辞伐罪,旄麾南指,刘琮束手。今治水军八十万众,方与将军会猎于吴**”。

翻译过来就是:“前一段时间我奉朝廷的命令讨伐叛臣,率领大军南下,刘琮不敢抗命举手投降。现在整顿水军80万人,想和你一起在吴县打猎。”

吴县是孙权的大本营,曹操此语暗含咄咄逼人之势,就是说你投降也好不投降也好,吴县我一定要拿下。

孙权把曹操写的这封信在会议上展示了一下,与会群臣都吓坏了。他们都说:“曹操像豺狼虎豹一样贪婪,但是他假借丞相之名,挟持天子攻打各地诸侯,动不动就说是奉了朝廷的命令,现在我们如果抵挡他,就是对朝廷抗命,名义上说不过去。而且将军(指孙权)能够依靠对抗曹操的就是长江天险。现在曹操已经得到了荆州的土地,刘表整顿的水军大小战船数千艘,曹操把它们全部调往江面准备顺流而下。再加上步兵,到时候水路、陆路一起进军,现在长江天险一半已在对方手里,形势强弱、兵力多少我们又不可与他们相提并论。所以我们认为不如放弃抵抗投降曹操。”

主降派的代表性人物就是张昭,这位曾经的孙策托孤重任,并为孙权顺利继位稳住局面立过大功,可以说,他是孙权朝堂举足轻重的人物。

张昭一说话,江东文臣们立马找到了风向标,一起附和张昭的建议支持投降。

这么多人都赞成投降,形势非常不利,周瑜和鲁肃一样,并没有跳起来攻击张昭他们胆小怕事,而是不紧不慢地做战局分析。

周瑜说:"不对! 曹操虽然托名汉相,其实却是汉贼,将军威武雄才,加上有父亲兄长的英烈威名,占有江东数千里地,部队精锐足够使用,英雄豪杰愿意效命,本就应当横行天下为朝廷扫除'污垢'。何况曹操是自己来送死的,我们怎么能迎接他向他投降呢? 请将军(指孙权)听我为你分析:就算现在北方全部平定,曹操没有后顾之忧地来和我们争夺城池,他们能够在江面上和我们决斗争胜负吗? 如今北方并没有全部平定,加上马超和韩遂还在关西割据,始终是曹操的后患。而且,抛下战马乘坐舟船和我们熟悉水战的南方士兵作战,这本来就是北方士兵不擅长的。现在天气已经转凉,战马没有草料,让不熟悉水战的北方士兵在江河湖泊之中待着,他们一定水土不服产生疾病。以上这四项都是用兵的大忌,曹操却冒险行事。将军活捉曹操,就在今日的决定之中了。请拨付给我三万士卒,前进到夏口,保证为将军击破敌人。"

其实周瑜这番话也跟《三国志·诸葛亮传》里诸葛亮的那番话差不多,都是贬低曹操为自己鼓舞士气的。他说曹操有马超、韩遂后顾之忧,可是曹操早已提前把马超全家弄到京城做人质了。他说北方士兵不习水战,但是曹操早就开凿了玄武池,训练水军。

最关键的一句话,周瑜对孙权说:"请交给我三万人,进驻夏口,我保证为将军击破曹操。"(**瑜请得精兵三万人,进住夏口,保为将军破之。**)

如果我的推测不错的话,这句话是后来史官根据赤壁之战结果(也就是周瑜只用了三万人击破曹操大军这个结果),为周瑜作传记时添上去的。

因为曹操率领几十万大军浩浩荡荡而来,江东人心惶惶草木皆兵,周瑜就算再有盖世英才,也不敢自信到几万人就能打败几十万人,何况对手还是曹操这样的军事家。

所以,《三国志·周瑜传》的这一段记载不如《江表传》靠谱。

咱们且先不说《江表传》,继续讲周瑜说完这番话江东群臣和孙权的反应。

《三国志·周瑜传》记载,孙权听了周瑜这番话后说:"曹操这个老贼想要废除朝廷自立已经很久了,只不过顾忌袁绍、袁术、吕布、刘表与我。现在其他英雄都已被消灭,只有我自己还存在,我和曹操老贼势不两立,你主张迎战,正合我的心意,这是上天把你赐给我的啊!"(最后这句话好眼熟,孙权对鲁肃也是这么说的!)

孙权的这番话我们如果认真解读,会发现很多有趣的事。

第一,他说曹操想废汉自立,只不过顾忌袁绍、袁术、吕布、刘表和他。但是,曹操在此之前没有任何想要自立的痕迹和苗头，这五个人里却有四个人是贼迹昭彰。

历史记载里，除了吕布没有当皇帝的野心，袁绍、袁术和刘表、孙权都有。

所以我认为这里非常适合一个成语——贼喊捉贼。

第二，孙权这句话里提到曹操顾忌的五个人，但是里面没有刘备（**老贼欲废汉自立久矣，徒忌二袁、吕布、刘表与孤耳**）。是刘备真的不被曹操重视吗？

不是！曹操要是不重视刘备，也不会亲自率领5000精锐虎豹骑昼夜兼程赶路追杀他了。

可是孙权为什么没有提刘备呢？

原因也很简单，刘备这时候要人没人，要地盘没地盘，只能寄居在江夏太守刘琦那里，他在孙权眼里已经没有多大分量了。

刘备这时候之所以不被孙权重视，不是因为他没有能力，而是人性的原因，现实就是这样，一个逃难的要啥尊严啊，有啥资格谈条件啊。

不过，好在江东还有两个具有超级战略眼光的人，他们依然重视刘备，这两个人就是鲁肃和周瑜，他们两个恰恰又是孙权的心腹谋士。

以上这些就是历史记载上周瑜版的“舌战群儒”，源自《三国志·周瑜传》。其实虽然主降派人士很多，但是史书上并没有记载他们的名字，所以这样的“舌战”未免显得单调些。

另外，由于会前孙权已经坚定了抗战的决心，所以周瑜也谈不上有多大的舌战功绩，顶多是他发言孙权采纳，那些主降派已经被无视了。

不过呢，《三国志·周瑜传》里周瑜请兵三万保证击破曹操的说辞不可信，可信的还是《江表传》的记载。

然而裴松之注引的《江表传》并没有之前开会讨论的过程，只有后面的结果。就是孙权直接抽出佩刀砍向面前的桌案，坚决地说：“以后谁再敢说向曹操投降的，下场就和这张书案相同。”随后宣布散会。

接着，《江表传》说散会之后，当夜周瑜再次觐见孙权，并为他分析战局：“大家看到曹操的书信说水陆两军80万，都被吓破胆了，不能理性分析虚实和真相，才胡乱提出投降的意见，没有什么意义。根据实际情况推论，曹操所率领的北方士兵不过十五六万，而且是长途行军疲惫不堪没有战斗力的。他在荆州得到刘表的部队，也顶多就七八万人而已，并且军心不稳，是不能够真心为他效力的。率领疲惫不堪的士兵，统御军心不稳的部队，人数虽多，并不可怕。您只要交给我五万精兵，我就能克制曹操，希望将军不要忧虑。”

这里才算比较符合逻辑的记载，周瑜虽是“主战派”，但不是“轻敌派”。

在对手是曾经以少胜多官渡之战击破袁绍、剿灭群雄横扫北方的奸雄曹操的情况下，周瑜不可能那么自负地说给他三万人保证击破曹操这样狂妄的话。

能够击破袁绍驱逐袁术，导致袁氏兄弟先后吐血身亡，横行徐州吓死陶谦，围攻下邳擒杀吕布，剿灭袁谭赶跑袁熙、袁尚，大破乌丸联军斩首蹋顿……曹操有如此多的光辉战绩。周瑜要是自信到能用三万人打败曹操几十万人，恐怕他敢嚣张到放话说，就算韩信来了，他也能抓住韩信按在地上。

《三国志·周瑜传》记载的周瑜很狂妄，这是不符合一个军事家的素养的。

《江表传》记载的相对温和，说话口气跟前面不一样，没有那么狂妄，也没有说只要三万人就能保证打败曹操。周瑜说：“你给我五万精兵，我就能克制曹操，请主公不要忧虑(**得精兵五万，自足制之，愿将军勿虑**)。”

周瑜一席话说得孙权很感动，他上前拍着周瑜的后背说：“公瑾，你说的这些正合我的心意，张昭、秦松他们只顾考虑自己一家人的出路，提建议时私心作祟，很让我失望。只有你和鲁肃二人跟我站在一边，这是老天爷把你们二人赏赐给我辅佐我的啊！”(孙权第三次说类似的话，后面大家会看出来孙权才是三国最虚伪的人。)

接着，孙权又说：“五万兵一时难以集结，但是已经选拔了三万人，战船、粮草、军事器械也都准备齐全了，你和鲁肃还有程普率军先行，我在后面继续集结部队，多准备粮草后勤物资，作为你的后援。你如果在前方能够获胜最好，要是形势不利就回来跟我会合，我当亲自跟曹操决一死战。”

孙权这边且告一段落，来说说赤壁之战曹操一共投入了多少兵力。

《江表传》上记载，曹操给孙权写信说自己带了“**八十万众**”要和孙权在吴县打猎，这是一个明确数字。但是很明显，这个数字是曹操夸大用来吓唬孙权的，可信度不高，曹操实际的部队人数一定在此之下。

《三国志·周瑜传》的记载是“**曹公得其水军，船步兵数十万**”，这是说曹操拿下荆州以后，得到刘表留下来的荆州部队，加起来步兵和水军一共有几十万人。但是几十万可大可小啊，有可能是二十多万，也有可能是十多万。这个数值同样不可靠，无法推断曹操部队的准确数值。

在《周瑜传》的裴注《江表传》里，周瑜对曹操的兵力有一个分析，就是我们上面讲到的。周瑜说，曹操带领南下的部队不过十五六万，刘表遗留的荆州部队也顶多七八万。也就是说，周瑜"估计"出来的是二十四万左右。

说两点：第一，周瑜这话是给孙权打气的，就跟曹操吓唬孙权一样，曹操要往大了说，周瑜要往小了说。所以，曹操率领的部队要超过周瑜所说的人数，毕竟江东群臣包括孙权都被曹操的"八十万大军"吓一跳，不少大臣还被吓破了胆，这些人里甚至包括孙权的亲人。

《三国志·朱治传》记载，孙权的堂兄豫章太守孙贲就是其中一个。原先孙策在世的时候，曹操既要应对强大的袁绍，又要和各地的军阀搞好关系，所以曹操就以朝廷的名义，派使者安抚江东的孙策，双方还展开政治联姻，互结儿女亲家，曹操把侄女许配给了孙策的弟弟孙匡，又为儿子曹彰娶了孙贲的女儿。

诸位，这个孙贲可不是个胆小懦弱的书生。孙贲的父亲孙羌是孙坚一母同胞的哥哥，孙贲很早就跟着叔叔孙坚征战沙场，孙坚死后还跟着袁术效力过，后来又跟着孙策打江山，平定豫章之后被孙策任命为豫章太守。

这样一位沙场老将，还是孙权的堂兄，可是曹操大军南下破刘备占领荆州土地以后，孙贲就被吓坏了。他想把儿子送给曹操当人质，证明自己和曹操一心，幸亏被朱治劝说制止了。

曹操夸大部队人数，周瑜缩小部队人数，他们两个说的都不可信，所以这个真实的数据应该就在八十万以下二十四万以上。

第二，周瑜说这话的时候并不是很清楚曹操部队的人数，就算有间谍刺探情报，也不会得到确切的数值。所以，周瑜对孙权说的时候也不是肯定的语气，而是有点含糊"**不过十五六万**""**亦极七八万耳**"。

那么，真实的数值在哪里呢？

在《三国志·诸葛恪传》里有一条相关记载，253年，东吴的实际掌权人物诸葛恪想出兵攻打魏国，但是很多大臣都劝阻说，连年征战耗费国力太大。为此，诸葛恪专门撰写一篇通告，对众人陈述自己的意思，这其实很像诸葛亮在蜀国为了出征魏国所作的《出师表》。

在这篇通告里，诸葛恪说战国时候的诸侯就是没有进取之心，以为可以互相救援长久生存，所以后来坐视秦国逐渐强大兼并六国。而不久前刘表也是这样，虽然坐拥十万部队无数粮草，却没有进取之心，坐视曹操逐渐壮大消灭袁氏家族。后来曹操平定北方以后，率领三十万大军南下，当时形势已经逆转，再有智谋的人也没有办法出谋划策，于是刘琮只有投降。

诸葛恪的这篇通告，写在赤壁之战发生后的45年，并且跟讨论赤壁之战没有关系，只是用刘表的事例来说服众人不要只求安逸自保失去进取之心。

所以，诸葛恪的通告应该是数据真实可信并且权威的。假如他的数据失实，那么整篇言论就会失去威信，大家会说："你随意篡改数据，撒谎来骗我们，我们为什么要相信你说的话?"

现实里也是这样，你对一个人说一番话，假如其中有撒谎的地方，再想让别人相信你只有这一点撒谎了其他的都是真实的，那就很难。欧美国家尤其重视一个人的诚信，一个人一旦失去诚信就会寸步难行，许多年都扳不回来。

按照诸葛恪的数据，曹操出动三十万大军南下，刘琮投降以后又兼并了荆州的十万部队，那么打赤壁之战的实际部队就是四十万人。

把人数夸大一倍用以威慑敌方，这也恰恰是历史上最常规的套路，四十万一翻倍，就成了曹操书信里的"八十万大军"。

此外，200年官渡之战时，刘表的部属韩嵩、许先也曾劝说刘表不要坐立观望，应该归顺曹操所在的中央政府。他们的劝言里也有一个数据，"**将军拥十万之众，安坐而观望**"。

刘表是三国时代参与诸侯征战比较少的一个军阀，200年以后除了部属江夏太守黄祖一直在对抗江东孙权外，很少有大规模战争。

史书记载里，刘表曾在201年出动过一万人进攻曹操的西鄂，刘备曾在202年计划对许县发动偷袭，此外很少有战例。因此，多年拥兵自守的刘表保持十万规模的部队应该问题不大，诸葛恪所说的刘表有十万人的部队，数据应该是真实可信的。

也许还有朋友会有些许疑虑，荆州不过十万部队，曹操犯得上用三十万大军来进攻吗?

诸位不知，在古代兵法上讲究攻城部队必须是守城部队的倍数。《孙子兵法》云"**十则围之，五则攻之**"，也就是所谓的"十围五攻"。拥有十倍的兵力就可以包围敌人，使敌人不战自溃，拥有五倍的兵力可以对敌人发动进攻，通过战斗取胜。

作为一代军事家，曹操自己还亲自注解过《孙子兵法》，他既然已经平定北方决心南下扫平荆州，就不会只带部分人马来丢人现眼。

曹操多年未曾南下，这次为了拿下荆州，一定会尽可能地调动大量部队南下，赤壁之战曹操到底投入多少兵力可想而知。而且，我们从战后曹操无力南侵，也可以反推出这次战役的规模。

曹操率领三十万大军南下，又接收了荆州十万部队。有没有人怀疑，既然曹操有三十万人，刘表的荆州也有十万人，为什么孙权的江东部队人那么少呢，五万人都集合不齐，只交给周瑜三万人让他对抗曹操的四十万人？

其实，孙权的实力并不输于刘表，他的实力被隐藏了。那么，这究竟是怎么回事呢，请看下章，《帝王的驾驭权术揭秘》。

下章提示

大决战即将来临，狡猾的孙权却雪藏了自己的实力，交给周瑜不到曹操十分之一的部队，他究竟葫芦里卖的什么药呢？ 还有，周瑜和刘备是怎么合作的呢？

第二十七章　帝王的驾驭权术揭秘

曹操得到荆州后要继续南下，江东已是人心惶惶，不但张昭、秦松一群孙策时代的“老资格”要投降，就连孙坚时代的沙场老将孙贲也坐不住了。何况，孙贲还是孙权的堂兄。

但是，偏偏大家都能投降，只有主子孙权不能投降。常委会上，孙权定下抗战的决策。周瑜又连夜觐见孙权，要求孙权给自己五万人抵挡曹操，孙权“感动地”拍着周瑜肩膀说：“周瑜啊，你说的正合我的心意，但是五万人一时难以集结啊，所以只能先交给你三万了……”

诸位，换个语气品出来意思没有？

孙权不信任周瑜啊！或者说，他不敢信任周瑜呀！

身为帝王，有时候连亲生儿子都不能相信，何况其他人了，这一点也是为帝王者的悲哀。

曹操大军挟威南下，荆州刘琮已经望风投降，江东人心不稳，连堂兄孙贲都急着向曹操表忠心想投降。孙权还能信任谁？

就周瑜，万一他是假意献忠心，回头带着五万人投降曹操邀功，孙权不是必死无疑吗？不能怪孙权以小人之心度周瑜君子之腹，他若不这样，那就成不了一个合格的君王。

看孙权的原话，他其实并没有把希望寄托在周瑜身上。因为他知道，靠谁都不靠谱，靠自己最保险。

所以孙权对周瑜的安排是“五万人一时难以集结，但是我已经选拔了三万人，战船、粮草、军事器械也都准备齐全了，你和鲁肃还有程普率军先行，我在后面继续集结部队，多准备粮草后勤物资，作为你的后援。你如果在前方能够获胜最好，要是形势不利就回来跟我会合,我当亲自跟曹操决一死战。"(原文见陈志裴注《江表传》"**五万兵难卒合,已选三万人,船粮战具俱办,卿与子敬、程公便在前发,孤当续发人众,多载资粮,为卿后援。卿能办之者诚快,邂逅不如意,便还就孤,孤当与孟德决之。**")

根据各种史料推算,孙权此时能调动的总兵力约十三万人。雄踞北方的曹操率三十万大军南下,割据荆州的刘表也有十万人,占据江东六郡的孙权有十多万人也很正常吧。

《三国志·诸葛亮传》里诸葛亮出使江东游说孙权时,孙权说:"**吾不能举全吴之地,十万之众,受制于人,吾计决矣**!"这条记载固然因为诸葛亮"舌战群儒"的可能性不大可信,但是还有另外一条记载江东的实力的佐证。

《三国志·刘馥传》记载,建安十三年(208年)十二月,"**孙权率十万众攻围合肥城百余日**"。

208年就是赤壁之战发生之年,十二月的时候赤壁前线的部队还没有撤回来,在打曹仁驻守的南郡江陵(因为曹仁守江陵守了一年多)。

因此可以肯定,孙权只是把一小部分兵力交给了周瑜,大部分的兵力都被他留作了后续部队。

孙权交代周瑜的时候说:"你如果在前方能够获胜最好,要是形势不利就回来跟我会合,我当亲自跟曹操决一死战。"因为他手里掌握着大部分兵力,按照他的设想,周瑜可能会不敌曹操,等周瑜失利撤回与他会合后,他再拼尽全力与曹操战个鱼死网破。

可是谁也没想到,赤壁之战曹操这个打了一辈子仗的军事家,竟然会离奇地溃败。另外说一下,孙权不敢完全信任周瑜,从他的部署也可以看出来。

赤壁之战,孙权并不是把部队交给了周瑜一个人,他安排了两位平级统帅:一个是周瑜,一个是程普。另外,还有一个协调他们的鲁肃。

《三国演义》上说周瑜是大都督,其实周瑜一辈子都没有当过大都督,陆逊倒是当过大都督。另外,《三国演义》里,把已经死两年的太史慈也搬出来参加赤壁之战了,不知道是有意而为之还是失误?

孙权到底是怎么安排赤壁之战的统帅的呢?

根据《三国志·吴主传》的记载,是"**瑜、普为左右督,各领万人**"。这句话就是说,周瑜和程普分别为左路司令(督)和右路司令,每个人率领一万人马。诸位注意,从权力大小到兵马多少,两个人都是平级的!

《三国志·程普传》里写的是程普“**与周瑜为左右督,破曹公于乌林**”。这句话还是证明了程普是和周瑜平级的。

《三国志·孙皎传》也有一段话证明周瑜和程普其实是平级,原文是:“**后吕蒙当袭南郡,权欲令皎与蒙为左右部大督,蒙说权曰:‘若至尊以征虏能,宜用之;以蒙能,宜用蒙。昔周瑜、程普为左右部督,共攻江陵,虽事决于瑜,普自恃久将,且俱是督,遂共不睦,几败国事,此目前之戒也。’权寤,谢蒙曰:‘以卿为大督,命皎为后继。’**”

这段话记载了吕蒙偷袭荆州三郡时孙权的安排。

孙权的本意是安排吕蒙和孙皎分别担任左路司令和右路司令的,战术安排和赤壁之战如出一辙。

孙皎是孙权的堂弟,按推测来说,这时候孙权对吕蒙其实同样不够完全信任,所以他才想跟赤壁之战一样安排两个平级统帅,让自己的堂弟分走吕蒙一半兵权。

不过吕蒙可不比周瑜,他直接就很不客气地对孙权说:“要是主公你觉得征虏将军(孙皎)能担当这份重任,那就把兵权交给他;要是你觉得我吕蒙能担当这份重任,那就用我吕蒙。以前赤壁之战的时候周瑜和程普分别担任左路司令和右路司令,共同进攻江陵,虽然周瑜有决策权,但是程普自恃资格老,而且俩人都是司令,因此互不和睦,几乎败坏国家大事,这是近在眼前的前车之鉴啊。”

孙权听后恍然大悟,赶紧向吕蒙道歉说:“以你为总司令,孙皎负责后续部队当后援。”

说一下,吕蒙偷袭荆州时担任的这个大督和后来夷陵之战时陆逊担任的大都督是不同的。

不同在哪里呢?

这就需要全面解释“都督”“别督”“左右督”“前部大督”“大督”“大都督”等一系列官名了。这些官名都是在汉末开始出现的,其中“都督”还是经过职位改动的。

最初都督一职不领兵权,只是军纪监察官,算是督察军纪的。

孙策在世的时候,吕范曾经要求替孙策整顿军纪出任都督,当时吕范的官职已经远高于都督了,孙策就说他:“你本身就是士大夫阶层了,自己手下又有部队,战功辉煌，怎么能再去当那种小官去管理这些琐碎的小事呢！”但是吕范却坚持自己的意见，要替孙策整顿军纪，并且脱下高级军服，换上低级军服，手执皮鞭到将军府报到，自称代理军纪监察官。孙策无奈，只好授权他当都督整顿军纪。

还有一件事，发生在曹操包围邺城的时候。

《魏略》记载当时袁尚想回军救援邺城，又不知道城中的情况，就派李孚先行探查情况。李孚为了能够进入曹操的包围圈潜入城里，就带领三个随从，趁傍晚到达邺城城下，假冒曹操部队的军纪监察官（都督），巡视围城部队有没有违规犯禁的，并对违反军纪的士兵，按轻重分别处罚，转了一圈之后终于得以混进城里。

这两则记载都说明了都督的职责是纠察军纪。不过，也并不是所有的都督都不领兵，董卓手下的都督就领兵。

《三国志·孙破虏讨逆传》里，孙坚与董卓的部队“**合战于阳人，大破卓军，枭其都督华雄**”。说明在董卓的部队里，都督已经手握兵权了，不再是低于士大夫的低级军务官了。

但是诸位也不要以为都督就是很牛的官了，其实都督只是个小官。

《英雄记》记载了董卓这次出兵的部队配置。“**卓亦遣兵步骑五千迎之，陈郡太守胡轸为大督护，吕布为骑督，其余步骑将校都督者甚众。**”步骑五千，这在现代大约相当于一个整编师，但是当时的部队没有现在这么多，可能级别还要略高于现代的整编师。

胡轸是以太守职位兼任的总指挥（大督护），太守在当时是省部级官员，说明这支部队的配置还是比较常规的，胡轸一个高级文官临时兼任高级武官，从级别上来说也能够服众。

吕布是骑兵总监（骑督，也可译为骑兵司令或骑兵指挥官）。

下面一句就比较重要了，“**其余步骑将校都督者甚众**”，原意是说其他的步兵骑兵“**将校都督**”还有很多。将校都督，这是按高低顺序排位的，“将军”之下是“校尉”，“校尉”之下才是“都督”。

简单说一下三国时代的军职高低，将军（包括偏将军、裨将军等）有很多种，除了朝廷的常设将军之职以外，还有许多临时加封的，这些是不常设的，本人去世或者升迁以后，这个将军名号就取消了，因此这类叫杂号将军。

杂号将军之下还有一些没有名号的，比如：偏将军、裨将军。偏将军是某一路部队的将领，因为没有特别明显的军功或军功不够大，因此没有“荣誉称号”，他们是排在杂号将军之下的。

裨将军更在偏将军之下，顾名思义，就是副将军，可能会有单独领兵的机会，但是那是在主将不在或者单独执行军事行动的时候。

将军之下还有一级官阶，叫中郎将。赤壁之战的时候，周瑜的官职就是“建威中郎将”。诸位可能会不解，周瑜不是江东部队的元帅了吗，为什么官职还那么低啊？

诸位忘了联系当时的背景，孙权那时候才是个“讨虏将军”，还在杂号将军之列。他打的又是拥护朝廷铲除曹操的旗号，没有公开称王，所以他是没有资格任命高级将官的。再说了，他也不能任命一个级别和自己一样或差不多的部队将领啊。

所以，在孙权的地位没有拔高之前，他手下的一群人也只能跟着当个低级军官了。而这时候，曹操手下的大批将领，如：张辽（荡寇将军）、乐进（折冲将军）、于禁（虎威将军）、张郃（平狄江军）、徐晃（横野将军）等，他们论官阶都已经和孙权平起平坐了。

不是孙权无能，是曹操手里握有表彰权啊！今天向朝廷递个奏章，明天你就是高级官员了。当然，我们前面也讲过，张辽、徐晃他们都是从低级凭战功一步步升迁上去的。

中郎将分为两种，朝廷禁军的将领如：左中郎将、右中郎将、虎贲中郎将、羽林中郎将、五官中郎将，这些直接就是省部级官员。但是地方上那些中郎将，就像周瑜（建威中郎将）和程普（荡寇中郎将），他们顶多算是中级武官，地位在裨将军之下校尉之上。

美国军制里有个“准将”，中郎将基本上就等同于准将。

校尉也有两种，和中郎将一样，中央禁军的将领北军五校尉及城门校尉等都是省部级高官，地方上的校尉则是中郎将之下的低级武官。

校尉之下有都尉，依照前例，中央的都尉也是省部级高官，地方上的就是低于校尉的低级武官了。

可能有人会不理解，怎么什么官到中央就牛了呢！

两个原因：一个原因是中央的官员级别一般都比地方上高，有人想到那句话没有——不到北京不知道自己官小，不到上海不知道自己钱少。

另外还有一个原因就是，中央那些官职都是常设的，禁军的五位中郎将、北军的五校尉，还有那些都尉什么的，他们的官职都是常设职务，一个人去世或被调走，必须有其他人补上空缺，没人管那还不乱了。

但是地方上的中郎将、校尉、都尉则和杂号将军一样不常设，临时任命，过后不用补缺，不属于正规编制。比如周瑜的建威中郎将，如果他是在担任建威中郎将的时候去世的，那么他死后就没必要再另外任命个建威中郎将了。

都尉算是地方上低级的武官了，其他的司马、军候、别部司马什么的，这些军阶更低，只能算军政官。一般史书也很少记载他们的事迹，立功也算在他们领导的头上了。像马忠擒杀关羽这样的是特例，毕竟能捉住这样一个大人物的概率太低了。（当时马忠是潘璋属下的军政官——司马。）

不过，都尉也要特别说一下。

秦朝创立郡县制，郡的长官叫太守，等于今天的省长。郡里主抓军事的武官叫都尉，这个都尉就叫都尉，不加名号，只冠以郡名。比如：吴郡都尉就是吴郡的民兵司令。郡都尉和郡太守都是省部级高官，不是那种部队的低级武官。

都尉主管的并不是军队，而是类似于警察的武装，平时也就抓抓盗贼啥的。郡里的叫都尉，通常翻译为民兵司令。县里的叫县尉，一般翻译成公安局长。

汉承秦制，几乎所有秦朝的官员制度都被刘邦保留了下来。想想也能理解，刘邦一介布衣出身当皇帝，领的一群都是屠狗卖布之流的市井小民，你让他不用秦朝的制度，自己发明一套吗？

因为地方上本身就有都尉，所以割据军阀们任命将领的时候，受封为都尉的就必须加个名号予以区分，比如凌统的父亲凌操死后，孙权就任命凌统为“承烈都尉”，算是表彰他父亲的功绩。

史书记载里，有些时候可能会因为原职难以考据而直接写“拜都尉”“迁校尉”什么的，大家应注意，这个都尉不是郡都尉。那么，为什么地方上有那么多跟中央类似却又地位大不一样的官职呢？

很简单，一句话说白了，地方上本来是没有驻军的，只有郡长（太守）和民兵司令（都尉）。现在起了战乱，各地割据军阀都搞起了部队，他们总要给自己手下带兵的将领任命个军衔吧，所以只好参照中央的官衔任命，但是实际地位又不能高过他们。就像中央的中郎将本来是跟孙权他们同一级别的省部级，到了地方上，中郎将只能在他们之下了。

现在回过头来说说“将校都督”的事，按照《英雄记》的记载排序“将校都督”，都督是排在校尉之下的。“都督”翻译为现代语应该怎么说呢?

司令、总监、指挥官都可以，大家只要知道它的地位高低就好。

“别督”怎么翻译?

别督可以译作别路部队司令，别路军总监，也就是跟主帅不在一起，但是又同时在一场战役中的其他部队将领。

那么“左右督”呢? 周瑜和程普担任的那种。左路军司令、右路军司令。

“前部大督”怎么翻译? 前锋总司令!

“大督”呢，如何翻译? 大督是总司令!

重头戏来了，“大都督”又该怎么解释呢?

诸位需要注意，大都督和大督不同，大督是指某一次军事行动的总司令，比如：吕蒙担任的大督就是袭取南郡的总司令。但是，大都督是全国最高总司令，有着全国所有部队的指挥权。

当然，大都督也意味着拥有最高军事权力和深得帝王器重信任，比如孙权任命陆逊担任大都督时，就附加给他一个荣誉：假节。这个假节就是代行皇帝权力，相当于持有尚方宝剑，只有地位足够尊崇，才能拥有这一荣誉。

与此同时，夷陵之战的时候，陆逊的对手刘备是亲自统军，他手下的部属是将军冯习担任大督(总司令，只是本次行动的总司令，并且还因为皇帝亲临实权大打折扣)，张南担任前部(全称应是前部大督，即前锋总司令)，辅匡、赵融、廖淳、傅肜①等人分别担任别督(别路部队司令)。

从都督到大都督为什么变化这么大呢?

其实，都督和大都督的区别，就跟司马和大司马的区别类似。

当时的司马这个官称也有好多种，司马(有时候也叫军司马)是军政官，级别很低，只是军事主官手下一个助手。军假司马比军司马还低一点，是副军政官。

别部司马还好一点，那是支系部队没有军事主官，于是任命一个别部司马去暂时代理，虽然同样是低级武官，所带领的人数也不会多，但是好歹算一把手，有领导权。

大司马那就厉害了，那是全国最高指挥官，位比三公。

---

① 肜：róng

换个简单的解释：司马相当于参谋，大司马就是参谋长，而且是总参谋长(上将军衔)。民间有句俗话叫“参谋不带长，放屁都不响”，这句话其实就是参谋和参谋长之间权力差别的真实写照，也是司马和大司马之间权威差别的真实写照。

一字之差，相去甚远。

还有一点不知道有人注意没有，周瑜和程普分别出任左右都督，负责协调他们的鲁肃出任的是赞军校尉。假如都督是在校尉之下，那岂不是自相矛盾了？

其实一点也不矛盾，周瑜和程普是以什么身份出任左右督的？对，中郎将，周瑜是建威中郎将，程普是荡寇中郎将。两个中郎将出任司令，鲁肃一个低于他们的校尉当参谋长，这样安排符合逻辑吧。

《三国志・鲁肃传》特别注明了鲁肃的这个赞军校尉的任务是“**助画方略**”，也就是帮他们二人出谋划策。

古代的文献记载里通常只有文官的官职薪俸记载，很难找到武官的官阶薪俸记载。而且，军队的官名变动性很大，因此考证古代军队的官阶和所统率部队的人数要比单纯的讲历史难上百倍。

《吴主传》说周瑜和程普各领万人，那就只有两万人。大部分历史记载都说这次出动的是三万人，姑且少数服从多数。

由于周瑜和程普的军衔和官阶都一样，虽然孙权交给了周瑜决策权，可是同一级别的两个人难免会有闹矛盾的时候，因此孙权就安排鲁肃去出任两人的参谋长，协调二人达成一致，以免战前出现分歧贻误战机。

这时候，孙权自己雪藏了十万人的主力部队啊！他为什么会这样做？其实，这是一个古代帝王的常用策略，那么孙权究竟采用的是什么策略呢？请看下章，《中国传奇的双头马车军制》。

下章提示

赤壁之战，曹操率四十万大军威压江东，孙权决心抗击曹操，却又不敢把命运交给他人主宰。周瑜请求调拨五万部队给自己指挥，孙权却只给他三万，而且周瑜只有一半的指挥权，另外一半在程普手里。他这样的做法其实并非原创，而是抄袭汉武帝的创意。

第二十八章 中国传奇的双头马车军制

赤壁之战曹操大军压境，江东的孙权决心抗击曹操大军，但是他却为部队安排了两个平级的统帅：周瑜和程普。一支大军两个统帅，这就是中国特色的双头马车军制，在封建时代，这一军制甚至颇为盛行。

追溯这一军制的起源，竟是秦皇汉武中的汉武帝刘彻。下面细说一下汉武帝发明“双头马车”军制的来历。

周灭商以后，商纣王的一个兄弟箕子，带领部属逃亡到了朝鲜，并建立了箕氏朝鲜侯国，算是殷商的一支余脉。到西汉初年的时候，燕人卫满又流亡朝鲜，并夺取箕氏朝鲜的政权，史称“卫氏朝鲜”。

公元前 109 年，汉武帝刘彻派使者涉何劝谕时任朝鲜王的卫满孙子卫右渠，希望搞好周边关系。卫右渠大概觉得“天高皇帝远”，刘彻不可能管到他那里，就不接受劝告。涉何于是刺杀朝鲜护送他出境的裨王长，并向刘彻汇报说斩杀了朝鲜的大将。

刘彻对此事没有深究，还将涉何封为辽东东部都尉。

卫右渠怨恨涉何擅杀他的部下，索性发兵攻杀了涉何，这件事就成为引发双方战争的导火索。

当年秋，刘彻派人兵发两路进攻朝鲜：一路是曾为卫青部属的左将军荀彘[①]；一路是曾经平定南越东越的楼船将军杨仆。荀彘率大军从辽东陆路出发攻打朝鲜，杨仆则率五万水军从山东渡过渤海直达朝鲜半岛发动进攻。

---

① 彘：zhì。

本来,水陆并进两军齐发是个很好的战略,朝鲜方面必定首尾难顾,但是坏就坏在两支部队是由两个统帅指挥的。

卫右渠得知情况后发兵拒敌阻住了荀彘的陆路进攻,此时杨仆的水军已经直达朝鲜本土。主帅杨仆贪功轻敌,没有集结大部队,就率领七千人的先头部队直达朝鲜首都王险(今朝鲜平壤市)城下。

大概杨仆以为朝鲜大军全部去阻拦荀彘了,内部必定空虚,想一举攻下朝鲜首都,因此他既不与荀彘会合也不集结部队全线进军,就直接率领先头部队轻敌冒进打到对方王险城下了。

可是,卫右渠也不是吃素的,他见汉军兵力不多,就立即组织部队迎击杨仆,并把杨仆一举击溃。猝不及防的汉军水路先头部队被击溃后四散奔逃,主帅杨仆吓得在山里躲藏十来天,才敢出来把失散的士卒集合起来。

后来,荀彘击破朝鲜的边防部队,也率领大军前进抵达王险城下,并包围王险城的西北面。杨仆的后续部队到达后,集合全军包围王险城的南面。

卫右渠已经无路可退,只好组织部队拼死抵抗,因此汉军攻击数月也没能拿下王险城。

为了一举拿下王险城平定朝鲜,荀彘多次约杨仆一起发动进攻,然而杨仆已经被先前的败仗吓破胆了,所以虽然同意荀彘的请求却并不行动。

汉武帝刘彻见两人虽然包围了王险城却迟迟没有进展,就派济南太守公孙遂前去协调二人。注意,公孙遂可算是钦差大臣。

公孙遂抵达朝鲜以后,荀彘立即向他汇报说:“本来朝鲜早就该拿下了,但是之所以拖这么久都没能拿下,是因为楼船将军数次与我约定发动攻击却不行动。”荀彘还说:“这事如果继续拖下去,恐怕会对我军不利。”

公孙遂也觉得荀彘说得很有道理,于是就持节(相当于皇帝下命令)召杨仆到荀彘军营里议事,然后让荀彘的部下逮捕杨仆,同时杨仆的部队一并由荀彘统领。

随后荀彘统领全军继续对王险城发动进攻,公孙遂则回去向刘彻复命。

让人意外的是,刘彻听完公孙遂的汇报后,当即将他诛杀。

前线的荀彘并不知道公孙遂返回后即被诛杀,两支部队都归他管辖以后,他立即指挥全军对王险城发动猛攻,这下朝鲜群臣扛不住了。

朝鲜的宰相路人(姓路名人)、宰相韩阴、尼溪相参(名参姓不详)、将军王唊[①]等一起逃亡,商议向汉军投降。其中,路人死在了半路上,韩阴和王唊顺利逃到荀彘军营投降。尼溪相参派人刺杀卫右渠后也向荀彘投降。

但是卫右渠手下的另一个大臣成巳[②],坚持不肯投降,仍然率众抵抗汉军。

荀彘就让朝鲜王卫右渠的儿子卫长降和宰相路人的儿子路最劝说朝鲜百姓接受投降,诛杀成巳献出王险城。

西汉军队平定朝鲜后,朝鲜被划分为西汉的四个郡:乐浪郡(郡治朝鲜,今朝鲜平壤市)、临屯郡(郡治东暆[③],今韩国江陵市)、玄菟郡(郡治沃沮[④],今朝鲜咸兴市)、真番郡(郡治霅县[⑤],今韩国首尔市)。除朝鲜半岛最南面的部分地区外,大部分朝鲜半岛的领土已被汉武帝开拓为西汉领土。

随后,刘彻将朝鲜投降的大臣韩阴、王唊、参、卫长降、路最等人全部封为侯爵。

按理说,投降的都能被封为侯爵,那么果断合并两军攻下朝鲜的荀彘应该得到更大的封赏吧?

可是结果却让人惊愕得闪掉下巴——荀彘率军凯旋以后,立即被刘彻以"争功相嫉"的罪名绑缚街市处斩。杨仆则仅仅被追究为不等友军先行进攻,导致损失士卒,还允许缴纳罚金免为庶人(拿钱买罪)。

不可思议吧?打下朝鲜的最大功臣荀彘就因为"争功相嫉"这样一个理由被杀了!

争功相嫉,这是一个很不合理的借口,恰恰是这样一个借口暴露了刘彻内心的恐惧:平级将领胆敢在外自作主张,擅自兼并友军部队,假如不打击这种做法,以后派出的将领效仿荀彘怎么办?

说到底,刘彻不是害怕这些带兵将领在外兼并部队为自己打地盘,而是恐惧他们兼并部队后杀个回马枪来对付自己。何况,就算他们不敢攻回来,像荀彘那样的,假如在朝鲜不回来自立为王,刘彻还不是又增添烦心事?

---

① 唊:jiá。
② 巳:sì。
③ 暆:yí。
④ 沃沮:wò jū。
⑤ 霅:zhà。

因此刘彻就需要拿荀彘当“鸡”，来给大家上演一出“杀鸡给猴看”的戏。别以为你们在外擅自合并友军部队还立下大功，我就会放过你们，胆敢不老实的，荀彘就是你们的下场！

如果大家留意，应该从一开始就明白刘彻的内心忧虑了。西汉首都在长安（今陕西西安市），数千里之外远征朝鲜，他为什么不安排最高统帅，而是让两个人各领一军？其实就是信不过手下的将领啊。

如果部队只交给一个人带领，那这个人一旦反叛，部队就百分之百成为敌人。但是交给两个人带领，假使有一个人反叛，另一个人就会牵制他，大不了双方拼个同归于尽。对于帝王来说，只需要表彰一下 50%的烈士，抚慰一下他们的家属就行。

他们宁可派出去的远征军自相残杀全部阵亡，也绝不会允许派出去的远征军发生叛变，占据远方领土自立门户。

虽然双头马车军制可能对指挥部队战斗有些许麻烦，需要两个将领一起协调达成统一意见。但是，它却能大大降低君王对于自己部队失去掌控的风险。

孙权安排周瑜和程普同时出任部队统帅，他的内心忧虑和刘彻一模一样，对于任何一个合格的君王来说，他们都知道，不能完全信任除自己之外的任何一个人。

所幸因为有前车之鉴，因而孙权一开始就为周瑜和程普选了一名共同的参谋长鲁肃，让他协调二人之间的关系，所以就像后来吕蒙说的，二人不合的时候“**几误国事**”，才没能真正误了国事。

品评历史需要结合人性，因为任何时代任何人都不可能跳出人性的范畴。

话说回来，这边孙权安排周瑜、程普整顿兵马准备抗击曹操，那边诸葛亮也受命前往江东和孙权结盟。但是，江东部队已经出发到达樊口与刘备会合的时候，诸葛亮还在江东没有回来呢。赤壁之战就要打响，其中的迷雾重重疑云不断。一千八百年前的赤壁之战中究竟有多少疑云呢？请看下章，《赤壁之战中的疑云》。

下章提示

赤壁之战，迷雾疑云不断，什么铁索连环计，什么草船借箭，通通都是不符合逻辑的故事情节，当小说看还行，要是现实里真要学着做，恐怕结局只有一个——全军覆没。

第二十九章　赤壁之战中的疑云

小说里的“赤壁之战”无比精彩，什么“三江口曹操折兵，群英会蒋干中计”“用奇谋孔明借箭，献密计黄盖受刑”“阚泽密献诈降书，庞统巧授连环计”，无一不成为《三国演义》中的经典。那么历史上这些故事到底发生过没有呢？下面我们就来一一分解。

先来说说“三江口曹操折兵，群英会蒋干中计”这一节。

说实话，罗贯中的水平确实牛，《三国演义》半真半假，写出来就让大家误以为是真实的历史事实了。就算对三国时代有所了解的历史爱好者，往往也会认为是七分真三分假。

“三江口曹操折兵，群英会蒋干中计”严格来说连一半真的都没有。先说一点，“三江口之战”在历史上是找不到记载的，完全出自罗贯中的杜撰。“群英会蒋干中计”则属于半真半假，真的是蒋干确实拜访过周瑜，假的是那是在赤壁之战后，自然也就没有所谓的“盗书中计”情节。

《江表传》里详细记载了蒋干拜访周瑜的经过，《资治通鉴》将此事记载在赤壁之战发生过以后的第二年(209 年)。

第一手历史资料《江表传》是怎么记载的呢？我依照原文抄译如下："**初，曹公闻瑜年少有美才，谓可游说动也，乃密下扬州，遣九江蒋干往见瑜。**"

这句话的意思是，原先(指作者写《江表传》之前，以回忆的语气写的)，曹操听说周瑜年纪轻轻才华出众，认为可以派人游说他来中央效力，就秘密下扬州，派遣九江人蒋干前往会见周瑜。

诸位，一句“**乃密下扬州**”就是揭露《三国演义》里“蒋干盗书”系捏合历史编撰的证据。

我们都知道赤壁之战发生在荆州（今湖北省），当时荆州的州治在襄阳（今湖北襄阳市），主要战场包括夏口（今湖北武汉市）、赤壁（今湖北赤壁市西北长江沿岸赤壁镇）、乌林（今湖北洪湖市东北乌林镇，与赤壁镇隔江相对）、江陵（今湖北荆州市）等。

但是历史记载蒋干出使江东会见周瑜却是在扬州（今安徽中部南部和浙江、江西及江南地区）。根本就不在一个地区发生的两件事，被罗贯中巧妙地移花接木连在了一起，而且居然能够弄假成真唬住不少人，只能说罗贯中文学造诣确实高。

那么曹操为什么要派蒋干去出使江东见周瑜呢？

首先，因为蒋干是扬州九江郡（郡治寿春，今安徽寿县）人，周瑜的老家也在扬州，是庐江郡舒县（今安徽庐江县西南）人，俩人算是老乡。

其次，史书记载说“**干有仪容，以才辩见称，独步江、淮之间，莫与为对**”。这句话是说蒋干和周瑜一样，也是个大帅哥，而且口才很好能言善辩，独步江淮流域没有对手。

也就是说，整个扬州没有比蒋干更能会说的了，这个貌似吹牛吹出名气了呀！

根据史书记载，蒋干接到曹操交给的使命后，就化装成一个平常老百姓，自称找周瑜办私事来了。原文如下：“**乃布衣**[①]**葛巾，自托私行诣瑜**。”

话说蒋干以平民身份去见周瑜的时候，周瑜也并没有不见他，而且还到门口迎接他了，并很亲切地直呼他的字说：“子翼（蒋干字子翼），你这么辛苦，跋山涉水地过来是给曹操当说客来了吗？”（**瑜出迎之，立谓干曰：“子翼良苦，远涉江湖为曹氏作说客邪？”**）

蒋干以平民身份私访周瑜，周瑜亲自出迎，说明蒋干在江淮一带确实还是很有知名度的。不过他开门见山地直接问蒋干是不是当说客来了，蒋干就不好回答了。

因此，蒋干就避开这个话题说：“我和你是老乡，从远方听到了你的英名，所以来见识见识，叙叙旧情并瞻仰一下你的风范，你却说我是说客，难道怀疑我有诈吗？”（**干曰：“吾与足下州里，中间别隔，遥闻芳烈，故来叙阔，并观雅规，而云说客，无乃逆诈乎？”**）

---

① 布衣：原意是指麻布衣服，古代都是老百姓穿的，所以有时也用以指代平民。如刘邦说自己“**吾以布衣提三尺剑取天下**”，**诸葛亮《出师表》说自己“臣本布衣”，朱元璋说“我本淮右布衣”等，这些都是历史上一些名人对自己出身平民的自称。**

蒋干不肯承认自己是来当说客的，周瑜也不明着揭穿他。

周瑜说："我虽然比不上舜帝时的音乐官夔[①]和春秋时的乐师师旷，但是闻弦赏音也能听出来是否雅曲。"言下之意是自己能够听出弦外之音，告诫蒋干不要打自己的主意。（**瑜曰："吾虽不及夔、旷，闻弦赏音，足知雅曲也。"**）

随后，周瑜请蒋干入内，设宴招待，酒足饭饱之后将他送出说："这几天我有要事，你先到招待所住下，等我这几天的事忙完了再请你相见。"（**因延干入，为设酒食。毕，遣之曰："适吾有密事，且出就馆，事了，别自相请。"**）

几天后，周瑜果然请蒋干到军营里相见，带着他在自己的营寨中周游观看一番，检查军械库、粮草库之后，回到主帅大营再次设宴，并向蒋干展示孙权赏赐给自己的漂亮侍女、华美衣服和古玩珍宝等。接下来周瑜就不客气了，对蒋干说："男子汉大丈夫立于世上，能够遇到知己的主公，外表是君臣，实际上却亲如兄弟，言听计从福祸与共，就算苏秦、张仪重生，郦食其再世，也要拍着他们的脊背驳斥他们的言辞，岂是你这样的年轻后生可以说动改变的?"（**后三日，瑜请干与周观营中，行视仓库军资器仗讫，还宴饮，示之侍者服饰珍玩之物，因谓干曰："丈夫处世，遇知己之主，外托君臣之义，内结骨肉之恩，言行计从，祸福共之，假使苏张更生，郦叟复出，犹抚其背而折其辞，岂足下幼生所能移乎？"**）

这话就是周瑜直接亮明态度了——别打我的主意，我是不会背叛主公的。

既然周瑜都已经这样说了，蒋干也不好再说什么了，只能微笑以对。（**干但笑，终无所言。**）

蒋干在回去向曹操复命的时候，对曹操盛赞周瑜风格高雅气节坚贞，不是言辞可以说服离间的。（**干还，称瑜雅量高致，非言辞所间。**）

历史上蒋干出使会见周瑜的经过就是这样的。周瑜既没有和他同床共枕，也没有利用他"盗书"斩蔡瑁、张允。最关键的是历史资料上交代了这件事发生在扬州，不是赤壁之战所在的荆州，所以跟赤壁之战没有半毛钱关系。

至于诸葛亮"草船借箭"和黄盖"受刑诈降"，我想说黄盖诈降是真，至于有没有受刑就不得而知了，但是"草船借箭"绝对属于一厢情愿意淫出来的。

首先，历史上并没有关于"草船借箭"的记载，有些人分析三国的时候还很认真地

---

① 夔：kuí

把《魏略》上关于孙权"借箭"的记载拿来说事。

《魏略》上说,孙权有一次乘坐一艘大的战船窥视曹操营寨,曹操命人用弓弩万箭齐发,密密麻麻的箭雨射在孙权的战船上,导致大船失去平衡将要倾倒。孙权于是命人掉头,让另一面也受箭。于是在曹军又射了一阵子后孙权的大船终于受重均匀,然后划着船回去了。

哈哈,有意思。

曹操和孙权这时居然这么有默契。孙权大船失去平衡后,曹操还不趁他逃不掉,派人把孙权捞上来活捉,反而要继续助攻让他的大船保持平衡之后安然离去。真搞笑!

按照古代弓弩的攻击力,最远的强弩也不过几百米,不可能超出现代步枪的射程吧。这么近的距离,还不到一里地,孙权大船上的一切情况,曹军都能看得清清楚楚。

如果孙权胆敢只乘坐一艘大船就来偷窥曹操的军营,还敢逗留这么久,曹操完全可以出动一批快艇(走舸,一种配备很多水手的小型舰船,速度占先),包围并活捉孙权。

在弓箭都能攻击到的射程范围内(一二百米),快艇追击大船,就跟群狼斗野猪一样,虽然会有几只狼受伤,但是拿下野猪还是小菜一碟的。

当然,这只是其一。

还有一点就是,不管鱼豢的《魏略》还是罗贯中的《三国演义》,"借箭"这种不合逻辑的战术都忽略了一个致命缺陷——对方用火攻怎么办?

我们知道,古代既没有铁壳战船,也没有水泥钢材,古代的战船都是木制的,古代的营寨也都是木制(砍伐树木树枝加上布帛兽皮等搭建)的。木制的器具,战场上最怕的就是火攻。

《三国演义》里罗贯中笔下的诸葛亮最善于用火攻了,而且只有他烧别人,没有别人烧他。

不过在历史上,诸葛亮其实吃过败仗,而且就是败于对方的火攻。228 年诸葛亮首次北伐,出动数万大军包围陈仓,魏国的守将郝昭部下只有一千多人。诸葛亮用云梯发起强攻,郝昭就是用火箭射击诸葛亮的云梯的,云梯着火燃烧,梯子上的攻城士兵也被烧死。

油脂作为古代一种必不可少的军事物资,其重要性不亚于今天的飞机和坦克等军事装备的燃料，因为古代油脂除了用于火箭上，还担负着照明的作用，营帐里的火把和油灯都离不开。木船借箭已是找死，对方只要一发射火箭就会迅速引燃整条战船，更何况草船借箭？

可能有人会说，《三国演义》里不是说了，当时是大雾天气，曹军看不清。

那我也要说，恰恰是看不清，才更需要用火箭来照明，以及寻找攻击点。

火箭射在水里就会灭，射到船上则继续燃烧。曹军发射火箭，只要有一支箭落到船上，那么其他人就能在大雾中迅速定位找到船的位置，对准火光继续发射火箭就是了。

所以，草船借箭最大的漏洞就是逻辑不通，恰恰就是这个致命缺陷证明这只能存在于小说的情节里。

《三国演义》里有一节说到阚泽向曹操献诈降书的情节，但是历史上为黄盖献诈降书的并不是阚泽，而是一个很平常的使者（行人），《三国志·阚泽传》里也没有丝毫关于阚泽献诈降书的记载。

有意思的是，罗贯中在写《三国演义》里阚泽献诈降书的时候，居然说阚泽自称“东吴参谋”，曹操也说他“**汝既是东吴参谋，来此何干？**”赤壁之战的时候孙权只是“**讨虏将军，领会稽太守**”，这时候要是就敢建国号“吴”，那不是公然造反吗？

看来曹操有未卜先知的特异功能，居然早早就知道孙权是未来的东吴主人了！

历史上阚泽没有献诈降书，所谓的铁索连环也是真假参半。

首先，庞统是南郡郡政府的人事官（功曹），类似于现在的组织部长，是负责选拔人才任命官员这一块的。

说是诸葛亮和庞统并称“卧龙”“凤雏”，但是庞统其实比诸葛亮先步入仕途好些年。刘表在世的时候，庞统就已经被南郡郡政府任命为人事官了。曹操下荆州接受南郡以后，庞统又随着归于曹操手下。

直到后来周瑜赶跑曹仁占据江陵，孙权任命周瑜担任南郡太守，这时候庞统才归于周瑜手下。

所以，赤壁之战的时候，庞统是在曹操阵营的，而且是在南郡的郡政府江陵，不可能再跑到江东周瑜的阵营去和他会谈联系（详见《三国志·庞统传》）。

按照历史资料记载，阚泽没有献诈降书，庞统没有献连环计，那么《三国演义》里的铁索连环是怎么回事呢？

其实，这主要是《三国志·周瑜传》里黄盖的一句话引起的。

黄盖的原话是“**今寇众我寡，难与持久。然观操军船舰首尾相接，可烧而走也**”。意思就是说：“现在敌众我寡，我们这一支小部队跟他们耗下去必败。但是我看曹操水军的舰船密密麻麻‘首尾相接’，我们可以用火攻烧他的战船，到时候曹操自然就撤退了。”

关键就是“**首尾相接**”这四个字啊！

首先排除一点，首尾相接不是《三国演义》里的铁索连环，铁索连环是把船并排连接在一起，那样船就不会左右摇摆，可以保持平衡，《三国演义》这么写自然是为铁索连环火烧战船做铺垫。

曹操在本年正月就开凿了玄武池用来训练水军，一代军事家，不可能像《三国演义》里写的那样，打无准备之仗，事到临头了才想起让蔡瑁、张允训练水军。

从正月到七月曹操出征刘表的时候，他的水军至少已经训练七个月了。半年多的时间，士兵们早就适应了船上的生活，就算有不适应被淘汰的，那也可以参加步兵的作战部队，所以，这时候留下来的水军一定都是已经熟悉水性的士兵。

接下来我们就要说这个“首尾相接”到底是怎么回事了。

历史记载上只给了“**首尾相接**”四个字，这并不能说明“首尾相接”就是“铁索连环”啊。按照常理，我们想象一下“首尾相接”会是什么情况？

可能大家脑海里首先浮现的“**首尾相接**”画面就是，一排船像贪吃蛇一样，船头挨着船尾连成一条直线，曹操如果是这样做，难道是想横着在长江上拉一条浮桥让部队过江吗？

哦，No！曹操有大量战船，可以用战船运送士兵过江，而且曹操当时已经占领了长江南岸，大部队已经过江。所以，建浮桥过江这条推断要被排除。

除此之外，正常在江面行驶的舰队不可能船头和船尾相连，因为船与船之间一定要有间距，就像车队里的车之间要留一定的安全距离一样。

那么，“**首尾相接**”也基本上可以排除是用铁索把船的首尾连接起来，因为战船如果连成“火车”，就会失去灵活性，也就失去了作为战船的意义。

还有一种情况会是“首尾相接”，就是舰船停泊在港口的时候。

舰船散布在宽阔的江面上时，船与船之间会有很大的安全距离，不然万一不小心撞船了怎么办，那可比撞车严重多了。

但是舰船回到港口以后，就像汽车回到停车场以后一样，停泊的间距很小。

停车场里的汽车，其实就跟史书上记载曹操舰船“首尾相接”一样。如果我们联想一下，十有八九首尾相接就是说曹操的舰船停泊进港口以后很拥挤，一条船挨着一条船，因此船与船之间不仅并排挤在一起，就连船头船尾之间也没有空隙。

因为舰船都拥挤在港口，所以黄盖诈降的时候战士们还出来观望，可是黄盖一旦引燃小艇纵火焚烧曹操的战船，这些战船无法分散开来进行紧急疏散，只能无奈地看着大火蔓延过来，无计可施了。

所以，黄盖的原话如果换成“如今敌众我寡，难以跟他们持久对抗，我看曹操的车队首尾相接，可以放火烧退他们”。这样的话，我们就好理解了。

黄盖强调的，只是舰船在港口里拥挤在一起，就像停车场的汽车拥挤在一起，一旦失火，也会烧掉所有汽车。

赤壁之战，被《三国演义》演绎得真真假假虚虚实实，而且因为史料匮乏，就连很多史学家也难弄清历史真相。历史上真实的赤壁之战究竟是怎么一回事呢，请看下章，《赤壁之战的真相》。

下章提示

周瑜、程普已经率领大军抵达樊口会见刘备，这时候出使江东的诸葛亮还没有回来呢，这也从时间上印证了诸葛亮根本没有“舌战群儒”说服孙权决心抗战，而是孙权早就在鲁肃和周瑜的劝说下决心抗战，所以被罗贯中神化了的诸葛亮这次其实只是完成一次外交使命，也就是简单地和孙权签订一下联合抗战的合约。曹操呢，由于这次南下一直都很顺利，所以一帆风顺的他也忘了人处在顺境恰恰是最容易放松警惕疏忽大意的，居于优势而惨败的阴云已经向他袭来。

第三十章 赤壁之战的真相

当阳长坂坡击溃刘备以后，大概曹操也觉得刘备再无翻身之力了，就放松了警惕，没有继续追击刘备，而是南下接收荆州各郡了，刘备因此有了喘息的机会。

鲁肃见到刘备后向他转达了双方合作的意愿，刘备于是派诸葛亮前往江东与孙权结盟。

多年来一直觊觎荆州谋求建立霸业的孙权，本来就没有投降的余地，在鲁肃劝说以后已经下定决心抗击曹操，所以根本不需要诸葛亮去"舌战群儒"。

话说孙权交给周瑜、程普三万人作为前锋先赴江夏会见刘备后，他自己也率领大批后援部队紧随其后出发了。

这时候，刘备已经从江夏的夏口(今湖北武汉市)向东进驻鄂县的樊口(今湖北鄂州市西)，周瑜、程普已经率大军前来与他会合。但是这时候诸葛亮在哪呢？孙权又在哪呢？

此时，孙权已经从大本营吴县(今江苏苏州市)率领大军进驻豫章郡柴桑县(今江西九江市)了，诸葛亮就是在柴桑和孙权见面的。(史料记载见《三国志·诸葛亮传》)

孙权的大本营在吴郡吴县，诸葛亮见他的时候，他已经率领大军来到豫章郡柴桑县，中间要横跨安徽省，全程 600 多千米。

朋友们，孙权已经身在军营不在江东的朝堂了，诸葛亮哪里来的"舌战群儒"？江东那群文官又岂会不留守大本营吴县而随部队来到柴桑？况且孙权率领大军西进 1200 多里，难道是来玩的吗？既然他已经出动大军，又何必劳诸葛亮"舌战群儒"说服孙权发兵？

诸葛亮会见孙权还没回来，这时候曹操已经顺利接收荆州，并整顿部队准备东下了。消息传到刘备这里，刘备内心惊恐不安，毕竟如果没有江东部队支持，单凭他一支被曹操击溃的残军,很难抵挡曹操大军的全面攻击。所以刘备就天天派人到江边查看,看孙权的部队有没有到来,可以说刘备的急迫心情用“翘首以盼,望穿秋水”来形容最为贴切了。

某一日,刘备派出去查探的人望见周瑜的水军船只,立马赶来回报刘备。

刘备问道:“你怎么知道那是江东的舰队,而不是曹操的青徐部队?”

侦查官汇报说:“因为船只不同,所以知道是江东的舰队。”

刘备于是派出人马前往码头,慰劳周瑜他们,不料周瑜却不买账,他对刘备的属下说:“我有军令在身,不能擅离职守将部队托付给其他人代管,如果你们主公能够屈尊亲自前来,这才是我所盼望的。”

部属把周瑜的原话转达给刘备以后,刘备叫来关羽、张飞,对他们说:“周瑜想叫我亲自过去,现在我们有意同他们结盟而不亲自去会合,有失同盟的诚意。”随后,刘备乘坐一艘小艇亲自去见周瑜。

周瑜坏啊,按照礼节规矩,周瑜只是孙权手下一员大将,刘备完全不用亲自接见他,只需要派出使者代表自己就行。可是“人穷志短,马瘦毛长”啊,刘备现在寄人篱下还需要仰仗江东的庇护,不得不接受周瑜这个有点无理的要求。

周瑜也知道刘备一代枭雄能屈能伸,估计也是想借机打压一下刘备的气焰,所以才提出让刘备亲自来见自己的要求。

要知道,按照地位来说,刘备的地位比孙权都高多了。孙权才是朝廷所封的一个杂号将军(讨虏将军),官职不过是一个太守(领会稽太守)。

但刘备却是仅次于特级上将之后、前后左右四将军之一的“左将军”。当时朝廷除了位比三公的大将军、骠骑将军、车骑将军、卫将军之外,就数前后左右四将军地位最牛了,五虎将就是按照前后左右将军职位列入的。刘备还被曹操向中央表奏担任过豫州全权州长(豫州牧),一个州有多少太守都归他管辖。

周瑜呢,连将军都算不上,一个中郎将,顶多可以算是准将。刘备都是上将级别了啊!

不过呢,谁也没办法,光杆司令也没有带兵的小排长牛啊。地位和实力相比,还是实力说了算。

见到周瑜以后,刘备问他:“如今共抗曹操,是我们双方都很明智的决定,请问你带了多少人前来?”

周瑜回答:"三万人。"

刘备说:"可惜太少了啊!"

周瑜自信地说:"这就够用了,豫州(刘备是豫州牧)且看周瑜破敌。"

哈哈哈,周瑜也会吹牛也会撒谎啊!是三万人就够用了吗?

不是,是孙权不给他太多人啊!他请求孙权拨给自己五万人马,结果孙权一下给他打了个六折,只给三万。并且三万还不是全给他自己带领,再打五折砍掉一半给程普带领。

这时候,刘备想请鲁肃一起前来商议。(估计是想和鲁肃商量一下,看能不能再请孙权增派一些兵马。)

不料周瑜再次拿出军令当借口,他说:"我们都是军令在身,不能擅自托付给其他人代管,你如果想见鲁肃,可以另外前往。还有,孔明先生已经和我们一起前来了,顶多再有两三天就能赶到。"

这次会面,虽然周瑜有点傲慢,但是从另一方面也凸显了他治军的严明。

樊口会面之后,刘备和江东联军开始沿长江南岸西进,越过夏口抵达赤壁。

注意,赤壁在夏口西,孙刘联军采取的是进击姿态。

曹操这时候已经全部接收了荆州的土地,江北江南都已经成为中央政府的势力。证据在哪里呢?

证据一,《三国志·和洽传》,汝南西平人和洽南下荆州避难的时候,刘表"**以上客待之**",但是和洽不想为刘表效力,就继续南下,逃到荆州武陵郡隐居起来。

武陵郡在哪呢?

东汉末年的武陵郡郡治设在临沅县,即今天的湖南常德市武陵区一带。曹操平定荆州以后,把和洽找了出来,请他担任丞相府的秘书,这是曹操已经南下占据武陵郡的证据。

证据二,《三国志·裴潜传》,河东闻喜人裴潜南下避乱荆州,刘表也对他"**待以宾礼**",希望他出山辅佐自己。不过裴潜也不看好刘表,也继续南下,到达荆州长沙郡隐居起来。

长沙郡在哪儿呢?

长沙郡治临湘县,即今天的湖南长沙市。曹操平定荆州以后,把裴潜也找出来了,并请他担任丞相府的军事参谋,这是曹操已经南下占据长沙郡的证据。

此外，长沙临湘人桓阶不应刘表征召，称病告退。曹操占领荆州后把桓阶也扒拉出来，请他担任丞相府主任秘书，这也是曹操占领长沙的证据。

当然，证据很多，肯定不止这些，我们就不一一列举了！

话说回来，曹操既然占据了荆州的全部郡县，肯定要分兵驻守，所以他能够用于决战的部队就不会有四十万，甚至打个对折也不是没有可能。而且，已经占据江南的曹操也完全没有必要全部依靠水军，不会像《三国演义》里说的那样没有办法渡江。

孙刘联军西进到达赤壁的时候，终于遇到了曹操的部队。

赤壁是长江南岸的一个小镇，古代可能也是军事要地，因为对面江北还有一个乌林小镇。古代但凡江河两岸有渡口的地方，往往都是军事要地，把守渡口就像把守关隘一样，一夫当关，万夫莫开。

和孙刘联军遭遇的时候，占据绝对优势的曹操兵团却很不给力，连《三国志·周瑜传》里都说了，当时曹操的部队“**已有疾病**”。

诸位注意，在古汉语中，一般小病都叫“疾”；大病或很严重的病才叫“病”。

“疾病”用在一起并称，通常是指情况复杂而又很严重的病，比如：诸葛亮临死的时候是“**亮疾病，卒于军**”（《魏延传》记载诸葛亮临死时是“**秋，亮病困**”）；刘备临死的时候是“**先主病笃，托孤于丞相亮，尚书令李严为副**”；而李严临死时是“**平闻亮卒，发病死**”；袁术临死时则是“**发病道死**”；袁绍则是“**军败后发病**”忧死……

孙刘联军到达赤壁遭遇曹军，曹操的大部队竟然抵挡不住孙刘联军的小部队突击。无奈之下，曹操只得下令部队撤退到江北，驻扎于赤壁对面的乌林，扼守渡口防止孙刘联军继续进军（**初一交战，公军败退，引次江北**）。

退居江北把守渡口，这是一个守势，也是曹操想等部队恢复元气以后发动反攻的前奏。

虽然目前我们还无法得知，究竟是一场什么样的疾病竟然如此严重，导致拥有绝对优势兵力的曹操不得不退居江北采取守势。但是可以想象，这必然是一场蔓延全军的大规模传染病。或许这个谜底只有等将来历史学家和生物学家联手为我们揭开了。

因此前面说的曹操的部队“**已有疾病**”，这绝不是我们现代意义上的普通疾病，不然也不会那么影响战斗力。以曹操四十万大军的战斗力，竟然还要采取守势，可见曹操军中爆发的“疾病”显然很严重。

虽然曹操采取的是守势，但是把守赤壁乌林渡口，等待部队恢复元气后再行反攻也不是没可能的事。

当年扬州刺史刘繇[①]，派遣几个三国里不知名的樊能、于麋、张英把守长江对岸的横江津和当利口，竟然阻挡了袁术大军的猛烈进攻，袁术联合孙坚的旧部属吴景、孙贲等发动猛攻依然"**连年不克**"。这充分说明了，关隘渡口在古代的重要性，毕竟那时候既没有大炮、导弹等远程武器，也没有办法空降占领敌后。

曹操退居江北和孙刘联军对峙，长久下去孙刘联军必定吃不消，作为实力雄厚的一方，曹操无论是粮草、后勤还是部队人数都占绝对优势，假如给他时间恢复部队战斗力，那么曹操一旦发动反击，孙刘联军必败无疑。

可能不止一个人看到了孙刘联军假如跟曹操打持久战的话，必输无疑，但是却都没有破敌之策。

恰好在这时候，黄盖对周瑜说："如今敌众我寡，实力根本不在一个级别，我军难以与曹操长久相持。但是我观察对岸曹操部队的战船停泊在乌林，密密麻麻地挤在一起'首尾相接'，假如发动火攻烧毁他的战船，曹操一定无法再和我们对峙。"

赤壁之战，黄盖最初向周瑜提议火攻建议的时候，其实也没有想到会完全击溃曹军，所以，他对周瑜的提议也只是烧毁曹操的战船。

黄盖的火攻计策得到了周瑜的同意后，黄盖就派自己的亲信前往曹营，向曹操献上诈降书。据《江表传》记载，曹操还专门召见使者秘密嘱咐他："就怕你们是诈降。假如黄盖说的是实话，归顺朝廷后一定重加封赏，超过其他人。"

因为当时曹操声威正盛，江东想投降的也不是只黄盖一个，所以曹操就大意了，以为黄盖是真的扛不住压力想投降的。还有一点要说，黄盖诈降是真，但是可没有受《三国演义》里所谓的"苦肉计"。

黄盖献上诈降书取得曹操的信任后，立刻就落实准备火攻战船的计划。周瑜命部下将几十艘艨艟战舰全部改装成火船，撤掉里面的战斗器械，装上易燃的柴草，又用油脂浇灌在柴草上，外面用幕布蒙上，使曹军在远处不能发现已动的手脚。然后在上面竖立牙旗，打上黄盖的旗号。

艨艟战舰(《三国志》原文作"蒙冲")在当时也是主力战舰，基本上相当于现代的

---

① 繇：多音字，一读(yáo)，一读(yóu)。

巡洋舰了。

东汉的刘熙在《释名·释船》中注解艨艟战舰是“**外狭而长曰蒙冲，以冲突敌船也**”。可见艨艟战舰舰体线条流畅，能够提高航速，作战中可以机动灵活地对地方舰船发动突击。作为古代舰队常配备的舰船，艨艟战舰发挥的战斗力很大。

为了给自己驾船的士兵留后路，周瑜他们还在艨艟战舰后面都备上一些快艇（走舸），就像现代战舰会预备救生艇一样。

一切都准备停当，可是朋友们不应该忽视一个最重要的常识：当时已是寒冬，这个季节往往都是刮西北风的。曹操大军驻扎在江北岸，周瑜如果放火，大风一刮，船就漂回来烧他南岸的营寨了。

可能就是这个因素使曹操大意了，没有想到对方会使用火攻。

天意如此，寒冬腊月居然会刮东南风。

黄盖修书一封约定向曹操投降，也不知道这该死的东南风是什么时候刮的。反正黄盖的船队抵达江心以后立即升起船帆，而此时东南风已经很猛烈了。黄盖命令手下士兵一起高喊“投降了”。

此时曹军还没有警觉，有这么大张旗鼓投降的吗？因此，曹军错过了最后一丝挽救自己的希望。

黄盖这边高喊投降，那边曹营的士兵还只顾高兴围观呢，都跑出营寨来到江边看热闹来了。

由于东南风甚急，黄盖的火船转眼就来到距北岸只有二里远的地方，也就是一千米。黄盖一声令下，部下一起放火，然后解开救生艇跳上去，只剩下着火的艨艟战舰火龙一样冲向曹操舰船。

《江表传》在这一情节里描写得特好，“**去北军二里余，同时发火，火烈风猛，往船如箭，飞埃绝烂，烧尽北船，延及岸边营柴**[①]”。

这些离弦之箭一样的火船冲向曹操舰船停泊地以后，不仅烧毁了曹操的舰船，还连带着把江边的步兵营寨也烧着了。

周瑜他们率领部队紧随其后发动进攻，曹操的人马猝不及防，又受火势围困，连人带马被烧死或掉落江里淹死的不计其数。

---

① 柴：多音字，这里读 zhài，通“寨”。可能古代营寨都是用木柴做的，故通用。

局势已经失控，曹操无奈只好率领手下部分残兵败将向南郡江陵（今湖北荆州市）撤退，周瑜和刘备则率军紧随其后追击。诸位注意，刘备此时才出现，不是他没有在赤壁之战中发挥多大作用，而是史料记载缺失。

对于曹魏一方来说，赤壁之战是一场败仗、一场耻辱之战，所以魏国史料对此回避，基本上没有正面记载。

刘备的蜀汉不修史，所以蜀汉方面没有史书记载这些资料。

那么，我们查考赤壁之战的史料只能从吴国方面下手了，而吴国史料也是唯一比较详细记载赤壁之战的史料。

《江表传》的作者虞溥虽然是西晋人，但他依据的史料还是来自东吴旧有的史料，因此这些史料里自然是吹周瑜、黄盖如何如何牛的了，作为联军的另一方，刘备如何配合周瑜他们的行动居然只字未提。

还是在陈寿的《三国志·周瑜传》里，才有最后刘备联合周瑜一起到南郡追击曹操的记载。也就是说，表面看上去刘备在赤壁之战里就是个陪衬，前面看着周瑜放火，后面跟着一起到南郡，凑凑热闹当个群众演员。

历史真相显然不可能只是如此，打仗卖命的活，周瑜岂会不拉着刘备一起？啊，我把敌人打死了，你在战场上收拾一下战利品，最后还是咱们孙刘联军一起击败曹军的？

周瑜没那么傻。

话说回来，曹操撤退到南郡的江陵，据《山阳公载记》记载，他是经过了华容道的。不过乐资的《山阳公载记》却说，赤壁之战这一把火是刘备放的（**公舰船为备所烧，引军从华容道步归**）。

《江表传》最坑的是，它不但记载了黄盖、周瑜放火烧了曹操的战船，还记载曹操后来写信给孙权说：“**赤壁之役，值有疾病，孤烧船自退，横使周瑜虚获此名**。”这就成曹操自己放火烧船之后撤退了。

事实上，曹操烧船自退的说法可以首先排除，因为他如果是烧船自退，一定会预先有安排，绝不至于被周瑜和刘备追着打到南郡。

另外，赤壁之战后曹操元气大伤，再无力南下，反倒是孙权数年里连续两次对曹操的合肥发动十万大军的包围，说明曹操这次真的是伤到了筋骨，所以孙权都敢骑到他头上拉屎了。

《山阳公载记》里的说法也不靠谱，孙刘联军里江东集团实力雄厚，是抗战的主要力量。作为“小股东”的刘备只能听从“大股东”周瑜的安排，做一些辅助工作，所以不可能是刘备作为主要抗战力量去干这些事的。而且也只有江东的人诈降，曹操才会粗心大意忽视问题的严重性。

综合来看，还是《三国志》里的记载相对靠谱些。

曹操从华容道撤退，并没有遇到所谓的被诸葛亮派去埋伏在那里的关羽，事实上关羽也不可能绕到曹操的大后方给他来个半包围。

汉代的华容县属于荆州的南郡，位于今湖北潜江市西南，这里距南郡郡治江陵不远，而且恰巧处于乌林和江陵之间。曹操取道华容撤回江陵应是无误。

由于是兵败撤退，所谓兵败如山倒，部队很难保持有序撤退。华容道泥泞不堪难以通过，曹操派属下那些老弱残兵背负柴草铺路，骑兵才能顺利通过。因为骑兵只顾狼狈撤退，不管那些为他们背负柴草铺路的士兵有没有闪开就策马通过，因此，也导致很多铺路的士兵被撤退的人马踩踏陷入泥中而死。

士兵们争相逃命，部队秩序无法维持啊！

当初楚汉相争的“彭城之战”，项羽以三万精兵攻打刘邦近五十六万大军，三分之一是被项羽部队杀死在战场上了，另有三分之一就是士兵们争相逃命挤落淹死在泗水、睢水中的，还有三分之一是逃命失散了。五十六万，最后等于全军覆没。

曹操是四十万大军对阵数万孙刘联军，战况一如当年的刘邦，可以想象，曹操溃败的华容道撤退是什么场景了。

此章实在不忍解读，一将功成万骨枯，但凡战争不管谁胜谁负，总会尸横遍野血流漂橹。一仗下来，不知道有多少人要失去他们的儿子、丈夫、父亲或兄弟……

战场上的士兵大多是青壮年，一场战役下来，不知道多少人老年丧子、白发人送黑发人，也不知道多少人幼年丧父、阴霾笼罩童年。

我们看历史看战争，不要每次说到杀敌多少就莫名地兴奋，我们要明白每一组数字背后的沉重，每一组数字都代表一个个家庭永远的伤痛。

赤壁一役，由于不知名的疾病和偶然的天灾因素，加上曹操自身大意，导致这个著名的军事家在顶峰的时候惨败。同时赤壁之战也成了三国的一个转折点，由于这个转折点的诞生，三国分立的局面才拉开帷幕。

赤壁惨败后，曹操担心这一战导致威望受损而动摇后方根基，引起内乱，因此他也顾不上再和孙刘联军交手，把江陵交给堂弟曹仁镇守，然后就匆匆返回首都许县了。

与此同时，周瑜、程普等人率军包围江陵。孙权本来手里还留有十万人的后续部队，既然前方已经得胜，自己这十万替补也就用不上了，干脆乘胜北上在东线再打一场战役。于是，孙权就直接率领这十万人马浩浩荡荡北上，入侵曹操扬州州治合肥(今安徽合肥市)，想一举拿下扬州的北半部。孙权的如意算盘能实现吗？请看下章，《孙权十万大军大战合肥》。

下章提示

赤壁之战失利后，曹操阵营不得不实施全面防守战略，周瑜乘胜包围江陵，孙权趁机包围合肥。曹仁独自支撑江陵，阻住了周瑜、程普的北上之路，合肥被困曹操竟无兵可派，只让张喜带领一千人马去支援被孙权十万大军包围的合肥。一场战役，形势却发生如此大的逆转，合肥和江陵危在旦夕啊！

第三十一章 孙权十万大军大战合肥

战争的硝烟早已消散，但是赤壁之战失利的阴云却笼罩在曹操和曹仁的头上。

数十万大军都已被击溃，主公曹操已无心恋战退回许县，临走前把阻击敌军这个重任托付给自己，曹仁心里明白，堂兄这是信任自己，同时他也明白，这和荆轲刺秦一样，几乎是一条不归路啊。

或许，当时曹仁心里已经做好了最坏的打算：主公，你就放心地回京城镇抚后方吧。我曹仁誓与江陵城共存亡，能为你多拖住敌军一天就多拖一天，直到流尽最后一滴血！

看不到胜利的曙光，甚至看不到生还的希望，曹仁就是在这种情况下临危受命承担起阻击孙刘联军的重任的。

周瑜、程普等统兵西进来到江陵，仍旧驻扎在长江南岸，和曹仁隔江相对。甘宁向周瑜提议，可分兵一支继续西进，夺取夷陵（今湖北宜昌市夷陵区），这样就等于切断了曹仁的右臂。

周瑜采纳了甘宁的提议，并让甘宁前往夺取夷陵，甘宁得令后立即率军突击夷陵，到达后即夺取了夷陵城。

江陵（今湖北荆州市）和夷陵，两地相距仅有九十千米，曹仁只顾正面防御周瑜、程普的数万大军，没想到周瑜居然突袭，先行切断自己右翼膀臂，江陵顿时孤立了。为了尽快夺回夷陵，曹仁马上派遣五千人马围攻甘宁。

甘宁当时手下只有几百人马，加上夺取夷陵新兼并的降军，总共刚满一千人。曹仁派遣五千人攻城，正应了“十围五攻”那句话。

夷陵能重新夺回来吗？周瑜这边发动攻击了吗？我们先放一放，再来说说合肥那边。

赤壁之战孙刘联军以数万人马击溃曹操几十万大军，这是孙权怎么也想不到的。估计主张投降的那帮老臣更想不到，“怎么这么给力，好尴尬，打脸了！”

孙权原先的设想是，周瑜能打成啥样都行，全力拼一下打个好彩头就行了，自己亲自率领的这十万大军才是主角呢。他还等着周瑜前线支持不住回来和自己会合，然后自己率领所有主力和曹操展开决战呢。

结果，战局出乎所有人的预料，曹操以绝对优势招致溃败，孙权备用的10万大军就用不上了。

主角还没上阵，路人甲就把戏演完了！

于是，孙权干脆提着十万大军转而进攻曹操去了。打哪儿呢？闭着眼地图上点个地方吧，点到哪打哪。当然，这是开玩笑的，不可能闭着眼点个地方就打。

孙权十万大军瞄准的地方叫作合肥，是曹氏中央政权的扬州州治所在地。

孙氏家族据有“江东六郡”，这个所谓的“六郡”只是个笼统的说法，实际所指的就是东汉末年的扬州五郡。

扬州一共有六个郡，除了最北边的九江郡在中央政府手里，南边的五郡都在孙氏家族手里，孙策打下豫章郡之后把豫章分为豫章和庐陵两郡。

豫章郡是扬州最大的一个郡，涵盖今天的整个江西省，孙策担心这样难以镇守，就把豫章分为两个郡，让堂兄孙贲和孙辅分别担任这两个郡的太守。

孙策这么一分，江东五郡就变成了江东六郡。

因为整个扬州就剩最北边的九江郡还在中央政府手里，孙权就进攻九江郡了。

虽然扬州只剩一个郡在手了，但是中央的州长（刺史）还是要设的。这里要说一下，不管是孙策还是孙权，虽然他们实际上控制了扬州的九江之外“六郡”（五郡），但是他俩都只是担任某一个郡的太守，并不是扬州州长。

200年孙策去世后，属下的庐江太守李术欺负孙权年幼而叛变，这个李术也是个憨蛋，他不仅背叛孙权，还向北进攻中央政府的地盘，将扬州刺史严象杀死。

当时曹操正逢官渡之战，面对袁绍的强大压力，顾不上收拾李术，就任命刘馥出任扬州刺史，接替严象的位置。同年，孙权先向曹操上书申诉李术的罪状，请曹操不要支援李术，随后发兵攻打李术。

李术这才慌了，一边闭门自守一边向曹操求救。不知道他脑子进水了还是怎么的，刚杀了中央高官就想中央发兵救援自己，曹操自然不救，于是孙权就攻下了庐江的郡治皖城(今安徽潜山县),并屠城。

更可怕的是刘馥接手担任扬州刺史之后,居然不老老实实地在原州治寿春(今安徽寿县)待着,反而南下“**单马**”来到合肥(今安徽合肥市)建立新州治。

要知道,李术叛变以后庐江一带出现很多小军阀,史书记载当时梅乾、雷绪、陈兰等人聚众数万在江淮一带到处劫掠进攻县城,导致“**郡县残破**”,而当时的合肥已经是一座匪患猖獗、人烟荒凉的空城了。

刘馥就是这么有胆识,单枪匹马就去上任去了,还特意把州政府设立在动乱的匪患区。

刘馥敢这么做,并不是他就是没脑子的二杆子货,而是他想尽快安抚这些流民。据史书记载,刘馥到合肥后招抚流民建设新城,数年之间“**恩化大行**”,流民纷纷归附安定了,梅乾、雷绪一帮人也不再闹了,还主动向刘馥缴纳保护费。

黑社会居然往外交保护费了,我也是醉了!

合肥基本稳定以后,刘馥就带领当地子民招揽一些有学问的儒生设立学校,又开垦田地兴修水利等。江淮一带本就土地肥沃适合农业发展,战乱中的老百姓乐于找到一片可以活命的净土,就也都跟着刘馥干得很卖力。数年之后当地就奔向小康了,老百姓手里有了积蓄,政府财政也有着落了。

因为合肥处于扬州的南边,紧邻孙氏家族的庐江郡,具有超前战略眼光的刘馥就提前做战略准备,一面大力发展经济,一面加快城市建设,提前修筑高大坚固的城墙,囤积擂石滚木和草苫鱼油等战略物资。

据《三国志·刘馥传》记载,七八年间,刘馥不仅把合肥从一座空城变成繁华富庶百姓安居乐业的新都市,还在这短短几年里设学校,开荒地,修水利,筑城池,又囤积了大量擂石滚木和数千万枚草苫及数千斛鱼油等战略物资。

我想,如果不是历史记载白纸黑字确凿无疑,恐怕很多人听了都不会信,还以为他是用鬼子进村式的政策抢来的呢!

可是好人不长寿啊,如此一个千百年来罕见的好官却只在合肥干了八年就死了,也不知道是不是累死的,唉!

罗贯中在《三国演义》里黑曹操黑得真够厉害!赤壁之战“宴长江曹操赋诗”那一回,罗贯中写曹操酒后一槊刺死刘馥,不仅把曹操写得凶残无比,也让刘馥一代好官不得善终。

事实上刘馥确实是赤壁之战这一年死的，但那是鞠躬尽瘁死在扬州州长的任上。安徽合肥与赤壁之战的发生地湖北荆州市一带相距600多千米，刘馥当时根本不在湖北，曹操这一槊刺得也够远的，从荆州把扬州州长给刺死了，真的是“千里之外取人首级”啊！

刘馥208年死后，继任他当扬州刺史的人姓名不详。同年年底，孙权把预备的十万后援大军转移进攻扬州州治合肥。

十万大军包围一座州长新死的孤城，合肥军民心头的压力可想而知，而且孙权这一围就是三个多月（**百余日**），并且当时又阴雨连绵导致城墙都快崩塌了。

所幸刘馥生前储备的大量战略物资派上了用场，城里的军民就用草苫覆盖在城墙上挡雨，每当夜幕降临的时候，又点燃大量油脂制成的火把，把城外照得灯火通明，使孙权没有机会发动夜袭攻城。

三个多月啊，合肥军民就这样昼夜严密防守着，终于等来了他们的援军。

不过，这援军来得不仅慢，数量上还少得出奇。孙权围城三个月，曹操才发来援兵，而且只有一千人马。坑州长啊！

曹操也没办法啊，一场诡异的赤壁之战，曹操主力尽毁，撤退时又留一部分给曹仁守江陵了。所以，孙权围城他竟发不出援兵，只派部将张喜率领一千骑兵就去解救十万人包围的合肥去了。

不过，曹操也不是故意坑张喜和合肥军民的，据《三国志·蒋济传》记载，他还授权张喜路过汝南的时候，把汝南的驻守官兵也带上，一起去支援合肥。但是，张喜和带过去的这些汝南官兵也不是精兵强将啊，据说他们也染病了（**颇复疾疫**）。

当年究竟是怎么了，曹操居然会如此被动。

别说张喜所率的人马也染病了，就算他带的是精锐部队，以一千骑兵加上汝南一些官兵，要想击退孙权的十万大军，未免也有点痴人说梦。就在合肥这生死存亡的关键时刻，一个人站出来了，这个人就是蒋济。

蒋济当时是州政府的行政官（别驾），合肥苦苦支撑三个月，好不容易盼来一支援兵，还是一支数量很少的“老病残”。不过这事就看谁操作了，不会操作的人只好拿实力和孙权硬拼了，但是碰上蒋济这种人就会是另外一种情况。

蒋济秘密同州长商量，假装已经得到了张喜送来的情报，四万步骑混合兵团已经抵达雩娄[1]，特派主任秘书前去迎接张喜，然后让主任秘书出城后把"情报"送回城里。按照预测，三个往城里送情报的只有一个人能够入城，其他两个人的情报会被孙权截获。

州长同意蒋济的计策并依计行事，情报果然被孙权截获了。

虽然我不想吐槽孙权什么，但是孙权真就是被这封四万步骑混合兵团赶来支援的假情报给唬住了，居然真的烧毁围城营具撤退了。当然，也许是因为他围攻合肥一百多天也没能拿下，本身就有点泄气了。

第一次十万大军包围合肥无功而返，这才是"孙十万"威名远扬的开始，以后还有"孙十万"大战张辽，也是在合肥。

再说说江陵这边，曹仁五千人马杀到夷陵以后立刻展开猛烈夺城之战。老战术，在城外架设高楼向城里射箭，箭雨密密麻麻地飘落夷陵城里，甘宁手下的士兵们都吓坏了，只有主将甘宁依然谈笑自如。不得不说甘宁确实有大将风范，假如主将都慌了，那手下的士兵们一定更乱成一团。

甘宁一边镇定自若地指挥部下防守，一边派人向周瑜告急。但是周瑜帐下诸将都认为兵力不是很充裕，应该集中全力攻打江陵城，不管甘宁。

这是坑谁？假如甘宁知道江东军士这样对他，会不会骂人——我说先夺夷陵切断曹仁的左膀右臂，你们同意了，我来攻下夷陵后你们不管我了？你们就这样对我？

好在这时候吕蒙站出来对周瑜和程普两位统帅说："请让凌统留守江陵，我跟二位主帅一起去夷陵解围，解围如救火，但是也用不了太长时间，我敢保证凌统留在这里至少可以支撑十天。"

周瑜、程普同意吕蒙的请求，出动大军先去解救夷陵城，同时周瑜又采纳吕蒙的计策，预先派出三百人把险道阻断，这样曹仁派遣的攻城部队在撤退的时候战马就无法通过，只能弃马而逃。

吕蒙这一招够阴的啊！先搞破坏，我提前把山间险道给你阻塞堵上，你战马过不去，逼你到时候只能扔下战马逃命。

周瑜、程普、吕蒙率领大军到达夷陵城下，当天即发动进攻，内外夹击曹仁的部队，把曹仁派出的五千人马杀死过半。剩下两千多人看看也无法取胜，再战下去还有

---

① 雩 yú 娄：今河南固始县东南陈淋镇附近，和安徽省交界。

被全歼的危险，干脆连夜撤退。

他们到了周瑜预先埋伏的三百人那里，因为道路已被阻塞隔断无法过去，只好下马步行。这三百人发动攻击，曹仁的部队不知虚实仓皇逃窜，马匹留下被周瑜的伏兵缴获了，三百人各得一匹，共缴获三百匹战马。

此战又大获全胜，周瑜和程普回军江陵后信心倍增，索性渡江安营扎寨对江陵城发动攻击。不过他们忽视了一点，攻夷陵的不是曹仁本人，守江陵的才是曹仁本人啊！

夷陵已经夺不回来了，江陵就等于陷入孤军奋战的境地了。所谓“投之亡地而后存，陷之死地然后生”，曹仁眼见周瑜数万大军就要对江陵城发动攻击，数千人的前锋兵团已经抵达，因此他也不等对方先发动攻击，干脆别等你来打我了，我先打你吧。于是曹仁就在军中选拔三百人，交给亲信部将牛金对周瑜军发动反攻击。

注意，曹仁选拔这三百人可不是挑选的：你你你，出列！

他是“**募得三百人**”，所谓募就是招募，自愿参战的。这情形就跟20世纪选拔敢死队员一模一样：在家里是独子的留下，妻儿老小没人照顾的留下，其他人，原意跟我一起报名的出列！

实际上，曹仁的选拔可能也是这么个情况，三百人战数千人，真跟送死差不多！

牛金领命出战，过不多久即被周瑜军的数千人包围，曹仁的秘书长陈矫他们也在城上，眼见牛金他们就要被敌军吞没，一个个吓得脸都绿了。

这时候，只有曹仁意气风发，命令手下人备马准备出战，这可把陈矫他们吓坏了，曹仁可是江陵的守将啊，曹操临走时虽然给他配了个副手徐晃，可是徐晃一个杂号将军，和曹仁的官阶差得太远了。

曹仁本来官阶不算高的，曹操临撤退前给曹仁来了个“火线提拔”，任命他代理征南将军，按照这个官职解读，可能当时荆州所有事务都交给曹仁全权负责了。

要知道，当初荆州全权州长刘表在世的时候，也不过是个“镇南将军”，地位还在曹仁的征南将军之下呢！

作为江陵的第一把手，曹仁要是有个三长两短，就算江陵保住了，将来陈矫他们怎么向曹操交代啊！所以，陈矫他们就拉着马不让曹仁出战，说：“敌军人多势众，盛不可挡。就算这几百人都战死了又有什么呢，将军你岂能只身犯险！”

曹仁不听陈矫他们的劝说，披甲上马，带领左右随从几十人就出城了。离周瑜军有一百多步的时候，前面有一条壕沟，陈矫他们以为曹仁一定会驻于壕沟这边，借用壕沟的地理优势阻挡周瑜军，为牛金他们突围做掩护。

然而，曹仁却率领部下径直冲过壕沟，直接冲进周瑜军的包围圈里。曹仁所率的应该也是他的警卫营的人，这些人不说是以一当十吧，至少也是能打五六个的壮汉。

由于江陵第一守将曹仁的身先士卒，部下们也是拼死奋战，周瑜军包围圈终于被撕开一道口子，牛金他们得以脱围而出。

不过，待牛金他们和曹仁一起突围以后，盘点人数却发现还有一部分人失散了，仍困在周瑜军的包围圈中没出来，曹仁于是转身再次杀回，冲进包围圈把牛金手下那些剩余的士兵又救了出来。

曹仁的勇猛把周瑜军的先锋部队也震了，他们见碰上硬骨头了，就只好暂时撤退。曹仁安全回城之后，陈矫他们一颗心终于放回肚子里了，同时也不得不叹服曹仁的勇猛，一起感叹“**将军真天人也**”。同时，由于曹仁的身先士卒做表率，全军将士不禁都对曹仁敬仰有加、服服帖帖。

周瑜军遭到迎头痛击，江陵将士也由于主帅的勇敢表现而士气大振，因此，人心很快稳定了下来，这也给以后曹仁能够独守孤城阻挡周瑜大军一年多奠定了基础。

江陵之战和孙权的合肥之战是同步进行的，孙权打了三个多月没打下来，被蒋济吓跑了。周瑜这边同样难以取得进展，围攻江陵一年多，最后还让曹仁安然撤退了。

据说攻城期间，周瑜也曾学曹仁身先士卒亲自披挂上阵，可惜他运气不好，被流箭射中了右肋。

我们都知道战场上刀剑无眼，一个能够最终成名的将军除了要有出色的指挥能力，运气也是少不了的，否则你再有才能，一支流箭飞来就有可能要了你的命。那你就只能英年早逝含恨九泉，高呼“出师未捷身先死，长使英雄泪满襟”了。

周瑜中箭以后伤势很重，无奈只能撤回。但是曹仁听说周瑜病重的消息后，便整顿兵马准备发动反击，周瑜于是强忍伤痛亲自巡视军营鼓励官兵们，江东将士见主帅无恙，心里也就放心了。

这边曹仁见周瑜军士气高昂，也就放弃了进攻周瑜的计划。

现在再说回刘备这边，《三国志 · 先主传》里是没有刘备参加江陵会战的记载的。《三国志 · 周瑜传》里也只有刘备和周瑜共同追击曹操的记载，没有刘备和周瑜联手攻打江陵的记载，幸好一些其他史料里有刘备参战的记录。比如说《三国志 · 李通传》和《吴录》的记载里就有刘备的参战事迹。

周瑜围攻江陵长达一年多，史料上关于刘备的记载可能已经是江陵之战的后期了。

据《吴录》记载，刘备对周瑜说：“曹仁死守江陵城，城里的粮食储备又很多，这对我们很不利。不如我让张飞带领一千人马跟随你，你派人率两千人马跟着我，一起从夏水（即汉水）抄曹仁的后路，截断他北撤的后路，曹仁听说我们截断他的归路，一定会弃城撤退。”周瑜听后就按照刘备说的将两千人马分给了刘备。

按照周瑜的性格，除非刘备的这条计策有很高的军事价值，否则他是绝对不会轻易把两千人马交给刘备的，要知道先前派甘宁夺取夷陵，周瑜也不过交给他几百人马。

两千人马，这近乎是周瑜所率军的十分之一啊，周瑜、程普一共才带领了三万人马，而实际上周瑜能直接调动的只有一万五千人马，另外一半人马的直接领导权在程普手里，周瑜要想调动还得程普点头才行。

因此，基本上就可以判断这是最后逼退曹仁的主要决策，可惜因为这条计策是由刘备提出来的，周瑜不过配合一下，所以东吴的史书只记载周瑜配合了刘备的行动，没有记载最后的结果。

并且，江东的其他史料也没有记载最后曹仁是怎么放弃江陵的。但是我们可以想象，如果不是受到特别大的压力，曹仁是绝对不会放弃江陵这座事关荆州攻守大防线的重城的。

《三国志·李通传》里的记载和《吴录》的记载印证得几乎严丝合缝，这在互为敌国的史书记载上十分罕见，因此也更加印证了刘备的计策就是最后逼迫曹仁放弃江陵的决定性策略。

李通当时是汝南太守，张喜路过汝南带走的就是李通手下的官兵。

因为合肥之战是三个多月结束的，而江陵之战打了一年多，所以关于李通支援曹仁的记载，应是合肥解围以后，张喜把带走的兵马又交还给李通了，否则就算李通想救曹仁也是有心无力。

据《三国志·李通传》记载，刘备和周瑜一起在江陵围攻曹仁的时候，另外派了关羽阻断曹仁向北撤退的路线，这和《吴录》里刘备提的计划十分吻合。而且，《吴录》上也说刘备把张飞交给周瑜了，所以对于没有几张牌可用的刘备来说，关羽就是剩下的人里面最能让他放心的大将了。

江陵南临长江，周瑜、刘备他们本来就是在长江南岸渡江发动进攻的，说明南岸已经被他们占据了。

同时，江陵之战打响之初，甘宁就已经攻占了江陵的"右臂"夷陵，南面和西面都是孙刘联军的势力，东面是曹操曾经攻打失败的赤壁和乌林，应该这时候也是孙刘联军控制的范围。

所以，曹仁在守江陵之初，就已经陷入三面被围的窘境了，好在他苦力支撑一年多，为曹操重整旗鼓赢得了时间。

围城只围三面，这是出自《孙子兵法》上的战术，也是古代攻城时候常用的指导战略。

《孙子兵法》上讲"**归师勿遏，围师遗阙，穷寇勿迫**"，这几点都是军事要点。也就是说，对于想要撤退回归的部队不要阻止他，包围敌军的时候要给对方留一条出路，已经快要走投无路的部队不要追击他，触犯以上三点都会把对方逼急，跟你拼个鱼死网破。

孙刘联军给曹仁留下北撤的退路，就是希望他能够放弃江陵逃走。

可是曹仁下定必死的决心，要为曹操重整旗鼓争取时间，因此孤城坚守一年多也不肯撤退。

无奈之下刘备只好变通了，你不是不肯撤退吗，给你留个活路你还不走了？好，那就把你的活路堵上。刘备对周瑜提出从北面截断曹仁归路的计划一旦实施，曹仁就将四面被围，真的只能与江陵城共存亡了。

虽然守城之初曹仁就下定了必死的决心，但是那是建立在为曹操阻击孙刘联军的反扑这种假设上的。

现在曹仁守了一年多，曹操已经稳定了后方，控制了局势，就算孙刘联军得到江陵，再想乘胜反扑也是不可能的了。此时的曹仁已经完全没有必要再与江陵城共存亡了，蝼蚁尚且贪生，曹仁岂会不知道活着好？

阻击孙刘联军的任务已经完成，曹仁心里的求生欲望也就更大了。所以当关羽统兵北上断绝他的归路的时候，曹仁心里也慌了，既然任务已经完成，那就撤吧。

曹仁北撤，关羽还在他必经之道上堵截着啊。这时候李通神勇地出现了，李通率领属下的汝南官兵前去迎接支援曹仁，而且是"**下马拔鹿角入围，且战且前**"。

因为曹操主力基本上尽失，这年也够坑汝南官兵的，先是跟着张喜去救援合肥，回来了又要跟着太守李通救援曹仁。估计汝南官兵心里很无奈。

我们都知道，古代作战和现代作战不同，到了一个地方安营扎寨以后，首先要砍伐树木修筑营寨防具。所谓的“鹿角”就是防具的一种，也叫“拒马”，主要用来防御骑兵的进攻。

鹿角是把砍伐下来的树枝两头削尖，然后每三根绑成一个三角形，注意——三角形的每个角都要把削尖的那部分漏出来，然后再用长树木把这些三角形串联起来，这样一排一排的防具就叫鹿角（拒马），不管你怎么放，总有一排削尖的部分是朝向外面的，战马如果硬闯，一定会被这些削尖的树枝刺伤腹部。

既然有鹿角阻挡，李通只好下马砍开鹿角，步行作战，边作战边前进。

好在关羽的任务也不是消灭李通或曹仁，而是在战略上逼迫曹仁撤退，因此，此战就给了李通大展身手的机会。否则以能够斩颜良的关二爷对阵李通，我押关二爷胜。

神勇的李通战退关二爷阻断曹仁归路的伏兵后，终于迎接到了曹仁撤退的部队。

历史上有许多守城名将，但是曹仁绝对是这些守城名将中的佼佼者。

第一，曹仁守的不是自己悉心经营的城池，而是曹操刚刚拿下荆州后归降的城池，这样一座城，民心未必都顺服于你，所以要想做到短时间内全城军民团结一心，有很大难度。

第二，曹仁是火线上阵临危受命，数十万大军被击溃，主帅曹操仓皇撤退，丢下曹仁阻击敌军，这种情况下，军心很难稳定。大家应该知道，恐慌的情绪会蔓延。就像恐怖袭击或者某些特殊事件的时候，比如某地谣传不法分子迷晕人割肾的时候，当地人都会人心惶惶。曹仁能够在兵败如山倒的情况下力挽狂澜，稳定住军心镇守江陵一年多，千古以来难有名将与之比肩。

被网友送绰号“任盾”的曹仁，不只是这一次镇守江陵抵挡住孙刘联军一年多的守城经历。他在后来还有一次，就是镇守樊城抵挡住“水淹七军”的关二爷进攻的经历。

两次出色的守城经历，铸就了这位历史上罕见的守城神将——曹仁。因此，虽然是讲述刘备经历的故事，在此也不得不对这位历史名将表示深深的敬意。

下面继续讲刘备的故事，曹仁撤退后，占领南郡郡治江陵的周瑜被孙权就地任命为南郡太守，驻扎江陵。

刘备呢，周瑜就分给他南郡长江以南的几个县。注意，是南郡的几个县，并不是荆州长江以南的几个郡。不过，赤壁之战击退曹操，刘备就只得到几个县，他会甘心吗？请看下章，《刘备借荆州》。

下章提示

我们早就讲了，虽然实力才是硬道理，诸葛亮不可能仅凭几句话就能说服孙权出兵，替刘备打退曹操，让刘备占有荆州和他与曹操三分天下。但是，刘备也不是甘心任人摆布的人，赤壁之战后要瓜分胜利果实，刘备狡猾地提出向孙权借荆州。这一招确实不错，我承认荆州归你，不过我暂时借用一下，那么实际上之前的谈判基本上就跟废纸一样了。你的东西我用，跟我用自己的东西有什么区别呢？所以，刘备一招偷换概念就破了孙权原先占大股份的设想。当然，荆州能够被刘备借到手还要多亏鲁肃。

第三十二章　刘备借荆州

曹操赤壁之战失利后撤回北方，孙权率兵包围合肥，周瑜、刘备等人包围江陵。合肥之战打了三个多月，最终孙权无功而返。江陵之战孙刘联军坚持一年多，最终依靠刘备断绝曹仁归路的策略逼迫曹仁弃城撤退。

在此期间，刘备推荐由刘琦担任荆州州长（刺史）。

我们知道，荆州州长在刘表去世后原本是由刘琦的弟弟刘琮接手的。可是曹操大军压境的时候，刘琮却望风投降归顺了中央政府，曹操奏表朝廷将刘琮调任为青州刺史，同时加封他为列侯。然后把刘备的老乡、涿郡人李立调过来担任荆州刺史。

刘备肯定不愿意让曹氏中央政府顺利控制荆州，所以中央立了个李立当州长，他就推荐刘表的儿子刘琦当州长。这下可好，一个州两个州长，各有各的优势。

曹操所封的李立是经过朝廷批准的，是名义上正规的荆州州长。但是刘备所推荐的刘琦是原州长刘表的长子，在当时朝廷影响力江河日下的时代，各地割据军阀的职位几乎清一色成为家族式的父死子继模式。所以，荆州本土官员还是很认可旧主刘表这张牌的，刘备把刘琦推出来，就是想借用刘琦的影响力来号召荆州官员归附自己这一方，毕竟刘琦是和自己站在同一战线的。

《三国志·先主传》上说："**先主表琦为荆州刺史，又南征四郡。武陵太守金旋、长沙太守韩玄、桂阳太守赵范、零陵太守刘度皆降。**"事实上我们应该明白，刘备推荐刘琦担任荆州州长之后南征四郡，荆州南部的四郡太守望风投降并不是向刘备投降，而是向荆州州长刘琦投降。

说实话，好多分析刘备的文章，都认为刘备南征四郡，四郡太守向他投降，这挺可笑的。

刘备本身不是荆州官员，他在荆州任何职务都没有，就是一个请来帮忙协防荆州的。说句不好听的话，就等于是刘表雇来看家护院的打手。而且曹操派遣李立出任荆州州长后，刘备也迅速把刘琦推到了台前，希望能够影响那些旧部属归顺自己这一方。

四郡太守投降是向刘备一方投降不假，但并不是向刘备投降。哪怕刘琦只是个汉献帝一样的傀儡，四郡太守也是向刘琦投降的。

赤壁之战曹操失败，孙权包围合肥，周瑜、刘备包围江陵。可是大家要注意，这些行动里都没有刘琦的参与。那么，刘琦干吗去了呢？就是打江南四郡去了。

刘琦也是有一定实力的人啊，《三国志・先主传》记载刘备在长坂坡失败逃跑，渡过汉水以后，江夏太守刘琦率领一万多人去迎接他。《三国志・诸葛亮传》里诸葛亮"舌战孙权"那段对话里，诸葛亮也说了"**刘琦合江夏战士亦不下万人**"。作为防御江东连年进攻的江夏郡，部署一万多人的常规部队也是合情合理的。

江陵围城一年多，刘琦这边不可能干看着。而且《先主传》里写刘备南征四郡，他明明和周瑜一起在攻打曹仁，单独以他自己的兵力再分出一部分南下攻打四个郡，恐怕也是有心无力啊。

所以攻打江南四郡，必然有刘琦的兵力参与，就算刘琦没有亲征，但是有刘琦派出的江夏兵与刘备的部队配合，想攻打四郡的难度就降低很多了。

荆州本来就是老爹刘表的，江夏郡又是荆州其中的一个郡，江夏郡官兵和相邻的江南四郡官兵官员互相熟识也是情理之中的事，甚至还很可能有不少人是来自江南四郡的。

熟人之间相互好说话——老东家虽然不在了，但是大公子还在啊，你们别跟着曹操干了，还是跟咱们大公子干吧！

可以想象，用刘琦的号召力来与江南四郡的官员打心理战，绝对奏效。

江南四郡的官员心想，既然曹操已经失败，开始撤退了，曹仁在江陵又被围攻没有还手之力。江南四郡和北方的中央政府之间的联系基本上已经被切断了，也指望不了中央派人来支援了，还不如直接归顺大公子刘琦呢！

南征四郡的时候，有件事要说。

《三国志・赵云传》里裴松之注引的《云别传》说，赵云跟着平定江南四郡，被提拔为偏将军，代理桂阳太守，取代原桂阳太守赵范。赵范有一个寡妇嫂子樊氏，人长得很漂亮，有国色天香之姿。赵范想巴结赵云，就准备把自己的嫂子樊氏许配给赵云。

但是赵云坚辞不受，对赵范说："你我同姓，你的哥哥就像我的哥哥一样，所以我不能娶你的嫂子。"

诸位，两汉乃至三国民风开放，开放程度几乎和现代无异，甚至有过之而无不及。比如：汉文帝刘恒的母亲薄太后，是其父和原先魏国王室之女魏媪[①]私通所生的女儿。

汉朝还有个女人叫王娡，她的父亲名叫王仲，母亲是燕王臧荼的孙女，名叫臧儿。臧儿嫁给王仲后生了一个儿子叫王信，还有两个女儿，其中大女儿就是王娡。之后王娡的父亲王仲去世了，母亲臧儿就又改嫁给了田氏，并生了两个儿子田蚡、田胜。

王娡长大后，本来已经嫁给了金王孙并生了一个女儿，但是她那个二婚的母亲臧儿卜卦卜出了个好彩头，卦象显示她的两个女儿都会富贵，臧儿于是把早就是孩他妈的王娡从金家夺回来，献给了太子刘启，少妇王娡的肚子也真争气，一口气给太子刘启生了三个女儿一个儿子，这个儿子就是后来的汉武帝刘彻。

更搞笑的还在后面呢！

刘彻当皇帝以后，听说自己在民间还有一个同母异父的姐姐，就是王娡和前夫金王孙生的那个女儿，他就准备把姐姐接到皇宫里享福。

刘彻的计划还是很周密的，他先派使者去打听一下，看姐姐在不在家。在得到确凿的情报证实姐姐在家后，刘彻亲自带领人马前去迎接自己的姐姐。

怎么迎接的呢？到了地方以后先实行交通管制戒严，然后封锁附近，并让禁卫军包围金家大宅，防止姐姐逃走。

接着派禁军撞开门，他自己进去找姐姐。刘彻这个民间姐姐糊里糊涂也不知道到底发生了什么事。"这是犯了多大的罪啊，官兵出动包围宅子拿人来了。"她被吓得钻床底下，不敢出来。

刘彻派人搜查金家，终于把姐姐找了出来，见了面后刘彻还跟姐姐开玩笑说："哎，姐姐你怎么藏得这么深啊！"估计这弟弟要不是皇帝，当姐姐的能大耳刮子扇他。"不带你这样吓人啊，突然之间这么多官兵包围咱家，你想吓死我啊。"

刘彻的皇后卫子夫和大将军卫青，他们的母亲卫媪行事风格也够出奇的。

卫媪是平阳侯的小妾，卫青的父亲郑季是平阳侯府上的一个小吏。可能那是在

---

① 媪：ǎo。

一个夜深人静雷雨交加的晚上，卫媪与郑季因为长夜漫漫无心睡眠就一起谈谈人生谈谈理想什么的，谈着谈着不由自主地把话题从“人生”转移到了“生人”上面，于是干柴烈火的两人经过一夜“奋战”，终于为大汉王朝造就了一代名将卫青。

仅仅如此根本不足以让我们对卫媪佩服得五体投地，这位奇女之前已经和别人生过一个儿子、三个女儿了，卫青只不过是她的第五个私生子。

卫青的这一个哥哥和三个姐姐分别是大哥卫长君、大姐卫孺、二姐卫少儿、三姐卫子夫。

他们的父亲是谁不得而知，但是可以肯定的是不是郑季，因为他们都是卫青的同母异父的哥哥姐姐。

让人更为惊讶的是在卫青之下还有两个弟弟叫卫步和卫广，他们的父亲是谁也不得而知。卫青兄妹七人，我们只知道卫青的父亲是郑季，其他六人的生父一概不详，有可能是六个，也可能是两个。

有意思的是，卫氏家族的“优良传统”不但在卫媪身上得到了体现，还在她的女儿那里得到了传承和延续。

卫青的二姐卫少儿也不含糊，她就是一代名将霍去病的母亲，这位奇女得到母亲卫媪的真传，也在某天深夜和平阳县的一个小吏霍仲孺谈人生谈理想了，于是就生下了汉朝另一位传奇名将霍去病。

为什么说卫少儿也不含糊呢？

因为她不仅和霍仲孺生了一个儿子霍去病，同时她还有一个情人叫陈掌，陈掌还因为和卫少儿的特殊关系受到刘彻的提拔重用，只是不知道两人是否生育有子女。果真是“青出蓝更胜于蓝”啊！

在三国时代，其实也跟汉朝差不多，曹操的杜夫人和尹夫人都是“拖油瓶”带着孩子嫁给他的，被曹操收纳的还有张绣的族婶(就是张济死后他的寡妇老婆)，只是不知带孩子没有。

刘备也不例外，他的穆皇后就是刘焉儿子刘瑁的妻子，刘瑁死得早，刘备入蜀以后就把她娶了。

孙权这边更甚，还不如曹操和刘备呢！

孙权的徐夫人跟他关系比较复杂，我们详细说一下。孙坚在世的时候把自己的妹妹许配给了好友徐真，那么按辈分来说孙权就应该叫徐真姑父了。

徐真和孙权的姑姑生了一个儿子叫徐琨，而徐琨又曾经跟着孙权的父亲孙坚一起作战，年龄上应该比孙权大不少，那么徐琨应该就是孙权的大表哥。

徐琨生了一个女儿，长大后把这个女儿嫁给了同郡的陆尚，可是陆尚没有艳福消受，不久就死了。孙权在吴郡的时候，就把陆尚这个遗孀也就是他表哥的女儿给娶了。

明白了吧，孙权娶的不但是个寡妇还是他的表侄女，两人之间血缘关系相当近，并且还有辈分差别。

此外，孙权的两个女儿孙大虎和孙小虎也都是先后嫁了两次。孙大虎先是嫁给了周瑜的儿子周循，周循死后又改嫁给了全琮。孙小虎则先是嫁给了朱据，朱据死后改嫁给了刘纂。

那时候，不但上层社会对妇女改嫁什么的不避讳，就连民间也是一样。

比如：犍为郡武阳县的李密，他出生刚满半年父亲就去世了，到他四岁的时候母亲何氏改嫁他人。

牵招的儿子牵嘉则和李胤是同一个母亲所生。

何进的老爹是个杀猪的，他和妹妹何太后是同父异母，而何太后的母亲嫁到何家以后还“拖油瓶”带来了一个儿子叫朱苗(后来改姓何)。

其实说了这么多，主要还是想告诉大家，那时候的人并不保守，妇女改嫁是很正常的事情。

汉武帝的姥姥改嫁过，汉武帝的母亲王娡改嫁生了他，汉武帝的丈母娘私通生了他的皇后和名将卫青，汉武帝的小姨子私通生了名将霍去病。皇家都不讲究后世所说的“三从四德”，别说民间了。

古代对妇女压迫最为严重的朝代就是明朝，什么“三从四德”啊，“从一而终”啊，“贞洁烈女”啊，基本上都是从那时候开始大肆宣扬的。所以我们要知道，并不是中国过去一直是这样子，至少在汉代三国的时候，妇女改嫁都是很正常的事。

那么，赵范想把嫂子许配给赵云，当然是拉关系套近乎的，也是当时很正常的事。不料，这么一个绝色美女送到跟前居然没有让赵云心动，他竟然坚决拒绝了。

当时也有人劝赵云收纳了樊氏，赵云却说：“赵范是被迫无奈投降的，这个人心不可测，天下女人多了去了，我何必要娶她。”

赵云是担心以后有什么变故会受到牵连，而后来赵范也果然逃走了。

我们看，桂阳太守赵范就是当时江南四郡太守中的一个代表，他们已经失去了与朝廷的联系，所以，只能“被迫”投降了，何况刘琦还是他们的大公子。

刘备这边帮周瑜围攻曹仁，那边帮刘琦夺取荆州江南四郡，但是荆州利益分配的主导权既不在刘备手里也不在刘琦手里，而在孙权手里。

打下江陵后，周瑜只把南郡的长江以南几座县城分给了刘备，这就是刘备参加赤壁之战所得到的利益。而长江以北包括郡治江陵在内的广大地区都归了孙权一方，周瑜被就地任命为南郡太守，程普则出任江夏太守。

刘备无奈，只能接受江东的安排，将部队驻扎在油江口（油水长江入口，位于今湖北公安县），同时将那里改名公安。

诸位，这个公安可不是原本就有的县，而是从刘备驻扎那里以后新设立的县。因为没有太多史料证明当时周瑜究竟分给了刘备多少土地，但是从刘备竟然需要新设立一个县当作大本营这种窘境判断，周瑜没有给刘备多大一块容身之地。

《江表传》上说赤壁之战后，“**周瑜为南郡太守，分南岸地以给备**”。好多人容易误解成是把长江南岸的荆州四郡给了刘备，其实，周瑜只是把南郡的长江南岸地盘划分给了刘备。

周瑜自己不过一个太守，还是个想为孙权开创帝业、对刘备很敌视的人，怎么可能把江南四郡分给刘备？就算他想分也没那个权力啊。

所以，周瑜只是把自己治下的南郡分了几个县给刘备。

周瑜虽然没有给刘备多大一片地儿，但是人家刘备的名声好威望高，原来一些刘表在江北的旧部属，得知刘备已有容身之地后，纷纷从江北赶来投靠刘备。

还有，就连庐江郡（郡治皖城，今安徽潜山县）的军阀雷绪也不远万里带着自己的部下数万人赶来投奔刘备了。

不知道大家还记不记得雷绪，就是前面讲李术叛变杀死扬州州长严象后，扬州出现了很多小军阀，其中比较有名气的就是梅乾、雷绪、陈兰等人。他们聚众数万到处劫掠攻破县城后扫荡一空，导致江淮一带“**郡县残破**”。

“郡县残破”四个字足以概括这些小军阀的攻击力，连郡县政府驻军都抵挡不住他们的攻击，可见这些小军阀实力并不差。

后来，刘馥去扬州当州长，采用怀柔手段，这些人居然老实起来了，黑社会还向刘馥交保护费了。

然而赤壁之战这年刘馥死了，扬州又换了州长。刘馥一死，梅乾、陈兰等一帮人就又重操旧业，干起占山为王的老本行了。刘备得到根据地后，雷绪不知道从哪得到消息居然慕名远来，从安徽带着部队到湖北投奔刘备来了，而且雷绪这家伙有实力啊，一下子带过来数万人，估计就算不比刘备的人多也差不到哪去。

这下可好，刘备一下子增加这么多部众，他真没法安置这些人了。

咋办呢，借荆州！

按《三国志・先主传》的记载，刘备是在先推荐刘琦当荆州州长以后，又南下征讨江南四郡的，然后四郡太守望风投降。可是《先主传》并未写四郡太守是向谁投降的。

根据记载推测吧，像是投降给刘备了。但是根据当时情况推测吧，刘表当荆州州长的时候，刘备不过是为刘表效力协防荆州的，现在刘表没了，他儿子还在，刘备不敢自己出任荆州州长，只好推出刘琦来当荆州州长，借用刘琦的名义收复江南四郡。

所以，刘琦就算没有实际权力也是名义上的荆州州长，荆州南四郡应该是向州长刘琦投降的。

现在再说回来，不管江南四郡是投降给刘备还是刘琦，最起码不是投降给孙权了。这时候四郡的实际控制权力在刘备、刘琦这一方。

打下桂阳郡以后，赵云被任命为代理桂阳太守，诸葛亮被任命为军师中郎将，负责调控零陵、桂阳、长沙三郡的税收充当军费，这也说明了平定江南四郡刘备参与了，而且他手下的人还被委以要职。

随后不久，荆州州长刘琦病死了。

有些人可能会怀疑刘琦的死跟刘备脱不开关系，会怀疑是刘备把刘琦谋害了。但没有任何史料表明刘琦死于刘备的谋杀，而刘琦又死得非常恰到好处，正是刘备需要他死以方便自己掌控荆州的时候，所以，我只做分析不做判断，见仁见智看各位的。

这时候，刘备、刘琦一方实际控制着荆州南半部的领土，因此，刘琦一死，刘备的部下就一起举荐，由刘备接替刘琦的州长之位，并且还把原先的“荆州刺史”提升了半级，称为荆州全权州长“荆州牧”，不过刘备的大本营仍旧不变，还在原来的公安县。

刘备这时候还需要仰仗老大孙权罩啊，自己都成全权州长了，老大还只是一个太守呢，这怎么能行？所以，刘备就举荐孙权从原先的会稽太守出任代理车骑将军（**行车骑将军**），兼徐州全权州长（**领徐州牧**）。

前面我们说过，东汉末年军阀割据的时候，所谓的官爵什么的基本上都是自己封的，根本不经过中央政府的同意，而且中央政府也不会同意。

就像陶谦和曹操干仗的时候，陶谦推荐刘备当豫州刺史，还有赤壁之战的时候，曹操奏报朝廷任命李立出任荆州刺史，这边刘备就推出来刘琦出任荆州刺史。

你说，这奏章要是奏报朝廷，曹操那边会同意刘琦当荆州刺史吗？所以，这些所谓的官爵都是做个样子，写份奏表念一下："啊！因为朝廷现在被奸臣曹操把持着，我们的奏表无法送达，因此只能遥奏天子，举荐某某某出任某某职位啦！"

刘备推荐刘琦出任荆州刺史，刘琦死后刘备被部下推荐出任荆州牧，还有刘备推荐孙权担任徐州牧，这些都是走走形式的。

任何时候，实力才是唯一的评判标准，有实力说话才算话，没实力你说话也没人听，盛世如此乱世更是如此。

举个例子，你要是在三国时代手下领几十万部队，占据一两个州，你就是自封皇帝也没人敢把你怎么着，而且还能得到承认，刘备和孙权不都是这样当上皇帝的吗？

你要是没有实力，哪怕就是皇帝，说话也跟放屁差不多。

就像献帝刘协在长安被西凉军阀李傕控制的时候，想找李傕要五斛米和五副牛骨架赏赐给左右随从，结果李傕只给了一些腐烂发臭的牛骨，还大发一通牢骚，把皇帝气得没办法。好不容易逃出长安了吧，还被李傕、郭汜追着打，皇帝当到这份上，也算是倒了八辈子霉了。

前面已经说过，按照官职高低来说，刘备的地位要比孙权高得多。刘备原先跟着曹操的时候，就被曹操表封为左将军和豫州牧，孙权在赤壁之战的时候，仍只是讨虏将军和会稽太守。不管是军职还是行政官职，刘备都把孙权甩了一大截，可是这有什么用呢，实力上他比孙权差多了。

因此，刘琦死后，刘备被部下推举为荆州牧的时候，刘备就推举孙权当车骑将军和徐州牧。车骑将军可比刘备的左将军还高一级呢，是军职里面最高的四个之一，位比三公，跟朝廷里的丞相、太尉、御史大夫一个级别。这样说来，孙权的地位就比刘备还高一点。

荆州南四郡的实际控制权在刘备手里，但是所有权并不是他的，刘备要想持续使用还得完成一个程序——借荆州。

借荆州这么大个事就不能再委托诸葛亮了，必须刘备亲自出马，因此刘备只能自己往江东走一趟了。

这时候孙权的大本营已经从吴郡吴县(今江苏苏州市)挪到了京城(后改名京口，今江苏镇江市),根据《三国志·鲁肃传》记载,刘备到京城去见孙权借荆州的时候,江东群臣还是一致反对,只有鲁肃一个人劝孙权借给刘备。

并且,反对借荆州给刘备的人中有一个影响力特别大的人,这个人就是刚刚带兵在赤壁之战中击败曹操的周瑜。

据《三国志·周瑜传》记载,赤壁之战后周瑜、刘备夺取了江陵,孙权就地任命周瑜为南郡太守,驻扎于江陵。

刘琦死后,刘备接手荆州,大本营仍设在公安。接着刘备到京城去见孙权,这时候周瑜听说刘备要借荆州就紧急上书孙权,其中就有那段对刘备的著名评价。“**刘备以枭雄之姿，而有关羽、张飞熊虎之将，必非久屈为人用者。**”

当然,周瑜说的不止这些,他还向孙权献计怎么遏制刘备。

周瑜说:“我认为最好的计策是把刘备留在吴郡(软禁),给他修筑豪华的宫殿,多配备一些绝色美女和各种珍稀古玩,使他迷恋于享乐失去进取意志。然后把关羽和张飞二人分开,调他们各自驻守一个地方,让像我周瑜一样的将领带领他们攻城略池四处征战,这样大业可成。现在如果把土地割让给刘备作为他的根基,让他们三人相聚在战场上,恐怕就像蛟龙得到云雨一样,不会再是池中之物了。”(原文是“**愚谓大计宜徙备置吴，盛为筑宫室，多其美女玩好，以娱其耳目，分此二人，各置一方，使如瑜者得挟与攻战，大事可定也。 今猥割土地以资业之，聚此三人，俱在疆场，恐蛟龙得云雨，终非池中物也。**”)

这时候是赤壁之战刚刚过后,周瑜的威名正如日中天的时候,他说的一句话可能会比江东群臣加一块都有分量,何况他还一口气说了这么多。

不仅周瑜,同样是孙策生前的小伙伴、一起和他创业打天下的吕范也秘密奏请孙权,劝他把刘备扣留。

但是,不管是江东群臣还是周瑜或者吕范,这些人居然没有说动孙权扣留刘备,孙权还不顾众人一致反对,把荆州“借”给了刘备立足。他听信的正是另一个曾经评价刘备是“枭雄”的人所说的话,这个人就是唯一赞成借荆州给刘备的鲁肃。

据《汉晋春秋》记载,吕范劝孙权扣留刘备,鲁肃对孙权说:“这样不行,将军你虽然神武盖世,但是曹操的威名和影响力太大了,我们初临荆州,威信还没有树立起来。应该把荆州借给刘备,让他安抚荆州,这样为曹操培养了一个敌手,我们也多了一个盟友，这才是最好的计划。"孙权听后就采纳了鲁肃的建议，同意把荆州借给刘备。

按理说，这是出自史书上白纸黑字的记载，又与《三国志》等其他史书的记载吻合，应该不会是假的吧？但是，我个人认为，鲁肃劝说孙权借荆州给刘备不假，不过原话可能不是这么说的。

鲁肃先前早就为孙权规划过如何取荆州建霸业，假如此刻荆州已经在手，难道他会让孙权吐出来，让给刘备去招抚、安纳荆州民众？因为刘备在荆州待过，所以让刘备抚慰荆州民众比自己好？

笑话，哪里新打下的地盘不需要慢慢安抚当地民众啊！既然荆州民众需要刘备安慰，那周瑜占领的南郡民众为什么不交给刘备安慰？

个人猜测鲁肃可能是这么说的："现在荆州江南四郡的实际控制权并不在我们手里，虽然战前谈好是归我们，但是刘备翻脸不认账怎么办？难道我们真的要再和他干一仗，让曹操坐收渔翁之利？好在现在刘备还认账，承认荆州的所有权是我们的，干脆就顺水推舟借给他好了，只要和他约定将来他有了落脚点后要尽快归还给我们就行。"

可能现在大家都有体会，现在欠债的才是爷啊，要账的都是孙子，好说歹说对方还不一定还账呢，刘备借荆州就是当年典型的实例。

根据孙权后来和陆逊谈话的回忆录，赤壁之战的真相和借荆州的真相都是鲁肃主导的。

孙权对陆逊说："周瑜当年邀请鲁肃来江东会见我，第一次见面会谈便向我谈论了如何开疆拓土成就帝王之业，这是人生第一大快事；后来曹操得到荆州，声称率领数十万大军水路陆路一起进攻，我邀请群臣询问对策，可是谁都没有主意，到张昭和秦松他们回答的时候，都说应该派出使者向曹操投降。鲁肃立马驳斥这种做法，劝我赶紧把周瑜叫回来商议对策，交给他部队迎击曹操，这是人生第二大快事；后来虽然劝我把荆州借给刘备是他的失误考虑不足，但是这一次失误不影响前两次见解高超、判断正确。"

可见，赤壁之战的真相不是诸葛亮"舌战群儒"促成的，借荆州是在鲁肃劝说下孙权才答应借给刘备的。

刘备占有荆州的实际控制权，但是荆州名义上归孙权，所以刘备只有打个借条了。同时因为是刘备控制着的，孙权也没有办法硬夺，只能无奈"借"给他了。

作为江东的一流谋士，应该说鲁肃的这个建议是失误的，周瑜的建议才是正确的。假如按照周瑜所说，先把刘备软禁起来，再逼迫他交出荆州控制权，那么天下就没有三分，最多只是二分了。就像孙权回忆录里说的那样，鲁肃两功一过，瑕不掩瑜。

根据《山阳公载记》记载，刘备回来的时候对身边的随从说："**孙车骑长上短下，其难为下，吾不可以再见之。**"然后昼夜兼程赶了回来。

这句话的意思就是："孙权这个人上身长下身短，不会屈居人下，我不能再和他见面了。"按照这话我们品不出来什么，最多就是知道了孙权的身材特征上身长下身短，属于典型的亚洲人种特征。

但是《江表传》记载，后来刘备和庞统谈话时说："你那时候是周瑜的南郡郡政府功曹，我到东吴会见孙权，听说周瑜秘密奏报孙权，让他把我扣留，有这事没有？跟着谁为谁效力这很正常，你不用隐瞒。"

庞统回答刘备说："有这事！"

刘备叹息道："我当时实在是形势危急、迫不得已，对孙权有所求，所以不得不亲自前往，竟然差点遭到周瑜的暗算！天下的智谋之士，看法见解都差不多啊。当时诸葛亮曾经态度坚决地劝我不要去，正是考虑到这一点。我认为孙权当时的心思都在北面的曹操那里，想依靠我当一个外援，所以才坚决去了。这是一步险招，不是万全之策呀！"

刘备对庞统的谈话可以看作是刘备的回忆录，我们从中也就完全明白了刘备借荆州的全部行程和经过。

出发之前，诸葛亮劝说刘备不要前往。估计诸葛亮当时的意思也是："现在荆州在我们手里控制着，就算你不去借，孙权也拿我们没办法，派个使者去就行了。"

但是刘备考虑到形势逼迫，这种大事必须亲自前往，双方元首会面商谈，因此亲自前去了。去了以后，商谈达成借荆州的协议后，刘备听说周瑜要暗算他，赶紧昼夜兼程赶了回来。（见刘备对庞统的原话："**卿为周公瑾功曹，孤到吴，闻此人密有白事，劝仲谋相留，有之乎？**"）

所以，刘备从京城回来的时候，对身边随从说什么孙权上长下短不过是一个借口，其实真正的原因是他害怕孙权变卦扣留自己，因此才连夜逃回来。

话说刘备从孙权手里借到荆州的使用权，这个消息传来，正在写字的曹操听了以后大吃一惊，手中的笔都掉到了地上。

刘备出使江东亲自会见孙权,虽然冒险,但是还有一个意外收获就是“抱得美人归”,顺带把孙权的妹妹给娶了。那么,他是如何娶到孙权的妹妹的呢?荆州就这么借给刘备了吗?不,荆州还有两次分割。荆州的两次分割究竟是怎么分配的呢?请看下章,《荆州的两次分割》。

下章提示

赤壁之战后刘备出使江东,同时进行了荆州的第一次分割,这次刘备赔了一个郡赚了一个老婆。随后,周瑜想出兵攻占西蜀,结果还没来得及行动就病死了。随后不久,荆州又进行了第二次分割,这次主导分割的仍然是孙权。

第三十三章 荆州的两次分割

刘备借荆州，很多人只知道个大概，各种品三国的也没有详细解读荆州是怎么借的，都借了哪里，好像是整个荆州都被孙权借给了刘备似的。

事实上，不是他们不想讲，而是借荆州在史书记载上是一个 Bug，从原始史料里就很难找到借荆州的内幕。

赤壁之战，孙刘联军里孙权是“大股东”，所以他也有着更大的话语权。赤壁之战结束后，孙权就地任命攻占江陵的周瑜为南郡太守，只把南郡长江以南的几个县分给了刘备。

而后，孙权又任命江东军的另一名主帅程普为江夏太守。（见《三国志·程普传》“**与周瑜为左右督，破曹公于乌林，又进攻南郡，走曹仁。拜裨将军，领江夏太守，治沙羡，食四县。**”）

赤壁之战击破曹操后，周瑜功劳可能比程普大一些，所以周瑜被提拔两级，直接由中郎将跃升为偏将军，兼任南郡太守。程普呢，可能功劳相对小一些，只被提升一级，中郎将提升为裨将军，同时兼任江夏太守。

那么，问题来了。

江夏郡不是孙权的啊，怎么会让程普出任江夏太守呢？

江夏郡原来是黄祖镇守的，208 年春孙权攻杀黄祖，把黄祖镇守的江夏郡沙羡县（今湖北武汉市江夏区西金口镇）屠城以后收兵。随后刘琦接替黄祖出任江夏太守，刘琦的驻地不详，有可能是在夏口（今湖北武汉市汉水长江入口），也有可能仍在黄祖的旧治沙羡。

同年七月，曹操南下进攻荆州，刘备投奔刘琦进驻夏口。而后，孙刘联军挥师西进在赤壁和乌林击破曹军，并进一步西进围攻曹仁驻扎的江陵。曹仁坚持一年多撤退后，周瑜驻扎在南郡郡治江陵（今湖北荆州市）出任南郡太守。程普驻扎在沙羡，出任江夏太守。

程普出任江夏太守，史书上没有注明时间，根据《三国志·孙权传》推算，好像也不是和周瑜一起上任的。《孙权传》写的是曹仁撤退以后，“**权以瑜为南郡太守**”，而后就是“**刘备表权行车骑将军，领徐州牧。备领荆州牧，屯公安**”。

我们不难想象，刘备面见孙权，不仅白借了半个荆州，还娶了孙权的妹妹，好事似乎都让刘备占了。孙权会有那么傻吗？

不会！最起码不会让刘备一点“彩礼钱”都不出，还占尽好处。

刘备娶亲之前，咱们先来说说南郡的地理位置。

南郡和江东的领土并不交接，南郡往东是江夏郡（原属刘琦，现刘琦死后归刘备），江夏郡再往东才是孙权的江东集团领土。这就像美国的阿拉斯加州一样，和美国本土并不接壤，想开车过去必须出国经过加拿大！假如刘备不交出江夏郡，那么周瑜的南郡就成了一座孤岛，四面不与孙权的江东接壤。你说，这样一座孤岛怎么守？

所以，江夏郡交割给孙权，应该就是刘备去京城见孙权面谈借荆州的时候。孙权答应把江南四郡借给刘备，刘备把江夏郡交给孙权，让孙权的江东根据地通过江夏郡连通南郡。同时双方结亲，成为紧密的政治同盟。

民间有句话：“周郎妙计安天下，赔了夫人又折兵”，这事自然是根据《三国演义》里周瑜献计捉刘备闹出来的。

刘备的甘夫人没有死在长坂坡战场上，她和儿子阿斗一起被赵云救了出来。但是不久，甘夫人就死了，葬在南郡。很有可能，甘夫人就是刘备去见孙权之前死的，所以孙权就把妹妹嫁给了刘备搞政治联姻。

209年，这一年刘备已经49岁了，而孙权才28岁。

孙权是孙家老二，老三孙翊去世得早，如果不去世本年应是26岁；老四孙匡生卒年不详，但他们四兄弟都是一母同胞，此时应是25或24岁；《志林》记载他们还有一个庶生弟弟，名叫孙郎，又叫孙仁。罗贯中在编小说的时候把孙郎孙仁分开来写，说孙仁是孙坚的女儿，估计也就是后来嫁给刘备的“孙夫人”，民间传说孙夫人名叫孙尚香。

历史记载，孙夫人“**才捷刚猛，有诸兄之风**”，身边侍婢百余人皆带刀侍立，确实是位猛女。对于她的长相，史书上则无明确记载。她的生母也不详，一般推测是吴夫人，因为关于孙坚的妻室史书上就记载了吴夫人，而且孙权四兄弟都是吴夫人所生的。

假如孙尚香确实是吴夫人所生的话，应该也是一名美女，因为史书明确记载吴夫人是才貌俱佳的，这么漂亮的美女，生出来的后代，颜值应该也不会低吧。

东汉时代女孩普遍的出嫁年龄是 14 到 20 岁，而且孙夫人是“**有诸兄之风**”的，应该是数她最小，也就是孙夫人要比最小的孙匡还要小几岁。

综合推算，孙夫人此时可能就是 20 岁出头，与 49 岁的刘备相比，两人年龄差至少 20 多岁，足有一代人的差距。诸位，这才是真正的大叔娶萝莉啊，孙权为了搞政治联姻也真是拼了！

荆州到手，美娇娘也到手，刘备算是双收了。

孙权原来多次攻打江夏，可能已经占有了江夏的东南部，曹操得到荆州后可能占领着一部分江夏北部，偏偏江夏西部与南郡的通道被刘备占着。

程普出任江夏太守，郡治又是设在黄祖的旧治，还和夏口紧邻着，所以很可能就是刘备已经把江夏交割给孙权了。所以程普才能越过夏口在沙羡设郡治。

《资治通鉴》记载，209 年孙权任命周瑜为南郡太守，程普为江夏太守，同时又把妹妹嫁给刘备，这些应当就是刘备面见孙权会谈的结果，也是荆州的第一次分割。

虽然交出了江夏，好在此时刘备还控制着江南四郡，荆州江南四郡分别为：武陵郡（郡治临沅，今湖南常德市），长沙郡（郡治临湘，今湖南长沙市），桂阳郡（郡治郴县，今湖南郴州市），零陵郡（郡治泉陵，今湖南永州市零陵区）。

孙权占有江夏和南郡以后，从地理位置上分析，刘备的江南四郡就和曹操的地盘儿不接壤了，江夏和南郡这条缓冲带隔开了曹操和刘备之间的联系。

同时，由于南郡直接和刘璋的益州接壤，而且周瑜攻打江陵的时候，益州将领袭肃已经见风使舵投靠了江东，所以，这更增加了周瑜进取西蜀的愿望。（见《三国志·吕蒙传》和《资治通鉴》。）

因此，周瑜就亲自前往京城向孙权请求进攻益州，他说：“曹操最近遭到挫败，内部有腹心之忧，不能再和将军在疆场上长期相持。我请求和奋威将军（孙瑜）进攻西蜀，得到蜀地以后再兼并汉中张鲁。然后留下奋威将军镇守这些地方，并和马超结成联盟。我再带军返回和将军一起攻占襄阳压迫曹操，北方就能够纳入我们的规划中了。”

孙权同意了周瑜的计划，周瑜于是从京城返回江陵，准备部署出征事宜。

诸位，看到周瑜这个规划是怎么提的没有？

周瑜从一开始就不再像赤壁之战前那样要求自己带兵了，他直接对孙权说："请让我和你的堂兄孙瑜一起带兵进攻西蜀。"他为什么这么说？很简单，这和孙权的多疑有关系。

诸位看《三国演义》，往往觉得曹操是一个疑心病很重的人，但是如果按历史记载评比，孙权才是疑心病最重的一个。不是说曹操和刘备没有疑心病，没有疑心病的君王注定是个失败的君王，但是疑心病过重也未必是好事。评比三国里面谁的疑心病最重需要拿出真凭实据，说孙权疑心病最重可不是无缘无故黑孙权。

孙权少年即位，手下领的是一群跟他爹他哥一起打江山的老资格，资历威望都不浅，按说可能孙权见了他们还要叫一声叔叔或大哥，这么一群人不好带啊！

还有，孙权的江东地区经常有民变爆发，那些山越少数民族本来就不好同化，再加上孙权又跟东汉王室沾不上一点边儿，还是反朝廷的，镇抚这些"化外刁民"自然难度很大。

赤壁之战，周瑜要求拨给自己五万人击退曹操，孙权只给他三万人，而且采用"双头马车"军制让程普和他同时出任统帅；这次进攻西蜀周瑜的提议仍是"双头马车"出击，孙权立即同意。

后来吕蒙袭取荆州，孙权再次计划用"双头马车"的方法出击，让堂弟孙皎分走吕蒙一半兵权，不过吕蒙不愿接受，直接说你觉得谁能打就交给谁带兵吧，孙权赶紧改变态度，委任吕蒙一个人出任统帅。

可以说，这么没有安全感、不信任属下的君主，孙权是三国之最。

可能各位一提孙权进攻西蜀，首先就会想到要向刘备借道，其实最初南郡没有交割给刘备之前，孙权是不用向刘备借道的，因为南郡本来就和西蜀接壤。

周瑜得到孙权的批准以后，就准备返回南郡江陵布置攻取西蜀事宜，可是天妒英才，就在他返程路经巴丘（今湖南岳阳市）的时候，这位旷世英才一病不起了。

临终前，周瑜向孙权上书推荐由鲁肃接替自己。

周瑜死后，孙权亲自为周瑜"**素服举哀**"，这在古代是最高的礼遇啊。搁现代，恐怕最多也只是领导人去献花鞠躬致辞而已，孙权可是连孝服都给弄身上穿了，拉拢人心做到这份上真心不容易！

周瑜死后，孙权命鲁肃出任奋武校尉，替代周瑜掌管他手下的兵马。然后让程普出任南郡太守，掌管南郡政务。

可见，周瑜虽然不是很受孙权信任，好歹还是军政一把抓的。他死以后，孙权直接把军事、政治分开了，交给鲁肃和程普两个人分别掌管。

诸位是不是忽然之间对鲁肃的印象大为改变啊！原来一直以为鲁肃是文官程普是武将，现在看来鲁肃倒是掌兵权了，程普去当文官了！

其实，鲁肃本来就文武双全，只是因为周瑜的光彩太盛，所以把他遮掩了，不然赤壁之战的时候，孙权也不会让他担任周瑜和程普两路军的参谋长了。

话说周瑜去世之年已经是210年，刘备是209年前往江东会见孙权的，借荆州和荆州第一次交割也是在那个时候。

但是根据《三国志·孙权传》的记载，210年孙权又进行了一次分割。注意，这是来自吴书的记载，蜀书方面无记载。

《孙权传》记载，本年孙权把豫章郡再次分割出一部分，设置鄱阳郡。这个分割是孙权的扬州内部的事，跟刘备的荆州没什么事。

可是，孙权同时还把长沙郡分出来一部分设立汉昌郡(郡治汉昌，今湖南平江县东南金铺观)，同时任命鲁肃出任汉昌太守，部队仍旧驻扎在陆口(今湖北嘉鱼县西南陆溪镇)。这个分割可就与刘备关系相当大了，因为长沙郡是荆州江南四郡之一，是刘备的。

刘备的领地他孙权做主分出来一部分设立一个郡，这不是闲扯吗？

不是，实际情况应当是荆州又进行了第二次分割。

《三国志·程普传》记载，赤壁之战打退曹仁以后，程普被任命为江夏太守，驻扎于沙羡。周瑜死后，程普“**代领南郡太守**”。随后就是“**权分荆州与刘备，普复还领江夏**”。

《资治通鉴》是编年体，直接把这次荆州分割的所有事记在了一起：周瑜死后荆州又进行了第二次分割，孙权分设两个郡，调鲁肃回来当汉昌郡太守，程普还回来当江夏郡太守。

为什么说借荆州是史书上的一个Bug呢？

因为，所有史书上都没有记载南郡(郡治江陵)是怎么从孙权手里到了刘备手里的。蜀汉史书没记载，东吴史书没记载，《资治通鉴》同样没记载。

于是，一个不可思议的情况出现了，原本孙权是可以直接进攻西蜀（益州）的，但是后来却需要向刘备借道。南郡原本是孙权的，可是后来却凭空变成了刘备的。

并且，在此之前孙刘联盟还是比较和睦的，双方之间并无征战，不可能是刘备从孙权手中夺取了南郡。史书上也没有任何刘备攻占孙权南郡的记载啊！

南郡从孙权手里转到刘备手里，这其实就是荆州的第二次分割。

第一次分割荆州，孙权用妹妹换来刘备一个江夏郡，并否定了周瑜的提议接受鲁肃的提议（209 年）；第二次分割荆州应该算是公平交换，孙权割走刘备长沙郡的几个县，交还给刘备南郡的江北部分（210 年，注意：南郡的江南部分在赤壁之战后已经作为刘备的参战功劳分给他了）。

第二次分割荆州，孙权分割刘备的长沙郡，设立汉昌郡，任命原来接替周瑜统领兵马的鲁肃回来担任汉昌太守；同时把接替周瑜担任南郡太守的程普也调回来，继续担任江夏太守。

正常情况下，孙权不可能同时把执掌南郡兵权政权的两个人同时调回来。他也不可能擅自做主把刘备的领地分割出来一个郡，派掌管南郡兵马的鲁肃回来当太守。可以推断，正是孙权分走了刘备的长沙郡一部分后，才把南郡的江北部分交换给刘备的。

这样的话，刘备和孙权都有领土和曹操的接壤，那么孙权就不用单独面对来自曹操的压力了。

第二次荆州分割，把南郡交给刘备，这不得不说是孙权继位以来的最大失误。因为把南郡交给刘备固然可以让他一起承担来自曹操的南下压力，但是也把江东集团西进的咽喉交给刘备掌握了。自此以后，孙权只能向南方和西南扩张了，西进之路已经成为刘备的专属了。

刘备得到南郡后不久，孙权果然天真地想和刘备再次联手西进攻取西蜀益州，可是年已半百的刘备怎会看不破后生孙权的伎俩。他冠冕堂皇地推辞了孙权的提议，并发兵扼守要地，摆出咄咄逼人的姿态迫使孙权放弃西进计划，而后自己又入川图取益州。所谓的“孙刘联盟”本来就是利益联盟，利益不能共存时，联盟也就开始破裂。

那么，孙刘的利益联盟是怎样开始破裂的呢，请看下章，《当利益不能共存时》。

下章提示

孙权把南郡交换给刘备后，想邀他联兵攻取西蜀，但是被刘备找借口拒绝了。而后，刘备却自己率兵西进，想要图取益州。孙权恼羞成怒，想把自己的妹妹接回娘家，还想把刘备的亲生儿子阿斗一并带走作为要挟刘备的资本。可惜孙权的计划失败了，妹妹虽然被他接回来了，阿斗却被留在了刘备那里。孙刘联盟的破裂告诉我们一个真相，跟合作伙伴谈感情没有谈利益来得更有说服力。

第三十四章 当利益不能共存时

荆州分割以后，刘备得到了孙权的南郡江北部分，同时把靠近江东的长沙郡几个县分割给孙权。随后不久，孙权派人给刘备捎话说想和他一起攻打西蜀益州。

不过刘备心里另有打算，这个机会还是曹操抛弃被他捡到的。

赤壁之战的时候，割据西蜀的刘璋派自己的行政官（别驾）张松去向曹操示好致意。

本来，在此之前，刘璋就已经两次派人向曹操致意了。第一次，刘璋派了河内人阴溥拜谒曹操，曹操对刘璋派人出使做出表示，加封刘璋为振威将军，封刘璋的哥哥刘瑁为平寇将军。

随后不久，刘璋再次派遣行政官张肃向曹操送上三百老兵和一些原先灵帝御赐给他父亲刘焉的杂物，曹操奏表张肃出任广汉太守。

太守是年俸二千石的省部级高官，地位要比“别驾”这种小吏高多了。而且，曹操这次表奏张肃出任太守的广汉郡正是刘璋的益州一个郡（郡治雒县，今四川广汉市），属于名副其实的提拔。要是把张肃封在孙权境内，孙权肯定不会接受张肃出任太守。

紧接着，曹操兵不血刃拿下荆州的消息传到益州，刘璋赶紧第三次派人去向曹操道喜，这次他派的就是张松。

可能有读者会疑惑了，张肃是别驾，张松也是别驾，一个州到底有几个别驾？回答，一个！既然只有一个，为什么张肃和张松都是呢？别急，我们来捋一捋。

这个张肃和张松，他们二人其实是兄弟俩。哥哥张肃原来是刘璋的别驾，他替刘璋出使到曹操那里以后，曹操不是奏表朝廷擢升张肃为广汉太守了吗？所以，这个益州州政府的别驾位置就空缺了。

刘璋呢，干脆也不用别人了，就让他弟弟张松接哥哥的班出任别驾了，所以前后才会有两个别驾到曹操那里出使。

张肃和张松虽然是亲弟兄，可是俩人的身材长相差别确实太大了。根据陈寿的《益部耆旧传》记载，哥哥张肃长得“**有威仪，容貌甚伟**”，弟弟张松长得则是“**为人短小，放荡不治节操**”。这俩人的身材长相就像武松和武大郎一样，只不过调换一下哥哥弟弟的角色而已。

话说这张松虽然长得一副猥琐相，却是很有才华的一个人（**识达精果，有才干**），他还有一项特异功能，就是过目不忘，记忆力惊人。“人不可貌相”这句话简直就是张松的代言。

张松出使到曹操那里的时候，曹操已经兵不血刃拿下荆州威震天下，正是志得意满小尾巴翘到天上的时候。曹操本来心里正张狂，再加上张松那副长相确实不讨喜，因此就对他爱理不理的。

看来，看脸的社会不是现代才有的啊！

虽然张松地曹操那儿没有受到礼遇，可是当时出任曹操丞相府粮食署主任秘书（丞相仓曹属主簿）的杨修却发现了张松的特异功能。

那是在接待张松的宴会上，杨修拿出曹操自己撰写的兵书给张松看，不料张松过目不忘，看完一遍就能背诵出来。杨修惊奇了，认为张松是个怪才，就禀告曹操应该像原先那样，表奏朝廷让中央任命张松为官员，但是曹操没把这事放在心上，就没有采纳杨修的提议。

《益部耆旧传》记载：“**公主簿杨修深器之，白公辟松，公不纳。**”《献帝春秋》记载“**张松见曹公，曹公方自矜伐，不存录松。松归，乃劝璋自绝。**”

诸位，这就是张松深恨曹操的根本原因啊。

前两次刘璋派人出使，曹操都予以提拔加封，尤其是张松的哥哥张肃出使的时候，曹操直接通过中央任命把张肃擢升为省部级的太守。

这次轮到接替哥哥当别驾的张松出使了，回来什么都没有，因此，张松就在刘璋面前说曹操的坏话了。

张松在曹操那里备受冷落，可是在刘备那里，却受到一贯待人热情的刘备的尊崇礼遇。《吴书》记载刘备对待张松“**厚以恩意接纳，尽其殷勤之欢**”，这让张松很感动。

后来，刘备问张松益州的地理地势等情况，张松就把刘璋治下的益州各地兵器库粮草库、哪里有多少部队驻守、道路交通状况，还有哪个位置有关隘等等，所有军事秘密一股脑儿都给刘备说了。

诸位是不是要怀疑了,张松一个小官,哪里会知道那么多军事秘密?

不错,州政府别驾确实是个小官。但是恰恰因为是小官,才会掌握全州的秘密。

我喜欢把别驾翻译为“行政官”,把功曹翻译成“人事官”,他们二人,一个主抓全州的行政工作,一个主抓全州的人事任命工作。作为低级官员,所有活都是他们干的啊!就像你问领导一个地区的情况,十个有九个会被问住。为什么,领导忙啊,发言稿都是秘书代为整理的!

益州的地理地势和全州的部队粮草什么的,你要问州长刘璋,刘璋肯定回答不出来,恰恰是张松这种处于助理角色的人全部都知道。

张松一股脑儿把益州的底儿都抖给刘备了,问题是刘备没有过目不忘的本事啊。就是有,光凭听说的脑海里也没有一个大致印象啊。

这时候,张松的聪明才智再次发挥了大作用。他怕刘备对益州的情况没印象,居然又找来纸笔画了一幅益州军事地图给刘备。

这下好了,有了张松的慷慨相助,刘备再也不用担心对益州的情况不了解啦!(《吴书》“**又画地图山川处所,由是尽知益州虚实也。**”)

有一点要说的是,《三国演义》在编写张松献图这一节时存在一个明显失误。

《三国演义》说,张松为了巴结曹操,在启程出使之前预先画了益州军事防备地图带在身上。这一点,显然不符合逻辑。

要知道,把地图藏在身上很不安全,很容易被搜查出来暴露罪证。许贡不就是秘密上书朝廷请求制裁孙策,结果书信被孙策的人盘查出来暴露罪证的吗?

汉末某个蜀郡太守也是想请托曹操的爷爷曹腾办事,结果书信被益州刺史种暠盘查出来了,种暠还参了曹腾一本。

张松既然有过目不忘的特异功能,那他去见曹操的时候就不用预先准备地图,因为他的脑子就是一张活地图,根本不需要带地图上路,需要的时候随便到哪儿找点纸笔直接就画出来了。

《三国演义》这一点疏忽了,没有史书记载符合逻辑。

话说回来,张松在赤壁之战的时候早把益州卖给了刘备,因此赤壁之战后,孙权再想和刘备合伙攻占益州时,刘备肯定不愿意。

孙权派使者对刘备说:“米贼张鲁占据汉中(张鲁是五斗米教教主,所以孙权轻蔑地称他是米贼），作为曹操的耳目，暗中窥视想占有益州。刘璋这个人无能，无法守住益州，如果曹操得到益州，那么荆州就危险了。我打算和你出兵攻占益州，再进一步拿下张鲁占有汉中，这样首尾相连一统吴楚之地，就算有十个曹操也不用忧虑了。"

孙权的书信送达刘备那里以后，刘备属下很多人都劝说他答应孙权的请求，一起出兵。

但是，荆州州政府主任秘书（荆州主簿）殷观却提出反对意见，说："我们不能与孙权合伙，要是合伙当他的先锋，一旦出师不利拿不下益州，就会陷入进退两难的境地。到时候如果全力取蜀，后方的荆州就会空虚，很容易被孙权抄后路。现在我们最好是赞成孙权伐蜀，但是以新得到的荆州几个郡人心不稳不能轻动作为借口推辞出兵。孙权一定不敢越过我荆州，单独出兵攻取益州。"

殷观的进言被记载在《三国志·先主传》里，刘备听取了殷观的建议后回复孙权，孙权只好无奈放弃攻取西蜀的计划。

不过《献帝春秋》的记载里，刘备的回答是直接拒绝了孙权的请求。

刘备说："益州人民富庶，地理位置险要，刘璋虽然无能，但是足以自守。张鲁表面上顺从曹操，实际上却未必真正向曹操尽忠。现在要把部队暴露在益州荒野之中，粮食后勤都要转运万里，想要一举攻克益州，就连孙武、吴起在世恐怕也难以达到啊。曹操虽然内心并不把朝廷放在眼里，可是表面上还是尊奉皇帝的，很多人认为曹操在赤壁失利后实力尽失，无法再有大的作为，但是现在三分天下曹操已经得到二分，想要纵马驰骋疆场率兵南下扫平江南，怎么会甘心坐拥这么强大的实力等待终老？现在刘璋已经和我结盟，我却没有理由地攻击他，不是正好给曹操借口使他从中渔利吗？这个计划我认为不可取。"

也就是说，刘备没有完全采纳殷观的意见，他以刘璋是盟友为名直接否定了孙权的出兵计划，我不打，你也别打，因为刘璋现在是我的盟友，你打他我帮谁？

《三国志·刘二牧传》记载张松回到益州后就向刘璋说曹操的坏话，劝刘璋和曹操断绝关系。当时曹操已经在赤壁之战中失利，实力大受损失，威名也急速陨落，张松对刘璋说："刘备是你的王室宗亲，可以派人和他联系结盟。"

刘璋听了张松的劝说以后，果断放弃了抱曹操大腿的想法，随即派法正去和刘备结盟，同时让法正和孟达率领几千兵马资助刘备守卫荆州。送曹操才送三百老兵，送刘备就送数千精兵，看来刘璋和刘备之间才是"真爱"啊！

刘备对孙权说这话的时候，可能刘璋已经和刘备结盟了，所以，刘备才对孙权说无故攻击盟友会给曹操借口，也会让曹操有机可乘。

孙权可不管那么多，依然派堂兄孙瑜率领水军西进驻扎在程普的江夏郡夏口（今湖北武汉市）。

这时候，刘备不得不摆出强硬姿态了，他立刻调整军事部署。

他是怎么部署拦截江东军的呢？

首先，命关羽驻扎于江陵（今湖北荆州市，江陵原本是南郡郡治，周瑜活着的时候驻扎于此，周瑜死后史书上没有记载荆州的第二次分割，我们前面已经推论出了周瑜死后荆州二次分割，刘备用长沙郡数县换回了南郡江北部分）。

然后，张飞驻扎于秭归（今湖北秭归县）。

还有，诸葛亮也被从临烝（今湖南衡阳市东）调过来驻扎在南郡（未知是在南郡江陵还是公安）。

刘备自己，则是驻扎在孱陵（今湖北公安县柴林街，一名孱陵街）。

同时刘备对孙瑜说："你要进攻益州，我当披发入山，不向天下人失信。"刘备把主力部队全部布置于沿江西进的重点线路上，意思就是告诉孙瑜"如果你非要打益州，那就从我的部队尸体上踏过去吧！"

《三国志·鲁肃传》的记载更为详细一些，刘备对孙权说："我和刘璋同为汉宗室之后，依靠先祖的英灵能够辅佐朝廷。现在刘璋无缘无故得罪了你，我感到非常恐惧，具体缘由不敢打听，只希望您宽恕他。如果我的请求不能得到批准，我只能披发入山不见世人了。"

两传都记载了刘备说过孙权要是继续攻打刘璋，他就"披发入山"不见世人的话。因此，刘备后来入川夺取益州就被一些人诟病，说他虚伪。

其实这些人的见识都太小儿科了，政治上有几句话是可以当真的？难道刘备要对孙权实话实说："哥们，益州你就不要想了，我早就想做刘璋的活儿了。"

孙权早就和鲁肃、周瑜谈过建功立业称帝的大计划，他怎么不说出来？

如果说虚伪，李渊身为隋朝封疆大吏却起兵反朝廷，这算不算虚伪？赵匡胤身为后周大将，周世宗柴荣一去世他就假借外敌入侵之名黄袍加身，夺取7岁小皇帝柴宗训的皇位，这算不算忘恩负义，欺负孤儿寡母？

政治上的事情不可以平常论之，举个例子：假设你是刘备，面对这个问题你怎么做,怎么说?

很多人评论历史往往喜欢“功过尽归一人”,比如拒绝孙权这件事,从来只见人抨击刘备虚伪,没人说殷观虚伪,没人说刘备的谋士虚伪,好像这件事只有刘备一个人知道,是他一个人做的决定似的。

可以判定,说这些话的人没一个当过领导,尤其是大一点的领导。

刘备作为领导,很多决定都是和智囊团讨论过之后做的。

前面我们也看了,很多人支持和孙权一起出兵,那这些人是不是更虚伪?明明已经和刘璋是盟友了,还和孙权合兵攻击盟友,这不是更虚伪?殷观的提议是这些人的对立面,就是不管盟友刘璋,让他孙权自己出兵去,这是不是不仁不义?身为盟友,却对别人攻击盟友不管不顾,这种做法可取?

我早就说过,政治上“没有永远的朋友,只有永远的利益”。日本和美国结盟岂是因为日本人喜欢美国人,难道他们这么快就忘了是谁在他们本土投下了两颗原子弹?

道理很简单,敌人的敌人就是朋友,当你们拥有一个共同敌人的时候,你们自己就会主动和对方结盟了。一旦因为这个敌人被消灭,你们之间产生利益冲突时,你们又成了敌人。

孙权把20出头的妹妹嫁给49岁的刘备,是他喜欢刘备还是他妹妹喜欢刘备?都不是,利益需求,为了达到政治目的。就像历史上那些“和亲”一样,我就不信是男女双方互相爱慕才结亲的,还不都是为了政治利益牺牲个人幸福。

所以,看透这一切,你就知道了,政治事件没有情感因素掺杂在里面。

孙权把妹妹嫁给刘备是为了和刘备一起结盟,对付共同的敌人曹操。假如他们联手灭了曹操,双方之间必定还要翻脸大打一仗。

同样,刘璋和刘备结盟岂是因为喜欢刘备?他一再向曹操表示好感,想抱曹操的大腿。结果正好赶上曹操兵败,刘备占了荆州,于是他又听从张松的劝说改抱刘备的大腿了。

要是曹操没有失败,或者刘备被曹操赶跑到江东孙权或者苍梧太守吴巨那里,依然过着寄人篱下的生活,刘璋会和他结盟吗?

结盟不是和你有感情,而是因为你有实力,你们之间又有共同利益。赤壁之战曹操如果虽然失败,但是能够守住荆州不被刘备拿下,刘备恐怕只能寄居江东了,孙权还会把妹妹嫁给他吗?刘璋还会隔着荆州和刘备结盟吗?

孙权和刘备结盟并把妹妹许配给他，刘璋之所以放弃原来的盟友曹操改为和刘备结盟，根本原因就是刘备控制了半个荆州。换句话说，刘璋结盟的不是刘备，而是荆州，谁是荆州的新主人他就和谁结盟。

靠实力说话永远是根本，没实力想要被别人看得起和你谈感情，我只能说呵呵了。这样痴人说梦的想法，就像你一个开小卖部的想和马云、李嘉诚结盟谈合作一样，想要别人看得起就先自强吧！

迂腐的人往往会忽略人性，而古往今来恰恰是任何人都逃不脱人性的束缚。

孙权见刘备如此坚决要保护盟友刘璋，只好放弃了进攻西蜀的想法，召回驻扎在夏口的堂兄孙瑜。毕竟曹操还在北方虎视眈眈，他这个时候也不能和刘备撕破脸皮，和刘备翻脸对攻，只会让曹操捡便宜一举收拾了他俩。

那么，刘备又是在什么样的情况下得到益州的呢？这个机会又是谁给他创造的呢？请看下章，《送上门的羔羊》。

下章提示

曹操休养生息恢复元气以后暂时不敢再南下了，毕竟一个打不死的刘备就很让他头疼，现在他和孙权结盟同时对抗，曹操更难收拾，所以，曹操就把战略转移了，先收拾一下西北的凉州军阀，全部平定北方以后再南下吧。结果他这一打不当紧，给刘备创造了一个绝佳的机会。

第三十五章 送上门的羔羊

刘备推掉孙权联兵攻取西蜀的计划以后，孙权还想单独出兵攻取西蜀，刘备只好摆出强硬的态势，声明刘璋是自己的盟友，不允许孙权攻打他，孙权无奈只好放弃了这个计划。

其实，早在刘璋没有改抱刘备的大腿之前，刘备就已经有了攻取益州的想法，不过是时机不成熟而已。

早在 207 年诸葛亮出山的《隆中对》里，诸葛亮就为刘备规划了“先得荆州，再取益州，联合江东，北图中原”的大战略。就算这份名垂千古的大战略有很大的后补伪造嫌疑，刘备攻占益州的想法还是早于刘璋同他结盟和孙权发兵。

208 年曹操平定中原南下荆州的时候，刘璋连续三次向曹操示好，想抱曹操的大腿。可是第三次的使者张松因为长得丑被曹操嫌弃，心怀不满的张松就把益州情报出卖给了待人宽厚的刘备。

此时刘备虽然身在荆州，实际上已经对益州了如指掌，要说他对这份送上门的大礼没有心动，恐怕谁都不信。

当时恰逢曹操赤壁失利，刘璋于是听从张松的劝说改抱刘备的大腿，派法正和孟达各率两千兵马帮助刘备守卫荆州，和他结盟。结盟完成以后，法正回去向刘璋复命，孟达则独自率领四千兵马留在了荆州。

210 年，孙权想同刘备瓜分益州，提出合兵攻打益州的计划，刘备自然不甘心和他平分这个大蛋糕，因此强势拒绝了孙权的出兵请求。

可是，就算刘备想独得益州，他也需要一个合理的出兵借口啊！无故出兵攻打盟友，名不正言不顺啊！就在这时候，又一份天降大礼落在了他面前。

211 年 3 月，经过两年的休整，曹操的元气得到恢复。因此他就把战略从原来的南下调整为西进，派遣京畿总卫戍司令（司隶区州长司隶校尉）钟繇讨伐汉中（郡治南郑，今陕西汉中市）。

当时汉中郡的张鲁，已经割据汉中多年，算是当上了有实无名的土皇帝。

同时，曹操不但让钟繇出兵汉中，还让刚刚平定太原叛乱的夏侯渊从河东郡出击，与钟繇会师汉中。

如果揣测一下曹操的用意，我认为除了收复汉中郡之外，也不排除给刘璋施加压力。

汉中是益州最北边的一个郡，张鲁割据以后就不属于刘璋的势力范围了，但是汉中控制着益州到司隶区的咽喉，曹操如果拿下汉中，对刘璋的威慑和施加的压力是不用形容的。

要说这也怪刘璋自己反复无常摇摆不定，本来想和曹操结盟的，已经三次派人去和曹操联络感情了，结果曹操赤壁一败，他就立马翻脸和曹操断绝关系了。

难道曹操心里就不生气？真小人真势利啊，我风光的时候都来巴结，一遭遇挫折就改投他人怀抱了。

曹操的本意可能是敲山震虎吓一吓刘璋，谁知道这敲山震虎不仅吓住了刘璋，还吓住了马超和一些关中军阀。所以，这敲山震虎就变成了打草惊蛇，马超、韩遂、杨秋等一大批关中军阀都认为曹操这是杀鸡给猴看，下一步就会收拾他们，于是一起反叛。

要说其他人谁都能反叛，唯独马超不能反叛，因为马超的父亲马腾和一大家子上百口人都在赤壁之战前被曹操"邀请"进京了，说是当京城高官了，其实也是人质，就是曹操怕打荆州的时候马超会反叛。

可是，马超也不知怎么想的，竟然不顾全家人的性命和那些一人吃饱全家不饿的家伙一起反叛了。

无奈之下，曹操只好亲自带兵讨伐马超，经过潼关之战，还有后来的贾诩献计离间马超、韩遂，曹操终于平定关中，把马超赶到了西凉。从凉州回来后，曹操看马超还是不归顺中央，就把马腾全家杀了。

曹操出兵讨伐马超这事咱们先暂且放一边，刘璋听说曹操出兵汉中讨伐张鲁以后也确实吓坏了。《三国志·先主传》说他"**内怀恐惧**"，应该很符合当时的情形。《三国志·法正传》也说，刘璋听说曹操派人攻打张鲁以后"**有惧心**"，说明当时曹操派兵攻打张鲁确实把刘璋吓住了。

恰在此时，张松抓住机会对刘璋说："曹操部队精良，用兵天下无敌，要是拿下汉中以后，再借着张鲁的资本南下攻取蜀地，谁能挡得住他？"

张松这句话看得我直想笑，曹操汉中还没打下来，他就给刘璋打心理战了！不是张松卖主求荣，是他对刘备"忠心耿耿"啊，哈哈！

不过刘璋如果不是窝囊废，张松这话也就当笑话了。曹操要是真的天下无敌，那叫谁来也没用。曹操要不是天下无敌，那就是张松说瞎话了，这话不可信。

可惜刘璋就是个没脑子的窝囊废，他听完张松这话以后还很真诚地对张松说："我现在正为这事忧心忡忡没有对策呢。"

张松见刘璋已经上钩，就对他说："现在我们益州内部的将领像庞羲、李异他们都居功自傲摇摆不定，想要勾结外敌。要是不请刘豫州前来帮助，到时候外有强敌内有忧患，一定会失败啊！刘豫州和你同为汉宗室之后，又与曹操有深仇大恨，善于用兵，要是让他来进攻张鲁，张鲁必破，击破张鲁以后我们益州的实力就得到了加强，到时候就算曹操前来也没有办法。"

刘璋认为张松说得很有道理，就派法正再次率领四千人前去荆州迎接刘备，并资助刘备大量钱粮辎重。

法正并不是益州本土人士，他是司隶区扶风郡郿县(今陕西眉县)人，也就是董卓筑造郿坞那个地方的人。

建安初年天下大乱的时候，刚刚二十出头的法正和同郡老乡孟达一起从关中南下，到益州投奔刘璋躲避战火，过了很久刘璋才任命法正为新都县令，后来又征召法正当参谋指挥官(军议校尉)。

然而刘璋并不重视法正，只不过把他当一个平常属下来看待，那些和法正一起南下避难的老乡很看不起他，说他没什么作为。法正郁郁不得志，内心很苦恼。

张松和法正的关系倒是很好，两个人还经常私下讨论刘璋昏弱无能，叹息自己的怀才不遇。所以，张松到荆州出使会见曹操回来后，就劝说刘璋和曹操断绝关系，改为和刘备结盟。刘璋问张松谁可以替他出使到刘备那里的时候，张松立马推荐了和自己关系很好的法正。

不过根据《三国志·法正传》的记载，法正是不想去的，推辞不掉才替刘璋去荆州和刘备结盟的。

这次是法正第一次出使，刘璋让法正和孟达各自带领两千人马，帮助刘备镇守荆州。结盟以后。法正回来复命，孟达则接管所有的四千人马继续留在刘备那里帮助他协防荆州。

法正回来后，暗地里和张松说，刘备果然有雄才大略，是个值得卖命辅佐的主公。

这里不得不说，刘备搞人际关系真的很有一套，张松固然是在曹操那里被冷落心生怨恨，才转而投向热情招待他的刘备的。然而法正和张松就不一样了。

法正甚至可能都不想接出使荆州这个活儿，可是他到了刘备那里走了一趟后，立马也被刘备的魅力所折服，回来后就和张松商量怎么找机会效忠刘备，陈寿评价刘备"**弘毅宽厚，知人待士**"，看来确实不是盖的。

恰好这时候曹操征张鲁，让刘璋感到害怕，张松趁机对刘璋说应该请刘备来协防益州。反正刘备这辈子干的都是这个活，帮陶谦协防过徐州，帮吕布协防过徐州，帮曹操协防过豫州，帮刘表协防过荆州……

刘璋听了张松的劝说，就派法正再次出使荆州请刘备。这是第二次出使，法正自己率领四千人。

张松劝刘璋请刘备来帮忙，反对张松这个提议的也不少，比如刘璋的主任秘书(主簿)黄权就竭力反对，黄权说："左将军(刘备)以骁勇闻名于世，现在要是把他请来，把他当下级来对待吧，他一定不会满足；把他当作宾客吧，则一国不容二主。如果客人像泰山一样安稳，那主人就会像累卵一样危险。不如关闭边关，等待天下局势清晰显露出来以后再说。"

黄权的直言进谏不但没被刘璋采纳，刘璋还一怒之下把他赶出州政府，让他到广汉县(今四川射洪县东南柳树镇)去当一个小县的县长去了。

唉，刘璋这暴脾气啊！据说，无能的人脾气都很大。

益州州政府的参谋王累见刘璋执意要请刘备前来，就把自己头下脚上地倒悬在成都城门前，向刘璋进谏，刘璋依然不听他的进谏。

在此需要说明的是，史书记载上虽然有王累把自己倒着悬挂在城门的记载，刘璋也没有采纳他的进谏，但是，是否像《三国演义》里说得那样以死进谏自杀了，史书没有明确记载。

法正这次再去荆州的时候，心已经是刘备的了，到荆州以后他就向刘备建议说："以将军您的英明才干，正好应该抓住刘璋昏庸无能这个机会。张松是州政府的重要官员，可以作为内应，夺取益州易如反掌。到时候凭借益州的丰饶，加上天府之国地理位置险要，以此为根基成就一番大事就是小菜一碟了。"

根据《九州春秋》的记载，一起劝说刘备的还有庞统。

其实庞统本来不是刘备的手下，原先刘表活着的时候，庞统被南郡的郡政府任命为人事官(功曹)。后来刘表去世，刘琮率荆州投降曹操，曹操在长坂坡击败刘备以后接收了南郡，庞统就成了曹操一方的官员。

曹操在赤壁之战中失败后，曹仁坚守江陵一年多无奈撤退，攻占江陵的周瑜被孙权任命为南郡太守，庞统于是又成了孙权一方的人，继续担任南郡的功曹。

诸葛亮号称"卧龙"，真是卧着好多年没人请，直到刘备去把他请出山。

庞统号称"凤雏"，仕途虽比诸葛亮起步早，却是坎坷得多。虽然庞统就是襄阳人，当时刘表的州政府就设在襄阳，可是刘表也没有请庞统出山，还是南郡的郡政府请庞统出仕当郡政府的人事官(功曹)的。庞统这个功曹一当就没再动过，直到周瑜去世他还是一个功曹。

周瑜去世后，庞统把周瑜的灵柩护送回了江东，奇怪的是孙权竟然没把庞统留在江东。后来荆州分割，孙权把南郡换给了刘备，庞统就又成了刘备的属下。

就这样，《三国演义》里两大威名远扬的谋士"卧龙、凤雏"，一个待在襄阳多年没有被"求才若渴"的刘表召见过，一个被南郡政府聘用为小官后，又辗转于曹操、孙权手下都没得到重用，最后被"交换"给了刘备。

我始终有一个问题，百思不得其解。

庞统在刘表的襄阳待过，刘表当初对和洽、杜袭、裴潜、韩嵩等一大群南下的中原人士以礼相待，希望他们能够辅佐自己，甚至还不惜通过施加压力逼迫他们出山为自己效力，可是刘表没有逼过庞统和诸葛亮，甚至没有邀请过他们二人。

曹操得到荆州以后，他又在曹操的手下待过，曹操接收荆州以后也提拔过和洽、裴潜、桓阶等一大批荆州或寄居荆州的人士，但是庞统也被他漏过去了。

后来赤壁之战曹操失败，周瑜打下江陵出任南郡太守，庞统还是在老位置功曹从事上待着，周瑜也没能慧眼识珠提拔庞统，甚至没有向主公孙权推荐过庞统。正是如此，庞统护送周瑜灵柩去江东的时候，孙权也没有留下他。

刘表、曹操、周瑜，都没有发现庞统的"凤雏之才"，可见"卧龙、凤雏"只是后世的威名，而且是《三国演义》里的威名。

不仅曹操、周瑜等人没有发现庞统的才干，就连刘备得到庞统以后，依然没有发觉庞统有什么出色之处。

刘备得到庞统以后，最初只是给了他一个县令的职位。

《三国志·庞统传》记载说“**先主领荆州，统以从事守耒阳令**”[①]。翻译过来就是，刘备得到荆州以后，让庞统以一个参谋（从事）的身份到耒阳县出任县令去了。“守”在这里是暂时代理的意思，可能当时刘备手下人手有点紧缺，所以才让庞统带着本职到外地任职。

刘表在世的时候，庞统是南郡的功曹从事，曹操接收荆州以后，史书上没有写明庞统的职位有没有变动，估计也是原地踏步，因为周瑜当南郡太守的时候，他还是功曹从事，不升不降。如果是这样，刘备得到南郡以后庞统的本职应该还是南郡的功曹从事。

耒阳县（今湖南耒阳市）并不是南郡的县，而是荆州最南边的桂阳郡一个县，庞统简直是被“发配”过去的。

刘备把庞统弄到这么偏僻边远的县里，庞统当然有情绪了，史书上说庞统赴任以后，不好好治理耒阳县被罢免官职，想来也在情理之中。

可是就在庞统被罢官以后，仕途反倒通顺了起来，因为这时候有两个人替他说情了。这两人一个是江东的鲁肃，一个是刘备手下的诸葛亮。

鲁肃给刘备写信说：“庞统不是那种只能管理方圆百里的普通人才，任命他当州政府的行政人事官，才算是让千里马刚刚开始迈开步子。”

这我有点想不通啊，如果说鲁肃确实认为庞统是千里马之才，那么早在庞统护送周瑜灵柩回江东的时候，他就应该向主公孙权推荐庞统了。

就算当初错过机会了，周瑜死后他在南郡领兵，程普在南郡做太守的时候，鲁肃也应该发掘出这匹“千里马”了。

为何屡屡错过之后，偏偏向对手推荐一个千里马之才？

史书上的记载着实让人匪夷所思，看来应该只是史官为庞统写的溢美之词，有失真实性。

鲁肃为刘备推荐庞统不是很可信，但是诸葛亮向刘备推荐庞统还是很有可能的，

---

① 耒：lěi。

刘备于是召见庞统,深谈一番。

这一谈不打紧,刘备发现庞统确实有才略,于是马上给庞统复官,让他担任州政府的人事官(治中从事)。对他的器重和信任仅次于诸葛亮,而且任命他和诸葛亮同时出任参谋长(军师中郎将)。

法正出使荆州,劝说刘备抓住机会拿下益州成就霸业的时候,史书记载庞统也劝说刘备了。

《九州春秋》说,庞统劝刘备说:"荆州现在遭到战乱已经残破,人才也流失殆尽,东有孙权北有曹操,想要凭此和他们鼎立对抗很难啊!益州强盛富饶,人口超过百万户,土地肥沃物产丰富,我们可以借此资本成就大业。"

刘备推辞说:"现在跟我势同水火的只有曹操,曹操急、我则宽,曹操暴、我则仁,曹操诈、我则忠。每件事都跟曹操相反,这样才能成功。现在为了小利而失信于天下,我不会这样做。"

庞统又说:"机谋权变要看时势,永远固守一条准则并不能平定天下。吞食弱小兼并愚昧,这是春秋五霸所做的事。就算用背叛的方法攻取再用平常的方法治理,回报恩义,天下平定以后再分割一大块土地给刘璋当封国,岂能算辜负他的信任?现在我们不攻取,最终只会让他人得到利益。"

《九州春秋》就是原先说董卓进京只带三千人马的那部史书,里面很多记载是不符合逻辑的!

比如这个,刘备推辞的借口就很难让人接受。把一代豪雄曹操贬得一无是处,把自己夸得比朵花还美!要是这样的话,不只是庞统、法正他们,估计任何人都会觉得刘备虚伪。

刘备想不想得到益州?

想,他做梦都想!他不但想拿下益州,还想得到整个天下。

而且,当初诸葛亮向刘备献隆中对策略的时候,说了先取荆州后拿益州,然后荆州、益州同时北伐,天下可定。刘备那时候是很肯定这个战略的,他说"好极了"(**先主曰"善"**)。

此后,法正劝刘备出兵益州的时候,刘备也同意了(**先主然之**)。

这到了《九州春秋》,刘备不但拒绝了心腹谋士的建议,还扯了一大堆理由夸自己贬曹操。真要是这样,估计庞统心里会骂,我给你出谋划策,你倒是给装起来了。

正常情况下，不管谁做主公，心腹谋士为自己出谋划策的时候，都不可能这么虚伪。

庞统说："主公，我们可以拿下益州平定天下了。"刘备说："不不不，益州刘璋是我的同宗，我不能失信于天下。"诸葛亮说："主公，我们可以先拿下荆州再拿下益州，然后北伐平定天下。"刘备说："不不不，荆州刘表也是有皇室血脉的，也是我同宗，我不能失信于天下。"

整个东汉时代末期，皇室血脉的同宗多了去了，你就在家歇着吧，打谁都是同宗。

所以，《九州春秋》这种史书，记载的好多东西不但与其他史书相矛盾，也不符合逻辑，我们当小说看看就行了。

刘备在法正和庞统的劝说下顺水推舟答应出兵西蜀，帮助刘璋攻打张鲁协防益州。这时候，刘备其实在找机会看能不能拿下益州。

刘璋为了请刘备帮忙攻打张鲁，下的本钱可不小。两次送兵给刘备，已经有八千人了。刘备从荆州带领数万人马西进益州，刘璋又命令益州所有关隘一律见人放行，所到之处地方上负责供给刘备部队的一切军需消耗。

刘备军进至离成都还有三百六十里的广汉郡涪县(今四川绵阳市涪城区)时，刘璋还亲自率领三万多人的步骑混合兵团前往迎接刘备，设宴招待刘备和他属下的部队。

此时，刘璋并不知道，自己已经像一只羔羊一样跑到了饿狼面前，饿狼已经不停地吞咽口水，而羔羊还在用身子蹭饿狼的脖子卖萌。

拿下益州，似乎是不费吹灰之力的事了。然而，诸位如果细想一下就会发现，刘备此行却根本没带自己的主力。

诸葛亮留镇荆州，好歹还有庞统跟着可以解释。但是再看其他人：关羽，刘备没带；张飞，刘备没带；赵云，刘备没带。五虎将里马超还没有归附于刘备，刘备就带了一个在荆州归降的老将黄忠。

是刘备不想拿下益州为以后的霸业做资本吗？还是他过于狂妄自大认为不需要主力出马就可拿下益州？请看下章，《仁义不过是一种手段》。

下章提示

刘备入川，虽然是受刘璋邀请，可是得到消息的孙权却不认为事情就这么简单。因此，他就想先发制人，让妹妹带着刘备的亲生儿子（可能当时还是唯一的亲生儿子）刘禅回到江东。这样的话，就算刘备得到益州并建立一个庞大的帝国，但是“太子”被孙权软禁在江东做人质，他仍不免受孙权制约。不过，张飞、赵云得到消息以后，马上紧急动员封锁长江把刘禅截了回来。与此同时，刘备在庞统、法正等人的策划怂恿下也开始了夺取益州的计划。

第三十六章 仁义不过是一种手段

刘备入蜀，事实上他自己心里也没谱。拿下益州，这是早晚都要实施的计划，但就是现在吗？刘备心里不敢说。

曹操虽然新败，毕竟实力还是雄厚的。这不，又发兵汉中教训张鲁去了。孙权这边，经过几次大战役，赤壁之战倒是大获全胜，可惜随后孙权兴师动众发兵合肥无功而返，周瑜包围江陵遭遇曹仁强力阻击长达一年多不得进取。

刘备倒好，赤壁之战他不是主力，就跟着摇旗呐喊，顺便南下收一些地盘。如今几年过去了，刘备也得到休养生息了，曹操也缓过劲来了。

曹操赤壁之战铩羽而归，就准备改变策略，先去西边打汉中，让张鲁降服，便于威慑益州刘璋，好让他早日投降，或者为攻取益州做准备。曹操的目的自然是让江南的孙权和刘备无法继续发展壮大。可是他忽略了一点，打汉中要经过关中。

曹操控制下的中央政权，已经平定了北方，占据自古以来制霸四方的中原。然而，关中(陕西中部)一带，是由归顺于他的马腾之子马超和韩遂占领的，要想打汉中(陕西南部)一带，出兵势必要经过关中。

也许曹操想的只是借道，何况马超、韩遂已经归顺中央政权了。

然而对于马超、韩遂这种惊弓之鸟来说，中央政权是否真的从心里接纳了他们，是否真的能够保证他们高官厚禄荣华一生，这些都未可知。

曹操做得有些急，马超、韩遂这个时候并不是对中央言听计从或者无力反抗，所以曹操一出兵向关中进发，他们的直觉就是曹操要夺走他们的地盘，或者借口打张鲁夺走他们的地盘。

关中是马超、韩遂赖以栖身立命的地方，也是他们能够向中央政权谈条件的资本，如果失去关中，他们要么远走西凉寒苦之地，要么成为砧板上的鱼肉任人宰割。

所以曹操借道关中出兵汉中，马超、韩遂的直觉就是曹操要收拾他们了。

马超一家人都被曹操弄到中央了，借口是封赏高官厚禄，让马腾养老，实际上也是控制、要挟马超的人质。然而曹操没想到，马超这么不配合，竟然置一家人身家性命于不顾，铤而走险起兵造反，向中央叫板。

出兵汉中讨伐张鲁的计划不但惊了马超、韩遂，也惊了益州的刘璋，因为汉中紧邻益州，曹操拿下汉中就可直接南下攻打益州，刘璋跟曹操之间再也没有屏障了。

马超、韩遂已经起兵反抗，这边刘璋赶紧找刘备来当外援。

虽然刘备是三国里败绩最多的一个，却也是唯一一个始终跟曹操作对而没有被曹操弄死的。

刘备出山，帮公孙瓒打曹操、袁绍；而后救援徐州，帮陶谦对抗曹操；接着吕布偷袭徐州以后，用刘备占据小沛成为夹在他跟曹操之间的屏障；后来吕布、刘备反目，刘备投奔曹操，曹操安排他重回小沛防备吕布；接着曹操攻杀吕布以后，刘备失去利用价值被带回许都，刘备借机出走自立，被曹操击败后投奔袁绍；官渡之战中，刘备大放光彩东奔西走骚扰曹操后方；官渡之战袁绍失败后，刘备投奔荆州刘表，又被刘表安排在新野拒曹操南下。

不可否认，刘璋的私心依然是让刘备冲到第一线当炮灰，对抗曹操。

刘璋不是活菩萨，刘备也不是大傻瓜，彼此都知道对方的心意，只是因为共同利益而走到了一起。

如同刘备跟孙权之间只是利益相关的盟友关系一样，刘璋跟刘备也只是盟友而已，况且刘璋朝秦暮楚看风使舵的本事也不比谁差。赤壁之战前两次向曹操示好，赤壁之战后马上跟曹操一刀两断，翻脸也是跟翻书一样快。

刘备应邀出兵益州，帮刘璋对抗曹操，他心里没谱，就算原先就有夺取益州建立霸业的计划，但是现在未必是最好时机。所以刘备把自己的骨干力量全部留在了荆州。

一方面，荆州是刘备刚得到不久的地盘，人心未归附，老百姓没得到刘备多少恩惠，不一定死忠于他；另一方面，抛去曹操不说，孙权也时刻对荆州虎视眈眈。

所以，刘备不可能为了去帮人而弄丢了自己的地盘。这就很好解释为什么刘备出兵益州去帮刘璋对抗曹操，而包括关羽、张飞、赵云、诸葛亮在内的所有骨干力量全部留在了荆州。

刘备去益州带的都有谁呢？荆州降将黄忠，还有一个就是蜀汉时代的栋梁之材魏延。

史书里并没有写魏延是不是荆州降将，更不可能像《三国演义》里写的那样杀了长沙太守韩玄，正史记载韩玄是投降了刘备的。况且像韩玄这种当时的知名人物，如果是被魏延所杀，必然会载入传记，至少《三国志·魏延传》里面会有记载。

但是《三国志·魏延传》里面没有记载这些，甚至连魏延什么时候投奔刘备的都没有记载，只是说他是义阳（今湖北枣阳东南）人，刘备入蜀的时候，他以部曲的身份跟随入蜀的。“**以部曲随先主入蜀**”，有些人可能会理解为“部曲”是魏延所率领的部下，是魏延带领部曲跟着刘备入蜀。

事实上应该并非如此，魏延这时候如果已经有自己的部将，那么投靠刘备以后至少能换取个一官半职，而《三国志》里面并没有魏延前期的官职介绍，说明他应该是以部曲的身份跟着刘备入蜀，多次立功之后才被刘备提升为牙门将军的。

牙门将军是镇守中军大营的，赵云也是这个出身。那么很显然，魏延前期是刘备身边的人，刘备入蜀没有带赵云，魏延“数有战功”，刘备慧眼识珠，将其提拔为牙门将军。

在这之后，魏延暂时取代了赵云的角色，镇守中军保护主帅刘备。

刘备入蜀的消息传到东吴，孙权心里清楚，刘备这是找机会拿益州了。如果有合适的机会，刘备是不会放弃益州这块肥肉的。所以，孙权也有自己心里的小算盘。

孙权不能明着来，啊，你刘备现在进入益州了，我也要去。

这不符合逻辑，刘备是接到刘璋邀请去“协防”益州的，你孙权有什么理由带着部队进入益州？

孙权既然不能明着抢益州，那怎么办呢，他只有暗中抢荆州。所以，刘备入蜀的消息传来，孙权这边就派人去接妹妹回娘家了。诸位注意，是孙权主动派人去接妹妹的，可不是孙夫人自己主动提出来想回娘家的。

史载：“**权闻备西征，大遣舟船迎妹，而夫人内欲将后主还吴，云与张飞勒兵截江，乃得后主还。**”孙权听说刘备入蜀，马上派人去接小妹回娘家，并且孙夫人还打算把刘备唯一的儿子刘禅带走。

这里简要插几句，刘备并不是只有一个儿子刘禅，刘禅下面还有两个弟弟刘永、刘理，但是刘备老来得子，应该这时候还只有刘禅一个儿子，不然估摸着孙夫人就要把另外两个一块捎带了。

孙夫人想把刘禅带走，应该也是孙权的意思。

假如刘备唯一的儿子被带走，那么日后不管刘备能不能取得西蜀，他都要受制于孙权了。为何当初曹操要马腾入京，许诺高官厚禄？为何当初曹操执意要孙权派家族子弟入京做官，其实就是要一个人做人质。

像刘备这种，假如唯一的儿子都在别人手中，日后谈条件你就放不开了，再说撕破脸皮无所谓那是不可能了。

不过孙权的计划没有成功，那就是大家都知道的赵子龙“截江救阿斗”，赵云和张飞“**勒兵截江，乃得后主还**”。看到没，这阵仗，两员大将带着部队才把刘禅拦下来，说明孙权“**大遣舟船**”派出的部队也不少。

如果不是事关重大，赵云、张飞何敢“**勒兵**”逼迫孙夫人留下阿斗？孙小妹好歹也是二人的主母身份，如果孙夫人没有回到江东，或者日后又回来了，按照她的身份，刘备的皇后位置99%可能性是她的。

赵云跟张飞出动部队拦截，孙夫人无奈，留下阿斗自己走了，史书上也没有关于她以后的记载，民间传说孙小妹后来郁郁而终，也只是猜测。

至于为什么孙权后来不放孙夫人和刘备夫妻团聚，想来也是后来吴蜀交恶双方敌对状态导致。

孙权为了政治联姻，硬生生把20出头的妹妹许配给年近半百的刘备。然后又因为政治原因，硬生生拆散妹妹的婚姻，导致妹妹后半生守寡而终，着实可恨！

从赵云、张飞“勒兵”救下阿斗我们也可看出，假如不是刘备把主力部队全部留在了荆州，可能孙权就不是派兵来接小妹回去了，偷袭或者强取荆州的情况都有可能发生，况且偷袭荆州这种事孙权还干了不止一次。

现在，正因为刘备早有防范，主力部队全部留在了荆州，才保荆州安然无恙。

话说回来，刘备入蜀，刘璋下令一路上好吃好喝招待，还亲自去涪县(今四川绵阳市涪城区)迎接刘备。

前面说了，刘璋到涪县跟刘备会面，就像一只羔羊跑进了虎口，送上门来了。这时候，跟随刘备入蜀的谋士庞统极力主张来一个“鸿门宴”，就在宴会上突袭捉住刘璋，然后兵不血刃拿下益州。

据说刘璋前来与刘备会面的时候，张松就已经派人通知法正，让他告诉刘备，刘璋到了以后直接把他抓起来。不过刘备拒绝了，刘备说“这是大事，不能仓促行事。”

随后，庞统也劝说刘备捉住刘璋号令西蜀，刘备还是拒绝了，他说“我们刚到别人的地方，恩德和信义还没有树立，这样做不可取。”

刘备的内心所想，我们不得而知，只能通过历史记载来推测当时的情况。

历史记载，刘璋是带着三万多步骑兵团去涪县和刘备会面的，而刘备入蜀的时候，也是带领数万人。这个数万，是个虚数，可能两万多，也可能九万多。

但是，后面有一条记载很重要。

刘备、刘璋会面以后，双方应酬一下，然后刘璋就推举刘备代理全国武装部队最高指挥官（行大司马），兼任首都地区卫戍总司令（领司隶校尉）。刘备呢，也推举刘璋为代理镇西大将军（行镇西大将军），兼任益州全权州长（领益州牧）。

我们知道，中央政权在曹操的控制中，你别说这样的奏章递不上去了，就算递上去了，除非曹操的脑袋被驴踢了，否则绝不可能通过。俩人互相推举，各自拔高一下官职，也是走过场做戏。

刘璋在涪县设宴招待刘备和他的将士，据说双方宴饮欢娱长达百余日。分别时，刘璋分出来一部分军队给刘备，然后又把白水关（今广元市青川县营盘乡五里垭）的驻军调拨给刘备统率。

这个时候，刘备连同自己原先带过来的人马，加上刘璋拨付的两支部队，已经有三万多人了。由此可以推断，史书记载刘备原先的数万人，要比这个数目小一些。

那么，涪县会面的时候，刘备没有采纳张松和庞统的建议对刘璋动手，很有可能就是忌惮刘璋带去了数目庞大的部队，至少这支部队要比刘备带的人多得多。

一个人要清楚自己的饭量，也要清楚自己的能力。

西蜀确实是一块肥肉，但是能不能在荆州还没稳固下来的时候就吃掉，这个刘备要衡量一下。所以，他没有急于动手。假如他真的凭借自己的小股部队动手了，那刘璋就不会分兵给他，也不会调拨白水关驻军给他了。

涪县会面以后，刘璋回到成都，指派刘备北上去攻打张鲁。

刘备呢，北上到达葭萌关（今四川省广元市昭化区昭化镇），接管白水关驻军以后就原地驻扎不再北上，然后就是“**厚树恩德，以收众心**”。

这一点很重要，不管你领了多少人，假如不团结，不听你号令，那都是一盘散沙。甚至有可能，这些人临阵脱逃或者临阵投降，会影响军心，导致大军惨败。刘备接收新的部队以后马上就开始施恩部属，想尽快得到新部属的忠心，作为一个领导者来说这是非常明智的选择。

这时候，刘备不急着北上，也不急着南下，他在一边收买新合并的部属人心，一边等待机会，等待一个撕破脸师出有名的机会。

诸位，有些讨厌刘备的人可能会觉得刘备这个人很虚伪，一边跟刘璋称兄道弟，一边暗中谋划夺取荆州。如果你这样想，那只能说明你眼光太短浅了。

对于那些能够立于巅峰俯视天下的人来说，所谓的仁义道德，都只是用以驾驭苍生的一种手段而已。站在什么样的高度，就决定你有什么样的眼界，什么样的思维。

没有俯视天下的气魄，你就没有驾驭苍生的眼界。

群雄割据时代，你觉得你跟曹操、孙权“拜把子”了，他们就不打你了？太天真，袁绍、袁术兄弟俩还打呢，袁谭、袁尚亲兄弟，为了权势利益还窝里斗呢。你不打别人就能保证别人不打你？

大自然是残酷的，你想做羔羊，就别幻想饿狼跟你和平共处！

话再说远一点，战国时代有位军神叫吴起，那是走哪哪强，可以凭一己之力改变国际格局的人。

吴起在鲁国，弱小的鲁国军队在他的带领下可以击败强大的齐国；吴起在魏国，战国新秀魏国能够崛起，逐步蚕食侵吞秦国；吴起在楚国，古老的楚国能够焕发青春活力，南平百越北并陈蔡，攻打魏国侵略秦国。

吴起曾经做过一件事，为他手下的士兵吸吮脓疮。

据《史记》记载，吴起手下一位士兵的母亲去军营探望自己的儿子，恰好看到吴起为儿子吸吮脓疮，这位母亲不由得哭了起来。别人问她为什么哭，她说：“当年孩子的父亲在将军手下的时候，有一次也是因为剑伤感染患了脓疮，将军就为他吸出里面的脓，孩子的父亲伤好以后，为了报答将军的恩德，每次作战都奋勇杀敌冲在前面，后来就死在了战场上。现在将军为我儿子吸吮脓疮，我担心儿子将来也像他父亲一样死在战场上。”

吴起对手下仁义不？单就这件事来说，肯定是仁义、爱护。

可是，一个高高在上统领万人的将军为什么要对你仁义恩德？想跟你“拜把子”结为异性兄弟吗？你在做梦吧？还不是希望用自己对你的关怀爱护换取你的忠心？

说白了，一个驾驭万人、十万人、百万人，甚至更多的人，凭什么跟你以心换心？

他有多少心能够跟数以万计的手下换心?

对于那些立于高位的人来说,兄弟情义、朋友情谊都是用来巩固自己力量的。他们可以为更多人负责,但不会为少数人或者某个人负责。

李世民杀了自己的哥哥、弟弟,逼迫父亲退位,但是他做了皇帝对天下人负责,施以仁政,那么他就是个好皇帝。

刘备取代刘璋,对益州的人民比刘璋对他们更好,这算仁义还是不仁义?

退一步来说,就算刘备不取西蜀,刘璋有能力保得住吗? 孙权会不会取? 曹操会不会取? 刘备单独保有荆州放任曹操、孙权去拿下西蜀,这就是仁义吗?

再换个角度,假如刘璋是个昏君、暴君,刘备推翻他算是仁义还是不仁义? 打个比方,你的兄弟姐妹做尽坏事,你是检举他大义灭亲呢,还是包庇保护他为虎作伥呢? 兄弟情义重要,还是社会良知、道德责任重要?

历史记载上没有刘璋的很多暴行,但是也无法改变他昏庸无能的事实。

张鲁被刘焉委派占据汉中,刘焉死后张鲁有些骄纵,对刘璋不再言听计从,刘璋就杀掉张鲁的母亲和弟弟,彻底把张鲁逼反。假如张鲁像曹操那样有本事,刘璋会不会落得和杀掉曹操父亲的陶谦一样的下场?

刘璋的部将,甘宁、娄发、沈弥等人,都被刘璋逼迫得造反,这又说明了什么? 恐怕刘璋能做到吴起对下属的十分之一,下属也不会反他。

我们且不管刘璋对部下是否够仁义恩德,反正刘备在益州开始广施恩德收买人心了,就像古人说的那句话,“水能载舟,亦能覆舟”,如果刘备对老百姓不好,那么就算他得到益州,老百姓也一样能把他赶出去。

不管谁去做领导者,不管你是真心还是假意,属下要的就是实实在在的利益。仁义恩德,对于领导者来说只是手段不是枷锁,不是束缚他们手脚的枷锁!

三国时代的割据军阀,大多有不堪的经历,比如曹操有过屠城记录,孙策有过屠城记录,孙权有过屠城记录,袁绍杀过上百万农民军,公孙瓒一次消灭近三十万农民军,血流黄河水,染成红色……

可是刘备,他从没有屠城记录,也从没有剿杀那些没有生路被迫起义的农民军。就这样一个刘备,你能说他对下属对人民的仁义是假仁假义吗?

老子说过“**国之利器不可以示人**”,我们所谓的仁义只是停留在道德层面的,而对于一个帝王来说,仁义不过是他们驾驭天下苍生的一种手段。当然,这些是不能说出来的。

此刻，刘备已经开始广施恩德收买人心，磨刀霍霍准备攻取益州了。那么，刘璋觉察了吗？他是坐以待毙还是负隅顽抗呢？请看下章，《夺取西蜀之路》。

下章提示

刘备打算攻取益州，恰巧曹操东征孙权，刘备于是向刘璋借兵一万，声称要回去支援孙权。刘璋不愿意给那么多，只想应付一下刘备，打发他走。俗话说，请神容易送神难，刘备岂会甘心放弃夺取益州的最佳时机？于是，攻打益州的借口也找到了，索性跟刘璋翻脸。

第三十七章 夺取西蜀之路

刘备入川的第二年，曹操不知道哪根筋搭错了，竟然想发兵去打孙权。这下可好，刘备也不用再担心荆州的后顾之忧了，可以放心地计划怎么攻取西蜀了。

说到这里，还要说一下马超的事。马超全家的死，完全是马超咎由自取。历史并非小说里那样，曹操杀了马超全家，然后马超怒而造反。

事实上是，曹操211年3月打算发兵汉中，惊到了盘踞在关中的马超、韩遂等西凉军阀，西凉派系军阀于是集体叛变。

曹操7月亲自率兵西征，在潼关大战马超。而后曹操用贾诩之计离间马超、韩遂等人，击破西凉联军。马超、韩遂等逃奔凉州，西凉军阀主要力量之一的杨秋逃往安定郡(郡治临泾，今甘肃省镇原县南)。

当年10月，曹操从长安(今陕西省西安市)发兵攻打杨秋，包围安定，杨秋投降。曹操恢复杨秋本来的爵位，让他继续留守，安定抚慰本地人民。

不得不说，曹操这事做得很大度，也是给西凉派系残余军阀释放的一个信号——投降吧，投降了既往不咎，给你们官复原职。

可是，马超、韩遂等人依然没有投降。

当年12月，曹操从安定撤兵，留夏侯渊镇守长安，自己带着大部队回邺城。

杨秋是西凉派系军阀里下场比较好的一个，他投降后没有复叛，到曹丕时期还被升迁为讨寇将军，封临泾侯，最后是“**以寿终**”老死的。反观马超他们，可就没那么好了。

马超叛乱已过，曹操也回兵了。

第二年的5月，马超还是没有投降，曹操终于没耐心了，就下令诛杀马腾全家，屠三族。从此，马超和曹操控制下的中央政权再无和好可能。

也许是因为益州有刘备介入，拿下关中的曹操没有进一步逼迫张鲁，去攻打汉中，反倒东下筹划攻打孙权去了。

冒昧揣测一下，假如曹操进一步攻打占据汉中的张鲁，张鲁肯定扛不住，无外乎两种选择：要么向曹操投降归顺中央政权，要么向刘璋求援。刘璋命刘备进驻汉中协防曹操，因为汉中和益州是唇齿关系，唇亡齿寒。

甚至可以大胆地预测，曹操拿下关中直接进逼汉中的话，张鲁选择投降的可能性更大。

倒不是因为曹操后来进攻汉中的时候张鲁封存库府逃跑，而后接受曹操的劝谕投降，而是因为杨秋投降后被官复原职依然留守自己的地盘的先例就在眼前。并且，张鲁跟刘璋有杀母之仇，和解求援的可能性微乎其微。

可是，历史没有如果，曹操选择了暂时放弃汉中攻打孙权。

10 月，曹操发兵攻打孙权，孙权派人向刘备求救。其实孙权原本不需要向刘备求救的，但既然是盟友，又不想让刘备独自取得益州，那就顺水推舟呼救吧。大意肯定是："刘备啊，你快回来吧，曹操来打我了，我一个人顶不住了！"

孙权向刘备呼救，是希望刘备回军荆州，那样将来西蜀益州究竟是谁的还未可知。

刘备可没想回去，曹操攻打孙权，二虎相争正好免去了他的后顾之忧。

于是刘备就派人去跟刘璋说："曹操攻打东吴，东吴的孙权跟我本来是唇齿关系，无论谁被灭，另一个都保不住。现在关羽又跟乐进在青泥相持，如果现在不赶紧去救援关羽，乐进必定大胜，然后侵犯荆州边界，与张鲁这边相比，那边更危险。张鲁只是一个自守之贼，只要你不主动打他就没事。"

接着，刘备跟刘璋提出要求，希望刘璋再派给他一万人供他差遣，然后附带部队行军所需的粮草辎重。

刘备向刘璋提出调拨一万人和粮草辎重供他差遣，前去救援关羽，这次刘璋可没那么大方了，因为曹操又没有打他的益州，如果是曹操攻打益州，刘璋肯定毫不犹豫就调拨部队和粮草了。所以，刘备提出来调兵供他支援荆州，他就给刘备打折了。要一万兵只给四千，粮草辎重也是减半，这就很好地给了刘备跟他翻脸的借口。

在此，先停顿一下，插入一点关羽和乐进的事。

史书记载关羽和乐进在青泥相持，我看过好多解读，包括我最喜爱的柏杨老师解读时都把青泥注释错误了。

青泥这个地方,史上最著名的是"青泥关"。青泥关即峣关,峣关故址在今陕西省西安市蓝田县城南,因临峣山得名。同时因为在青泥故城(今陕西省蓝田县)旁边,又名青泥关。

《三国演义》里同样把这一地名给弄错了,《三国演义》里写"**关公拒襄阳要路,当青泥隘口**",事实上襄阳(今湖北襄阳市)距青泥关(今陕西省蓝田县南)约有422千米,这一拒就跑到400千米开外了。

我们看地图的话就知道,如果关羽是在青泥关跟乐进相持,那么他不但要拿下襄阳、樊城一带[①],还要越过曹操的南阳郡和周边地区,然后才能到达关中一带的青泥关。

事实上呢,赤壁之战后,刘备的荆州地盘始终没能越过汉水到达北岸,包括后来关羽围樊城水淹七军,也没能在对面建立稳固的根据地。

那么,首先就可以排除关羽跟乐进相持是在400千米外的青泥关。

《读史方舆纪要·卷七十九》里有一则记载:"**清泥河(在襄阳)府西北三十里。自均房间东出,达于汉江。后汉建安中,乐进在青泥与关羽相距。**"

恰好《三国志·乐进传》里面也有记载,乐进"**后从平荆州,留屯襄阳,击关羽、苏非等,皆走之,南郡诸郡山谷蛮夷诣进降**"。

我们看,《三国志·先主传》里面写的是,刘备对刘璋说:"现在关羽和乐进在青泥相持,如果不去救援,乐进必然大胜,进而入侵荆州边界。"

首先,这就排除了关羽北上突破荆州到达关中的可能性,双方相持只能是在荆州曹操和刘备的南北分割线一带。

其次,《乐进传》的记载说,乐进跟着曹操平定荆州,被留在了襄阳,阻击关羽、苏非等人,并把关羽、苏非击破,迫使他们退兵,南郡(郡治江陵,今湖北省荆州市)周边一带的山谷里面蛮夷各部落都向乐进投降。

那么这就可以确定,镇守襄阳的乐进要和关羽之间发生战事冲突也只能在襄阳附近,至少乐进不可能丢掉襄阳不管跑到关中一带跟关羽打仗。说白了,就算关羽能打到关中青泥关,跟关羽打仗的也是当地驻军,不可能是镇守襄阳的乐进。

---

① 今古代襄阳和樊城是两座城,汉水南岸是襄阳城,北岸是樊城。

所以，关羽跟乐进相持于青泥，基本上就可以确定是襄阳西北30里的青泥河（汉水的一个小分支）。

古代河的渡口叫“津”，像什么“平津”“孟津”“小平津”“蒲坂津”“逍遥津”，都是三国里比较出名的渡口。那些在险要路口（一般是山路）修筑的城防才叫“关隘”，像什么“潼关”“函谷关”“武关”“虎牢关”，这些都是三国里比较出名的关隘。

所以关羽跟乐进相持的地方，如果是青泥关隘，那就跑到800里开外的地方了。当时关羽都没拿下襄阳、樊城，敢跑到800里的敌后吗？因此他跟乐进相持的地方只能是襄阳一带的青泥河，就算有险要渡口也只能是“青泥津”。

当初孙权执意派堂弟孙瑜攻取西蜀，刘备派人分兵把守沿江要地，关羽被派驻江陵，也就是南郡的原郡治。

现在关羽已经从江陵北上侵扰襄阳，说明刘备入蜀以后他留在荆州的骨干力量也是以积极的姿态进行防御的。不是有句话说得好嘛，最好的防守就是进攻。

关羽北伐侵扰襄阳，这就使得驻守襄阳的乐进不得不应对来自关羽的压力，无暇南下侵扰荆州南部刘备的地盘。

关羽跟乐进在襄阳附近相持，实际上也就保证了自己本土的领地不受侵扰。刘备向刘璋索兵，刘璋不肯按照刘备的要求拨付兵马支援，刘备于是顺理成章地跟刘璋撕破脸。其实，就算刘璋依照要求拨付一万兵马和粮草，刘备一样还有其他借口跟刘璋翻脸。

刘璋不肯如数拨付兵马粮草，刘备于是找到了跟他翻脸的借口，他故意激怒自己的部下说：“我们替益州讨伐强敌，殷勤劳苦，刘璋却这么吝啬，凭什么叫我们卖命送死？”

但是，刘备假装回军救援关羽的事情，张松并不知道内幕，张松于是赶忙写信给刘备和法正说：“现在大事将要成功，为何要放弃这里回去荆州？”

张松的哥哥广汉太守张肃，害怕东窗事发会牵连到自己，影响自己的政治前途，竟然偷偷向刘璋告发自己的弟弟，于是刘璋派人逮捕张松斩首。随后，刘璋下令各驻关守将，关口不再对刘备开放。

这下彻底激怒了刘备，也可以说双方彻底撕破脸了。

刘备派人召见白水关驻军司令（军督）杨怀、高沛，责备他们无礼，把二人杀掉。随后，刘备派遣黄忠、卓膺带兵南下向刘璋发动进攻，自己领兵直取白水关，进入关内以后扣押驻关守军将士的家眷,带领这支被兼并的部队一同南下与黄忠、卓膺会合,进驻涪县占领涪城。

其实在此之前,谋士庞统曾向刘备献过三个计策,那时候应该是刘备和刘璋刚在涪县会面之后不久。

庞统说:"现在取得西蜀有三条计策:一、趁刘璋刚和你分别,派遣精兵强将昼夜兼程南下直取成都,刘璋既不懂军事,又没有防备,大军突然到来,一举可定成都拿下益州,这是上计。二、杨怀、高沛是刘璋手下名将,各自手握精兵,把守白水关,听说他们几次上书刘璋要求把你送回荆州。你可以派人通知他们,说荆州有内急,准备回军救援,并且派部队收拾行装假装开拔。这二位既敬畏你的英名,又因你终于离去而高兴,必定只带领少数护卫来与你告别,将军可趁此机会把他们二人抓住,兼并他们的部队向成都进发,这是中计。三、退还白帝(今重庆奉节县东白帝山上),连靠荆州后方,再慢慢计划攻取益州,这是下计。如果一直犹豫不决,我们就会被困在这里,到时候就难办了。"

刘备采纳了庞统的中计,恰好不久曹操东征孙权,孙权要求刘备回军救援,这也就是刘备佯装回兵救援荆州要求刘璋拨付兵马粮草支援的时候。

话说刘备和黄忠、卓膺一同挥师进驻涪县,拿下涪县,准备以涪县为支点向成都发动进攻。这对于刘璋来说,无异于家门口卧着一只猛虎。

从涪县(今四川省绵阳市涪城区)到成都,仅有120千米,而且中间几乎是一条直路。

不过,刘璋虽然昏庸无能,他的手下可不都是吃干饭的,益州巴蜀之地,自秦时以来就是天府之国,物产丰富,人杰地灵。

刘备挥师南下驻扎涪县,与成都的刘璋遥相对峙,任何人都知道二人势成水火已无和好可能。

刘璋属下的州政府参谋郑度就对刘璋进谏说:"刘备孤军深入,兵将不满万人,士卒人心未附,部队没有粮草辎重,只能靠收割地里的野谷为食。我们不如驱赶巴西、梓潼一带的人民,把他们强行迁移到涪水以西,这些地方挨家挨户,我们将粮仓和田野里的庄稼全部烧掉。然后高筑寨垒壕沟坚壁清野以静制动,刘备军若来请战,闭门不出不与他们交战。他们得不到补给,这样不出百日必定自动逃走,到时候趁他们撤退发动进攻,一定可以生擒刘备。"

郑度的这条计策十分可怕，要知道刘备孤军深入，难以持久，若打持久战恐怕他真的坚持不住。就像前面说的，刘备驻扎涪县虽然像刘璋家门前卧着一只猛虎，可是你要真的闭门不出，这只猛虎总有坚持不住的那一天。

所以史书记载，刘备听说郑度向刘璋献了条这样的计策之后“**恶之**”——非常厌恶反感，同时也有畏怕之意。

刘备去问法正，要是刘璋采纳了郑度的建议该怎么办。

法正却说：“放心吧，刘璋不会采纳的”。

诸位，明君和昏君，或者说能成大事和不能成大事者的区别就是：一个会采纳谋士的建议，甚至主动去征求谋士们的建议，一个不会采纳谋士们的建议，只会按照自己的意思办事。

很明显，刘璋就属于后者，那种万中无一的武学蠢材。

法正说“刘璋不会采纳”，刘璋还真就没有采纳郑度的计策。怪不得跟着刘璋混那么久的法正对刘备一见倾心，以后就死心塌地跟着刘备干了，他是真了解刘璋，跟着这种领导干，累死你也干不成啥事！

刘璋的属性就是——你有孙悟空一样的才能又能怎样，我就是有唐僧那样的任性。你说得对又怎样，我就是不听你的。

据史书记载，刘璋听完郑度的绝佳之计以后，很固执地说道：“我听说拒敌于外以安抚人民的，还没有听说扰动人民以逃避敌人的。”

看来刘璋还真没把刘备放在眼里，这是要硬抗刘备的节奏！

我觉得，要是刘璋跟刘备一样的起点，这时候他坟头的草应该有一丈五那么高了。至少，要比吕布坟头的草高得多。

当年也有个很牛的大侠叫宋襄公，此君以仁义之师著称史上。他跟楚军打仗，楚军渡河的时候部下劝他发动进攻，他说这样不行，不能乘人之危。楚军渡河以后还没有扎稳营寨的时候，部下劝他发动进攻，他还是说不行，咱们是仁义之师，对方还没有准备好。结果楚军扎稳营寨以后双方交战，宋襄公被打得一败涂地。

像宋襄公这样严守职业道德的人真不多了，对战场上下一秒就有可能砍你头的敌人都这么仁义，敌人竟然没被宋襄公的“以德服人”所感动。

战场之上，生死存亡，战机瞬息万变，有机会不把握，非要迂腐地跟对手“公平较量”，不知道要连累多少属下因此送命。有这样“仁义”的领导，坑全家啊！

刘璋不用郑度的计策，执意要“拒敌于门外”驱赶刘备，于是他派出了部将刘璝[①]、泠苞[②]、张任、邓贤、吴懿等人率精兵前往涪县驱逐刘备。可惜事与愿违，几名部下都被刘备击败，只能退保绵竹（今四川省德阳市北黄许镇），吴懿向刘备投降。

随后，刘璋再派李严、费观前往绵竹统率各路人马抵抗刘备，没想到李严和费观到了绵竹就率领部队投降，绵竹县令费诗也举城投降献出城池。

好家伙，刘璋简直是给刘备送人去了，去一拨降一拨。并且，这些带头投降的将领里面好多是刘璋的亲属。

比如说：吴懿，吴懿的妹妹嫁给了刘璋的三哥刘瑁，吴懿算是刘璋嫂子的娘家人；费观，费观的族姑是刘璋的母亲，而刘璋又把自己的女儿许配给了费观，所以费观既是刘璋的表弟又是刘璋的女婿。

三国时代，喜欢重用亲属的人不少。

比如曹操，他的主要班底就是曹家班，但没听说曹家班哪个背叛曹操投降敌人的。

还有孙权，孙权的主要班底也是孙家班，包括他数次不信任手下，都是想让自己的孙家班亲属分走一半兵权，同时也可以监督自己的下属，但是除了赤壁之战时堂兄孙贲有点扛不住压力外，别的时候也没听说孙家班哪个想投敌叛变的。

唯有刘璋最奇葩，既像别人一样重用亲属，同时关键时刻又是他的亲属带头投降的。估计他的亲属都是这样想的——我们也别等着你坑我们了，我们先坑你一把算了！

可见，有的人做领导简直是祸国殃民，亲属都不支持他。

刘璋派去攻打刘备的部队不断向刘备投降以后，刘备势力逐渐壮大，开始有余力分兵攻打占领附近郡县。

无奈之下，刘璋的部将刘璝、张任只好跟刘璋的儿子刘循放弃绵竹退守雒城（今四川省广汉市），这里已基本上到了成都脚下。

刘备继续挥军而上，包围雒城展开猛攻。然而，雒城之战也是刘备打得最为艰苦的战斗，这座背靠成都的坚城在刘璋儿子的带领下固守了一年之久。刘备的得力助

---

① 璝：guì。
② 泠：líng。

手，有“凤雏”之名跟诸葛亮并驾齐驱的庞统也在包围攻打雒城期间中流箭而死。

也许是因为成都即将被拿下，而雒城却久攻不下战事难以取得进展，也许是因为庞统去世让刘备觉得失去左膀右臂力不从心，也许还因为曹操正在跟孙权在濡须口（今安徽省含山县东关镇）交战，这俩人都顾不上打刘备荆州的主意了。

总之，刘备开始出动荆州军团对益州发动猛攻。

我们知道，之前刘备入蜀的时候，把所有主力都留在了荆州，只带了一部分荆州降将。现在呢，荆州兵团主力全部出动，只留了关羽镇守荆州。

可以说，对于时势的判断，刘备比任何人都要清楚，这也是他无数次兵败却依旧安然无恙的根本。

那么，全军出动的刘备能否顺利拿下益州，为自己的霸业再添根基呢？请看下章，《奠定霸业的根基》。

下章提示

雒城久围不下，曹操跟孙权在东部交战，刘备知道，这是个千载难逢的机会，一旦曹操或者孙权将目标对准荆州，他将再不能像现在这样毫无后顾之忧地扩张地盘，壮大自己的势力。所以，他迅速抓住机会命令荆州兵团全部出动，前来支援，攻打益州。

第三十八章 奠定霸业的根基

刘备包围雒城长达一年之久，这期间法正也给刘璋写过书信劝降，但结果如同泥牛入海毫无音信，刘璋还真是个油盐不进的家伙。当然，或许他只是不舍得放弃现在拥有的荣华富贵。

刘备见刘璋死活不肯投降，只好调发荆州兵团大军全线压上。所有主干力量，除了关羽留下镇守荆州，诸葛亮、张飞、赵云等全部带兵沿江而上攻打益州。

这里有一点要单独说的是，《三国演义》里写刘备和刘璋在涪县相会的时候，庞统暗中安排魏延舞剑，想上演一出鸿门宴。里面写魏延舞剑的时候给刘封使了个眼色，刘封也加了进来。

事实上，历史上刘封并没有一同跟随刘备入蜀，刘封是在荆州兵团全线压上的时候，才跟着诸葛亮、张飞、赵云等一同入蜀的。并且刘封十分勇猛，“**所在战克**”。

荆州兵团沿长江溯流而上增援刘备，攻陷巴东郡（郡治鱼复，今重庆市奉节县东）以后抵达巴郡（郡治江州，今重庆市），巴郡太守严颜不敌荆州兵团被俘。

这里有一个张飞义释严颜的故事，是历史上真实发生的，当时张飞呵斥严颜，说：“我们大军前来，你为何不投降，反而抵抗？”严颜说：“你们无端入侵我州，我们益州只有断头将军没有投降将军。”张飞大怒，下令把严颜拖出去斩首。严颜面不改色，说道：“砍头就砍头，何必发那么大脾气？”张飞对严颜的胆量豪气甚为敬佩，就下令解开对严颜的捆绑，把他奉为上宾。随后，严颜归降，引军反攻刘璋。

据《华阳国志》记载，当初刘备应刘璋之邀入蜀路经巴郡的时候，严颜看到后就摸着心口，叹道：“这是独坐穷山放虎自卫啊！”

确实，像刘璋这种庸才做益州领导，就算刘备不取益州，早晚也会被曹操或者孙权取走。

荆州兵团攻陷江州之后，开始兵分两路。

一路是张飞、诸葛亮等，沿嘉陵江北上攻陷巴西郡（郡治阆中，今四川省阆中市）、德阳（今四川省江油市雁门坝）等地。

另一路则是赵云单独率领一支人马，沿外水（即岷江）顺流而上，攻陷江阳郡（郡治江阳，今四川省泸州市江阳区）、犍[①]为郡（郡治武阳，今四川省眉山市彭山区江口镇平茯村）。

有些人喜欢说赵云是保镖，没有单独带兵作战的经历，不能列入五虎将。长坂坡之战不是赵云打的，难道还是你打的？还有这次兵分两路，赵云可是独自率领一军出西线，张飞只能跟诸葛亮一路北上。

陈寿把赵云与关羽、张飞、马超、黄忠并列，必然是赵云有那么大的才能与功劳。

说这话的人，好像长坂坡之战要是他替赵云出战，不但能万军混战中救回阿斗和甘夫人，还能全歼曹操的五千虎豹骑一样。这种人，真的是跟嘲笑刘邦、项羽、韩信只是“竖子”的阮籍一样，眼高手低狂妄自大。

闲话少说，诸葛亮、张飞率军北上平定诸郡，到达刘备后方。赵云独自率领一军西出，沿岷江北上平定诸郡抵达成都脚下。

这时候，被围长达一年的雒城终于被攻克。刘璋的儿子刘循被俘，张任勒兵出战雁桥，兵败被俘以后拒不投降，刘备无奈下令把张任处死。

雒城既破，接下来的就是合围成都。就在这时候，马超也想来投奔刘备了。

马超起兵被曹操击破以后，远走到西凉，曹操讨平杨秋以后撤军而回，同时任命杨秋仍旧驻守本地。但是马超他们却并没有投降，这把曹操彻底激怒了，下令杀掉马超全家，屠全族。

曹操没有在马超起兵之初就杀掉马腾全家，可能是他确实觉得马超不是他的对手。你不是不服吗？来啊，我就打到你服！

在关中曹操把马超打败了，马超跑到西凉。曹操在西凉打败马超的同伙后不但没有治罪，还予以加封任命，这就给了马超他们一个信号——你们又不是我的对手，投降吧，既往不咎！

然而，马超依然没有投降，还煽动凉州民众造反，杀了凉州州长韦康。接着马超

---

① 犍：qián。

自称征西将军，兼并州全权州长（领并州牧），凉州军区总司令（督凉州军事）。

这家伙，真喜欢当官，还一下子弄了几个地方的官！

曹操一再给马超机会，马超却不投降，还杀掉朝廷命官，自封各种官职。于是曹操再也忍不住了，下令杀掉马超全家。随后不久，凉州州长韦康的一些属下合谋出兵击败了马超，将他驱逐出了凉州。

马超“**进退狼狈，乃奔汉中依张鲁**”。张鲁听说马超前来投奔后很高兴，毕竟马超还是能征善战的，而张鲁手下就缺能带兵打仗的将领，所以马超前来投奔以后，张鲁直接任命马超为教育总监（都讲祭酒）。

这个“都讲祭酒”要解释一下，张鲁是五斗米教的教主，门下徒众都要学习老子的《道德经》，所以张鲁手下的人事任命也跟正常的官职不同，都讲祭酒是教内非常高的职位，地位仅次于“师君”张鲁。打个比方来说，张鲁是东方不败，马超就是白眉鹰王、金毛狮王这一类的角色。

张鲁不但给予马超高位，甚至还打算把自己的女儿许配给他。马超瞬间傍上白富美，走上人生巅峰啊！

不过就在这时候，有人劝说张鲁："有种人，自己的爹娘都不爱，会爱别人吗？"张鲁这才恍然大悟，打消了把女儿许配给马超的念头。后来曹操攻打汉中，张鲁投降，曹操为儿子曹宇（魏明帝时期封燕王）迎娶了张鲁的女儿，应该就是张鲁打算许配给马超的这位。

马超的勇武不输于吕布多少，可惜人品也不比吕布强多少。吕布专杀干爹，马超专坑家人。若不是马超后来归降刘备，《三国演义》里罗贯中又曲笔为他遮羞，可能历史上马超的名声也不会多好。

话说回来，马超刚投奔张鲁的时候，张鲁很高兴，手下终于有能带兵打仗的人了。可惜随后他要把女儿嫁给马超的时候遭到劝止，张鲁也意识到马超终究不会对他忠心，以后就逐渐冷淡他了。

马超既然得不到张鲁喜爱，同时张鲁手下的部将杨昂等人也嫉妒马超的能力，所以马超就有了去心。恰在此时，刘备已经拿下雒城包围成都。马超于是秘密写信给刘备，打算向刘备投降。

据《典略》记载，刘备听说马超来奔，高兴地说："我要得到益州了。"随后派人制止马超，并暗中交给他一支部队，于是马超“率大军”来降，驻扎成都城北，马超到来不到

10 天，成都人心溃散，刘璋献城投降。

我个人分析，感觉这条记载不太靠谱。

首先，马超只是说来投降，刘备如果就这样听信马超的话，送一支部队给他，那刘备未免也太幼稚了。不仅刘备幼稚，连同他手下的那些谋士，诸葛亮、法正等人都跟着幼稚。

其次，当时大军合围成都，只能增兵加紧进攻，哪还能把部队外调?

最后，这也是最关键的。当时益州各地郡县已基本被荆州兵团平定，荆州大军合围成都的情况下，刘璋的孤城能支持多久? 所以，大局已定，刘备得到益州不过是早晚的事。《典略》写刘备一听说马超要来就高兴地说“这下我能得到益州了”，这不是瞎写吗?

明眼人谁都知道，有马超，刘备能拿下益州，没马超，刘备照样拿下益州。

俗话说，“大年三十拾只兔子——有它也行没它也行”，说白了马超就是这只拾到的兔子，有他没他都要过年，有他没他年货都已经准备齐了。

虽然说不管有没有马超刘备都吃定益州了，但是马超的到来还是进一步打击了刘璋的心理，加速了他心理崩溃的步伐。

据《三国志 · 马超传》记载，刘备听说马超来降，派人去迎接马超，马超带兵直达城下后“**城中震怖**”。“震怖”一词，充分说明了马超的到来在成都官兵中引起的骚动，可能就是这一瞬间，城中人心惶惶，成为压垮刘璋心理防线的最后一根稻草。

随后，刘备派自己的发小简雍前往成都城游说刘璋，刘璋就跟着简雍一同出城投降了。

刘璋投降以后，刘备把他安排在自己荆州的老根据地南郡公安县(今湖北省公安县)，把刘璋的财产全部归还给他，还有他的振威将军印绶。这个振威将军印绶，就是当初赤壁之战前刘璋派人向曹操示好的时候，曹操奏表朝廷加封的。

接下来，刘备命令打开库府中收藏的金银珠宝，分赐给全军将士，百姓们缴纳的粮食布帛，全部退还给他们。

然后就是人事变动了，刘备自己兼任益州全权州长(益州牧)，剩下的全体将士依照功劳大小一一封赏提拔，比如：诸葛亮由军事中郎将升迁为军师将军，偏将军马超升迁为平西将军[1],军议校尉法正升迁为蜀郡太守、扬武将军,裨将军黄忠升迁为讨虏将军,赵云由牙门将军升迁为翊军将军。

特别要说的是,"翊军将军"这个称号是刘备首创,赵云是担任此官职的第一人。

翊,辅佐帮助的意思。因为翊军将军是体制外特设的名号,所以只能归为杂号将军之列,况且那时候各大割据军阀,包括朝廷里的曹操都有创立杂号将军的事例。所以,我们暂且不能说这是刘备特别看重赵云才单独为他创立名号。

由于本次提拔升迁的人员太多,我们就不一一赘述了。接下来,我们谈一下为什么益州能够成为刘备建立霸业的根基。

刘备不是第一次得到自己的地盘,早在194年跟着徐州军阀陶谦的时候,陶谦死后就把徐州交给了刘备。可是那时候,刘备得到徐州后不久,吕布走投无路投奔刘备,刘备好心把他收留,不料吕布恩将仇报,趁刘备外出跟袁术交战之际,袭取州政府下邳,徐州沦陷到了吕布手里。

荆州是刘备第二次得到的比较大的根据地,益州算是刘备第三次得到的比较大的根据地,也是他最终建立霸业的根基。

为什么刘备第一次得到的根据地那么快就失去了,后面两次相对就安稳得多?不知道有几个人能看透。

仅仅是因为第一次时被吕布偷袭了吗?

不,那只是表面现象!

那什么才是本质呢?

我个人认为,曹操文武双全,军事和政治才能都是一流的,刘备相对于曹操来说,军事上不分伯仲,但是政治上就要稍差一些。

刘备政治才能不如曹操,但是他有一个得力助手,这个人军事才能不足称为一流,但是政治才能绝对是一流,甚至可以称得上是超一流,他就是诸葛亮。

194年刘备刚得到徐州的时候,诸葛亮还是个14岁小娃,这时候且不说刘备还没得到他,恐怕就算得到他也无济于事。

徐州,这是刘备有生以来得到的最大一块地盘,整整一个州啊。对比以前刘备最

① 马超被朝廷授予的官职,就是208年赤壁之战前曹操征召马腾全家进京作为人质的时候,加封马超为偏将军。他自封的"征西将军",在刘备这里也没得到承认。

多占据一个县，做过县长县令，后来跟着公孙瓒干了个有名无实的平原相，这次刘备得到的是徐州五郡国62个县。

然而，徐州那些陶谦的老部属并不一定认可刘备这个“外来户”。

徐州州长去世，理应由州长的儿子继位或者由州内官员接手。但是州长临终前偏偏留遗命把本州交给一个非本土官员，还是个三国群雄里不起眼的小角色。

徐州五郡国，一个郡国多则十几个县少则几个县。而那时候刘备只是个陶谦请来协防徐州的小官，地盘只有陶谦交给他的一个县——小沛。

这个沛县并不属于徐州，而是属于豫州，所以不但小，还连本土都不算。

可是州长陶谦留遗命让刘备担任州长了，州政府官员也遵从遗命去迎接刘备上任了。徐州本土那些高官就算心里不服，也没有明着跟刘备撕破脸，反正你当你的州长，我当我的郡长，谁也不干涉谁就好。

因此，刘备明着说是得到了一个徐州，实际上只得到了一个下邳国，能够得到下邳国还是因为下邳豪族陈登十分支持他。当时陈登既是下邳豪族，家族非常有势力，又是徐州州政府官员，是陶谦遗命交代的几个人之一。

刘备得到徐州后没有安全感，马上把州政府从东海郡郯县(今山东省郯城县)搬迁到下邳国首府下邳县(今江苏省睢宁县北古邳镇)，这就是对当时形势最好的诠释。

而且，后来吕布夺徐州和刘备回军救援都是围绕下邳进行的。徐州另外的四个郡国，仿佛都人间蒸发了一样。这说明，刘备根本调遣不动另外四个郡国的官员和部队。

那么，为什么会这样呢?

很简单，刘备根本没有安抚好徐州官员，所以他们没有人对刘备忠心。

诸葛亮一代政治奇才，一见面就道出了刘备的“皇室”身份，而后这个皇室后裔招牌不断得到加强，刘备的号召力也越来越强。

通过史书记载我们可以看出几点：一、刘备得到徐州后没有安抚提拔本土官员的动作；二、刘备遇到诸葛亮的前几十年间，没有人说过活了45岁的刘备有皇室血统，诸葛亮是第一个提出来的，并且诸葛亮是跟素未谋面的刘备第一次见面就说他有皇室血统；三、有记载，刘备得到荆州后就提拔了殷观、马良、陈震、廖立、霍峻等一批荆州人士，同时抚慰人民；四、刘备得到益州后，除了把库府金银分赐给将士，粮食布帛归还人民，还大量提拔升迁有功将士和益州本土官员。

前面说的第三点，刘备提拔的这些荆州人士里特别要说的是霍峻。

霍峻是荆州南郡枝江(今湖北省枝江市)人,战乱时候他的哥哥霍笃曾在家乡组织了一支几百人的小队伍(大概就是那时候的"乡勇")。霍笃死后,刘表命霍峻接替哥哥掌管这支队伍,刘表死后,霍峻就直接率领众人投奔了刘备,刘备任命霍峻为中级军队指挥官(中郎将)。

大家不要觉得霍峻率众投降刘备,刘备就应该提拔他。提拔归提拔,但也要看提拔到哪个位置。霍峻率众投奔刘备,刘备给他的官位如何呢?

对比一下诸葛亮,诸葛亮助刘备得到荆州,官位提拔也不过是"军师中郎将"。周瑜和程普统率大军抵御曹操打赤壁之战的时候,两人也都是中郎将官位(周瑜是"建威中郎将",程普是"荡寇中郎将")。

霍峻不过率领几百人投奔,刘备授予他中郎将职位,绝对算得上是破格提拔了。刘备对霍峻的提拔,关键时刻显现出效果了,霍峻不仅感恩刘备的慧眼识珠,而且对他效以必死之心。

在刘备跟刘璋撕破脸南下攻打刘璋的时候,刘备留霍峻镇守葭萌关。张鲁部下大将杨昂引诱霍峻,想让霍峻放他入城共守葭萌关,霍峻坚定拒绝道:"我的头可以得到,葭萌城你得不到。"杨昂见无机可乘,只好离去。

随后刘璋的部将扶禁、向存率领精兵一万多人围攻葭萌关,长达一年,久攻不下(这时候,可能正是刘备攻打雒城长达一年的时间里)。当时葭萌关仅有几百驻守官兵,霍峻抓住围城部队懈怠的时机,挑选精兵出击,大破围城部队,并斩杀了他们的将领向存。

刘备大量提拔荆州人士,施恩拉拢荆州军,这使得荆州兵团很快都从心里愿意归附刘备,并且能够在关键时候顶上去。事实上,攻打益州的先头部队几乎全部是荆州军,除了霍峻,还有黄忠、魏延等。

打益州的先头部队是刘备刚刚收降的荆州军,打下益州以后刘备不但封赏了荆州将领,连刚刚降服的益州将领也予以封赏提拔,就连原先刘璋手下那些劝阻刘璋接纳自己的也一律提拔了。

其中较为著名的,如黄权,黄权原先是刘璋的州政府主任秘书,张松劝说刘璋招刘备入蜀对抗张鲁的时候,黄权就劝阻说:"左将军有骁名,你把他招来,到时候用部属的礼仪对待他,他肯定不满意,用宾客的待遇对待他,一国不能有二君。客人如果像泰山一样安稳,则主人就像累卵一样危险。"刘璋不但执意不听,还把黄权外调到广汉当一个县长。

刘备攻取益州的时候，黄权闭城坚守（应该是广汉县）。等到刘璋投降以后，黄权才向刘备投降，刘备提拔黄权担任偏将军。

还有刘巴，刘璋派法正前去荆州迎刘备入蜀的时候，刘巴就谏言说："**备，雄人也，入必为害，不可内也。**"刘璋不听。而后刘备入蜀，刘巴再谏："**若使备讨张鲁，是放虎于山林也。**"刘璋还是不听，刘巴于是闭门称病不再谏言。

刘备敬仰刘巴的才能，攻打成都期间就下令说："有敢加害刘巴的，诛三族。"待到拿下益州，刘备旋即任命刘巴当自己的左将军府行政秘书（左将军西曹掾）。

从刘备得到益州后马上进行的一系列动作，我们不难看出，刘备的政治手段成熟了，比刚得到徐州的时候更懂得抚慰拉拢人心。把库府金银分赐给诸将，把粮食布帛退还人民，这事搁农民军起义的时候就是"开仓放粮"的义举，是很得人心的。

所以，徐州虽然是陶谦让给他的，却不是他自己的；益州虽然是他夺来的，却是他自己的。

说白了，老百姓才不管你天下是姓刘的还是姓曹的，或者是姓孙的，谁对他们好他们就拥护谁，因为这也关乎他们的切身利益。

诸葛亮领兵打仗比不上韩信，但是镇抚安民不亚于萧何，可能正是在他的影响下，刘备政治手段愈发成熟，他也明白了，"打下来的地盘不一定就是你的，守得住才是你的"。那么如何才能守得住？答案就是抚慰百姓得人心。

军民团结一家亲嘛，部队愿效忠心，百姓大力支持，这样的江山才是铁打的一样稳固无比。

益州是刘备的霸业根基，也是他得到一块地盘以后做得最好的。那么，得到益州之后刘备的霸业之途顺利吗？请看下章，《荆州何去何从》。

下章提示

刘备已得益州，孙权马上派人讨要借给刘备的荆州。说实话，孙权心里早就应该清楚，这玩意儿借了还会还吗？当初是没有实力，找你"借"来地盘安身，现在实力强大了，你还觉得自己说的算话吗？不能单纯怪刘备、诸葛亮狡猾，只能说孙权太幼稚了。

第三十九章 荆州何去何从

刘备得到益州之后，孙权心理不平衡了。说好的咱俩都不打益州，这可好，你背着我打下来自己占有了，你这个大骗子！

既然这样，当初说好的借荆州安身，现在你益州也有了，荆州该还给我了吧？于是孙权就派人向刘备讨要荆州。

可是孙权也太幼稚了吧，既然刘备是大骗子，能骗你说不打益州，然后自己打掉独吞，难道不能骗你说借荆州实际上赖着不还？孙权派诸葛亮的老哥诸葛瑾前往益州，向刘备索还荆州，刘备也不说不还，只推说："等我拿下凉州以后，就把荆州还给你。"

诸位，这时才显出来孙权的智商明显跟刘备不是一个层级的啊！

政治上的承诺也能信吗？刘备没有安身之地的时候跟你借荆州，那时实力没你雄厚，自然是你说了算。可是现在刘备得了益州，管辖荆、益两州之地，实力雄厚足以跟你叫板，现在你还能说了算吗？

这年头，欠债的都是大爷。估计刘备心里也在说，"荆州是我凭自己本事借来的，为什么要还？"

政治不同于生活，别说我找你借了一个州，就算我找你借了天下，也不可能还给你的，大不了好吃好喝把你安排好，保你高官厚禄荣华富贵一生。有句话叫"**窃钩者诛，窃国者侯**"，说的就是这个道理。

历史上能闹出这种笑话凸显自己智商余额不足的，从古至今也就孙权了。

话说孙权讨要荆州，刘备推脱说拿下凉州、益州再还给他荆州，孙权这时候总算明白了，刘备就没打算还给他荆州。别说现在拿下了益州没有还他荆州，将来拿下了凉州更不会还，手握三州还会怕你吗？

有句谚语叫“刘备借荆州——有借无还”，孙权一定没听过。

刘备不愿归还荆州，孙权恼怒之下就想背弃联盟偷袭荆州。这时候，孙权想还是按照赤壁之战时那样，搞个“双头马车”——让堂弟孙皎和大将吕蒙共同掌管偷袭大军。

不得不说，帝王疑心病和没有安全感的特性在孙权身上表现得淋漓尽致。

孙权是这样打算的，可是吕蒙不高兴了，吕蒙就找孙权说：“如果你觉得孙皎能行，就用孙皎。如果你觉得我能行，就用我。当初赤壁之战的时候你用周瑜和程普分别担任左右军司令（左右都督），虽然决策权交给了周瑜，但是程普自恃是跟过老将军（孙坚）的老将，而且他俩都是都督，因此二人不和睦，还差点导致国家大事毁于一旦，这是前车之鉴啊。”

吕蒙也是直脾气，有啥说啥。好在那时候孙权还比较开明，听了吕蒙说的马上明白了是怎么回事，连忙改口说：“那就你当总司令（大督），孙皎做后援接应。”

这里有一点要特别交代的，孙权偷袭荆州一共两次，第一次偷袭荆州数郡以后刘备回军救援，然后双方讲和平分荆州。后来孙权忍不住又一次背弃联盟偷袭荆州，就是导致关羽兵败被杀的那次。

《三国志·孙皎传》里记载说：“**禽**（通‘擒’）**关羽，定荆州，皎有力焉。**”这里明显是记载错误，把两次偷袭荆州混为一谈了。

为什么这么说呢？

《三国志·吕蒙传》里明确记载，第一次偷袭荆州以后，吕蒙留下孙皎处理荆州事务，这里就是吕蒙做主帅、孙皎当属下的证据，也是孙皎参加了第一次偷袭荆州计划的证据。

可能有的人会说，要是第二次孙皎也参加了呢？就不能两次都参加了吗？

那我就明确地说，不能！

《三国志·孙皎传》记载，孙皎死于公元219年（建安二十四年卒）。同时，《三国志》也记载了关羽包围樊城水淹七军的事，也是发生在219年。

219年秋，关羽水淹七军生擒曹操大将于禁。当年10月，孙权上书曹操称要讨伐关羽。220年春，正月，孙权部下潘璋的军政官（司马）马忠生擒关羽，并将关羽斩首。

《三国志·武帝纪》原文记载：“**二十五年春正月**，（曹操）**至洛阳。**（孙）**权击斩羽，传其首。**”这就是关羽被斩后，孙权把他的头颅送给曹操的证据。

以上记载都出自《三国志》，那么《三国志》明明写了孙皎死于 219 年，关羽被抓斩首是在 220 年，难道孙皎还魂了抓住关羽斩首之后才死？

所以，《三国志·孙皎传》里那句“**禽关羽，定荆州，皎有力焉**”，实际上是把两次偷袭荆州混为一谈了。事实上第二次偷袭荆州擒杀关羽，根本没孙皎什么事，因为那时候他正在陪黑白无常喝茶。

话说回来，孙权任命吕蒙为总司令以后，吕蒙率军前往荆州。长沙郡（郡治临湘，今湖南省长沙市）和桂阳郡（郡治郴县，今湖南省郴州市），这两个东部靠近东吴的郡好像没怎么抵抗就投降了。

特别要说的是长沙郡，长沙太守廖立是刘备一手提拔上来的，而且长沙郡紧邻关羽驻扎的南郡。然而史书记载吕蒙偷袭三郡的时候。廖立是自己单独逃出来回归刘备的。应该当时也是闪电战，不然关羽会有时间前去救援的。

当时关羽驻扎在南郡江陵（今湖北省荆州市），南郡东南就是长沙郡，可以说吕蒙是在关羽眼皮子底下把两郡偷袭了。不得不说，关羽在用兵打仗上确实与他在历史上的盛名不相称。

长沙、桂阳两郡被吕蒙偷袭以后，吕蒙还不死心，继续西进攻打零陵郡（郡治泉陵，今湖南省永州市零陵区）。攻打零陵的时候，吕蒙才遭到了零陵太守郝普的殊死抵抗。

关羽在小说里是神一般的存在，但是历史上战绩真不算很好，除了当初单枪匹马斩颜良，后来围樊城水淹七军可书，别的好像也没啥大放光彩的地方。尤其是两次被吕蒙偷袭荆州，你到底长没长脑子啊，一个坑里还能栽两次跟头！

郝普坚守零陵不降，这边刘备也得到消息马上回军救援。

可是孙权也早有准备，他亲自坐镇陆口（今湖北省嘉鱼县西南陆溪镇，陆水湖入长江口，故名陆口）。然后，孙权命鲁肃带领一万人马屯兵长沙郡益阳（今湖南省益阳市），阻止关羽南下救援。

这时候刘备亲率五万大军驻扎老根据地公安（今湖北公安县），派关羽另外带领三万人马南下救援零陵。

关羽到达益阳后被鲁肃拦截，双方展开相持。三万人马对一万人马，鲁肃防守起来有点吃力啊。所以孙权就飞书传讯吕蒙，要他不要打零陵了，带兵赶赴益阳支援鲁肃。

然而，此时吕蒙正在前往零陵的路途中，等他接到孙权书信的时候，他已经把零陵太守郝普的好朋友南阳人邓玄之接到了军中。

吕蒙是打算让邓玄之诱降郝普的，所以他并没有把刘备、关羽已经赶来救援的消息告诉邓玄之。

吕蒙对邓玄之说："郝普这个人信奉忠义之事，也打算效仿，可是他不懂时势。现在刘备在汉中，被夏侯渊包围，关羽逗留在南郡，被我们的领袖亲自阻截……郝普危在旦夕，却盼望着遥不可及的救援，就像在牛蹄子脚印坑积水里的鱼，却盼望着能够游入大江大海。这不是糊涂吗？他这样做，将来城破之后徒使百岁老母受到牵连被诛杀，岂不痛心？想必郝普不知道外界音信，所以企盼援兵。你可以见他一面，为他分析祸福和出路。"

邓玄之听完吕蒙的话，默默地信了，见到郝普之后就把这些话跟他说了。郝普以为援兵真的不会到来，就出城投降了。

投降之后，吕蒙才把孙权写给他的书信给郝普看。郝普这时才知道被吕蒙诈了，因此羞愧难当(**惭恨入地**)。

拿下零陵后，因为此前孙权招吕蒙放弃零陵赶赴益阳支援鲁肃，吕蒙已经自作主张先打零陵了，所以他把孙皎留下来处理零陵一切事务，自己当天就立刻带兵赶赴益阳(**即日引军赴益阳**)。

这边刘备和孙权争荆州，那边曹操也不打扰他们，趁机出兵攻占了汉中(今陕西南部一带)，汉中军阀张鲁逃亡到了刘备的益州巴西郡(郡治阆中，今四川省阆中市)。

刘备听说曹操已经拿下汉中，随时有可能南下攻打益州，只好放下荆州纷争，派人跟孙权求和。

孙权也知道利害关系，假如曹操真的南下占领益州，那自己也离灭亡不远了。所以刘备请和，孙权也愿意，这一次双方再次就荆州问题进行分割。

双方谈判以后，最终达成共识，荆州再一次分割，算起来这应该是荆州第三次分割了，分割内容如下：

一、荆州东部江夏郡归孙权所有。

江夏应该早在赤壁之战后就割给孙权了，可能是后来刘备入蜀期间关羽攻城略地又打下了江夏一部分，形成三家分一郡的局面，因为曹操也占领着江夏的一部分。那么这次分割就是刘备把手里的部分江夏领土交给孙权，江夏由孙权和曹操各自占领一部分。

二、孙权把零陵郡归还给刘备,连同郝普等荆州不愿归降孙权的官员一并送回。

三、荆州江南四郡的东部二郡,也就是被孙权偷袭拿下的长沙和桂阳两郡土地,以湘水(今湘江)为界交割,湘水以东归孙权,湘水以西归刘备。

这次划分与前面两次不同,虽说是刘备有赖账的嫌疑,但毕竟是孙权主动破坏联盟挑起纷争,所以,这次划分孙权方面也算做出了比较大的让步。

现在荆州纷争已经结束,我们还是不得不再一次提起关羽。

刘备留关羽镇守荆州,当时刘备一共占有荆州五郡,南郡大部分在江北,剩下四郡在江南。除了关羽本身驻扎的南郡,荆州江南四郡竟然被吕蒙偷袭了三郡,就连救援零陵也是刘备回军以后。不知道关羽的荆州防务是咋做的,名将有这样的么?

硝烟已经散去,荆州终于得到了暂时的宁静,刘备也回军江州(今重庆市),派黄权领兵前往巴西郡迎接流亡的张鲁。可是,张鲁这时候已经向曹操投降了。

拿下汉中后,曹操没有听从谋士刘晔的建议,乘胜进攻人心惶惶的蜀地,这也导致三国失去了一个提前统一的契机。

曹操从汉中撤回邺城,留夏侯渊、张郃、徐晃等镇守汉中。三员大将同时留守边疆,他们也都不是那种安分的人,反正闲着也是闲着,那就打打益州吧。

张飞镇守的巴西郡因为紧邻汉中,所以首当其冲多次受到骚扰。这让张飞很不适应,刘备也很不适应。

接下来,刘备就听从谋士法正的建议,决定出兵汉中,为将来的霸业再添筹码。那么,刘备出师汉中所获如何,他能顺利拿下汉中吗?请看下章,《汉中之战》。

下章提示

从荆州回军以后,因为孙刘再次结成联盟,荆州方面没有什么挂心的了,刘备于是兵发汉中主动进攻曹操。这边孙权也从荆州回军对曹操的合肥发动进攻,跟刘备一起形成对曹操的两面夹击之势。最终,刘备大获全胜取得汉中,孙权却无功而返损兵折将。都是君主亲自带兵,这一对比,“孙十万”军事上也比刘备差得多啊。

第四十章 汉中之战

刘备从荆州回军，孙权也从荆州班师，这一次，双方不约而同地打起了曹操的主意。当然，也可能是分割荆州时就事先说好的。

孙权从陆口回军，直接就攻打曹操大将张辽镇守的合肥去了（**权反自陆口，遂征合肥**）。

《三国志·张辽传》有记载，此次孙权又率领十万大军包围合肥，果然不辜负“孙十万”大名。当时合肥城只有张辽、乐进、李典三将带领七千多人守城。

曹操东线被孙权率的十万大军围攻，西线刘备也率军挥师汉中。

刘备进军汉中，说来多少有些被动。之前他回军救援荆州的时候，曹操趁机拿下汉中，然后留夏侯渊、张郃、徐晃留守汉中。三人闲来无事就屡次入侵益州，想着反正闲着没事，打下来多少算多少。

其中比较大的一次战役是张郃率领部队进攻巴西郡，与张飞展开激战。

当时张郃率军入侵巴西郡宕渠（今四川省渠县东北三汇镇），打算把本地居民迁移到汉中，巴西郡太守张飞可不干了，老百姓都让你带走我这个太守还干什么，难道我自己带人去种田生产粮食啊。张飞就领兵阻截，与张郃相持 50 多天。

后来，张飞看双方僵持不下，就秘密率领精兵一万多人，悄悄抄小道从中间攻击张郃的部队。由于山道狭窄，张郃的部队被拦腰斩断，前面后面都无法救援中间被攻击的部队，张郃因而大败，只得率领十几名亲兵放弃战马，爬山跑路，撤退到后方收拾残兵败将以后，撤回到南郑（汉中郡治，今陕西省汉中市）。

一代名将张郃，看来也得到了刘备的几分真传，懂得逃跑到安全地带再收拾残兵。

诸位不要嘲笑战争中逃跑这件事，很多时候逃跑并不是贪生怕死，而是为了以后建立更大的功劳。历史上很多名将都有逃跑的记录,比如“飞将军”李广,不也是被匈奴俘虏以后借机逃跑的吗?不会逃跑,那就只能跟吕布、关羽一样等着被抓被杀了。

话说回来,因为汉中的曹军多次南下骚扰,刘备就接受法正的建议,决定发兵汉中,拿下曹操的这块跳板。随后,刘备就调发大军进攻汉中,到达阳平关(今陕西省勉县西武侯镇莲水村),在此与曹军夏侯渊、张郃、徐晃等相持,双方展开攻防。

刘备派部将陈式断绝马鸣阁道(今四川省广元市北),被徐晃率军击破。

出师不利,刘备派人向留守成都的诸葛亮传书,要他发兵支援汉中。诸葛亮询问蜀郡郡政府参谋杨洪的意见,杨洪说:“汉中是益州的咽喉,没有汉中就没有益州,这是家门口的事,刻不容缓。”

因为当时蜀郡太守法正随军出征了,于是诸葛亮就表荐杨洪代理蜀郡太守,杨洪办事倒也干练,即刻组织发兵支援,条理有序,刘备于是任命杨洪接替法正出任蜀郡太守。

看到这里,想必细心的朋友已经品出味来了。

诸葛亮作为镇守后方的领导,前方刘备要求发兵支援,说白了这就是命令,不管你做得到做不到,领导发话你都要遵从的。然而,诸葛亮却跑去咨询郡政府参谋的意见了。并且,随后又推荐郡政府参谋代理郡长。

杨洪替代的谁啊?随军出征的法正。

大家都知道,刘备活着的时候,尤其是他得到法正以后,诸葛亮在刘备心里受重视的程度不如法正。尤其是后来,刘备不听众人劝说执意东征孙权失败以后,诸葛亮还酸溜溜地说:“法正要是在,肯定能制止主公东征。就算制止不了主公东征,跟着他一起也不至于大败。”

很明显,法正自从归顺刘备以后,刘备打益州一路带着他,刘备打汉中还一路带着他。就连法正已经当蜀郡太守了,刘备还是带着他一起出兵汉中。

蜀郡当时是益州州政府所在地,郡治成都也是州政府办公所在地,所以对于蜀汉来说,当时的成都如果比喻成今天的北京的话,法正就是北京市长。

而刘备出兵汉中,竟然把法正这个“首都市长”也带去了,说明他对法正的重视和喜爱程度。

诸葛亮跟法正不同,诸葛亮政治上有奇能,所以刘备出征放心地把后方交给他掌管。但是诸葛亮军事上不如法正有奇谋,因此刘备出征喜欢带着法正。

然而,谁不想天天被领导带在身边呢？所以,诸葛亮看到法正被刘备天天带在身边,难免酸溜溜的。

因此,本来不需要咨询杨洪这种无名之辈的,诸葛亮却咨询了。并且杨洪也确实算是有能力,诸葛亮算是慧眼识珠,这些都是后话。诸葛亮咨询杨洪,不是因为他自己不清楚时势,而是他需要这番话由杨洪说出来,他好借机表奏杨洪接替法正出任太守。

诸葛亮推荐杨洪替代法正代理蜀郡太守,多少是有点醋意的,这些不知道当时刘备是否有觉察。不过对于刘备来说,这也没什么,杨洪有才能就让他当蜀郡太守嘛,法正无官一身轻,正好更方便随时带在身边。

啧啧,杨洪算是捡了个便宜,直接从科长升到政治局常委了,真是平步青云啊。

汉中之战,长达一年。这边孙权十万大军围合肥,声势虽然浩大却没有坚持几天就被张辽吓跑了。

合肥守将张辽募集八百敢死队员,然后杀牛,带领大家饱餐一顿,就开城冲向包围他们的十万大军了。

插入一点,从张辽"**椎牛飨将士**"可以看出,当时士兵们的伙食供应很不好。可以说,在那个战乱时期,民间饿死人是经常有的事,当兵打仗是卖命的生计,也不过混口饱饭。

张辽募集敢死队员,临上阵了大家才能吃一顿肉,这可是一顿"断头饭"啊,就跟处斩死囚之前要让他吃一顿好的差不多。那时候,耕牛是不允许宰杀的,不管是民间还是官府,擅自宰杀耕牛都是要吃官司的。募集死士的张辽,但凡有点办法能让大家吃上顿肉,肯定不会去带头违反禁令。

宰杀耕牛,敢死队员们吃完一顿有肉的"大餐",该上路了。去的时候是一条活蹦乱跳的生命,回来时也许就是战友们抬回来的一具尸体了！家里的妻儿老小,也不知道以后有没有人照顾。(不知为何,写到这里我的眼角有点湿润,可怜那个时代的所有人啊！)

八百死士,在张辽的带领下冲向敌军,所向披靡,孙权的部下溃不成军。张辽带兵直冲孙权麾下,吆喝孙权前来应战,孙权不敢应战,后来看到张辽人少,又指挥部队把张辽包围。

张辽带领手下数十人左冲右突,奋勇向前杀开一条血路突围而出。这时候,他所率领的敢死队员还有一部分在包围圈里没有出来，这些人高声呼喊："将军难道要抛弃我们吗？"

张辽听到呼声，转身带领部下重新杀入孙权大军那茫茫人海中，找到剩下的敢死队员，带领他们杀了出来。

经此一战，孙权和他的部下们算是吓破了胆，包围合肥城仅仅十几天，孙权就泄气了，打算带兵撤退(**权守合肥十余日，城不可拔，乃引退**)。

孙权想走，张辽可不愿意他这么轻松就走。我合肥你说来打就打，还想说走就走，真当战场是你家开的啊！

孙权大军在逍遥津北岸开始撤退，已经有一部分撤退到南岸，但是孙权还没有渡过逍遥津的时候，张辽就率军突袭过来了。诸将猝不及防，孙权部将陈武战死，吕蒙、甘宁、凌统、蒋钦等人齐心协力拼死抵挡张辽，护住孙权，孙权才得以乘马走上逍遥津桥。

唉，孙权的手下不懂事啊，你们不知道让领导先走吗？这下可好，把领导给丢后头了，让领导狼狈地出尽洋相。

话说孙权的先头部队撤退到南岸后，逍遥津桥就被张辽军追上来破坏掉了，大桥中间有一丈多远的距离没有桥板。两边是桥板，中间有三四米是空的，大概就这样子。也就是说，现在的逍遥津桥是一座断桥。

眼看追兵就要赶上，孙权却因为桥断了没法过去。这时候他手下的侍卫谷利让他在马上拉好缰绳，谷利从孙权手中接过马鞭，猛地从后面抽孙权的坐骑，孙权战马一惊，猛跑起来一跃渡过逍遥津到达南岸。

据《献帝春秋》记载，后来张辽问抓到的俘虏："你们军中有一个紫胡须的将军，上身长下身短，熟悉骑马善于射箭，这人是谁啊？"东吴军投降的俘虏说："这个人就是孙权。"

张辽跟乐进相见说，早知道这个人是孙权，不然紧急追击就把他抓住了，张辽手下的将士听说这个人就是孙权后，也都很后悔没有追击抓住他。

《三国志·张辽传》记载的"**辽率诸军追权，几复获权**"就是这个意思，差点把孙权活捉。

赤壁之战那年，孙权率十万大军包围合肥城一百多天，最终无功而返。此次孙权又率领十万大军包围合肥，仅仅十几天就被张辽吓破了胆撤退，"孙十万"不是浪得虚名啊！

话说回来，孙权包围合肥仅仅十几天就仓促撤退了，西边刘备跟夏侯渊可是打了一年多，所以东线战事结束了好久，西线这边还在鏖战。

阳平关久攻不下，刘备派遣张飞、马超带领的另一路人马也出师不利。

当时刘备亲率大军攻打汉中，分兵派遣张飞、马超、吴兰攻打汉中西北的武都郡，这支小股部队到达武都郡下辩(今甘肃省成县)，遭到了曹操派遣的曹洪和曹休二人拦截。

曹休识破张飞的计谋，派遣伏兵击破吴兰，斩杀了吴兰的部将任夔[①]。吴兰被击破后，张飞、马超失去了援军，只能败走汉中，而吴兰逃到了阴平(今甘肃省文县西北)后，被当地的氐族首领强端所杀。

《先主传》里说："**分遣将军吴兰、雷铜等入武都，皆为曹公军所没。**"看来全军覆没的不只是吴兰，还有雷铜。

可以说，主战场上刘备是接连失败没有优势的。从陈式阻断马鸣阁道被徐晃击败，到吴兰、雷铜进攻武都全军覆没，捷报不少，都是人家的。

但是，汉中之战在刘备的坚持不懈之下终于迎来了转机，他派去的一支部队从阳平关南悄悄渡过沔水(汉水的上游)，沿着山间小路前行，终于在对岸拿下定军山要地，并借着山势安营扎寨。

刘备这边取得突破，夏侯渊等人岂会甘心，于是夏侯渊就率军前来争夺定军山。

刘备分兵遣将，派出一万精兵分成十股，对东线的张郃展开车轮战，不分白天黑夜轮番攻击。夏侯渊担心张郃有失，就把自己部下的士兵调拨一部分前去帮助张郃防守。

这时候，刘备又趁着夜色放火烧夏侯渊营寨外围的防护鹿角，夏侯渊连忙带兵救火，不料却跟刘备的大部队遭遇。

法正见机会来了，就劝刘备全力出击，刘备于是任命黄忠为先锋，借着山势向下猛冲，夏侯渊猝不及防，被黄忠斩杀。曹操所任命的益州州长(益州刺史)赵颙[②]，也跟夏侯渊一起被斩杀。

夏侯渊被斩，张郃孤立无援，只得退还阳平关。

这时候，三军元帅被杀，士兵们人心惶惶。

---

① 夔：kuí。

② 颙：yǒng。

所幸，曹操从汉中撤走的时候还留下了一个汉中军区司令（督汉中军事），这个军区司令就是杜袭。

作为当地最高军事长官，关键时候杜袭和夏侯渊的军政官郭淮站出来号召说："张郃将军是一员名将，刘备也很忌惮，现在事出紧急，除了张将军没人能稳定现在的局面。"于是众将士都听从郭淮他们的呼吁，推举张郃为全军统帅。

夏侯渊被斩，全军震动，张郃等人尽力稳定住局面，但是已无跟刘备争战的能力，只能依靠地形防守相持。

为了跟刘备争夺汉中，曹操亲率大军前往汉中支援。然而这时候，占尽优势的刘备显然不打算跟曹操硬碰硬，他说："曹操虽然亲自前来，但是也无能为力，汉中我拿定了。"随后，曹操大军到来，刘备立刻据守隘口，不进攻也不跟曹操交战。

部队人多，每天的消耗也多，曹操大军粮草渐渐地有点跟不上，就不得不从后方运粮草。

黄忠和赵云看到曹操运粮大军陆续而来，黄忠忍不住动了心，就对赵云说，这粮草可以劫啊！赵云表示同意，就把部队交给黄忠前去劫掠曹操的粮草。

可是，到了约定的时候，黄忠却没有回来。赵云担心黄忠有失，就亲自率领几十名骑兵出营查看，不料半路上正好赶上曹操大军的先头部队出动，双方不期而遇。更加祸不单行的是双方刚刚展开战斗，曹操大军主力也赶到了。

大部队也赶来了，眼看就要被"包饺子"。赵云只带领了几十名亲兵，赶紧奋力杀出重围，且战且退。

曹操大军本来被冲散了，赵云撤退后他们很快又集结起来，继续追击赵云。赵云的部将张著受伤没能跟上去，被曹军包围，赵云就又返回去从曹操的部队里救出了张著，并把他带回营寨。

看到这里，大家有没有想到刚刚不久前在合肥的张辽，历史竟让两员名将有了相似的英雄事迹。

张辽要是有机会跟赵云喝酒互侃，估计张辽会说："我当年只率领八百人就干翻了孙权的十万人，还从孙权的包围里救出了我的属下……"

赵云也喝高了，讥笑张辽道："那时候我只带领几十人，就冲破了你们曹军大部队的包围，也把我的属下从包围里救了出来……张辽，我就问你服不服？不服划两拳，非把你喝趴下！"

当然，这种事不可能存在，毕竟二人分属敌我阵营。

话说回来，曹操大军一路追击跟到了赵云的营寨，这时候赵云手下的部将张翼想关闭营寨据守，但是赵云却命令打开营寨大门，偃旗息鼓。

曹操大军追来以后，发现赵云营寨没有任何动静，营门大开，里面也看不到人，就怀疑里面有埋伏，打算引军撤退。赵云命令士兵擂响战鼓，并用强弩从后面射击曹军。曹军顿时大惊，乱作一团争相逃命，踩踏挤落汉水中淹死的很多。

三国历史上没有"空城计"，但有赵云的"空营计"。

曹操跟刘备在汉中对峙很久，最终也对刘备无可奈何，并且随着时间推移，曹操大军里面开小差逃跑的士兵越来越多，这下曹操顶不住了，只得下令撤退。

由于大军都撤退了，张郃他们那些坚守阳平关的也都只能撤退，不然将来有全军覆没的危险。曹操命令张郃从阳平关撤退到陈仓(今陕西省宝鸡市陈仓区东)驻扎，武都的曹洪也接受曹操的命令撤退到陈仓驻扎。

其实在此之前，双方还是有交战的，并且仍旧是曹操方面占优势。《曹真传》记载，曹真在把曹洪从武都接到陈仓之前，还在阳平关的督帅徐晃击破了刘备的部将高翔(一名高详)。

可能是大部队人心不稳粮草不济，曹操才不得不放弃了汉中和武都。汉中之战，最后以坚持到底的刘备大获全胜而告终。

诸位可能会有疑问，为什么处处占领上风的曹操最后竟然无功而返，拱手相让送给刘备武都、汉中两郡呢?

其实，这跟诸葛亮"六出祁山"无功而返的原因一样。

汉中郡往北是关中一带，而汉中和关中之间是横贯中国东西绵延 1600 多千米的大秦岭。熟悉地理的朋友都知道，秦岭—淮河，这是中国的南北气候分割带。

中国地理怎样划分南方北方的呢? 就是以秦岭和淮河为依据，北面的算北方，南面的算南方。

秦岭和淮河南北气候差异明显，淮河南岸可以长橘子而淮河北岸不能长橘子，原因就是两岸的两种气候。淮南成橘北成枳，"南橘北枳"这个成语就是出自这里。

大秦岭山脉的南边和北边，也仿佛是两个季节。

我没有亲自驾车翻越大秦岭的经历，但是据一些司机朋友说，秦岭山脉经常会有一个斜坡几十千米的情形。中国最长的隧道也是在秦岭里面，秦岭终南山公路隧道，

全长 18.02 千米。

以现代科技,开着汽车走公路翻山越岭都这么难,钻山洞隧道都很难通过,何况古代那种交通条件,翻山越岭几个月不能从北面到达南面也很正常。

这种情况下,曹操大军的粮草不能保证从大秦岭北面运送到南面,诸葛亮大军的粮草不能保证从大秦岭的南面运送到北面,也都很正常。

为什么说“兵马未动,粮草先行”,因为一旦士兵口粮和战马草料无法保证,不用敌人攻击你自己就乱了。可能正是因为粮草不济,所以才导致曹操大军不断出现士兵溃散逃跑的现象,就连征战多年的曹操亲自坐镇也安抚不住。

那么,这就很容易理解为什么处处占尽先机优势的曹操,最后却不得不放弃汉中了。

同样,因为汉中已经放弃,那么汉中西面的武都郡,曹洪若还不撤出来,就有被刘备隔断“包饺子”的可能,所以曹操也不得不忍痛放弃武都。

汉中之战刘备大获全胜,对于屡战屡败跟曹操交手从来没有胜绩的刘备来说,终于可以扬眉吐气了。哥不是不会带兵打仗,是因为以前实力相差太远,对方人多势众怎么打得过?哥现在有实力了,曹操又能奈我何!

拿下汉中的刘备,仿佛霸业成功在即,可是一件震动蜀汉帝国基业的事情发生了,究竟是什么事能导致蜀汉帝国如此震动呢?请看下章,《荆州丢失的内幕》。

下章提示

当刘备奋力抵抗住曹操的攻势，从曹操手中夺取了汉中以后，东线的关羽却酿了大祸，他不仅大意失去了荆州，也丢了自己的性命和荆州部队。真是一波未平一波又起，刘备不得不来回奔波，再次东征孙权。

第四十一章 荆州丢失的内幕

刘备夺取汉中以后，气势可谓正盛。试想一下，连雄踞北方横扫群雄的曹操都对他无可奈何了，硬生生从曹操手中抢走汉中和武都二郡，还有谁能制约刘备呢？

所以，刘备拿下汉中以后，又下令宜都太守（辖区在今湖北省宜都市一带）孟达，向西北进攻曹操的房陵郡（辖区在今湖北省房县一带），斩房陵太守蒯祺。

接着，刘备又下令刘封从汉中顺汉水而下，会同孟达兼统领他的部队，一起继续向西北进军，攻打曹操治下的上庸郡（今湖北省竹山县一带）。

上庸太守申耽一看刘备势头正猛，就不做抵抗举郡投降，把自己的妻子儿女和宗族家人都送往成都，向刘备表忠心。刘备加封申耽为征北将军，继续担任上庸太守。又封申耽的弟弟申仪为建信将军，出任西城太守（辖区在今陕西省安康市一带）。

房陵郡、上庸郡和西城郡，这三郡都是原先曹操占领汉中郡以后从汉中郡分出来的，如今刘备等于把原先的老汉中郡所有辖区全部都夺了回来。

刘备一点点蚕食曹操的土地，曹操貌似已经无力抵抗了，随后，刘备在群臣的“推荐”下出任汉中王。

刘备出任汉中王，并不是他急不可耐地要往皇帝宝座上坐，而是这时候曹操已经是魏王了。曹操打下汉中收服张鲁后，回去就被汉献帝晋升为魏王，当然，不用说这也是曹操自己的意思。

曹操做了魏王，刘备怎会甘心低他一等，所以刘备从曹操手里夺走汉中郡以后，他手下群臣就“表奏”献帝，由刘备出任汉中王，当然这也是刘备的意思，自古以来，做下属的要会揣测领导心思才行。

刘备出任汉中王以后，在选拔汉中太守的时候还有个小故事。当时群臣都以为汉中要地，当由刘备的老乡，跟着刘备打了大半辈子仗的张飞镇守。张飞也认为，汉中郡非自己莫属。

也就是说，原本张飞镇守的是边境巴西郡，现在夺了汉中郡，巴西郡不再是边境了，张飞觉得自己应该北调到汉中郡，继续镇守边境重地。

但是出乎所有人的意料，刘备选派了魏延去做汉中太守镇守边境，并且是督汉中镇远将军领汉中太守，军权、政权一把抓。

魏延在此之前还算是默默无闻，只是跟随刘备一起入川，打下益州的时候多次有战功，然后被升迁为镇守中军大营的牙门将军。这个牙门将军其实还算是级别很低的将官。

这么个不大的官，之前还默默无闻的人，突然调任一方重地，成为军政一把抓的地方要员，史书上记载，当时对于刘备这个决定，“**一军尽惊**”也很正常。

大会群臣授予魏延重任的时候，刘备问魏延：“我准备对你委以重任，把汉中交给你，你有什么打算？”

魏延说：“如果曹操率领倾国之兵前来，请让我为大王把他抵挡在疆土之外。如果他只是派遣将领率领十万大军前来，请让我替大王击败、吞并他们。”

魏延回答得很豪迈，史书也记载了他后来立下赫赫战功，可惜后来冤死，没能成为一代名将。这些是后话。

刘备从曹操手中夺取汉中郡、武都郡、房陵郡、上庸郡、西城郡，总共五座郡，风头一时无二。

曹操称魏王，他也称汉中王，孙权可没这胆量。然而就在刘备越发顺风顺水事业上升的时候，镇守荆州的关羽又出事了。

关羽好歹也是三国一员名将，但是战绩嘛……

除了以前阵斩颜良，后面很多战绩就不堪提了。在青泥跟乐进相持，没取得进展。镇守荆州，被吕蒙从眼皮子底下偷走三郡。关二爷还不长记性，没过几年又被吕蒙偷袭了荆州一次。

这一次，关二爷连命都丢了。

刘备加封汉中王，部下诸将都得到了提拔（除了赵云），关羽被升迁为前将军，张飞为右将军，马超为左将军，黄忠为后将军。但是，一贯狂傲的关羽听说黄忠竟然跟自己并列的时候，拒不接受任命，说：“大丈夫死也不跟老兵一起为伍。”

好在前往授衔的费诗口才出众，说关羽跟刘备的关系就像萧何、曹参跟刘邦的关系一样，从小玩到大的伙伴，岂是其他人可以比的，关羽虚荣心得到满足，这才接受任命。

其实关羽的狂傲，早在马超归降的时候已有表露，那时候关二爷听说马超归降，就从荆州写信给诸葛亮，问他马超算什么样的人啊。

诸葛亮还不明白关二爷什么心思吗？就把马超一顿夸，然后说马超只能跟张飞比，比你美髯公比还是差了点。意思就是马超那么牛，你比他还牛呗。

据说关二爷收到诸葛亮的回信后很高兴，还把诸葛亮写的信交给宾客们传阅。不得不说，这件事显出关二爷不但虚荣，还有点幼稚。

刘备封汉中王的时候，关二爷正在北伐，并且也是势头很猛。当时关二爷已经把曹仁围困在樊城(今湖北省襄阳市樊城区)，把曹操手下另一名将军吕常围困在襄阳(今湖北省襄阳市汉水南岸城区)。

吕常倒是没什么名气，但是曹仁就不同了，喜欢三国的人给曹仁起的绰号是“仁盾”，在某三国游戏里曹仁的特性也是守城，并且是守城神将。当初赤壁之战曹操溃败后，就是曹仁临危受命独守江陵阻挡周瑜大军一年多，给了曹操喘息之机的。

守樊城，曹仁同样做得不差。

为了解决襄阳、樊城的危机，曹操调发七路大军，由大将于禁率领，前往支援襄阳、樊城。

当时正逢秋季，阴雨连绵汉水暴涨决口，于禁七路大军营寨全部被水淹没，关羽乘势出击，率领水军攻击于禁。于禁跟各路将领攀登到高岗上躲避洪水，关羽发动攻击，于禁走投无路之下只好投降。

庞德孤守河堤，关羽率士兵乘坐大船从四面向河堤上射箭。庞德身披铠甲手持强弓，箭不虚发，射死了不少关羽的士兵。这一战，从清晨直到中午，庞德部下的董衡、董超想要投降，都被庞德抓住斩首了。

后来关羽军攻势更猛，庞德箭支用尽只好跟关羽军肉搏，他对督战队的将领成何说：“我听说良将不因为怕死以求苟活，烈士不通过毁掉名节求生，今天就是我以死报国的日子了。”

虽然是孤军困守，庞德依然士气不减，越战越勇，可是水势越来越猛，他手下的部属们都坚持不住投降了，庞德无奈只好跟属下三人跳上一艘小艇逃走，打算前往樊城投奔曹仁大营。由于水流湍急，小船翻了，庞德的弓箭也丢失了，只得抱住小船守在水中，被关羽生擒。

在此要说一下，庞德好像有点憨，早乘坐小船去投奔曹仁也不至于被关羽生擒了。跟刘备比起来，庞德真是不懂得掌握逃跑的时机。

庞德被擒后，关羽本来还想劝降庞德，说："你大哥（庞德的堂兄庞柔）在我们汉中为我军效力，我打算用你为大将，还不早早投降？"

庞德气节倒是坚贞，骂关羽道："小子，什么叫作投降？魏王带甲百万威震天下，你们刘备不过是个庸才，怎能抵挡？我宁可当国家的鬼魂，也不当你们的贼将！"

关羽见庞德宁死不降，只好下令把他杀掉。

关羽击破七路大军，生擒于禁斩杀庞德，这就是"水淹七军"的典故出处。诸位只要注意一点，历史上不是关羽放水淹的，而是汉水暴涨决口淹的就行。

有一个数据可以看出曹操此次派兵支援的力度，《三国志·吴主传》上写水淹七军以后，关羽仅生擒俘虏于禁的步骑兵团就达到三万人，并且把这三万俘虏全部押往大本营江陵关押。

可以想象，那些战死或者被水淹死的更多，保守估计曹操此次派出的援兵在七万到十万之间。

曹操七路大军救援襄阳、樊城，却全军覆没。曹操任命的荆州州长（荆州刺史）胡修和南乡太守傅方也望风投降了。一时间，关羽的风头也是名震海内，加上此前刘备强势从曹操手中夺取汉中数郡，所以曹操的北方开始不安定了。

梁县（今河南省汝州市西）、郏县（今河南省郏县）、陆浑（今河南省嵩县东北）一带的流民开始组成队伍，声称接受关羽印号，是关羽的部下，响应关羽号召。

当时关羽虽然在襄阳、樊城作战，但是梁县、郏县、陆浑，这些地方就在中央政府的首都许县（今河南省许昌市东）附近。

陆浑的孙狼带人攻杀县政府主任秘书以后，派人前去晋见关羽，关羽给他颁发了印信，并派遣一支小部队前去帮他，暂时从事游击队工作，等待大军前去会合。

假如关羽攻克襄阳、樊城以后挥师北上，这一带必定会马上顺风迎降，到时候极有可能对帝国首都造成严重威胁。所以史书上说当时关羽"**威震华夏，曹公议徙许都以避其锐**"。

击破于禁所率七路大军以后，关羽继续猛攻樊城，当时由于阴雨连绵，樊城城墙有不少地方都被雨水冲刷，侵蚀崩坏了，曹仁部下的将士们都很惶恐不安。

有人对曹仁说："现在的危机不是人力所能克服的，不如趁关羽还没有合围，夜里乘小船逃走，这样虽然失去城池，但也不至于全军覆没。"

不过当时去协防樊城的汝南太守满宠却持反对意见，满宠说："山洪暴发，来势迅猛，但是不会长久。我听说关羽已经派遣先锋到达郏县一带了，从首都许县以南，人民骚动不安，然而关羽之所以不敢倾兵压上北进，就是因为害怕我们抄他的后路。如果我们现在逃走，那么黄河以南的地区（包括首都），将不再是国家的领土，所以我们应该坚持到底。"

曹仁听后说："好！"

汝南郡在今河南省驻马店一带，郡治平舆（今河南省平舆县西北射桥镇）。当初曹仁从江陵撤退的时候，也是当时的汝南太守李通前去接应的。

满宠作为汝南太守，都被曹操调去协助曹仁守樊城，可见除了七路大军外，附近地区被调往协防襄阳、樊城的也不少。

话说回来，关羽击破七路大军以后，中央朝堂都震惊了，曹操也考虑是不是把首都从许县迁移到别的地方。

就在这时，司马懿和蒋济站出来说，没必要迁都，关羽得志，孙权必然心中不平衡，可派人出使孙权，许诺他击破关羽以后把江南的土地割让给他，这样樊城之围不攻自破。

曹操也是一流政治家，自然马上明白了司马懿和蒋济的意思。

随后曹操派出使者，孙权一听曹操许诺把江南割给他，马上向中央上书表忠心，同时准备出兵攻打关羽。《三国志·武帝纪》和《三国志·吴主传》都记载了孙权上书请求讨伐关羽。

要说也怪关二爷，之前孙权想搞政治联姻，让自己的儿子娶关羽的女儿，关羽不但不许婚，还大骂孙权的使者。

其实这种政治联姻不要也罢，因为孙权不会因为儿子娶了关羽的女儿就不去攻打他，一旦翻脸，女儿还可能成为对方扣押的人质。但是关二爷怎么也不该骂孙权的使者，找个理由拒绝就好。

或者趁机要回孙权的妹妹孙夫人，岂不是更好。

然而，关二爷的脾气狂傲，有点任性了！

关羽围攻襄阳、樊城的时候，原本也是对孙权方面有防备的，就算他主力部队在攻打襄阳、樊城,后方的江陵和公安依然留有重兵驻防。不为别的,就因为这里跟孙权的属地接壤,特别是吕蒙驻扎的汉昌郡(郡治汉昌,今湖南省平江县东南金铺观)。

汉昌太守原本是鲁肃,但是鲁肃217年死了,鲁肃死后孙权派吕蒙接任汉昌太守。而且鲁肃死后,江东唯一主张跟刘备联合的人也没了,取代鲁肃的吕蒙则主张袭击关羽,拿下荆州跟曹操抗衡。

关羽在前方打仗,后方备有重兵,是防备着孙权的,这一点吕蒙也很清楚。所以关羽包围襄阳、樊城期间,吕蒙就上书孙权说:"关羽北伐而后方留有重兵,是害怕我从后方攻击他。我经常有病,请允许我带一部分军队回建业(当时孙权的首府,今江苏省南京市江宁区),对外宣称治病。关羽听说以后,必定撤走后方守卫全力攻打襄阳。到时候我们派遣大军昼夜不停沿江而上,趁机袭取他空虚的大本营,则南郡可以拿下,关羽可以擒获。"

随后吕蒙称病,孙权则公开发布命令,征召吕蒙回建业,暗中计划如何夺取荆州。

吕蒙撤回建业以后,接替他的陆逊又大拍关羽马屁,歌颂赞扬关羽的功绩,说自己一介书生以后只能靠他了。关羽听后果然非常高兴,也放松了对孙权方面的防备,把后方重兵全部调往前线。

另外要说的一点,可能很多人都误解了刘封和孟达。

其实在围攻襄阳、樊城期间,关羽一直觉得兵力吃紧,为此还接连催促刘封、孟达发兵支援。但是刘封、孟达二人拒绝支援。见《三国志·刘封传》"**自关羽围樊城、襄阳,连呼封、达,令发兵自助。封、达辞以山郡初附,未可动摇,不承羽命**"。

这里大家要注意,历史真相并不是《三国演义》里写的那样,关羽兵败以后刘封不去救援关羽,而是围攻襄阳、樊城期间,关羽让他们发兵一起攻打襄阳,二人不愿发兵。

由于史料匮乏,我们难以考证为什么大好形势下,刘封、孟达不愿出兵支持关羽。只能猜测是关羽一贯狂傲,写给二人的书信使用命令口气,导致二人宁可放弃共同攻克襄阳、樊城立大功的机会也不愿出兵。

刘封、孟达始终没有出兵,陆逊忽悠关羽一番后,关羽也就放松了警惕,随即把后方驻防的部队全部调往前线。而后,由于俘虏了于禁三万人马,粮草供应顿时紧张,关羽又派兵去夺取孙权在湘关的粮库。

大家知道,之前吕蒙偷袭荆州三郡以后,刘备回军跟孙权对峙,双方最后言和,约定以湘水(今湘江)为界,东部归孙权,西部归刘备,所以后来双方都在边界,也就是湘水边上筑关卡,囤积军需物资,以备战时之需。

现在,关二爷借口粮食不够吃,直接渡江抢夺对岸的军粮库了,这就给了孙权充足的翻脸借口,何况他跟吕蒙对荆州蓄谋已久。

话说回来,曹操派使者许诺把江南割让给孙权以后,孙权果然乐不可支地上书中央,愿意替中央讨伐关羽。刚好关羽擅自夺取孙权军粮库,孙权就任命吕蒙和陆逊为先锋,自己带人作为后援,发兵袭取荆州。

这时候,其实关羽还是有机会保住荆州的,因为孙权上书中央愿意讨伐关羽以后,曹操马上派人把孙权的书信传给曹仁,授意他用强弩射到关羽大营里。

曹操的本意,自然不是把荆州送给孙权,而是希望关羽回军,跟孙权在荆州长期打下去,双方互相消耗实力。

可惜,大概关羽觉得有诈,认为是曹仁为了解围,骗自己回去防守江陵的,所以关羽犹豫徘徊不能马上做出决断。而这时候,孙权的先头部队在吕蒙的带领下已经迅速插入荆州,开始暗中偷袭了。

吕蒙率精锐战斗部队到达浔阳(今江西省九江市,浔阳、柴桑原为两县,都在今九江市,后并在一起),然后命令士兵换上百姓的衣服划船,然后其余官兵全部扮作商人,昼夜兼程赶路。遇到关羽在江边安排的哨卡和侦察兵,全部出其不意拿下,使他们放不出受到进攻的消息。

这个时候,仍在猛攻曹仁的关羽并不知道一把利刃已经在他背后悄悄举起。

水淹七军以后,关羽气势更猛,襄阳、樊城眼看岌岌可危,曹操不得不把驻扎南阳的徐晃也调过去支援曹仁了。但是,徐晃当时所率领的全部是新兵,这些人基本上就是没上过战场的预备役,根本不足以与关羽所率领的那些久经沙场的老兵为敌,所以徐晃也不敢与关羽争锋,只能推进到阳陵陂驻扎,给予曹仁声援之势。

之后,曹操又派遣将军徐商、吕建率部前往,与徐晃会合,并嘱咐徐晃:“一定要等到大军集合齐以后,再向前推进跟关羽交手。”

徐晃心里自然清楚自己带的这支队伍有几斤几两,他把部队推进到阳陵陂以后就不再推进了,而关羽发现徐晃这支援军以后也派出一支部队驻扎偃城。

《寰宇记》里说:**阳陵陂,在偃城西北十里**。

《读史方舆纪要》里说偃城在襄阳府北五里,应该就是襄阳汉水北岸紧邻樊城的地方。《括地志》里说："**古郾子国也。关羽围樊城，魏将徐晃自宛赴救，至阳陵陂时，羽遣兵屯偃城。晃诡道欲绝其后，遂得偃城。即此地。**"

关羽派人驻扎偃城，意图截断徐晃支援樊城之路。徐晃则假装挖掘壕沟，截断偃城和关羽大部队之间的联系。

没想到，徐晃这虚晃一枪倒是把关羽的部将给镇住了，他们害怕被徐晃包围吃掉，只好烧毁营寨撤退。

这时候，徐晃手下一群不怕虎的"初生牛犊"开始兴奋了，纷纷要求徐晃继续进军，攻击关羽的围城大部队。徐晃要是真的脑子一热就去攻击关羽主力军，历史也许又是另一番景象了。

徐晃没有发动进攻，那是因为有人出来阻止了，这个人叫赵俨。

赵俨曾担任曹操的主任秘书，曹操打荆州之前集结部队的时候，于禁、张辽、乐进三人之间不太和睦，赵俨就被曹操任命同时担任这三支部队的参谋部主任，三个名将对赵俨都很服帖。

之后曹操打荆州，赵俨又出任军事总监，同时统辖于禁、张辽、张郃、李典、朱灵、路招、冯楷七路大军。后来曹操跟马超大战，把马超赶出关中后，赵俨又被任命为关中军事总监，统领关中所有部队。

此次徐晃受命南下支援曹仁，赵俨被任命为曹仁的征南将军、府军事参谋，随同徐晃一起前往。

当徐晃的部下一起要求出战的时候，赵俨站出来阻止了。赵俨说道："现在敌人把樊城包围得像铁桶一样，并且水势现在依然很猛，我们士兵人数又少战斗力又弱，不足以与关羽争锋，而曹仁在城里并不知道我们已经赶来救援，如果我们单独行动，就会使内外都受损失。不如逼近围城部队，想方设法通知曹仁，让他们知道援军已经到来，坚定守城将士们的信心。按照行程计算，大部队到来也就十天时间，这十天曹仁他们一定守得住，到时候等大部队会合以后，内外一起夹击，一定可以击破关羽。如果因为救援迟缓受到责罚，我一力承担，跟大家无关。"

赵俨说话的分量大家心里还是清楚的，一直作为领导的心腹到各地出任"监军"，这可比主将徐晃说话都有分量。既然赵俨都拍胸脯保证曹操追究责任他来扛，众人也就不再作声了。

于是，徐晃命军士挖掘地道，用箭把支援军已经到来的消息射到城内，通知曹仁，给曹仁他们打气。

因为水淹七军的关羽风头正盛，这时候的曹操其实已经怯战，不敢跟关羽交手了。

《三国志·桓阶传》里说曹操派徐晃出兵依然没有解除襄樊之围的时候，曹操打算亲征，询问属下们的意见，群僚一致认为救兵如救火，曹操如果不尽快带兵救援襄阳、樊城，襄阳、樊城可能不保。

但是桓阶和曹操的对话就比较有意思了，桓阶说："大王难道认为曹仁不能处理眼前的困境吗？"

曹操说："能！"

桓阶又说："大王是担心曹仁、吕常不会竭尽全力吗？"

曹操说："不是！"

桓阶又说："那你为什么还要亲自带兵出征？"

曹操说："我只是担心敌军人多势众，对徐晃他们支援的力度不够。"

桓阶说："现在曹仁他们被围，死守孤城，就是因为有大王在外做声援。他们处于非死不可的境地，必有拼死力争求生的决心。内有必死之心，外有强力声援，大王掌握六军以显示我们还有很多多余的兵力，为什么还要担忧失败而亲自出征？"

曹操认为他说得对，于是就驻兵摩陂(今河南省郏县东)，不再前去救援。

柏杨老师说，关羽包围襄阳、樊城，水淹七军，竟然吓得曹操要考虑迁都，救援襄阳、樊城又迟迟没有展开行动，征求群僚意见时又接受桓阶这么怪诞的言论，认为只要遥做声援不需出兵，就能解除襄阳、樊城之围。必定是曹操已经厌战，而桓阶揣测领导的意思这样说，给曹操一个下台的台阶。

柏杨老师的推测不无道理，本年曹操已经65岁，三个月后曹操就去世了。

首先，一个花甲老人，很难再有年轻人的那种血性和冲动。

其次，三个月后即将去世的曹操，可能此时身体已经十分衰弱了。史书没有记载曹操当时的身体状况，但是我们也可以揣测，一个几个月后就去世的花甲老人，此刻可能已经面带病容精神憔悴了。

那么，桓阶故意给曹操找台阶下，也许正是他觉察到了这些细微的变化，曹操已经不是当年那个血气方刚敢杀皇帝跟前红人叔叔的曹操了。此刻的曹操，就是一个拥有一身故事但却终究逃不脱死神魔掌的普通老人。

让这样一个身体衰弱不堪的花甲老人再去亲临前线，主持一场大战役，也确实是对所有人不负责。

曹操听从桓阶的建议，大军驻扎摩陂以后不再前进，但是后续援兵继续派往前线。

随后不久，曹操派遣的殷署、朱盖等十二路人马也陆续赶到。徐晃这才开始向关羽发动进攻。

关羽的围城部队，大本营设立在一座高高的土丘上，周围还有四座土丘，分别设立了四座分指挥部。徐晃扬言要攻击关羽的总指挥部，暗中却派遣部队攻击关羽的四个分指挥部。

眼看四个分指挥部不能互相支援，形势危急，关羽只得亲率五千人马前去支援。这时候，徐晃却忽然掉头攻击关羽，关羽仓促之下败走回营，徐晃紧追不舍，竟然直接跟着关羽的部队一起进入营寨。由此可见战斗之激烈，营门都来不及关闭。

随后的战斗更加激烈，刚刚投降关羽的胡修、傅方双双战死，关羽大本营遭到猛攻，不能支持，只好放弃对樊城的包围撤退。

但是，虽然对樊城的包围撤了，关羽的庞大水军部队战斗力依然强悍，舰队在汉江上往来穿梭，切断了襄阳和樊城之间的联系。南岸的襄阳，依旧处于被围困状态。

关羽并不知道，这时候他的大本营已经陷落。吕蒙从浔阳开始，让士兵扮作老百姓和商人，一路上遇到关羽安排的哨卡全部出其不意拿下，所以关羽并没有接到后方求援的警报。

吕蒙悄然抵达公安(今湖北公安县)，派人诱降了驻守公安的将军士仁，继而进军江陵(今湖北荆州市)，再诱降守将南郡太守麋芳，关羽的大本营全盘陷落。

麋芳、士仁不战而降，其实关羽是有一定责任的。

江陵不但是南郡的郡政府所在地，也是荆州州治所在地，跟现在的省会城市相似。南郡太守麋芳是刘备麋夫人的哥哥，当年刘备在徐州受困的时候，麋夫人大哥麋竺不但倾尽万贯家财资助刘备，还把妹妹献给了刘备。所以南郡太守这一重要职位，刘备交给了“二舅哥”麋芳。

然而，一贯狂傲的关羽却不把麋芳当回事。

关羽北伐曹仁，麋芳、士仁负责后勤粮草补给，有时候二人不能及时为前方补充粮草，关羽就放话回来要收拾他们。

加上此前有次南郡江陵城中失火，烧毁了一些军械，关羽责备麋芳救火不及时，麋芳心里害怕关羽旧账新账一起算，因此吕蒙一派人游说，麋芳就举郡投降了。

其实不止麋芳、士仁，据杨戏所作的《季汉辅臣赞》描述，关羽镇守荆州的时候，跟荆州的州政府人事官（治中）潘濬[①]也不和睦。

但是《江表传》却记载，孙权这次袭取荆州以后，荆州大小官员都前去归附孙权，唯独潘濬称疾不见。孙权亲自带人和专车到潘濬家去接他，潘濬伏在床上哭泣不起，孙权对他好言安慰，并派人用手帕为他擦去泪水，潘濬这才起床跪拜孙权，表示愿意归顺。

由此可见，潘濬也不是趋炎附势见风使舵的小人。

前面我们已经知道，马超投奔刘备的时候，关羽写信给诸葛亮，问马超算何许人物，诸葛亮把关羽一通夸赞，关羽这才满意。黄忠被封为后将军的时候，关羽竟然拒不接受刘备任命，说是不愿意跟老兵为伍。也是幸亏前往授命的费诗口才出众，把关羽一番忽悠奉承，关羽这才接受任命。

还有刘封、孟达，为什么他们宁愿放弃跟关羽一起北伐平定荆州北地，甚至讨伐曹操拿下许县这样的大功，也不愿出兵支援关羽呢？这也是三国历史上一个未解之谜。

不过依据关羽的性格推测，关二爷必然是言语傲慢，对二人颐指气使，使二人心中不忿拒不支援。（诸位注意，刘封、孟达二人并不是荆州官员，所以关羽请他们发兵支援也谈不上调遣，二人可以不接受"请求"。）

刘封、孟达不是荆州官员，麋芳、士仁和潘濬却是荆州官员，然而关羽跟自己手下这些人关系也不融洽，直接导致敌军来袭的时候，这些人倒戈投敌。

再加上关羽怒骂孙权的儿子是"犬子"，加速了孙权翻脸的节奏，可以说，关羽把身边能得罪的人都得罪了。

外援得罪了不发兵，部下得罪了要投敌，盟友得罪了搞偷袭，何况真正的对手曹仁还坚守不降援兵不断。可以说，关二爷是四面受敌，腹背受敌已经不足以形容当时关二爷的窘境。

吕蒙袭取公安、江陵以后，立即派人抚慰江陵百姓和关羽军士兵的家属，同时把于禁等人从大牢里释放出来。

---

① 濬：jùn。

此后，吕蒙留守江陵，陆逊则率兵一路沿江西进，攻取宜都郡（今湖北宜都市一带），宜都太守樊友弃城逃跑。

之后陆逊打下宜都郡的枝江（今湖北枝江市）、夷道（今湖北宜都市）、秭归（今湖北秭归县），然后还军驻扎夷陵（今湖北宜昌市夷陵区），扼守长江峡口，准备阻拦蜀地援军。

后方已经被掏空，关羽这才得到消息。不过，关二爷的主力大军都在外面，假如措施得当，就算不像当年项羽大本营彭城被刘邦袭取后率三万精兵回来大破刘邦五十六万大军，至少关二爷也能夺下数城并跟吕蒙对峙到援军赶来。

可是，当年项羽的大本营被袭取后，项羽是秘密封锁所有消息的。包括战国时代夫差的吴国首都姑苏被攻陷，夫差立马斩杀前来送信的探报使者，就是担心消息泄露。

关羽此时，唯有封锁消息然后对全军宣称，家人已经被害或者被吕蒙军抓起来虐待，才可激起全军愤怒，跟江东军死磕。

然而，关二爷此时却犯了致命疏忽。那就是他在回军救援的时候不断派出使者跟吕蒙往来。

吕蒙是三国里最善于打攻心战的人，从他第一次偷袭荆州用攻心计诱降郝普时就已经表现出来了。这次再偷袭荆州，吕蒙故技重施，诱降士仁，诱降麋芳，攻心战再添几例不战而胜的战绩。

拿下江陵后，吕蒙立刻发布命令，不准动老百姓任何东西。

《三国志》特别记载了一件事，就是吕蒙一个老乡，拿了老百姓的斗笠，盖在军中的铠甲上面。本来这就是一件小事，担心部队的铠甲被雨水淋湿嘛，况且只是暂时征用而不是侵吞。然而，吕蒙据此大做文章，以违反军令为由将老乡处斩。

这招杀鸡给猴看确实镇住了全军所有人，可以说，至少在当时，江东军对江陵百姓是秋毫无犯的，于是战乱中的三国出现了罕见的一幕，正在陷入纷争中的江陵城秩序良好，路不拾遗，夜不闭户。

一代名将吕蒙，用老乡一颗脑袋，完成了他的开场表演。

吕蒙拿下江陵后除了严肃军纪使士兵们不得骚扰老百姓，还每天派出巡逻队，这些人我们也可以称为“撒钱工作组”，他们每天的任务就是到处转悠，看看有没有没人管的老人，如果有马上送去慰问品。遇到有病的，不管三七二十一，先拉来让军医救治，强行送给医药。遇到没吃没喝没衣穿的，吃的喝的穿的一起塞，必须收下。

你要问吕蒙为什么这么做，没别的，有钱任性！

关羽并不知道吕蒙的攻心战术有多么厉害，还傻乎乎地派出使者前往江陵跟吕蒙联系。大概他是想问问盟友，说好的并肩作战呢？你为什么在我背后插一刀啊？

没错，关羽遇到了个假盟友。

吕蒙见关羽竟然派使者联系，立刻盛情款待关羽派出的使者，还特意允许他四处走访慰问，探望关羽士兵的家属。于是乎，关羽将士的家属都向使者传达对亲人的问候，或者写信给亲人，表示安好，并且过得比以前还滋润。

使者回去后，士兵们私下里都向使者探问家属情况，得知家属都安然无恙并且过得比以前还好后，士兵们开始军心浮动纷纷逃散。跟谁卖命不是卖命啊，既然家属都安好并且过得比以前还好，再跟着关羽打回去还不如直接投奔吕蒙呢。

关二爷这次总算领教了攻心战的厉害，可惜没机会挽回败局了，他手下的士兵纷纷逃散，而孙权却率领后续援军抵达荆州。此刻，就算是刘备亲率大军前来支援，打上一年半载，荆州也未必能夺回来了。

无奈之下，关二爷只好败走麦城（今湖北当阳市东南 20 千米两河镇）。

孙权倒也爱才，还打算诱降关羽呢，派人游说关羽投降，关羽假装答应，在城墙上插满旗帜，树立稻草假人，随后逃走。

可是此刻，他的部下不断逃亡，等向北逃到漳乡（当阳市东北）的时候，关二爷手下已经逃得只剩下十几个骑兵了。而孙权则早就派朱然和潘璋截断了关羽的退路，潘璋的军政官马忠将关羽和他的儿子关平，还有司令赵累，一起擒获。

随后，宁死不降的关羽父子均被处斩（赵累下落不明，应该也是同样下场）。

本来关羽从襄阳撤退回军救援江陵的时候，曹仁集合各路将领是想追击关羽，力争抓获他的。

但是这个计划马上被赵俨阻止了，赵俨说："孙权利用关羽大军出征的机会偷袭荆州，关羽一定会不甘心失去荆州而回去争夺，孙权害怕我们会趁他们双方争斗疲乏的机会从中渔利，所以降低姿态表示效忠我们，目的就是观看我们两军拼杀趁机谋利。现在关羽已经失去荆州，势孤力单，我们应该留着他对付孙权。如果对关羽穷追猛打，那么孙权必然保存实力将来留着对付我们，我想大王（曹操）应该也考虑到这一点了。"

曹仁听了赵俨的劝说以后，就命令部队解除追击准备，原地驻扎按兵不动。果然随后曹操的指示就下达了,禁止大军追击关羽。

也只可惜曹仁没有追击关羽,不然关羽也不至于被俘身死。假如曹仁追击关羽,关羽必然带兵抵抗,也就没机会跟吕蒙互通消息了,而孙权一定不会让吕蒙发兵攻打关羽。

这样的话,关羽至少可以支撑到刘备援军的到来。

历史上有很多分析荆州失陷原因的学者或历史爱好者,无非是说关羽大意或者别的什么,更奇葩的还有说关羽是被刘备、诸葛亮等人害死的。

关羽被俘都宁死不降,这样忠于刘备,刘备怎么可能会害他?况且关羽的战斗力足可独当一面,只是智谋短缺,名将的地位也不是浪得虚名。

刘备从益州出兵北上夺取曹操手里的五郡。关羽从荆州出兵北伐,威震华夏导致曹操想要迁都,就连解围襄阳、樊城,曹操都不敢亲自跟关羽交锋了。

两线出兵北伐,这不正是按照《隆中对》的大战略实施的吗?诸葛亮、刘备有什么理由要害关羽?况且就算刘备要害关羽,那也是平定天下以后,难道刘邦还会在平定天下之前害死韩信?

其实,荆州丢失的原因主要有三个:第一是关羽大意,成语"大意失荆州"嘛。

不管哪个人,事业一帆风顺的时候其实也恰恰是最容易放松警惕、最容易疏忽大意的时候,恰恰这时候栽一个跟斗就有可能致命。这是人性,关羽也逃不脱!

第二就是关羽在处理跟手下人或者身边人的人际关系时,过于狂傲,狂傲到没朋友。

这一点也是为什么敌人(曹仁、吕常)可以为主公坚守城池,而他的部将(糜芳、士仁)却献城投降,以及友军(刘封、孟达)不支援的主要原因。

第三才是荆州丢失的最主要原因,那就是刘备在当时发展壮大速度很迅猛,三国有失衡倾向。

所谓的三国鼎立,就像三个人打"跑得快"这种扑克牌一样,没有永远的朋友,只有永远的利益。

三个人中,谁都是以自己个人利益为最大,都有可能随时跟另外两个人的其中一个成为朋友或者敌人。你曹操跑得快了,眼看要赢了,我孙权和刘备就要联手打压你,不能让你赢(赤壁之战最为典型)。

可是曹操被打下去了,你刘备又冒出来了,眼看你有赢的可能,那我孙权就要跟曹操联手来打压你(这就是荆州失陷的内幕)。

当时曹操西线基本上已经溃败,曹操亲自率军出兵汉中,没争得过刘备,只得把汉中拱手让人,继而又不得不放弃武都;西南方向,房陵、上庸、西城等郡接连失陷;南面遭到关羽猛攻,襄阳、樊城眼看不保,连首都许县都岌岌可危。

假如关羽拿下襄阳、樊城进逼许县,西线刘备再出兵关中威慑长安,曹操虽不至于无力抵抗,但也是谁都不能阻止刘备成为鼎足的最大势力。

这是孙权不愿意看到的!

换句话说,不管是曹操、刘备、孙权,还是这三个人全部换掉,换成曹二、刘三、孙四,他们三个人(或者三股势力)也不可能保持一家独大。

人心和人性决定了大局的走向,一家独大只能由"我"来完成,你们俩谁想一家独大我都不愿意。

三国是一个能人辈出的时代,也是历史上智慧比拼最凶狠的时代。如同关羽撤退曹仁不追击一样,曹氏阵营的人跟孙氏阵营的人都希望看到的结果,是关羽跟自己另外一个对手死磕,自己好坐山观虎斗,收渔翁之利。

可惜关羽在老狐狸吕蒙面前实在略显稚嫩,数万大军竟然离奇崩溃,以至于赵俨和曹操期盼的关羽跟孙权死磕没能上演。

荆州突然失陷,给了刘备的霸业重重一击,就像一只准备扑向猎物的猛虎忽然被饿狼偷袭了一样。被偷袭的刘备恼羞成怒,随即把目标对准饿狼盟友,准备予以猛烈的报复。

但是这时候,恰好一件事发生了,刘备为之奋斗一生的目标终于得以实现。那么,究竟是什么事促进了刘备顺利实现自己的终极理想呢?请看下章,《称帝,梦想照进现实》。

下章提示

关羽失陷荆州丢掉性命之后,另一个三国风云人物曹操也完成了他的人生谢幕,接替他上台的曹丕过于急躁地把献帝刘协赶下台,自己称帝,这也给了刘备一个绝佳的打政治牌的机会。

第四十二章 称帝，梦想照进现实

220 年，是三国历史上不得不提的一年，这年正月，关羽死了，曹操也死了，这一年法正也死了。

可能有的人会不理解，为啥法正死了也要特别说一下，因为法正的事跟诸葛亮关系特别大。

大家都知道，在三国后期，诸葛亮是不可或缺的主角之一。但是在三国前期，或者说是刘备活着的时候，诸葛亮明显还没走到台前，只是做一些幕后工作。

诸葛亮自归附刘备以后，从"鱼水之欢"的事业伴侣出谋划策，到收荆州后出任军师中郎将、掌管荆州三郡赋税，再到取益州后出任军师将军兼掌管将军府事务。不过，诸葛亮看似始终跟刘备关系亲密，实际上并不是这样，原因就是后来法正的介入。

刘备得到法正以后，立即被法正杰出的军事谋略所吸引，因此他打益州带的是法正，打汉中带的还是法正。诸葛亮更多是被他当作萧何一样的人物，留在后方镇守根据地，往前线输送粮草。

特别要指出的是，刘备的第一任尚书令是法正。

在东汉和三国时代，宰相已经不具有实际上的权力威势，尚书令才是真正拥有实权的文官。为什么说东汉时代宰相已经成了一个空架子呢？我们用一个事例来说明。

在东汉末年，有一个常年担任宰相却名不见经传的人叫赵温。军阀混战期间，三公几乎每年一变或者一年数变。司徒（即我们所谓的宰相，东汉叫作司徒）、太尉、司空走马灯一样轮流变换，让人应接不暇。然而，赵温却在宰相这个位置上长达十数年。

194 年，赵温被西凉军阀李傕、郭汜捧上司徒之位，随后就是李、郭纷争窝里斗，接着献帝出逃。196年,曹操率兵到洛阳迎接献帝,以京畿总卫戍司令(司隶校尉)之职兼总管尚书府(录尚书事)。但是,已经控制了献帝掌握了朝廷大权的曹操并没有动赵温的宰相之位。

随后,曹操出任三公之一的最高监察长(司空),仍旧让赵温担任宰相。不过,政务处理曹操交给了荀彧,让荀彧出任尚书令。

从此,这个权力分配格局就保持了很多年,曹操在外领兵打仗,荀彧在宫廷处理各种政务,赵温默默担任有名无实的宰相。

这样的格局一直保持到208年朝廷改制,废除原先的三公称呼,重设西汉初期的丞相、太尉、御使大夫。赵温被罢免宰相(司徒)之位,曹操第一次担任宰相(丞相)。

208年,也就是赤壁之战的那一年,曹操才正式担任丞相之位。

从194年到208年,赵温奇迹般的在东汉末年担任了长达14年宰相。而且这14年里,有12年都是在曹操专权的情况下担任的,可见曹操并不在乎谁去当那个有名无实的宰相。

相反,曹操第一次迎接献帝,去了之后马上就以司隶校尉之职兼总领尚书府(录尚书事)。在这之后的十几年里,曹操一直都是让自己的心腹谋士荀彧留守京城担任尚书令,处理百官事务。

刘备于219年秋出任汉中王,但是作为汉中王,刘备把首任尚书令之位交给了法正,也就是说所有的政务处理归法正掌管。而此时诸葛亮并未得到提拔,依然是军师将军。并且由于刘备已出任汉中王,交还了原先的左将军和宜城亭侯印绶,诸葛亮原本处理刘备左将军府事务的"**署左将军府事**"这一职务也等于就此取消了。

然而,法正却英年早逝,在担任尚书令的第二年(220年),法正就死掉了。法正死后,刘巴接替法正出任尚书令。(还记得刘备打益州时候说的"敢加害刘巴者,诛三族"吗?)

法正死后的第二年(221年)秋,刘备称帝以后,诸葛亮才被任命丞相兼总管尚书府(录尚书事)。此时的尚书令刘巴,已经在诸葛亮之下了,至此诸葛亮才算是拿到了全权处理蜀汉所有事务的权力。

刘备、法正、诸葛亮三人之间的关系我们先放一放,回头来说正事。

220年正月,关羽被孙权杀害后头颅被送往洛阳献给曹操,曹操也在当月死去。曹操死后,他的儿子曹丕继位做魏王和东汉丞相。不过曹丕显然沉不住气,几个月后就把汉献帝刘协赶下台，自己称帝，建立大魏帝国。

曹丕称帝以后，刘备也在次年(221 年)的四月，在群臣的“怂恿”下称帝，建立了蜀汉帝国。

在此特别要说一点，百分之九十九的人都会误会，那就是，刘备建立的是“汉”而不是“蜀”。

所谓的“蜀汉”，那是因为历史上多达 8 个国家曾建立“汉”(东汉、西汉、蜀汉、赵汉、成汉、后汉、南汉、北汉)，后世学者为了加以区分，只好在每个“汉”的前面都加个称呼。

但是，当世之人绝不知道自己是被后世之人怎么称呼的，就像刘邦建立的西汉，那时人们自称是“汉人”，绝不是“西汉”，西汉是后世对刘邦建立的“汉”的称呼。

刘备建立的汉，本意上是继承汉的大统(因为当时传言汉献帝已经遇害)，所以他们的国号是“汉”，而不是“蜀”或者“蜀汉”。

那么，在很多三国题材的电影、电视剧里，甚至包括经典的老版《三国演义》里，出现刘备建立的汉用的国旗居然是“蜀”，地图也是“魏、蜀、吴”。这就很搞笑了，完全是编剧没有历史常识，忽视了基本常识。

成为皇帝是刘备从小的梦想，也是他一生的追求，皇天不负苦心人，奋斗了一辈子的刘备终于在他六十一岁这年当上了皇帝。

而且就当时的形势来说，也对刘备非常有利。因为文学青年曹丕沉不住气，一上台就把汉献帝赶下台，自己做了皇帝，大汉朝至此算终结了。那么，有“皇室血统”之称、名望最大的刘备就可以顺其自然地称帝，继承汉朝大统。

当时的新朝廷(魏)还未施恩，人心不可能都倒向新朝，所以一部分还怀念旧朝(汉)的人，自然就把刘备所建立的“汉”当作他们所期望的圣地。

对于这些人来说，不管他们生活在蜀地还是魏地，或者说是吴地，在他们心目中，刘备的汉朝廷才是真正的朝廷，刘备的汉军才是真正的王师。假如刘备要出兵伐魏或者是讨吴，心系汉朝的这些人，在蜀地的自然是支持王师统一天下，在魏地或者吴地的自然是日夜盼望王师前来解救他们于水火。

所以，曹丕上台以后，传言汉献帝已经遇害，刘备马上为汉献帝刘协“**发丧制服**”。这个“发丧”可不是谁都能发的，别人死了爹你发什么丧？只有继承者才能“发丧”，古代“发丧”的一般都是长子，因为长子是继承者。

刘备发丧，那是表明他是汉室下一任继承者。

最关键的是，刘备继承帝位的宣言，开头就是“**汉有天下，历数无疆**”，这意思就是讲述我们刘家的老祖宗已经开创大汉很多年了。中间是讲述什么“王莽篡位”“光武中兴”“曹操专权”啦什么的，最后有几句话非常关键，“**天命不可以不答，祖业不可以久替，四海不可以无主**”。

“**祖业不可以久替**”，我想就不需要怎么解释了吧，祖宗的基业不能长时间让他人占有啊。

所以最后，刘备的称帝宣言是：“我刘备害怕不听从天命会遭到责罚，又害怕我们汉室的帝位传承遭到断绝，因此不得不挑选良辰吉日，在百官的见证下登坛，接受皇帝的玺绶。”（**备畏天明命，又惧汉阼将湮于地，谨择元日，与百寮登坛，受皇帝玺绶。**）

看完这个，你是不是在心里说：“我也一直以为刘备建立的是蜀国啊！”

很正常，因为你只是99%里的一个。

为什么会有这么多人误解呢？这就要归功于《三国志》和我们的教科书了。应该很多人还依稀记得刚开始学历史时背诵的“朝代歌”，“夏商与西周，东周分两段。春秋和战国，一统秦两汉。三分魏蜀吴，二晋前后延……”没错，就是这首朝代歌误导了我们。

朝代歌里面把两汉分得很清楚，“一统秦两汉”，秦朝一统，而后是两汉（西汉和东汉）。但是随后来了个“三分魏蜀吴”，于是我们都以为三分天下的是“魏国”“蜀国”和“吴国”。

历史上并没有“蜀国”这个国家，或者说有，那也是东西周时的“八百诸侯国”时代，各种巴掌大的地方都有可能是一个诸侯国。而且那个时候的“蜀国”，早在公元前316年战国时代就被秦国大将司马错给灭了。

要说那个时候的“蜀国”有什么国号或王位传承，估计99.99%的人都不知道，包括历史系的学生可能大部分都不知道。

在此之后，历史上就没有“蜀国”了。

可是，我们学的朝代歌里为什么教我们“三分魏蜀吴”呢？溯本求源，这就要从《三国志》说起了。

《三国志》里对三个国家史志的称呼是“魏书”“蜀书”“吴书”，因而传承下来的称呼就是魏蜀吴。

为什么《三国志》不用“魏书”“汉书”“吴书”来称呼呢？其实都是政治原因闹的。

我们知道，魏国是从东汉王朝手里接过来的接力棒，而后这个接力棒又被司马家族抢走，建立了“晋朝”。（对于统一的国家，我们才称呼为“朝”，就像三国时代你要说“魏朝”，肯定没人理解，对于清朝你要说“清国”，大家也觉得别扭。）

因为晋朝是从魏国手里接过来的“权力接力棒”，而陈寿又是生活在西晋初年的人，作为西晋史官，在皇朝正统延续这个大问题上，陈寿也无可奈何。

三国时代，三个国家，“正统”给谁呢？总不能给自己的“祖国”吧！假如给了刘备，以刘备的“汉”为正统，刘备的“汉”就是西汉和东汉的延续。那么“魏”的政权就来得不明不白了，同样，从“魏”手里接过来的政权交接，“晋”也是来得不明不白。

如果陈寿这样写，不但官位不保，还会被杀头，甚至株连三族！

所以，陈寿只能以“魏”为“正统”，因此《三国志》里，吴王孙权的传记和汉王刘备的传记只能写成“吴主传”和“先主传”，而魏王曹操的传记，则被写成“武帝纪”。

“纪”在古代是帝王才能用的称呼，而王公大臣的事迹写入史册的时候只能称作“传”。因为没办法把“正统”给刘备，所以不但刘备的事迹成了“传”，连国号“汉”也被避讳改成“蜀”了。（避讳这种事在古代很常见，比如李世民成为皇帝以后，政府部门“民部”也得改称呼，就是大家所熟知的“户部”。）

啰唆这么多，大家明白为什么刘备建立的“汉”在我们记忆里却是“蜀国”了吧。

那么如果刘备建立的不是“汉”，或者曹丕没有急于称帝呢？

首先，如果刘备建立的不是“汉”。做个假设，刘备建立的帝国是“明”，这样就没有蜀地之外的人支持他了。那些怀念汉朝的人，天下都没有“汉”了，我管你谁统一天下呢。我生活在魏地，凭什么支持你们蜀地的“明国”统一天下，你们是侵略我们魏国好不好？同样，吴地的人民也是这样想的。

任何一个朝代，即便再昏庸腐败，总会还有一些人觉得它不错，怀念并且希望它重新建立起来的。明朝灭亡之后的“反清复明”人士，还有清朝灭亡之后的清朝遗老不愿剪辫子，这些都是离我们很近的例证。

老话说得好，“秦桧还有仨朋友呢”，任何人或者任何朝代任何事物，都会有人喜欢有人不喜欢。所以，有着卓绝政治能力的刘备和政治能力千古一流的诸葛亮，他们绝不会放弃抓住用“汉”来拉拢人心的机会。

何况诸葛亮和刘备早就打了“皇室血脉”的政治牌，这时候要是称帝不建立个“汉”，而是别的称号，那不是自己打脸吗？

另一个假设呢，如果曹丕不急于称帝，汉室依旧在。

按照正常情况来推断，刘备肯定熬不过曹操、曹丕父子两代。毕竟曹丕上台就称帝，刘备随后称帝宣布继承“汉”的大统，此时的刘备都61岁了。人生七十古来稀，在古代活到七十岁以上的都很少，曹丕稍微晚几年，肯定能把刘备熬死。

曹丕不称帝，汉室依旧在。刘备如果熬不住，自己称帝的话，即便国号依然是“汉”，那么他也难逃谋逆篡位的“帽子”和人心声讨。

所以，曹丕急于称帝让汉献帝下台，给了刘备一个绝佳机会，名正言顺地称帝，不但不会被声讨，还能白白多得很多粉丝拥趸[①]。

称帝，刘备完成了一辈子的心愿。

坐上皇帝宝座后，刘备随即就要发兵攻打江东。我之所以用“江东”来指代孙权或者“东吴”，那是因为这时候孙权还不是吴王，也就没有东吴这一说。

就在讨伐江东前夕，刘备的另一个得力干将，那个追随他一生的发小张飞却死了，死于部将谋杀。

然而，这能阻止刘备攻打孙权的决心吗？

不，不能。谁也阻止不了刘备一统天下的决心！

虽然张飞遇害了，刘备依然集结部队，准备向江东进发。刘备的东征之路顺利吗？真正的夷陵之战又是怎么打的呢？请看下章，《决战江东之路》。

下章提示

孙权背后插刀子导致刘备失去荆州和爱将关羽，刘备于是集结部队，准备对孙权进行疯狂的报复。然而，陆逊的成名机会来了，江东永远不缺关键时刻独当一面的人才，以前是周瑜，后来是吕蒙，现在是陆逊。

---

① 趸：dǔn

第四十三章 决战江东之路

刘备的事业，在晚期才算是顺风顺水。

赤壁之战后，刘备以半个荆州为资本，取得西蜀益州富饶之地。再以天府之国为资本，于 219 年硬生生从曹操手里夺走汉中，导致曹操又不得不把西边武都郡的人马撤出来，送给刘备一个武都郡。接着，刘备派人连下房陵、上庸、西城三郡。

同一年，东面镇守荆州的关羽也对曹魏发起大兵团进攻，包围襄阳、樊城，击破曹操派遣的七路大军，俘虏数万人。“**威震华夏**”的关羽甚至影响到了首都附近的人民，好多平民组建游击队声称是关羽部下，接受关羽调遣。

关羽俨然成了三国神一般的名将，这一点从那些平民以关羽的名义起兵就可以看出来。想当初，陈胜、吴广也是打着秦太子扶苏的名义起兵的。

这时候的刘备，可谓是风生水起一帆风顺，西面、东面两线出兵，强夺曹操的地盘，击破曹操的救兵。《隆中对》大战略似乎已经全部实施，并且一统中原似乎马上就要变成现实。

然而，眼红的孙权是不可能坐等刘备壮大，成为下一个曹操的，因此他就突然转变阵营跟曹操联手，阴了关羽一把，导致关羽不但丢了荆州，也丢了性命。

是的，自古以来，就是只有永远的利益，没有永远的朋友。

孙权的背信弃义导致刘备勃然大怒，这不仅因为关羽是追随了他一辈子的心腹干将，还因为孙权挑战了他的权威。

关羽的身死和荆州的丢失让刘备有些失去理智，他不顾曹魏依然强大，转而放弃所有对曹魏的攻势，动员、集结全国部队，决定全力猛扑东吴。

插入一点，220 年 10 月曹丕称帝以后，221 年 8 月孙权遣使祝贺，表示愿意效忠曹魏，并接受曹丕加封他的“吴王”，所以此时可以正式称“东吴”。

话分两头说，刘备的决定是有些不理智的，不过盛怒之下做的决定也在情理之中。

当时因为刘备盛怒，真正敢上前劝说的应该不多，或者说，可能开始会有不少人劝说，可是后来看到进谏者的下场后，都放弃了。

史书上可以找到两个人的进谏言论，一个是赵云，一个是秦宓。

赵云一直是刘备的得力亲信，所以有这种地位他也敢于有什么说什么。

赵云说："现在国家的敌人是曹操而不是孙权，况且如果先灭了曹魏，则东吴自然顺服。如今曹操虽死，可是曹丕谋逆篡位，刚好可以趁着人心不服之际，早日发兵攻取关中，占据黄河渭水上游，顺流而下讨伐叛乱，如此则关东义士必定裹粮策马迎接王师。不应该先把曹魏丢到一边，去跟东吴交兵。兵锋一交就会连年纠缠在一起，短时间不可能分出胜负。"

在历史上，赵云不是一个说大话吹牛皮的人，他建议刘备先取关中再顺流而下，说明以当时的形势，蜀汉完全有能力夺取关中。

曹丕刚把献帝赶下台自己就称帝，这在当时就是谋逆篡位，是天下人人得而诛之的第一死罪。而且坊间传言献帝已经遇害，刘备完全可以打着汉室的旗号"讨伐叛逆"，曹魏民间甚至官府也必定有不少人响应"王师"，这一点从之前关羽威震华夏的时候，曹魏就有人起兵响应可以看出。

赵云的建议在如今看来虽是最合理的，但是在当时却被刘备否决了。刘备不但否决了赵云的建议，甚至还生气地连出征都不带赵云，只留他镇守后方江州（今重庆市）。

另一个劝阻刘备的是秦宓，秦宓是当时一位博学多才的名士，而且口才一流。比如在后来蜀吴重新交好的时候，东吴派张温出使蜀汉，张温曾刁难秦宓，可秦宓才思敏捷，对答如流。

简短截取其中一段对话，翻译如下。

张温问："天有头吗？"秦宓说："有。"张温问："天的头在哪儿？"秦宓说："在西方，《诗经》里说到'乃眷西顾'，以此推测，说明天的头在西边。"

诸位注意，秦宓的回答是滴水不漏。他不但堵住了张温的刁难，还暗指西边为尊，意指东吴要遵从西蜀。

但是张温并不甘心，张温又问："天有耳朵吗？"秦宓说："有。天处于高处听下面的声音，所以《诗经》说‘鹤鸣于九皋，声闻于天’，如果天没有耳朵，怎么听呢？”

张温又无话可说，再次刁难说：“天有脚吗？”秦宓说：“有。《诗经》说‘天步艰难，之子不犹’，如果天没有脚，它是怎么走的呢？”

张温又问：“天有姓吗？”秦宓说：“有”。张温追问：“天姓什么？”秦宓说：“姓刘”。张温继续追问：“你怎么知道天姓刘？”秦宓说：“因为天子姓刘，所以得知天姓刘。”

这下，张温才明白，自己挖个坑，自己又跳进去了。秦宓不但机智地化解了张温的刁难，还顺带指出天子姓刘，所以蜀汉这边才是天下至尊。

张温见状想赶紧挽回劣势，说道：“日头出生于东方。”秦宓应声而出：“日出于东而没于西。”意指西边才是归宿。张温无奈，灰头土脸地败下阵来，同时深深敬佩秦宓的才华。

这是后来的事，咱们说回来。秦宓见赵云劝谏无果，就变一个方式劝阻刘备，他说：“观测天时，出军必然无利。”

古时的人是很迷信的，比如要是出征的时候雷电劈折旗杆，所有人心里都会士气消沉，认为这是老天的警告。古代遇到地震、洪水等自然灾害，皇帝也会觉得是自己触怒了上天，所以上天才会降下“天谴”。

秦宓是想曲线救国，用天意不可违这种百用无忌的借口阻止刘备攻吴。但是，这招在盛怒的刘备面前失效了，刘备不但没有听从秦宓的劝阻，还把他投入了监狱。

可能正是因为如此，包括诸葛亮在内的蜀国群臣见劝阻无用，也就不再白费力劝阻刘备东征了。

再来说说孙权那边，刘备执意攻打东吴，孙权还真慌了，派遣使者前来跟刘备请和。刘备不可能同意孙权请和，坚执不许。

孙权见请和不成，只好向魏国称臣，祝贺曹丕称帝登基，这也是为什么曹丕是220年10月称帝，孙权直到221年8月才发贺电，因为他在221年7月向刘备请和遭到了拒绝。

孙权向魏称臣，接受曹丕封他吴王的称号，其实也是迫不得已。他害怕这时候曹魏也一起出兵，两家联手灭掉他。

孙权的小算盘不是没人看出来，三国时代超一流的谋士刘晔就看出来了。

作为三国时代最有战略眼光的谋士，刘晔向曹丕进谏说：“孙权无缘无故前来称臣归附，内部一定有很大的忧虑。此前孙权袭杀关羽，刘备和关羽名义上是君臣，恩情上如同父子，如果关羽身死刘备不能帮他报仇，这在他们自始至终的情分上是说不过去的。我们可趁此机会与刘备联手，一起发兵，一定可以消灭孙权。如果孙权灭亡，刘备就势孤力单，那么一统天下的机会也就来了。”

然而，“富二代”曹丕显然没有他老爹曹操的进取精神。翻看曹丕的传记我们就可以知道，他就是个只会“吃饭睡觉打豆豆”的主儿，每年他要做的事就是打猎、旅游、修宫殿。

不出意外，曹丕否决了刘晔的建议，而刘晔还是孙权派人前来称臣唯一的反对者。

曹丕的说辞跟他老爹曹操当年的一样，也是说：“别人远来归降，我却出兵讨伐他，这会阻塞天下想来归降的人心。”

不得不说，曹丕文学上虽有一定才华，却是个不折不扣的书呆子。他也不想想，老爹曹操当年接纳刘备时是什么情况，现在是什么情况。

曹操当年接纳刘备时，东有吕布，北有袁绍，西有凉州军阀，南有让他头疼的张绣、刘表，东南还有时不时回来骚扰的袁术。可以说，当时曹操是八面受敌、群雄混战的处境，所以曹操不得不北面跟袁绍联盟，东面收留刘备让他阻挡吕布，西面交好凉州军阀，唯独对南面的张绣、刘表和东南的袁术发动进攻。

如今呢？天下三分，难不成你接纳孙权称臣归附，还能感化刘备也来称臣效忠？

不过没办法啊，谁让曹丕命好呢，如果他不是曹操的次子，如果不是曹操的长子曹昂早死，如果不是曹操最钟爱的儿子曹冲也早死，曹魏帝国又怎么轮得到他说话，他顶多也就一个贵族诗人而已。然而现在，他是曹魏帝国说一不二的人，这就是命。

有的人命好，不用奋斗就能坐享其成，比如曹丕。有的人命不好，只能靠自己的奋斗来取得成功，比如刘备。

刘备通过自己一生的奋斗坐上皇位，并且依然在努力做一统天下的美梦，曹丕也在做他喜欢做的事。刘备已经集结全国部队准备大举进攻东吴的时候，曹丕却再次不听刘晔劝阻，执意加封孙权为吴王。

刘晔说，就算不趁此机会消灭孙权，也不能给他“王”的名号，因为一旦确定他为王，就等于确认江南跟他有君臣名分，到时候我们再想攻打江南，江南人民就会跟他上下一心。

在刘晔看来，至多给孙权一个侯爵。可是曹丕不听，似乎曹丕根本就没想过，有一天孙权还会变成他的敌人。

曹丕加封孙权为吴王以后，孙权派人向曹丕致谢，曹丕立即向孙权要求进贡。还列出了贡品名单，包括雀头香、大贝、明珠、象牙、犀角、玳瑁、孔雀、翡翠、斗鸭、长鸣鸡。

曹丕索要这些奇珍异玩，遭到了孙权部下群臣的反对，他们说："我们荆、扬二州向皇帝进贡有常规，现在这些要求不合常规，不应该给他。"

孙权则回答说："我们现在西北正跟刘备对峙，吴国人民全靠魏国才能得到休养生息，况且曹丕把这些东西当宝贝，在我看来却不过是一堆破瓦片、烂石头，有什么舍不得呢？曹丕在服丧期间，追求不过如此，跟他有什么道理可讲！"

随后孙权派人收集这些奇珍异宝献给曹丕，曹丕则满意地笑纳后继续吃喝玩乐，不再管孙权跟刘备之间的争斗了。

话说回来，曹丕不听刘晔建议，放弃了趁机联手灭掉孙权的机会，三国历史没能因此改写。刘备集结全国部队大举进攻孙权，其实现在看来，刘备有几个疏漏。

第一，刘备没有带赵云上前线，而是把他留在了江州，算是后援，接应前线部队。

原因可能就是之前赵云劝阻刘备不要对孙权发动进攻，触怒了刘备，让他很生气，所以关羽、张飞死后几个主要能打的将领里面，刘备没带赵云。

第二，刘备也没带马超。

马超其实死得比刘备还早，但是刘备出征东吴的时候，马超还活着，而且史料记载并没有表明马超身体有什么不适，或者是有病。

不过有些史料表明马超归附刘备后一直得不到信任，内心没有归宿感。所以马超自从 214 年投奔刘备助他夺取成都以后，直到 222 年去世，长达八年里并没有什么表现的机会。

第三，刘备没带魏延。

五虎将里，关羽、张飞和黄忠都是死在刘备发兵攻打东吴之前的。剩下的赵云和马超我们都说了，可是还有一个重要的将领刘备也没带，他就是魏延。

魏延是从刘备入蜀时候跟着刘备，一步步凭战功升上来的，甚至刘备得到汉中之后，这个当时所有人包括后世学者都以为会交给张飞镇守的重地，刘备居然交给了魏延镇守，这让所有人跌破眼镜。并且，刘备是提拔魏延做汉中军区总司令（督汉中镇远将军）兼汉中郡长（汉中太守），军权、政权一起交给了魏延。

汉中郡之所以会成为三国时代的重地，不仅因为它处于蜀魏交界地带，还因为它是一块翻越大秦岭向对面发动进攻的跳板。曹操之所以迫不得已从手里放弃汉中郡给刘备，就是因为翻山越岭运送补给太难，导致粮草不济、士兵溃散。

魏延从接受刘备任命镇守汉中以后，几年里一直在汉中驻守没有调动，刘备称帝以后也只给魏延提拔为镇北将军，除了官衔升迁之外并没有人事调动。

很明显，刘备攻打东吴没有把魏延带走，就是依然不放心曹魏，担心他们趁机从后方攻打蜀国。而且，从魏延后来的履历来看，他有击败魏国名将郭淮的事例，如果刘备出征东吴带的将士里有魏延，对于战事局面应该会有一定的影响。

最后说一下，刘备出征东吴也没带诸葛亮。这个似乎原因简单些，刘备打益州就没带诸葛亮，打汉中也没带诸葛亮，他似乎习惯了让诸葛亮镇守后方往前线输送粮草兵源。

因此，没带赵云、马超、魏延这些主力干将的刘备只带了一些不知名的将领，将军冯习竟然是刘备伐吴大军的总司令（大督），张南竟然是前锋司令官（前部督）。

刘备亲率大军来袭，孙权低眉顺眼的总算是稳住了曹丕，随后他也不敢怠慢，任命陆逊为全国部队总司令（大都督）、假节，率领朱然、潘璋等五万人马拒敌刘备。

捎带说一句，陆逊才是东吴第一任大都督，因为这个“大都督”跟前面刘备那个“大督”不一样。“大督”只是某一路军队的总司令，“大都督”是全国部队的总司令，一字之差相去甚远。

所以我们要明白，到了陆逊时代，孙权才第一次设立全国部队总司令。

此前赤壁之战的统帅周瑜和程普，他们只是左路军司令和右路军司令（左右都督）。并且，周瑜一辈子都没做过大都督，某些电影、电视剧里面称呼周瑜为大都督，这是没有历史基础知识的谬误。

这一仗，孙权明显看得比赤壁之战还重要。因为他不但首次任命了全国部队总司令（大都督）这个军衔，还给予了陆逊“假节”的权力，就是代表君主亲临的意思，跟后来的尚方宝剑一样。

东征之战前期，刘备还是很顺利的。

陆逊派李异、刘阿等驻扎巫县（今重庆市巫山县）、秭归（今湖北省秭归县）。刘备派冯习和吴班率领四万大军攻击李异、刘阿，顿时以摧枯拉朽之势攻下巫县，然后沿江顺流而下拿下秭归。

这是战争第一阶段，刘备顺利地击破陆逊的第一道防线。

战争中的事态也影响到了荆州本土的人民，武陵郡（郡治临沅，今湖南省常德市武陵区）一带的五溪蛮夷听闻刘备发兵以后，就派使者向刘备请求，愿意出兵助阵刘备。

夺取巫县和秭归后，刘备更加雄心勃勃，他准备一鼓作气攻下东吴的首府武昌（今湖北省鄂州市）。

不过，刘备的人事官（治中从事）黄权却不看好，黄权说："吴国人强悍凶猛，我们大军顺流而下，前进容易，想后撤却很难。我愿意担当先锋，替主上面对敌寇，请陛下坐镇后军。"

刘备没有听从黄权的提议，任命黄权为镇北将军，负责督率长江以北的部队防卫魏国。他自己仍在江南，并亲自统率全军。

这里有一点要说的是，史书记载在这里有一点疏漏，《魏延传》记载魏延在刘备称帝后被提拔为镇北将军，而后《黄权传》又写到黄权在刘备征吴期间被提拔为镇北将军。

同一时期不可能有两个镇北将军，那么最大的可能就是魏延的镇北将军名号被加封给黄权了，但是史书上并没有魏延被夺走镇北将军以后封的是什么军衔的记载。

按照先后理论，魏延先被封为镇北将军的，那么此时魏延应该是被任命为别的将军封号了，并且只能是提拔。

刘备亲率大军出征，后方镇守边疆的大将不可能无故被贬，这个时候刘备不可能故意做出让后方不稳的事情。

在否决黄权自告奋勇的提议后，接下来刘备继续自己的军事部署，命将军吴班和陈式推进到夷陵（今湖北省宜昌市夷陵区）。我们都知道，长江是自西流向东的，但是长江在夷陵却有个急转弯，是由北向南的，出了这个急转弯才继续自西向东流淌。

因此，刘备命令吴班和陈式驻扎夷陵是分东西两岸驻扎的（**夹江东西两岸**）。

不得不说，刘备这个军事部署是个严重失误。

在长江急转弯处部署军队，分作两岸驻扎，一旦对岸遭到攻击，这边的部队是很难马上渡河支援对岸的。

吴国方面的记载说，陆逊手下的部将宋谦攻打击破蜀汉五座营寨，并斩杀守将，恰好就是这个时间，222 年正月。

当然，蜀汉方面不记载自己的败绩，吴国也没有记载宋谦是在哪里击破了蜀汉营寨。

个人觉得，宋谦击破的正是吴班和陈式的前锋营。因为此时刘备的大部队还在后方，只有前锋营在最前面，况且通常两军交战，最先遭遇的就是前锋营。

我的推测是，宋谦击破的恰好是吴班和陈式在长江夷陵段东岸的部队，而西岸驻扎的部队因为江水转弯处水流湍急，来不及渡江救援。

前锋驻扎夷陵，刘备自己回到秭归大本营，随后就调兵遣将沿着山路进发，抵达夷道县猇亭(今湖北省宜昌市猇亭区)，并在此安营扎寨。这时候，刘备的主力部队已经推进到了前锋所在的夷陵前面，不出意外的话，是吴班和陈式两个前锋已经被调过来了。

到达猇亭后，刘备派出马谡的哥哥马良从佷山县①(今湖北省长阳县西南)携带大量金银绸缎前往武陵郡招纳五溪蛮夷，武陵地区的蛮夷首领得到通知后纷纷起兵响应刘备。

大部队集结于猇亭之后，陆逊所率的东吴兵团也驻扎于刘备对面。

可能大家说到夷陵之战，首先想到的就是《三国演义》里的"火烧连营"。事实上刘备的部署确实有"连营"的架势，不过陆逊的"火烧"就没那么大了。

刘备兵团攻下巫县，夺取秭归后，大军部署一路确实是设立了很多营寨。

从现在的重庆市巫山县到湖北省宜昌市夷陵区，中间长达 200 多千米的长江沿岸，涵盖了长江三峡中的巫峡和西陵峡，刘备是设立了几十所营寨。但是这些营寨都是在大部队的后方，跟集结部队的猇亭还是有一段距离的。

别的不说，从宜昌市夷陵区到大军所在的猇亭区，中间还是有 37 千米的距离的。

别说陆逊不可能突破大军阵地几十千米去烧后方营寨，就算给他烧，能烧得了 200 多千米吗？难道后方部队都是纸人草马，明知道前方失火不采取措施？

《三国演义》里写得更为夸张，"火烧连营七百里"，这都能从夷陵烧到重庆万州了，过了刘备托孤的白帝还有 200 里，敢情陆逊是坐飞机喷火烧的。

那么，陆逊没有火烧刘备吗？

答案是烧了！

---

① 佷：hěn。

其实刘备把大部队调集到猇亭，跟陆逊对峙以后。刘备曾想设伏兵埋伏一下陆逊。

猇亭一带已经出了长江三峡，地势比较开阔了。刘备命令原本驻扎夷陵的前锋吴班率领数千人在平地安营扎寨，向陆逊发起挑战。

这时候，陆逊手下的东吴将领都蠢蠢欲动，想要发起攻击。

陆逊说："这一定有诈，先慢慢看看有没有变化。"

其实动脑子想想也知道，数万大军的兵团集结，只用几千人发动攻击挑战，是不大正常的。

陆逊按兵不动，刘备只好撤出埋伏在山谷中的八千伏兵。这时候陆逊对手下人说："原先不听你们的建议迎接挑战，就是料到会有阴谋。"

从正月到六月双方僵持长达半年，这时候陆逊准备发动攻击。他手下的将领都说："要进攻一开始他们还没站住阵脚就应该进攻，现在敌人深入我们领土五六百里，僵持长达七八个月，凡是要害之地都被他们占据，加强兵力防守，这时发动进攻，恐怕对我们不利啊！"

陆逊说："刘备戎马一生，相当狡猾奸诈，而且他经历战事很多，作战经验丰富，大军初来的时候必定集中精神加强戒备，我军出兵恐怕不能取胜，反而折了锐气。现在他们僵持日久已经懈怠，部队士气已经不像原先那么高涨，现在正是破敌的时候。"

陆逊手下的将领说："恐怕是白白损兵折将。"

陆逊说："混蛋！你是主将还是我是主将……"

哦，不对！陆逊说："我心里已经有了破敌之计。"

接着，陆逊命令士兵每人携带一束茅草，用火攻刘备营寨，于是乘机夺取营寨。然后趁势出击发动总攻，斩杀刘备的总司令冯习，前锋司令官张南，还有胡人首领沙摩柯，击破刘备军的营寨四十多座。

诸位注意，这里并不是火烧四十多座，而是大军发动总攻击破的。见原文《三国志·陆逊传》"**乃敕各持一把茅，以火攻拔之。一尔势成，通率诸军同时俱攻，斩张南、冯习及胡王沙摩柯等首，破其四十八营。**"

这一战，刘备大军可谓是损失惨重，不但总司令和前锋司令官被斩，盟军胡王沙摩柯也被斩，乱军之中不少高级将领都被杀了。刘备的部将杜路、刘宁走投无路被逼投降。

好在刘备戎马一生，历经很多阵仗，危急时刻仍能临机应对。他随即登上马鞍山（今湖北省宜昌市西北），集结残余部队四面环绕，采取守势。

陆逊显然不打算给这种重量级对手喘息的机会，也立刻率领大军包围马鞍山，乘胜四面发动进攻。此时的刘备兵团士气已失，不能抵挡东吴兵团。阵势很快瓦解，战败被杀数以万计。

眼看大势已去，刘备只好趁着夜色连夜撤退。驿站车马管理人员亲自把铠甲辎重堆积到关口焚烧，阻挡陆逊追兵大军。

刘备撤退到秭归以后，停顿一下收拾集结逃散的士兵，然后丢掉战船，从陆路撤退到巴郡鱼复县（今重庆市奉节县东白帝城），并改名鱼复县为永安县。

放弃战船改走陆路，刘备也是出于无奈，就像当初黄权说的那样，顺流而下发动进攻，前进容易后撤难，沿江逆流乘船，可能还没有从陆地上撤退跑得快。

刘备是安然撤退了，可是他的部将大多战死。

将军傅肜[①]，刘备撤退时傅肜担任殿后指挥官，部下死亡殆尽，东吴军将领劝傅肜投降保命，傅肜破口大骂："吴狗，我身为大汉将军，岂会向你们投降！"战斗至死。（诸位应当记得，前面说过，刘备建立的是"汉"而不是"蜀"）

部属程畿[②]，刘备撤退时负责带领水军撤退，眼看追兵将至，有人劝说他："追兵马上要来了，不如放弃战船乘坐快艇逃走。"程畿说："我自从军以来，从不习惯敌前率先逃命，何况跟着天子而现在情况危急。"于是东吴水军追上来，程畿持戟立于船头与东吴军展开战斗，东吴军大部队赶来，一起攻击程畿，程畿战死。

还有出使五溪蛮夷的马良，也在此战中战死。

当初建议代替刘备亲临前线的黄权，因为在江北被封锁退路，不得已投降魏国。

刘备撤退到永安白帝城以后，东吴将领徐盛、潘璋、宋谦等人都上表孙权，说是继续进攻可以捉住刘备。

孙权询问陆逊什么意思，陆逊跟朱然、骆统等人上表孙权说，根据探报消息，曹丕已经开始集结部队，表面上是扬言帮助我们攻打刘备，实际上别有图谋，所以我们应该尽快班师。

---

① 肜：róng。

② 畿：jī。

曹丕果然还真是错过最佳战机，等陆逊击败刘备后，才在当年9月对孙权发动攻击的。

孙权接受曹丕加封吴王以后，曹丕天真地想让孙权把儿子送到曹魏京城当“任子”(任子，之前我们解释过，朝廷征调地方大员派遣一个亲属到京城出任官职，称为“任子”，其实也就是用以要挟控制地方大员的人质)。

“任子”这种事，早在老爹曹操还活着的时候，曹操就想让孙权交出任子向朝廷表忠心，可惜都被孙权推脱了。现在老爹曹操都不在了，曹丕还想让孙权束手就擒。真不知道曹丕几十岁的人了，为什么还依然这么有“童心”！

孙权委身侍奉曹丕，当然是权宜之计，是怕曹丕跟刘备联手攻打自己。现在刘备已被击败，曹丕还想要挟自己，所以孙权毫不客气地拒绝了。

孙权拒绝曹丕以后，曹丕勃然大怒，认为孙权不听话，不给自己面子，于是发兵攻打孙权。

这时候，刘晔再次提出劝阻。刘晔认为，现在东吴将士刚刚赢得大捷，士气正盛，全国上下团结一心，此时出兵并不会有效果。但是，曹丕并不肯听从刘晔的建议，就像他当初不肯听从刘晔的建议，跟刘备联手灭掉孙权一样。

9月，曹丕命令部队全国东西中三线进攻孙权。

征东大将军曹休假节钺，督率前将军张辽、镇东将军臧霸，以及从各州郡调遣的20多支部队，出洞口(今安徽省和县南长江渡口)。

大司马曹仁率领数万步骑混合兵团出濡须(今安徽省含山县西南东关镇)。

上军大将军曹真、征南大将军夏侯尚、左将军张郃、右将军徐晃等人率兵包围南郡(今湖北省荆州市)。

曹丕翻脸，发动进攻，孙权想必早已料到。针对曹魏的进攻，东吴也迅速做出战略调整部署。

建威将军吕范，率领从夷陵前线撤回的建武将军徐盛，以及偏将军全琮、扬威将军孙韶等五路大军江防舰队抵挡曹休。

左将军诸葛瑾、平北将军潘璋从陆逊的兵团里撤回，还有将军杨粲，三人率军救援南郡。

裨将军朱桓，据守濡须阻拦曹仁。

我们暂且抛开东吴和曹魏之间的战争结果不提，回来继续说蜀汉和东吴的纷争。

据《三国志·先主传》记载，孙权听说刘备驻扎白帝不肯撤回成都后，很害怕，就派人跟刘备讲和，刘备同意双方讲和。

当然，这是陈寿给“先主”脸上贴金了。孙权害怕那是因为曹魏的三路大军同时发动进攻，他害怕刘备跟曹魏联手打他，并不是因为刘备驻扎白帝不肯撤回成都而害怕。

事实上，刘备当时不肯撤退到成都，一方面是他不能连续后撤，以免东吴军乘胜追击深入蜀境，另一方面也是他在后方还有持续兵力可以调遣，比如被他安排留守在江州（今重庆市）支援前线部队的赵云。

而且，我们从刘备死后诸葛亮依然能够连年对曹魏发动进攻可以得知，蜀汉经夷陵惨败并没有一蹶不振，所以陆逊要是持续追击，没有个三五年，战争是难以分出胜负的。

夷陵之战，虽然历史上不是小说里的“火烧连营”那样，被一场大火烧掉所有兵力。可是，先是四十多个营寨被击破，无数高级将领战死或投降，而后刘备集结部队在马鞍山防御，又被四面进攻摧毁防御阵势，将士战死被杀数以万计。

东征孙权，刘备一共带了几万人，历史上虽没有明确数据，但是《吴主传》说“**夷陵之战，东吴部队斩杀以及受降蜀汉部队数万人，刘备仅以身免**。”《傅子》记载说“**陆逊击败刘备，斩杀蜀汉将士八万余人，刘备仅以身免**。”

我们虽不知哪个记载更靠谱一点，可以推测的是，刘备的东征兵团基本上主力尽失了。

刘备同意讲和，应该也是出于无奈。

当然，更重要的是，此时东吴遭到了曹魏的三路大军攻击，所以孙权也希望尽快跟刘备讲和。

还要特别说的一点是，来自曹魏方面的记载说，探报向曹丕报告，刘备列阵东征，用树木栅栏连营七百多里。曹丕听后对文武百官说：“刘备不懂军事，岂有连营七百里可以拒敌的？树林、原野、洼地，这些前进无路后退无门的地方筑营寨，一定会被敌人击败。刘备犯了兵家大忌，你们看吧，孙权的捷报奏章就要来了。”十多天后，孙权击败刘备的捷报果然传来。

单看上面这段记载，曹丕的军事能力已经神乎其神当数三国“第一”了。

且不说刘备戎马一生，就算他不是个名将，一个打了四十多年仗的老兵，基本的军事常识还是有的吧?

吴国将领讨论的时候,吴国众将士也不过说刘备深入五六百里,僵持七八个月,这七百多里连营是刘备还没出发就提前搞了一百多里的连营吗?

再说了,如果刘备连基本的军事常识都没有,至少蜀汉的诸葛亮应该先比曹魏得到消息吧,也没见诸葛亮说句话啊?

曹丕果真有那般料事如神的军事见识谋略眼光,难道会眼睁睁地看着瓜分东吴的机会不动心?

在我们这部书将要结尾的时候,我要再说一句"尽信书不如无书",就算是来自正史记载,有时候还是有很多不靠谱的地方。

刘备老了,他已经是一个60多岁的花甲老人了。

戎马一生的刘备,居然被一个毛头小伙子击败,正如他撤回白帝后惭愧恚恨地说"我竟然被陆逊击败羞辱,这岂不是天意!"

一个60多岁的花甲老人,一辈子经历过无数次败阵逃亡,甚至妻女被俘离散都有很多次,可是这次他挺不过来了。也许是身体真的衰老了,加上一场挫败,所以之前比这更严重的挫败都没有击垮刘备,但是这次他却垮了。

毕竟,他已经63岁了!

夷陵之战失败后,刘备在白帝驻留了半年多,一直没有回成都。

222年闰6月夷陵惨败,刘备收拾残兵败将撤退到白帝,稳住阵脚。9月,曹丕派出三路大军攻打东吴,东吴调兵遣将与曹魏展开相持。12月,孙权派出使者郑泉前往白帝跟刘备求和,刘备无奈答应双方讲和。

223年春,刘备病体渐重,料到这次可能扛不过去了,刘备于是派人到成都召诸葛亮前来,准备向他托付后事,这就是"白帝城托孤"的故事。

刘备"白帝城托孤",一千八百年来一直为历朝历代的人称颂,认为是君臣互信的最高表现。然而事实上,这却是刘备给诸葛亮设了一个圈套,这些你知道吗?请看下章,《刘备临终算计诸葛亮》。

下章提示

夷陵兵败，白帝病发，刘备料到自己时日不多，于是从成都召诸葛亮前来嘱托后事。病床前，刘备对诸葛亮说：“你的才干是曹丕的十倍，一定能安邦定国成就大事。要是我的儿子可以辅佐，你就辅佐他。如果我的儿子不能辅佐，你可以自己取代他。”诸葛亮听后，立刻发觉自己陷入了一个阴谋，所以他马上痛哭流涕表示忠心，“微臣一定竭心尽力，效仿古人的忠贞节义，以死报答主公的知遇之恩！”

第四十四章 刘备临终算计诸葛亮

刘备白帝城托孤，手挽着诸葛亮说："要是我的儿子可以辅佐，你就辅佐他，要是我的儿子不能辅佐，你可以自己取代他。"

《三国演义》里的语句是："**君才十倍曹丕，必能安邦定国，终定大事。若嗣子可辅，则辅之；如其不才，君可自为成都之主。**"

《三国志》原话为："**君才十倍曹丕，必能安国，终定大事。若嗣子可辅，辅之；如其不才，君可自取。**"

一千八百年来，这事感动了多少人！可是有没有人想过，这件事的背后其实是刘备的一个阴谋。

我们从头说起，刘备一代枭雄，从小就有当皇帝的志向，奋斗了一辈子，六十一岁的时候终于当上了皇帝。难道临终了他会想把自己的家业交给诸葛亮吗？

别说刘备了，换作是我们，谁会临死前立遗嘱不把自己的家产留给自己的儿子，而是送给一个给自己打工的人？

也许有人会说，那是阿斗扶不起。

但是！

但是！！！

刘备并不是只有阿斗（刘禅）一个儿子，他还有另外两个儿子，一个名叫刘永，一个名叫刘理。即使阿斗不能辅佐，难道另外两个儿子也不能辅佐吗？

在历史上，刘备的一生历经艰险无数，很多次危急关头为了保命逃跑，他甚至不得不抛弃妻女，更不要说手下将士了。

比如，200年曹操攻打刘备时，他就扔下妻女，还有小沛和下邳两座城逃命，仅仅来得及带了几十名亲卫。这一仗，刘备扔下的不仅有自己的家眷和部下所有将士，还有一直追随他的关羽，关羽也因此被曹操俘虏。

刘备也许是个大仁大义的人，但是我认为刘备的仁义更多的是被他用作了驾驭天下人民的手段。自古以来，能够开基立业成帝王者，必定有睥睨天下的气魄，冷酷无情的手段，傲立云端的眼界。

就像曹操一样，他对刘备说："天下英雄只有你和我了，袁绍、袁术、刘表他们那些人，没资格充数啊！"

这是何等的气魄？完全是不把天下任何人放在眼里。

对于能成帝王者，他们的手段，难道曹操真是心慈手软连个苍蝇都不忍心拍死的人吗？不，曹操有过几次屠城记录，杀过很多不听话的名人，他做起事来一点也不心慈手软。

刘邦没手段？项羽要煮死他的老爹，他说那好啊，反正咱俩在义帝面前曾约定互为兄弟，我老爹也是你老爹，你煮好了记得分给我一杯肉羹。

李世民没手段？诛杀自己的同胞哥哥李建成和弟弟李元吉，没见他有丝毫犹豫。冷酷无情，对于一个帝王来说，这是必备的。

说到眼界，曹操为什么对屡屡跟自己作对的刘备那么好？不仅接纳无路可走前来投奔自己的刘备，还给予他兵马钱粮资助？还有，就连杀死自己儿子的张绣，曹操也不计前嫌地予以接纳，真的是曹操胸襟广阔吗？

并非如此，曹操杀的人也不少。

比如东汉名士边让，自恃名声响亮，多次轻视、贬低曹操，以为仗着自己是名人，曹操就不敢对自己怎么样。然而曹操接到边让老乡的举报后，立即命令当地官员就地处死边让。

还有会让梨的那个孔融，也是自恃名声响亮，骄狂自大肆意妄为，还经常讥笑曹操，曹操于是指示手下以"招合徒众""欲图不轨""谤讪朝廷""不遵朝仪"等罪名奏报朝廷，竟将孔融满门诛杀。

最可惜的就是一代神医华佗，其实华佗跟曹操是老乡，他俩都是沛国谯县(今安徽省亳州市)人。

可是华佗给曹操看病的时候，大概是想居功邀赏，竟然借口收到家书要回家探视，然后数次以妻子有病为由推迟归期。这下曹操恼了，就下令手下前往华佗老家调查，直接指示说要是华佗妻子真的有病，就赏赐华佗小豆四十斛，并且给他宽限些时日。要是华佗撒谎，就把他收押进大牢。

于是，曹操派遣的暗访调查组发现华佗撒谎了，就把他收押进大牢拷问，最后华佗竟死于狱中。

然而，曹操该杀的杀，不该杀或者说是不能杀的他就绝对不杀。就像杀子仇人张绣一样，难道曹操不恨他吗？不可能，任谁面对杀害自己亲人的凶手都不可能没有怨恨。可是曹操还是不计前嫌地接纳了张绣，因为他知道，这是要做给天下人看的。

曹操示人以胸襟，刘备示人以仁义。

但是所谓的胸襟和仁义，都不过是用来驾驭苍生的手段，这才是帝王驭人之术。

知道什么叫"驾驭"吗？驾驭就是驱赶、鞭策、控制，使其听从自己的命令。驾驭苍生，说白了其实是把天下人当牲口一样驯化使唤。没有那份气魄，没有那种眼界，寻常人是没有这种胆识和手段的。

刘备示人以仁义，但是关键时刻要保命，他还是会毫不犹豫地抛弃妻子，抛弃家人，抛弃情同手足的关羽。因为他知道，这些都没有他能活下来重要。

那么，要说刘备愿意把用抛弃妻子、抛弃家人、抛弃手足兄弟换来的江山白白地送给诸葛亮，请问刘备是中了邪吗？

诸葛亮一个人有刘备的妻子、孩子、关羽、手下全体将士这些人重要？

刘备的江山得来不易，他付出的努力和代价也不小，终其一生，奋斗了一辈子，用一生的精力和奔波换来的蜀汉江山。就这样白白给了诸葛亮，我怎么有点不信呢！！！

那么，刘备为什么这样说呢？

既然没打算把江山送给诸葛亮，为什么还要对诸葛亮说，如果我的儿子能辅佐，你就辅佐他，如果我的儿子不能辅佐，你就自己取代他。

很明显，白帝城托孤，是刘备的一个阴谋，他在试探诸葛亮的反应。

按照常理，刘备不可能放着自己三个儿子不管，把"家产"交给一个给自己打工的外人。

根据历史记载，刘备并不是临死前在病床上托孤，说完这句话就挂了。

《三国志·先主传》记载，222 年闰 6 月，夷陵之战失败后，刘备撤退到白帝城，收拾残兵稳住阵脚。222 年 12 月，孙权派来使者跟刘备讲和。

223 年春，刘备发觉自己日渐病重，感觉自己时日无多，就派人到成都召诸葛亮前来，向他嘱托后事。

223 年 2 月，诸葛亮从成都来到白帝城，这时候刘备并没有马上托孤。

223 年 3 月，刘备向诸葛亮托孤说出了那番话。

那么，刘备是什么时候死的呢?

223 年 4 月 24 日!

也就是说，刘备托孤以后还活了将近一个月，甚至还有可能是一个多月。从时间上来说，诸葛亮 2 月就到了永安，刘备直到 3 月才向他托孤，并且在 4 月底刘备才去世，说明当时形势并不是很急迫，否则 2 月诸葛亮到了永安以后，刘备就马上托孤给他了。

这就说明，刘备托孤时身体还不至于恶化太狠，完全有时间除掉诸葛亮之后再另行安排后事。

再有，刘备的白帝城托孤可不只是托给了诸葛亮一个人，历史记载他还安排"**尚书令李严为副**"。

尚书令是东汉末年最有实权的人，丞相如果不兼尚书令，就只是有名无实的虚职。

根据《三国志・李严传》记载，222 年(章武二年)，刘备征调李严前往永安，任命他为尚书令。这是刘备去世的前一年，而诸葛亮被召见的时候是在刘备去世的当年春，也就是说李严被召见比诸葛亮早。

李严被召见，授予尚书令之职。随后，"**先主疾病，严与诸葛亮并受遗诏辅少主；以严为中都护，统内外军事，留镇永安**"。

诸位看到没有，刘备托孤，不光为诸葛亮安排一个掌握实权的副手，还把"**统内外军事**"的军权也交给了这个副手。刘备的目的很简单，就是为了限制诸葛亮，怕他一人独大，将来对儿子的江山有威胁。

就像当年赤壁之战，危急关头孙权竟然能任命两个权力一样大的总司令一样。或者说汉武帝远征朝鲜半岛，派遣的也是两个权力相当的统帅，他们的目的一样，双头马车互相牵制。

由于某种特殊原因，当缰绳无法掌握在自己手中的时候，双头马车可以更好地保持稳定性，因为一匹马想要偏离轨道，另一匹马会拖着它。

其实我们联想一下魏明帝曹叡托孤就会明白，为什么人们赞扬诸葛亮唾弃司马懿。

239 年正月，也是春季，魏明帝曹叡派人召见被派遣正前往关中的司马懿。三天之内五道诏书，命令他火速回京，并且手书“来到京城以后直入后宫面见我”。

司马懿得到诏书立即乘坐“追锋车”昼夜兼程赶路，一夜之间飙车二百多千米回到京城面见曹叡。

曹叡拉着司马懿的手说：“我病重，以后的事我就托付给你和曹爽了，你们好好辅佐我的幼儿。死怎么能忍，但是我强忍着不死就是等着见你，能够见到你嘱托后事，我就没有遗憾了！”

随后，曹叡把两个幼儿曹芳、曹询叫到病床前，指着曹芳对司马懿说：“就是他了，你看清楚，不要看错。”又叫曹芳去抱司马懿的脖子，司马懿叩头流泪跪伏不起，对皇帝这么信任自己感动到不行。

跟刘备不同的是，曹叡是托孤后当天就挂了，可见他真是全靠一口气撑着，托孤交代后事以后心中无挂碍，也就放心撒手而去了。

曹叡托孤跟刘备托孤一样，都是同时托付给两个人。还有一点很类似，蜀汉的托孤重臣诸葛亮斗倒了另一个托孤重臣李严，曹魏的托孤重臣司马懿斗倒了另一个托孤重臣曹爽，之后诸葛亮和司马懿都是大权独揽，一人之下万人之上。

然而，二人最终的做法和结局不同，诸葛亮鞠躬尽瘁死而后已，还教育出为国效忠战死沙场的子孙。但是司马懿大权独揽后把持朝政，使司马家族逐渐替代曹氏家族掌控权力，他的子孙最终废掉曹氏篡权自立。

司马懿本身并没有做什么十恶不赦的坏事，然而千百年来司马家族的名声一直不好，诸葛家族则青史留名为万人敬仰。甚至就连后人，姓诸葛的也觉得很自豪，姓司马的则略有心虚，不敢提起自己的“祖先”曾建立晋朝。

就像我们前面说的那样，双头马车模式。远征朝鲜时难道刘彻不信任荀彘吗？赤壁之战中难道孙权不信任周瑜吗？白帝托孤时难道刘备不信任诸葛亮吗？

对，就是不信任！

或者说，身为帝王，不敢完全信任任何人，因为权力会使人发疯。

刘备对诸葛亮说的那番话，其实就是想看看诸葛亮什么反应。假如当时诸葛亮稍有犹豫或者面露喜色，刘备一个暗号，埋伏在周围的刀斧手就会一拥而上把诸葛亮砍为肉泥。

正是如此，《三国志·诸葛亮传》记载诸葛亮听到这番话以后，马上涕泣曰：“**臣敢**

竭股肱之力，效忠贞之节，继之以死！”相信政治高手诸葛亮当时马上就明白，刀已经架在脖子上了，一不小心自己就有可能被误杀，所以立刻痛哭流涕表忠心。

不过，值得称颂的是诸葛亮明知道刘备临死前试探算计自己，却能以德报怨忠贞不贰，用行动兑现了自己的诺言。

他明白，帝王不会完全相信任何人，也不会和任何人做朋友。

历朝历代为了皇位，父子相残、兄弟相煎的例子太多了，父子兄弟都不能信任，何况旁人？人都是自私的，刘备死前为了稳固后代子孙的江山，做出这些安排和对他的试探，诸葛亮能够理解，只是，恐怕我们绝大多数人参不透这段历史背后隐藏的东西。

政治斗争是残酷的，失败的下场不仅仅是赔上自己的前程，甚至还有可能是自己和全家人的性命。比如跟司马懿交手失败的曹爽，被诛三族，跟诸葛亮交手失败的李严，被流放至死。

当然了，政治斗争不只是在大臣们之间进行，还在君臣之间进行，就像跷跷板一样——君重则臣轻，臣重则君轻。

诸葛亮之所以在刘备活着的时候做不到大权独揽，甚至连影响刘备做决定的分量都没有，就是因为刘备是一个有主见能力强的君主，他的儿子刘禅过于软弱，诸葛亮也就有机会强起来，大权独揽发号施令。

223 年 4 月 24 日，一代枭雄刘备去世，这个史上最励志的帝王，一个打了无数败仗却被很多同时代风云人物评价为“英雄”“枭雄”的人，就此结束了他的传奇一生。

后记

此书原本是我在天涯论坛以发帖的形式连载的，后来因为论坛人气大不如前，刚好有朋友劝说我去贴吧发帖子，然后就去了刘备吧。经历了最初的颇受欢迎以后，刘备吧的一些死忠粉开始质疑我、抨击我，也许因为我怀疑了刘备的汉室血统。

研究三国，我欣赏曹操崇拜刘备喜欢孙策，但我并不是三国群雄里任何一个人的脑残粉、死忠粉，我只做最客观的分析。

就是因为这样，我在刘备吧被排挤，最后无奈退出。好在，还有一些比较客观理性的刘备粉丝鼓励我，愿意跟我一起到三国吧，我们就转移阵地去了三国吧。

在三国吧，这个帖子也很快火起来了。可是好景不长，一些把持三国吧的吧主和大吧主，显然看不惯我这么个新人出尽风头，于是他们就删了我的帖子，并且没有任何人给我和那些帮我声讨的网友一个说法。

我再发帖，仍然被删除，愤怒之下我也曾到置顶帖去责骂。最终还是无奈退出三国吧。

时至今日，我犹记得当时那个姓陈的大吧主对我说的“你发多少我就删多少”，连我的贴吧 ID“无亏公子”也被三国吧永久拉入黑名单。

从三国吧退出来，我接受网友的建议，来到历史吧发帖。这是一个集中讨论近代史和世界史的贴吧，三国爱好者并不多。所幸，我两次退吧，都能认识一些新朋友，他们从刘备吧和三国吧跟过来，原本都是十级以上的老资格，一起跟我在历史吧重新从一级混起。

后来，这个帖子在历史吧也幸运地火起来，成为同类帖子讨论和回复量最多的。这时候，天涯那边的帖子也开始遭到盗转，最多的时候有差不多五十家网站非法转载，大部分我都留了截图证据。

近五十家网站转载，没有一家网站与我联系，都是冒名转载或者盗转，也没有人支付我一分钱酬劳，或许他们从不去想这篇帖子的作者，背后是用了多少个日夜翻阅多少史料资料做对比、做注记，如何把那些琐碎繁多的史料联系在一起，理出头绪，给大家呈献这一段三国历史的。

在这种情况下，我没办法继续在网上讲下去，我不想任由他人窃取我的劳动果实。所以我就跟我的粉丝说了，打算停止更新，寻求出版社出书，大部分网友粉丝也表示理解，并表示出书了一定购买。

后来得知我将要出书的消息，好多加了我好友的网友还付了订金。

不过很惭愧，从我网上停止更新到现在将要出书，已经过去两年多了，也许最初的一些朋友都快把我忘记了。偶尔也会有个别朋友到空间提醒我一下，让我看了更加脸红。

之所以拖了这么久，是因为我并不是一个专业写作的。我是一个厨子，不工作就没有经济来源，只能抽空断断续续地修改稿子。

最后，要特别感谢一个人——浙江工商大学出版社的编辑杨戈老师。她慧眼识珠，是我的伯乐，也是一位很温和、很有素质、很有涵养的老师。从她接收我的书稿到初稿审核通过，包括以后的催稿，每次都是很温和地问我进展到哪一步，还要多久。不像某些编辑老师，要么死命地催，要么对你不闻不问。

我喜欢交朋友，很乐意跟各位喜欢三国历史的人做朋友，闲暇之余讨论一些共同话题。不管山南，不管海北，志趣相投我们就是朋友。借着此书，我愿以文会友。图书封底有读者群的二维码，欢迎各位扫码入群，与我探讨交流。

致谢大家！

祝各位生活幸福、家人安康！

玄　驹

2018 年 5 月 1 日